AVANT L'ÉTÉ

"Domaine français"

DU MÊME AUTEUR

L'OFFICE DES VIVANTS, Le Rouergue, 2001 ; Babel n° 944.
MON AMOUR MA VIE, Le Rouergue, 2002 ; Babel n° 991.
SEULE VENISE (prix Folies d'encre et prix du Salon du livre d'Ambronay), Le Rouergue, 2004 ; Babel n° 725.
LES ANNÉES CERISES, Le Rouergue, 2004 ; Babel n° 1053.
DANS L'OR DU TEMPS, Le Rouergue, 2006 ; Babel n° 874.
LES DÉFERLANTES (grand prix des Lectrices de *Elle*), Le Rouergue, 2008 ; Babel n° 1085.
L'AMOUR EST UNE ÎLE, Actes Sud, 2010 ; Babel n° 1315.
UNE PART DE CIEL (prix Terre de France), Actes Sud, 2013 ; Babel n° 1277.
DÉTAILS D'OPALKA (grand prix de la Ville de Saint-Étienne), Actes Sud, 2014 ; Babel n° 1528.
LA BEAUTÉ DES JOURS, Actes Sud, 2017 ; Babel n° 1616.

© ACTES SUD, 2021
ISBN 978-2-330-15011-2

CLAUDIE GALLAY

Avant l'été

roman

ACTES SUD

*Pour ne pas meurtrir
Ce silence où germent mes mots
Où que je sois
Je parle bas
J'attends que sourde la lumière
Que meure le temps
Que jaillisse l'eau
Dont j'ai soif.*

CHARLES JULIET,
Dans la lumière des saisons.

Et il se mit à raconter l'histoire, qui a toujours été la même depuis qu'il y a des hommes et des femmes. Les premiers regards, puis les yeux baissés, puis les sourires fugitifs sur un visage qui devient tout rose.

MARCEL PAGNOL,
Le Temps des secrets.

J'avais un emploi de fleuriste, avant, je n'aurais jamais dû le laisser. Surtout que les fleurs se vendaient bien, même les artificielles. Pas besoin de changer l'eau. J'avais décampé sans préavis, sans penser qu'une fille en remplace vite une autre. Pour couper les tiges et porter les pots, pas besoin d'avoir de grands diplômes, juste un peu de courage et ne pas craindre le froid.

Je suis retournée chez la fleuriste. Sur la pointe des pieds. Je lui ai demandé si elle ne pourrait pas me reprendre. Des fois que. Vu que j'étais là. Elle m'a montré ma remplaçante près des jonquilles. Du même mouvement de tête, elle m'a aussi montré la porte.

J'ai filé, au revoir, merci, et basta. De toute façon, les fleurs, ce n'était pas mon truc, c'est ma mère qui voulait.

J'étais partie pour vivre avec Antoine. Ce n'était pas prévu que je revienne. Le lendemain de mon départ, mes parents avaient récupéré ma chambre, abattu la cloison, agrandi leur salon.

Quand elle m'a vue revenir avec mon sac, ma mère m'a donné la clé de la chambre du sixième, celle qu'elle ne loue jamais, tout en haut de notre hôtel, un vrai chemin de croix, aucun client n'en veut. La tapisserie se décolle, des fils électriques pendent dans la salle de bains, mais j'ai la vue sur la place et le toit-terrasse juste au-dessus, et ça !...

— On va te remettre en selle, me dit Boucle d'Or.

Le guichet de l'ANPE, c'est elle qui le tient. Comme elle est mon amie, elle range mon dossier au-dessus de tous les autres. Recherche d'emploi. Priorité.

Elle me propose un poste de secrétaire.

— Je ne suis pas sûre de vouloir être secrétaire.
— Comptable, alors ?
— Pas sûre non plus.
— Une formation ?
— Je vais réfléchir.

Pour être en selle, il faut trouver le bon équilibre. Tout est question d'équilibre. Avant, je l'avais, l'équilibre parfait, avec Antoine. On vivait ensemble, chez lui, à Lyon, montée de la Grande-Côte, quartier de la Croix-Rousse. C'était simple, il suffisait qu'on ait envie de rire, de courir, de s'embrasser, et on riait, on courait, on s'embrassait. Quand on restait une journée sans se voir, on se retrouvait le soir, c'était le bonheur, je ne vous dis pas... Jusqu'au jour où il a dit qu'il ne pouvait rien construire avec moi. Je n'ai pas compris : pourquoi il avait dit ça ? J'ai dû revenir chez moi. Je lui téléphonais tous les jours, de la cabine, celle rue Charcot, il ne répondait pas. Et il y a eu ce fameux soir où il a décroché.

— C'est moi, j'ai dit.
— Je sais que c'est toi, Jess... Il faut que tu arrêtes de téléphoner tout le temps, tu comprends ?

Une question attend toujours sa réponse, alors j'ai répondu, il a continué, ça faisait presque une conversation, j'ai repris confiance, je me suis engouffrée dans son attente, ce besoin brûlant qu'il avait certainement de savoir ce que je voulais, moi, Jess, ce que j'attendais, ce que j'espérais !

— On pourrait se voir ? j'ai proposé.

C'est un gentil, Antoine. Il a cédé. J'ai pris le train. J'ai acheté une jolie robe, près de la gare.

L'espoir est revenu.

Pauvre gourde.

À quoi se résume une histoire, hein ?

— Ce n'était sûrement pas le bon jour.

Juliette ne supporte plus que je lui parle d'Antoine. Je continue quand même. C'est plus fort que moi. Qu'Antoine me manque, etc. Mais que, malgré ça, ses yeux, ses mains, sa peau, son corps…

Elle dit que je rêve. Elle veut que je passe à autre chose.

Sans vraiment que je comprenne à quoi.

Un soir, rue Charcot, à presque minuit, j'appelle encore. La sonnerie sonne dans le vide. Tant qu'elle sonne, je me sens là-bas, avec lui. C'est le dernier mouvement de notre histoire.

Elle a raison, Juliette, il faut vraiment que je passe à autre chose.

— Essuie tes pieds sur le paillasson, Jess…
Ma mère.
L'Hôtel des Géraniums, c'est là qu'on habite, mes parents, ma grand-mère et moi, six étages tout en hauteur, une chambre par étage, vue directe sur la place.
Avec l'eau du Bourde, les géraniums fleurissent bien, ma mère en met à toutes les fenêtres. L'hôtel lui appartient. Il appartenait à ma grand-mère avant. Et avant, à mon arrière-grand-mère. Plus de trente chambres à sa création, dans les années trente. Des successions de partages l'ont grignoté en largeur. De trente chambres, il est passé à vingt, puis douze, puis six. Il ne reste de cette époque qu'une colonne de fenêtres.
Les chambres, toutes d'un confort raisonnable, ont gardé leur numéro d'origine : la 7, la 12, la 27, la 32, la 48. Celle du sixième n'a pas de numéro, c'est la mienne, on dit "celle du sixième". La 48 est louée à l'année à une fille qui travaille au Crédit agricole. Je suis née dans la 49 mais elle n'existe plus.
L'hôtel est bâti sur deux caves imposantes. À son sommet, une terrasse domine la ville, ce qui donne à l'hôtel un air d'arbre malingre qui pousse d'un tronc long et fin, et se ramure dès que les branches ont suffisamment de hauteur pour s'offrir à la lumière.
Du toit-terrasse, la vue est imprenable. Quand je suis là-haut, il me semble que tout est possible. Pour nous faire connaître le monde, ma mère, certains dimanches, préparait un pique-nique et mon père nous embarquait dans sa 4L, direction la

montagne, on prenait un téléphérique et on regardait la terre d'en haut.

La chambre de Juliette est en face, de l'autre côté de la place, cinquante mètres en ligne droite.

Depuis qu'ils ont mis le distributeur de boissons, la Maison sociale est devenue notre QG. Il y a tout : tables, ordinateurs, service minitel, un guichet de l'ANPE, une permanence CAF. On y passe du temps, enfin moi surtout, je fais des réussites sur écran, avec des cartes.

Boucle d'Or permet que j'utilise un des ordinateurs quand il n'y a personne. Elle veut bien être patiente, mais ça fait une heure, elle me fait des signes, il faut que je libère la place.

Cinq minutes, je dis, avec mes doigts.

J'en suis là, devant mon ordi, à enchaîner les Spider, les yeux collés à l'écran, mes doigts sur le clavier en gomme, cœur, carreau, pique, trèfle, comme si la suite de ma vie dépendait de parvenir à cet alignement parfait des cartes, et à la joie qui suit quand je gagne, parce que tout est soudain classé, la partie emportée, le volcan explose : *"You win !" To win, I won, won.*

Je manque cruellement d'ambition et de perspectives. Dans un an, je serai encore là, dans deux ans, dans dix.

Je joue seule, c'est répétitif, hypnotique, je commence une partie, deux heures après je suis encore là, à me battre contre moi. Je note mes scores, c'est absurde, la machine me le confirme : "Vous avez battu votre propre score, voulez-vous continuer ?" Tu parles que je veux !

— OK, Boucle, je libère.

Je glisse sur le banc. La fenêtre. Je me cale le dos au mur, je regarde la rue. Le ciel est bas. Il a plu, le goudron brille. Sur le trottoir, je vois madame Candy avec ses paniers, les cinq enfants de Ruby qui reviennent de l'école. Je connais tout le monde. C'est mon quartier, ma ville, ma rue.

On est le 17 janvier, mon père a cinquante ans. Hier, ils ont planté un panneau "Stop" sur le trottoir, à l'entrée du carrefour.

Je me vois dans la vitre. Mes cheveux ont poussé. J'ai l'impression que c'est la fille de la vitre qui me regarde. C'est peut-être pour ça, souvent, que certaines choses, j'ai l'impression qu'elles arrivent à une autre.

J'aperçois Fred, il traverse la route sur le passage piéton, il prend la rue Callot, celle qui mène au théâtre. L'année passée, il m'a proposé un petit rôle dans une pièce. Je n'avais jamais fait ça. Pas comédienne pour un sou, mais il leur manquait une fille.

Mon père jointait un mur en fond de la salle, j'étais sortie lui chercher de l'eau, le robinet était dans la cour, je me suis entendu appeler Cosette. C'était lui, Fred. Cosette, c'était un peu facile, le seau lourd qui bute contre la jambe, l'eau froide, et dans la forêt effrayante, la main sauveuse de Jean Valjean.

La pièce qu'il préparait s'appelait *Le Village des femmes*, une histoire qui se déroule dans la montagne, tous les hommes sont à la guerre alors les femmes du village font un pacte : si un homme passe, il leur fera un gosse à toutes. Et bien sûr, un matin, un homme arrive. Fred avait besoin de quelqu'un pour le rôle de l'épouse, au début de la pièce, juste avant que l'homme parte à la guerre. Le rideau se levait sur moi, j'étais toute seule dans la cuisine, je posais deux assiettes sur la table, j'ôtais ma veste, je mettais un châle, et il entrait, me serrait contre lui, m'embrassait, un baiser "fougueux et passionné", c'était écrit dans le scénario.

C'était un tout petit rôle, deux minutes essentielles qui campaient la suite. Je suis de bonne volonté, très scolaire. Laborieuse, disaient mes professeurs. Les assiettes, les étagères, le châle, le baiser qui disait notre amour. Il fallait que je compte les secondes pour ne pas m'éterniser.

J'ai adoré faire ça.

Je sortais de scène sur un petit nuage. Un cirrostratus, les plus hauts.

Les plus glacés aussi, c'est ce que m'a dit Broussaille quand je lui ai raconté. Les baisers de théâtre, elle trouvait ça insuffisant et bien loin de la vraie vie.

La porte s'ouvre, c'est Camille, elle entre, manteau à carreaux, longs cheveux châtains, la raie au milieu, le maquillage flashy sur les yeux, sur les joues, du bleu, du rose. Elle s'avance, lance le dernier *Paris Match* sur ma table, Lady Diana en couverture, va tirer un café au distributeur de boissons, revient avec le gobelet.

Camille est caissière à la supérette, on lui impose des horaires complètement éclatés, quelques heures le matin et le reste l'après-midi, et ça change tous les jours. Elle en a marre. Ce qu'elle veut, c'est devenir esthéticienne. Elle lit tous les articles qui parlent de maquillage. Elle les étudie à la loupe. Quand je dis "à la loupe", c'est vraiment le mot. Elle a acheté un vieux fourgon, un tube Citroën, avec la porte coulissante, elle va l'aménager pour en faire un salon d'esthétique à domicile. Il faut qu'elle passe un diplôme avec pratique et théorie. Pour s'entraîner, une fois par mois, elle vient épiler les jambes de ma mère.

Boucle d'Or n'a plus de clients, elle sort de son guichet, vient vers nous.

— Broussaille n'est pas encore arrivée ? elle demande. Et Juliette, elle passe ?

Boucle est une affectueuse, elle aime nous avoir toutes les quatre autour d'elle.

À côté du distributeur, deux employés de mairie sont en train de décrocher les décorations de Noël, ils enlèvent les guirlandes du sapin.

Camille boit son café, tourne les pages du *Paris Match*, elle nous montre le carrosse doré, la petite main avec le gant blanc, cortège royal, bébé royal et tout le tintouin.

Lady Di, c'est son modèle de femme idéale, plus tard elle la fera peindre en grandeur nature, dans son tailleur à carreaux, sur la porte latérale de son fourgon.

— Tu te rends compte qu'elle a le même âge que nous...
— Compare pas, c'est une princesse.

Je me fiche d'elle : avec la main, je fais le petit salut princier.

— Et nous, Jess, on est quoi ? elle demande.

J'hésite.

— Nous, je ne sais pas. On est des gens.

Un courant d'air. Broussaille. Au milieu d'une phrase, elle est. Une phrase commencée dehors, dans la rue, et qu'elle continue en poussant la porte, nous donnant la suite, la mêlant au reste, noyant le centre, ce qui fait sens, elle se laisse tomber sur une chaise, manteau, bonnet, écharpe, j'ai beau chercher le fil, me concentrer sur ce qu'elle dit, impossible de comprendre, il me manque le début.

Je lui touche la main.

— Du calme, Brousse.

Elle me regarde. Le verre de ses lunettes est recouvert de buée. Broussaille, c'est une rousse au visage rond, des yeux vert d'eau planqués derrière des lunettes de myope, et des taches de son comme du sable de plage plein les joues.

— Et quoi ? Je ne demande pas grand-chose, hein, Jess ? Tu me connais, toi.

Je la connais, oui. Même bien. Une chic fille qui ne fait pas les coups en douce. Sa vie, son boulot, elle ne rechigne pas, jamais en retard, même malade elle vient bosser.

— Je ne vise pas haut, juste à mon niveau, mais même ça... À croire que je suis marquée. Ou alors j'y comprends rien. Ou alors je me suis trompée sur mon niveau.

Je ne cherche plus le sens. Je coupe le son, je garde l'image. C'est toujours un jeu de piste, les conversations de Broussaille, comme sa coiffure, il faut retirer l'inutile, laisser décanter pour accéder, dans tout ce qui fait digression, à l'idée extrêmement simple qui a été étouffée, noyée, et qui finit toujours par se détacher.

Je comprends enfin : Broussaille est vendeuse à la boulangerie, une bonne vendeuse, capable de faire acheter un millefeuille à un diabétique, c'est pour dire. C'est aussi l'une des filles les plus gentilles que j'aie connues. Chaque matin, elle a droit à un café-croissant. Depuis quelque temps, elle prend aussi un Suchard, parce qu'elle a vu que le patron en prenait un. Et ce matin, la patronne l'a appelée, elle avait fait son petit calcul de Thénardier, en sourdine, une liste bien droite, dans un carnet, une barre pour chaque Suchard, et elle lui a tendu la note.

Broussaille, ça l'a laissée comme deux ronds de flan. Pas pour la somme, pour le principe.

— Tu veux qu'on aille la voir ? je demande.

— Pour que je perde mon boulot ?

— On peut lui envoyer l'inspection du travail, propose Camille.

Broussaille hausse les épaules.

— D'un autre côté, ce serait bien que tu freines sur les Suchard, dit Boucle d'Or en lui pinçant gentiment le gras des hanches.

Camille rassemble ses affaires, elle a rendez-vous avec son rugbyman, elle s'asperge de parfum, se remaquille un peu.

Boucle d'Or retourne à son guichet.

Je reste seule avec Broussaille.

Quand Broussaille est en colère, il faut lui laisser du temps, et puis, doucement, l'emmener ailleurs.

— Tu as fait une prise de sang ? je demande à cause du pansement qu'elle a dans le pli du coude.

— À ton avis ?

Elle nettoie la buée sur ses verres avec la manche de sa chemise.

— Tu veux que je l'arrache ?

Elle tend le bras.

Je gratte avec l'ongle, je décolle un coin.

Je tire un peu.

— Tu as remarqué comme c'est bizarre, le décollement d'un ruban adhésif ?

Elle ne répond pas.

Je tire encore.

— Tu vois, ça décolle par sauts, ce n'est pas régulier. Là, hop, il y a une phase de blocage, ça n'avance plus, ça accroche, la colle s'étire, elle fait des fils comme du chewing-gum, je tire encore et paf, ça casse, et là, je peux continuer à décoller.

Elle m'écoute, regarde le pansement. Je l'éloigne calmement des Suchard et de la bêtise crasse de la boulangère.

— On décolle et après on ne peut plus recoller. C'est fait exprès, pour qu'on achète d'autres pansements.

J'arrive au creux du coude, il y a un petit hématome là où l'aiguille a piqué.

— Tu peux te dépêcher, maintenant, Jess ?

— Je me dépêche... Si tu veux que j'arrache d'un coup, dis-moi que tu m'aimes.

— Jess...

— Tu m'aimes ?

Elle soupire, sourit, dit qu'elle m'aime mais que je vis sur une autre planète et qu'il faudrait que je grandisse un peu.

Broussaille est rentrée chez elle, Juliette arrive à son tour. Les employés de mairie qui embarquent le sapin lui disent quelques mots en passant.

Broussaille est mon amie. Et aussi Camille, et Boucle d'Or.

Juliette, elle, c'est ma *meilleure* amie.

Côté physique, elle est au-dessus de la moyenne. Deux yeux, un nez, une bouche, mais chez elle, ça donne quelque chose d'absolument exceptionnel.

Elle sait qu'elle est belle. Elle ne s'en vante pas, elle n'en joue pas, elle ne fait rien pour, non plus.

Il pleut un peu.

J'aime la pluie, surtout quand il fait froid et qu'elle se transforme en neige. Juliette dit que la neige, c'est beau uniquement dans les films. Elle, elle veut vivre au soleil, dans une ville du Sud, ou sur une île, toujours en jupe, avec des lunettes noires et presque nue. L'été, sa peau bronze, on dirait du miel, elle met des shorts à franges qui découvrent ses cuisses fines. Moi, j'ai une peau blanche qui brûle.

Elle s'approche de ma table, enlève son blouson, son écharpe. Elle porte un pull en laine douce, col roulé, ras nombril.

— Ils te voulaient quoi ? je demande.

— Les mecs ? Rien… Me donner ça, elle dit en posant un prospectus devant moi.

C'est pour la fête de mars, le dernier week-end du mois, la ville célèbre la fin de l'hiver, c'est comme ça depuis toujours.

Elle tire la chaise, s'assoit en face de moi. Cette année, ils organisent un concours de talents, avec une coupe à gagner et un panier garni.

Sur le prospectus, il y a la photo du panier.

L'an dernier, Antoine a participé à la course au feu, départ du haut de la colline, une descente jusqu'à la place avec une torche enflammée.

— On pourrait s'inscrire ?

Elle a les coudes sur la table, la tête entre les mains. Ses yeux brillent.

— C'est un concours de talents, Juliette.

— Et alors ?

— Alors on a quoi, nous, comme talents ?

Elle réfléchit, lance des idées en l'air, des trucs qu'on ne sait pas faire mais qu'on peut apprendre et qui peuvent devenir des talents comme la peinture sur assiette, les tables en capsules, le macramé, le tissage, l'harmonica.

— On pourrait faire un tour de chant ? elle dit.

Et elle se met à chanter le *Pull marine*, avec micro et l'attitude d'Adjani.

Je la trouve géniale. Juliette, je la connais depuis toujours, elle peut tout faire, elle a la grâce des fées, on dirait qu'elle vient d'ailleurs.

— Ou alors des danses country. Ce serait super, avec chapeaux et bottines, je connais des titres.

— Tu peux apprendre le country en deux mois, toi ?

— Pourquoi pas ? Ou alors on fait un défilé de mode. Ça, ça serait le top ! Et il n'y a rien à apprendre, on sait toutes marcher.

Elle se lève, va jusqu'au distributeur, une main sur la hanche, demi-tour, un balancement du corps.

Un coup d'œil à ma montre, il faut que j'aille chercher mon père à la salle du théâtre. Il est maçon, plus de permis, on le lui a retiré, une suspension provisoire pour un sens interdit qu'il prenait depuis toujours pour venir se garer dans l'arrière-cour de l'hôtel, vingt petits mètres à rebours qui lui évitaient un grand tour du quartier, sauf qu'il s'est fait choper. Maintenant, soit il prend le bus, soit c'est un collègue qui le conduit.

Aujourd'hui, c'est moi.

Il répare le mur intérieur, comble les petits espaces entre les pierres avec un mélange de ciment et de sable rose. C'est délicat. Il est patient. Il ne se fait pas payer. C'est du bénévolat. Heureusement, ma mère ne le sait pas.

Avant, le théâtre c'était la cure, l'ancien curé a voulu l'ouvrir au monde, en faire un endroit de rencontres, recevoir des chanteurs, des musiciens, des troupes connues mais pas seulement.

Quand j'arrive, il est en train de ranger son barda, son ciment. Je veux laver sa truelle pour que ça aille plus vite mais sa truelle, c'est comme sa main, une partie de lui-même, il ne la prête à personne.

Je l'attends.

Deux types accrochent un grand lustre en larmes de cristal, ils l'ont récupéré dans une benne, comme une fortune de mer, mais ici, en pleine terre. Ils ont trouvé aussi des vieux fauteuils de cinéma, de quoi faire quelques rangées.

Fred arrive, il monte sur scène avec ses comédiens. Je leur fais un petit signe de la main. Je m'assois. Je les écoute. La comédienne qui les avait lâchés est revenue. Celle que j'ai remplacée un temps, au pied levé.

Il y a deux ans, ils ont joué l'histoire de Greta Meunier, une fille d'ici qui a pris l'identité d'une autre pour se faire arrêter et rejoindre l'homme qu'elle aimait dans un camp de prisonniers. Elle le retrouve, sauf qu'il a terriblement changé et c'est un fantôme maigre qu'elle ramène chez elle, un inconnu sans mémoire qu'elle doit laver, soigner et nourrir. Ça dure un an et un matin elle n'en peut plus, elle l'étouffe avec un oreiller et elle va mourir au bagne.

Cette année, ils jouent à nouveau *Le Village des femmes*.

Au théâtre, l'année passée, j'étais très assidue, un petit rôle pourtant. J'y allais le mardi et le jeudi. Je faisais exactement ce que Fred me demandait. Cinq secondes pour poser les assiettes, cinq pour la veste, etc. J'avais le sablier dans la tête. Et puis j'ai commencé à me raconter que le baiser était plus important que les autres gestes, j'ai grignoté des secondes, "fougueux et passionné", toute la pièce tournait autour de ce baiser, elle partait de là, son socle, ces quelques secondes, cinq, je l'ai dit, un baiser qui est un adieu déchirant, une insupportable séparation entre un homme et une femme qui s'aiment follement. Le baiser, donc. Important. Essentiel. Fred disait : "OK, ça va !" On enchaînait. Enfin, eux. Moi, je restais dans la salle, je les regardais.

La nuit, je faisais des rêves érotiques, je me réveillais, le traversin dans les bras.

Pour le baiser, je n'avais pas besoin de montre, je le faisais en comptage mental. J'aimais bien jouer. J'y prenais goût, l'ambiance, être une autre, ailleurs.

Les alpinistes le disent, dès qu'on monte, l'oxygène devient rare, l'altitude rend euphorique.

Fred me trouvait parfaite.

Il y avait deux rangées de bancs : même s'il n'y avait personne, ça faisait un début de public. Les bancs, et moi là-haut. Enfin, nous.

On est vautrées toutes les quatre sur mon lit, Broussaille, Camille, Boucle et moi, emmêlées, une bête à quatre têtes, un monstre animal grouillant de jambes, cimentées, enchevêtrées. Boucle d'Or, une main dans celle de Camille. Camille caresse les cheveux de Broussaille. Broussaille a les yeux dans le vide. J'ai la tête sur son ventre. Juliette n'est pas là. Elle est à Lyon, pour un entretien d'embauche, on cherche des hôtesses chez Air France.
  On l'attend.
  On attend toujours Juliette.
  On parle de l'été qui vient. De ce qu'on fera. On joue au jeu du Moi, le principe c'est de se raconter un truc *vrai* qu'on est la seule à avoir fait. Une des premières fois où on a joué, Broussaille a dit qu'elle avait fait l'amour à trois et elle a gagné vu que personne d'autre ne l'avait fait. On a une règle : ne jamais s'exclamer, s'indigner, on ne fait pas de remarque, on se contente de céder le point ou de le bloquer si on l'a fait aussi. Si le point est cédé, en général, le jeu s'arrête.
  On cherche un truc qui nous fasse différente, unique. Camille dit qu'elle a fumé un joint mais Broussaille aussi alors ça s'annule. Boucle dit qu'elle n'est jamais allée à Paris mais nous non plus.
  Je regarde les doigts de Camille dans les cheveux roux de Broussaille. Camille porte une bague en toc qui change de couleur en fonction de son humeur. Là, elle est bleue. C'est la chaleur du corps qui doit faire ça.
  Je pense à Antoine.
  Je dis : "Ça fait un an qu'on ne m'a pas fait l'amour."

C'est toujours le jeu. Camille s'incline. Broussaille aussi. Je vais marquer le point ? Pas si vite... Boucle rougit, elle lève un doigt : "Moi non plus." Elle s'est exprimée d'une voix tranquille. Elle repose sa main sur sa cuisse. On la regarde, parce que Boucle est mariée, elle a un gosse. On pense toutes à Daniel, forcément. En flash. Je suis gênée. Mais on a une règle : on ne commente pas. On ne développe pas. Pas de questions, même entre nous après, c'est le principe. OK, donc, pas de point. Qui propose autre chose ? Personne ?

C'est un jeu assez con, quand on y réfléchit.

Pour se détendre, Camille raconte des blagues, celle du type qui tombe du dix-septième étage et qui, pour se rassurer, se répète : "Jusqu'ici tout va bien..." Celle du poisson rouge qui tourne en se demandant ce qu'il va faire dimanche. Avec mes doigts, je dessine des oiseaux en ombre sur le mur, avec le bec et les ailes.

— Et si on le faisait ? je finis par dire.

— Faire quoi ?

Je sors le prospectus du concours de ma poche.

Ce matin, j'ai lu mon horoscope, Vierge, troisième décan : c'est votre jour de chance, vous pouvez tout oser.

— Ça nous changera les idées ! Plutôt que de rester à rien faire.

Je leur propose tout ce qui me passe par la tête, tricotin, peinture sur bois, macramé. Quand j'arrive au défilé, d'un coup, elles bondissent.

— Chiche !

Broussaille s'y voit déjà, en jupe à paillettes, Boucle d'Or en robe lamée, Camille, gilet, casquette.

Elles s'enthousiasment.

— On va s'inscrire, alors ? je dis en me levant.

Suit un silence.

Boucle se rassoit.

— Je ne pensais pas que tu étais sérieuse, Jess.

— Ben si.

— La maison, le boulot, je n'aurai pas le temps, elle ajoute.

Ses yeux brillent comme si elle allait chialer.

Je regarde les autres. Ben quoi ? Camille se tasse.

— Moi, je n'oserais jamais.

— Tu n'oserais pas quoi ?

— Défiler devant des gens.

Ça m'énerve, qu'elle dise ça. On est une bande de filles, on a grandi ensemble, les meilleures copines du monde, toutes nées la même année, 1962, ça nous fait déjà vingt-trois ans. Je trouve super qu'on puisse avoir un projet soudé, même si on est différentes.

Boucle, c'est la plus sage, elle mène une vie de famille déjà bien rangée. Broussaille est imprévisible, c'est une amoureuse, elle cherche l'homme de sa vie, pour le trouver elle papillonne d'un mec à l'autre. Camille est géniale, un caractère fort, tout ce qu'elle veut, c'est son fourgon. Juliette rêve d'un grand destin.

— On a le temps, c'est fin mars, je dis, ça nous laisse deux bons mois pour nous préparer.

Broussaille serre l'oreiller contre elle. Elle a la peau des rousses, elle aura des rides tôt, c'est ce que dit Camille. Et Camille s'y connaît en visage.

— OK, mais pour carburer à la fringue, il faut du tissu et on n'en a pas.

— On peut en acheter.

— Tu sais coudre ?

— Non, mais ça ne doit pas être si difficile. Et puis on peut acheter des fringues toutes faites.

Camille regarde sa montre, elle doit retourner bosser.

— Attends !

Je la retiens par le bras. Si elle s'en va, c'est fichu, alors je me lance :

— Par rapport à la mer, on est à combien ? Trois cents ? Quatre cents kilomètres ? Et pourtant, un jour un homme a construit un bateau ici. Et tout le monde lui a dit que c'était du grand n'importe quoi, que son bateau ne naviguerait jamais, mais lui, il n'a pas écouté ceux qui disaient qu'il n'y arriverait pas. Il a construit son bateau, tout seul, parce qu'il a senti que c'était bon pour lui et tant pis s'il était loin de la mer. Eh bien nous, c'est pareil, on est loin de la mer, mais ce n'est pas une raison pour s'empêcher de voguer. Si on ne fait rien, on va rester dans un petit tiroir, et on va rester dans le même jusqu'à la fin. Avec ce concours, on peut monter dans les cimes, comme au flipper, c'est ce qu'il a fait le navigateur avec son bateau, hop ! Un bateau bumper ! Si un homme a été capable de construire un bateau ici, d'en avoir eu l'idée, et d'être allé au bout de cette idée, malgré tout ce qu'il a entendu, s'il a pu construire son bateau et l'emmener jusqu'à la mer, et le mettre sur l'eau et le faire flotter tout autour du monde, si un homme a pu faire ça, nous on doit bien être capables de faire trois petits pas sur une estrade, vous ne croyez pas ?

Elles me fixent toutes les trois parce que je me suis un peu emballée et que ce n'est pas mon habitude, et aussi qu'elles ne saisissent sans doute pas très bien ce que vient faire ce bateau dans notre histoire.

— Il faut toujours se placer par rapport à la mer, je conclus.
Voilà.
Camille hoche la tête.
— Il faut vraiment que j'y aille, elle dit.
Elle enfile son manteau. Je regarde sa main. Sa bague a viré au grenat.

Après, c'est Boucle qui s'en va.

Broussaille et moi, on reste, on met des disques et on attend Juliette.

Broussaille ne lui laisse pas le temps de s'installer.
— Jess a une idée !
Juliette pose son sac à paillettes sur mon lit. Elle retire son blouson, son écharpe.
Broussaille lui tend le prospectus.
— On va faire un défilé de mode.
Broussaille lui raconte tout, la mer, le bateau, le petit tiroir et les bumpers du flipper.
— Camille a la trouille mais, toi, tu en es ?
— J'en suis de quoi ?
— De l'idée de Jess ?
Juliette me regarde. Elle met un temps à répondre.
— Bien sûr que j'en suis. Si c'est une idée de Jess…
Elle est crevée. Elle fouille dans son sac, sort un paquet de chamallows entamé, le lance sur le lit.

Elle s'allonge entre nous, les mains sous la tête, les yeux au plafond. Elle est déçue, Air France, ça a foiré, ils ne prennent que des candidates qui parlent anglais.

Juliette dit que je suis l'intellectuelle de la bande, elle m'admire pour ça. En fait, je suis quelqu'un d'extrêmement complexé.

C'est pour cette raison que je me retrouve sans rien. Sans mec et sans boulot. Parce que je crois à ce qu'on me dit. Et surtout parce qu'Antoine a pensé que ça n'irait pas, nous deux. Une fin de journée, il est rentré, j'étais chez lui, ce *chez lui* que je croyais être *chez nous*, il a accroché sa veste au portemanteau. Il a semblé étonné de me trouver là, alors qu'on commençait notre vie ensemble. "Il faut qu'on parle." J'ai senti le vent tourner. Je n'ai pas voulu parler. Pas de ce qu'il voulait. J'ai filé dans la cuisine, j'ai mis la quiche dans le four : "Il paraît qu'un girafon est né au parc, on pourrait aller le voir demain ? Et ce week-end, si on allait à Annecy, ils annoncent du beau temps, on fera une promenade sur le lac en pédalo ?"

Surtout ne pas laisser de place au vide.

Je suis revenue dans le salon.

Il me suivait des yeux. J'ai tout tenté, proposé Chamonix, monter avec le train jusqu'à la mer de Glace… Il a fini par me bloquer la main. C'est un gentil, Antoine, en un regard il m'a débarquée en douceur alors que j'avais tout laissé pour le suivre, me mettre dans son sillage, tout, mes parents, mes copines, ma ville, ma chambre, mon boulot chez la fleuriste. Dans mon cerveau, c'était la panique totale. "Jessica, s'il te plaît, assieds-toi." Il m'a appelée Jessica, mon nom en entier. Je me suis assise. Je l'ai dit, c'est un gentil, Antoine. "On ne va pas continuer", il a pourtant dit. J'ai tenté d'en rire : "Tu as rencontré une fille ? Ce n'est pas grave, on peut avoir des histoires, je peux comprendre, une aventure d'un soir ou deux, ah ah ah ah !" Mais il n'y avait pas de fille, pas d'autre histoire. Il n'avait rencontré personne. Il ne me quittait pas pour une autre. Il me quittait pour quoi, alors ?

Dix mois, ça avait duré, nous deux. Dix mois ma main dans la sienne, à aller toujours là où il allait. À être *un*. Quand il me regardait, je fondais. Liquide, de haut en bas, de cerveau et de corps.

Il a repris sa veste : "Je m'absente deux jours." Tout ce que ça sous-entendait, qui était dit là, bien explicite derrière ces mots : je te *laisse* deux jours, je te *prête* l'appartement, je ne pars pas, c'est toi qui pars, je suis gentil mais tu auras *décampé* à mon retour.

D'un coup, j'ai eu froid. J'étais chez lui. Seulement *chez lui*. Et pas *chez nous*. Et encore moins chez moi.

Il a ouvert la porte et il est parti.

Je n'ai pas bougé.

Le jeudi, j'étais dehors, à vivre mon premier jour sans lui.

Je suis allée au parc, j'ai vu le girafon, il tétait sa mère, c'était touchant.

Cet après-midi, avec Juliette, on se fait un film au Vox, la séance de 17 heures. On a droit au tarif réduit. On n'est pas difficiles sur le sujet, on veut juste voir un film.

Après, on va traîner au bistrot de la Fontaine. Le bistrot est mitoyen de l'hôtel, un PMU tout en profondeur, avec billard, baby-foot et flipper. Il y a des cuisses de femme dessinées dans chaque cage du baby-foot, au feutre, le sexe à la place du trou et les deux longues jambes qui partent de part et d'autre des cages. Pas de tête, pas de tronc. Le trou et les jambes. C'est violent, quand ils marquent.

On ne sait pas qui a dessiné.

La bande à Moreno nous regarde. Ils sont à leur table, près du flipper. Les Marocains aussi sont là. Mehdi, leur chef, mate Juliette. Moreno aussi. Des durs, la bande à Moreno et les Marocains. La patronne ne les lâche pas des yeux ; au moindre geste, elle les sort.

La patronne voit toute la salle, et aussi dehors. Pour l'aider, elle a pris une serveuse du hameau des Bosset, une fille gentille qui fait la route en mobylette. Deux portes de saloon séparent la salle des cuisines. Elle les pousse avec le ventre, à chaque passage, ça se referme derrière elle, vlan, vlan.

Tommy est près de la fenêtre. Tommy, c'est le frère de Juliette, il a seize ans, il ne va plus au lycée, plus nulle part. C'est un garçon bizarrement bâti, très haut de jambes et avec peu de torse, un visage petit, en triangle, une tignasse épaisse. Il aime sa sœur plus que lui, il la regarde toujours comme si c'était un soleil. Sinon, il ne parle pas beaucoup. C'est plutôt quelqu'un qui observe.

On s'assoit à sa table.

On commande des Gini.

Juliette s'est mis dans la tête d'apprendre l'anglais. Elle a retrouvé ses livres, niveau sixième : *"My name is Betty. Your name is John."* Une leçon par jour.

Elle se trimballe avec son manuel.

— Tu ferais mieux d'aller à Londres, je dis.

Elle hoche la tête.

Partir, elle aimerait bien.

Je repense au défilé. Broussaille est OK. Juliette aussi. Camille hésite encore mais ça devrait passer. Si Boucle renonce, c'est sûr, on ne le fera pas. Mais Boucle, on la connaît : elle dit toujours non, et après elle dit oui.

Mes parents habitent au premier étage et ma grand-mère vit dans la loge au rez-de-chaussée. En toute logique, à sa mort, mes parents descendront d'un étage et occuperont sa loge. Et je prendrai la suite. Depuis trois générations, ça fonctionne ainsi, comme un mouvement perpétuel voulu par ma mère et ma grand-mère.

Pas sûr que je veuille ça pour moi.

— On va peut-être faire un défilé, pour la fête, je dis.

Ma grand-mère lève la tête. Elle tricote une brassière, elle ne sait pas pour qui. Elle a acheté de la laine grise. Le dos est fini. Elle trouve le gris triste, alors elle a acheté une pelote orange vif pour les côtes et le col.

— Un défilé de quoi ?

— De mode.

Elle stoppe le mouvement de ses aiguilles.

— Peut-être, ou sûr ?

— Peut-être.

J'ai faim. J'ouvre son frigo. Deux tranches de rôti froid. J'en prends une. Avec de la moutarde et du pain.

— Tu as du courrier.

Elle me montre, sur le buffet. L'enveloppe sent la lavande, c'est François.

Elle pose son tricot sur ses genoux. Elle me regarde avec douceur.

— Tu vas te marier ?

— Mémé !

Avec François, on est sortis ensemble *une* fois. Juste sortis. L'an dernier. Après Antoine. On a fait une promenade le long du Bourde. On s'est un peu embrassés. Depuis, il m'écrit des mots avec de la lavande.

Elle dit qu'il ne faut pas laisser passer sa chance, que c'est sûrement un poète, un sensible, il ferait un gentil mari. Et que je suis un cœur à prendre.

Je ne suis pas sûre d'aimer les gentils.

Elle range son tricot dans son panier. Elle a du travail, deux repas à préparer, l'hôtel fait restaurant pour les clients et c'est elle qui s'en occupe.

Broussaille aussi le dit, qu'il faut que je trouve un nouveau mec. Que c'est important, l'amour, le corps, la baise. Elle a déjà essayé de me coller à ses copains. Moi, je ne veux pas un mec, je veux une histoire. Antoine, c'était une vraie, une grande, courte mais exceptionnelle histoire, un prince qui m'a emmenée haut, dans un ciel plein d'étoiles.

Les yeux d'Antoine, c'était de l'or liquide, avec du sombre autour – je m'en fous de l'or, mais je suis sensible aux ténèbres.

Broussaille dit que j'exagère toujours quand je parle de lui.

L'hôtel penche. Je suis dans mon lit. Je le sens. Pas à la façon forte d'un toit, bien sûr, mais si on pose une bille sur le sol, elle roule. Une erreur infime dans la construction.

Sur chaque palier, il y a une petite fenêtre qui donne sur l'arrière-cour. Mon père est dans la chambre 12, il l'utilise quand elle est libre, à cause du calme.

Il se met sous la lampe, avec ses livres. Il étudie les insectes. L'hôtel en est infesté. Les plus rares, il les capture, il les tue au froid. Il les tue pour les garder. Il y a toujours quelques spécimens qui congèlent à côté des sorbets. Il les laisse un jour ou deux. Il dit que c'est une mort par engourdissement. Qu'il n'y a pas de douleur. Après, il les fait dégeler pas loin du radiateur et il les pique sur un bouchon.

Un jour, pour me montrer, il a mis une guêpe vivante dans le compartiment des œufs. Deux heures après, la bête était groggy de froid, pas morte mais plus d'énergie. Deux heures plus tard, elle était sur le dos. On l'a remise dehors, vu qu'il s'en foutait de la collectionner, et elle est repartie.

J'y suis peut-être allée un peu fort, avec cette idée de défilé.

Le Bourde passe dans la ville. C'est une rivière très poissonneuse. Il a plu au nord, son niveau est haut. S'il pleut encore, il va déborder.

Je m'assois au soleil, après le pont. J'écoute l'eau couler.

C'est un coin de saules pleureurs, leurs branches fines effleurent la surface. L'été, c'est un endroit de serpents, de grenouilles, de têtards. Un coin de libellules, aussi. Je viens souvent m'asseoir sur le talus. Les libellules n'ont pas d'attachement, elles sont là, et un jour, elles repartent, elles vont voir ailleurs. Et là où elles s'arrêtent, ce nouveau bord de mare ou de rivière devient *leur* bord de mare, de rivière.

Pour le concours, on s'est donné trois jours pour réfléchir. Après, si on est toutes d'accord, on ira s'inscrire.

Les réussites, je les fais au sablier. J'enchaîne des parties. Des jeux hypnotiques, avec des briques en couleur qu'il faut ranger. Je finis souvent coincée, sans mouvement possible. Quand je gagne, ça me fait crier.

La joie, c'est très vif comme sentiment, intense, violent, mais ça retombe vite. Alors je recommence. Nouvelle partie.

Quand je dois rendre l'ordi, je me colle à la fenêtre, je compare des mots qui ont un sens proche, par exemple passion et bonheur, chagrin et tristesse, table et bureau. J'en décline toutes les nuances.

Le chagrin, c'est comme la joie, vif, mais ça ne dure pas, alors que la tristesse est un état qui s'installe sur la longueur.

Boucle sort de derrière son guichet, jupe droite en laine, coupe en dessous du genou, les cheveux bien attachés. Elle vient contre ma table.

— Jess, te fâche pas, mais...

Elle m'explique ce qu'elle m'a déjà dit : ce n'est pas un bon plan pour elle, ce défilé. Avec son mari, ils ne se voient déjà pas beaucoup. Daniel est crevé quand il rentre, il aime qu'elle soit là. Et il y a Paul. Paul a trois ans, il a besoin d'elle.

— Tu nous laisses tomber ?

— Je suis désolée.

— On ne le fera que si on est toutes les cinq. Si tu ne viens pas, on n'ira pas.

— Jess...

Je regarde la rue.

Elle insiste.

— Vous pouvez très bien défiler sans moi.
— Non, on ne peut pas.

Boucle est une craintive, elle a toujours peur que son monde s'écroule. La répétition des jours la rassure. Ce qu'elle veut, son idéal de vie, c'est se lever tous les matins avec Daniel, préparer du café, réveiller le petit Paul, beurrer leurs biscottes, toujours les mêmes, des Pelletier, avec juste une variante croissants pour les dimanches, et ainsi jusqu'à la fin de sa vie.

Je lui dis de réfléchir.

Parce que nous, on a commencé à y penser. Sérieusement. Enfin moi, surtout.

Elle retourne à son guichet.

Je regarde son dos.

Le matin, dans le journal, j'ai lu mon horoscope : "Ne prenez pas de décisions à la hâte, et méfiez-vous de vos emportements."

Mais là, je suis partie.

Je le dis aussi à ma mère, qu'on va peut-être participer au concours. Elle ne répond pas. Elle fait ses petits calculs à la table de la cuisine. Avec son crayon, elle ajoute, elle retire. Elle réfléchit. Elle râle.

Des clients, il n'y en a jamais assez. Pas comme les ennuis. Les ennuis, c'est tant qu'on en veut, c'est ce qu'elle dit. Parfois, tout va bien, et brusquement ça bascule. À cause du délabrement. Du manque de place. Du manque de clients. Ou de trop de clients.

Elle se lamente.

Ma mère n'a jamais vécu ailleurs. Elle dit que c'est le seul endroit où elle peut vivre. Dans cette ville. Sur cette place. Auprès du Bourde. Que c'est l'endroit sur la terre où elle est chez elle. Et que si on est là où on doit être, rien de mauvais ne peut arriver.

Elle lève les yeux, croise les miens, les attrape. J'aurais dû partir avant qu'elle m'embarque.

— Louer pour une seule nuit, ce n'est pas rentable, hein, Jess ? Surtout l'hiver, avec le chauffage. Et puis la lessive, les draps. Ou alors il faudrait ne pas systématiquement changer les draps. Tu en penses quoi, toi ?

Je ne veux pas penser.

Pas à ça.

Elle me montre la chaise.

Que je vienne voir.

Que je m'assoie.

Dans ma chambre, le chauffage est à fond, j'atteins péniblement les 15 degrés. J'entends les bruits d'eau dans les canalisations, un client qui tire la chasse, prend sa douche.

L'hôtel est au milieu de la ville, sur la place principale. Tommy fait du patin à roulettes devant l'église.

Une lumière m'éblouit. C'est Juliette. Sa chambre est juste en face, à cinquante mètres au-dessus du salon de coiffure de son père, le salon Aubert, avec la mairie à droite, la Maison de la presse, le bureau de tabac.

Je la vois, elle chope la lumière de sa lampe avec son miroir, et elle m'envoie l'éclat, d'une fenêtre à l'autre, ça traverse, c'est le signal, elle a toujours fait ça pour me dire qu'elle arrive.

L'été, c'est le soleil qu'elle attrape.

Je descends.

La bande à Moreno est campée sur un banc. Ils arrêtent de parler. Ils me sifflent. Et alors quoi ? Pauvres gars… Je suis à peine dehors que Tommy m'arrive dessus, il me tourne autour, quatre roulettes, avec le frein devant, une paire de patins flambant neuve, où est-ce qu'il a encore piqué ça ?

Je prends la ruelle qui longe l'église. L'école privée Marie-Advertance, la cour et, derrière, les hauts murs du couvent.

J'entre dans l'église par la petite porte.

Ma grand-mère est devant sa Vierge, l'Immaculée, pas en prière mais en train de laver le sol autour de son socle. Elle porte sa blouse lisse, du nylon sans manche avec son pull rouge dessous.

L'été, elle porte la même blouse, mais sans le pull.

Elle fait ça chaque semaine, un lavage sur un périmètre bien défini. Quatre rangées de cinq dalles irrégulières. Sous la Vierge seulement, pour lui marquer sa dévotion. Et aussi sa préférence. Le curé lui a déjà dit qu'on ne doit pas faire de préférence dans une église, il lui a montré les dalles moins brillantes devant le Christ cloué. Mais ma grand-mère est féministe, la Vierge seulement.

Pas envie qu'elle me voie. Je rase le mur. Direct le fond. En décembre, ils font une grande crèche de Noël, avec de la mousse et des santons. La crèche est de plain-pied, on peut s'y engouffrer. Un jour, j'étais petite, on m'a retrouvée endormie entre les pattes du bœuf.

Je me glisse dans la niche, un pied de marbre avec, au-dessus, l'autel qui porte l'ancienne Madone. On raconte qu'une fille à demi sauvage l'a sculptée avant que la ville n'existe, sans outil, seulement avec ses mains, ses dents et ses ongles, pour les couleurs elle a creusé dans la terre, les racines, en a tiré des pigments. Une statue de vingt centimètres, qui vous traverse de ses yeux.

À partir d'elle, on a bâti la ville.

Avec Juliette, on s'est liées ensemble et aussi à la Madone. C'était il y a longtemps. On était gamines. On a fait ça ici, pour devenir sœurs. Une entaille chacune, au doigt, à la pointe d'un compas, c'est ce qui était convenu. On s'était donné rendez-vous à l'église. Quand elle est arrivée, elle a dit : "Le doigt, ça ne suffit pas", elle a touché ma lèvre. Elle a sorti une lame de rasoir. Elle a commencé, elle, la première, une entaille rapide et sans hésiter, dans le pulpeux de sa lèvre. Ça a saigné bien plus que ce qu'on pensait. Elle m'a tendu la lame. Je n'ai pas pu le faire alors elle l'a fait pour moi. Après, pour mêler notre sang, on a collé nos bouches, et on est devenues sœurs. On a mis du sang aussi sur la cape de la Madone, pour nous mêler à elle et nous faire frangines avec elle aussi. Après, pendant des jours, j'ai eu la lèvre gonflée. Maintenant, quand je regarde la Madone, je me sais liée.

Dans la niche, ça sent le marécage, j'entends l'eau, c'est le Bourde qui passe.

Je sais qu'on ne doit pas regarder les gens à leur insu, mais je regarde ma grand-mère. Elle a laissé son balai contre le tonneau d'eau bénite. Elle soulève sa robe et sa main brasse dans ses jupons. Elle en a plusieurs. Toute une épaisseur. Une poche profonde est cousue dans l'un d'eux. De cette poche, elle sort une fiole. Elle ouvre le robinet, remplit la fiole. Dans le silence, j'entends couler l'eau, on dirait quelqu'un qui pisse. Quand la fiole est pleine, elle remet tout en place, reprend son balai, son seau et elle sort.

J'attends Juliette.

Il faut toujours attendre Juliette. Même quand elle dit "j'arrive".

Sous mes doigts, je sens nos barres. C'est nous deux, Juliette et moi, qui les avons creusées. Une écriture braille, dans la paroi. En ligne et avec un clou. Une barre pour chaque amoureux qu'on a eu. Il n'y en a pas tant que ça. On ne couche pas beaucoup. Broussaille, oui, mais pas nous. Ma dernière barre profonde était pour Antoine.

Un bruit de pas. Juliette est là, elle se voûte, se glisse à côté de moi.

— Broussaille a encore changé de mec… Un type en Golf, je viens de les voir, il l'attendait devant la boulangerie.

Elle dit aussi qu'elle a croisé Boucle, il ne faut pas compter sur elle pour le concours.

On parle du film qu'on a vu la veille à la télé. Avec une actrice très brune, on ne retrouve pas son nom. On cherche. On passe les lettres de l'alphabet, A, B, C, D…

— Dalle ! Béatrice Dalle !

Voilà, on a trouvé.

— Béatrice, c'est moche comme prénom.

Moi, j'adore l'actrice.

On reparle de Broussaille et du type à la Golf. De tous les garçons qu'elle a eus. On les compte. On parle de ceux qu'on a eus, nous, de ceux qu'on aurait aimé avoir. Ceux d'un soir, et ceux de plus.

Un mec, ça commence quand ? Avec le premier regard ou avec le premier baiser ? Ou la première fois où on couche ? Ou la première fois où on y pense, quand on en rêve sans même qu'il le sache ?

Et les mecs qu'on invente, est-ce que ça compte ?

Juliette m'a déjà pris des mecs, certains dont elle n'était pas amoureuse mais qu'elle voulait. Ce qui fait qu'on a quelques barres communes. Je ne lui en veux pas. L'été dernier, elle est sortie avec le fils de l'entrepreneur en BTP, Raphaël, celui qui a les grues et les camions. C'est sa barre la plus profonde.

— On pourrait quand même s'inscrire ? je dis, parce que d'un coup je repense au concours.

Je n'ai pas envie de lâcher. Un truc à faire entre nous. Ça nous engage à quoi ? Et ça fera peut-être venir Boucle ?

On dit qu'il va y avoir une montée des eaux et que le Bourde va tout inonder. Des employés charrient des sacs de sable, ils les entassent dans le couloir de la mairie. Sacs ou pas, si l'eau doit passer, elle passera.

19 heures, je vais chercher mon père au théâtre. Je gare la voiture dans la cour, la 4L blanche dont il a retiré un siège arrière pour agrandir le coffre.

— Cinq minutes, dit mon père quand il me voit.

La salle est déserte.

Ils ont accroché un rideau, huit bons mètres de velours épais. Je monte sur la scène. Les mites ont fait des trous dans le velours, la lumière passe à travers, dessine des formes kaléidoscopiques.

Je regarde la salle à travers un trou.

Mon père, ce n'est pas un bavard, mais c'est un costaud, et le ciment c'est son histoire. Il lui cause comme à du vivant. Parfois il lui grogne dessus parce que l'enduit prend mal, trop vite ou trop lentement, que l'humidité fatigue la prise, ou que l'air est trop sec.

Des fois aussi, il le caresse doucement du plat de sa truelle.

— Il faut que tu travailles, Jess.
Boucle d'Or insiste.
— Que tu fasses quelque chose. Tu ne peux pas rester comme ça, à rien faire.
— Je fais.
— Tu fais quoi ?
En ce moment, je lis le Code civil, c'est passionnant. Trois mille cent soixante-six pages. Couverture rouge. Je l'ai trouvé à côté d'une poubelle.
Bien sûr, j'ai des jours qui sont plus occupés que d'autres. Il faudrait que j'aille à la fac. Ou que je suive une formation. Boucle dit que pour la fac, c'est trop tard, mais que pour la formation, je devrais sérieusement y réfléchir.
Elle me parle d'un stage au jardin botanique de Roanne. Il s'agirait de sarcler sous les serres, d'arroser les plantes, des petits entretiens divers comme planter des graines, surveiller la pousse.
Elle me donne un numéro de téléphone pour que je les appelle.
Boucle est certainement la personne la plus raisonnable que je connaisse. Je lui promets de faire un effort.
Elle me retient :
— Tu les appelles, hein ?

En sortant de la Maison sociale, j'aperçois Broussaille, elle marche main dans la main avec son nouvel amoureux, celui de la Golf.

Évaluer ce qui va advenir. D'instinct. Plus ou moins bien et du mieux qu'on peut.

Le bus pour Roanne est déjà à l'arrêt quand j'arrive au bas de la rue Magnan, je fais des grands signes, cent mètres, putain d'hiver, je suis engoncée dans mon manteau, pas facile de courir, je vois des visages derrière les vitres, indifférents, on me regarde pourtant, les portes se referment, le bus repart. Trop tard. Je reste sur le trottoir. Fichu contretemps, je vais lui dire quoi, à Boucle, moi, maintenant ?

Un homme m'observe du trottoir d'en face. Il traverse, me parle de la fausse ponctualité des bus et des chauffeurs qui n'aiment pas les jeunes. Une chose en entraîne une autre, le prochain ne passant pas avant une heure, il me propose un verre, il y a un bar pas loin, à côté du stade.

En chemin, il veut savoir si je suis d'ici et comment je m'appelle.

— Je m'appelle Greta, je m'entends lui répondre ça, Greta Meunier.

Comme la fille au théâtre qui finit au bagne.

— Greta, c'est un beau prénom, il dit.

Il a les lèvres sèches et la voix traînante. J'oublie un peu le botanique, de toute façon, les plantes, je l'ai dit, ce n'est pas mon truc.

On arrive au bar. Fermé *exceptionnellement*, c'est écrit sur la porte.

Il propose qu'on aille chez lui. Une petite voix me murmure de faire gaffe. Broussaille dit qu'on a deux cerveaux, l'un pour la raison et l'autre pour le reste. J'ai envie du reste. Envie de me souvenir que j'ai un corps, d'être soulevée, couchée, embrassée, désirée. Les portes du bus se sont refermées juste devant moi, si ce n'est pas un signe du destin, ça ! Cupidon qui claque des mains, basta le botanique, fermeture *exceptionnellement* du bistrot, et me laisse avec lui, un inconnu sur un trottoir. Il y a des hasards. Je le regarde mieux. Il a les mains larges, les poignets solides. Pas si mal.

La quarantaine, quand même.

J'ai vu un film, à la fin la fille court vers le garçon, ils sont sur une plage, j'ai oublié le titre, mais il y a une jolie musique, elle se jette dans ses bras et il la fait tourner.

— Alors ? il insiste.

Je dis oui. Et puis je dis non. Et je redis oui. Je n'ai pas l'habitude de suivre comme ça. Sa voiture est tout près. Il a une voiture ? Je pourrais lui demander de me conduire au botanique.

Il habite à l'autre bout de la ville, un appartement au troisième, rue Ampère. Escalier étroit. Petit couloir. Une fois dans son salon, je sens que ce n'est pas un bon plan. Qu'est-ce que je fous ici ? Il me sert un verre. Il veut m'embrasser, je détourne la tête. Il s'excuse.

— Je vais peut-être un peu vite ?
— Un peu, oui.

Il met de la musique. On danse. Il pétrit mes hanches.

On boit un autre verre, c'est de l'alcool fort, du coup ça me calme les nerfs. Je me dédouble un peu. Je suis ni bien ni mal. Je me laisse faire. Il glisse ses mains sous mon pull. Il me prend les seins, les caresse, en emplit ses mains. Une fois dans la chambre, il continue. Déballe tout. De moi. De lui. Il me couche sur le lit, écarte mes jambes. S'enfonce. Ni vite. Ni mal. Ni bien. Sans violence mais avec impatience, l'efficacité de celui qui a un truc à faire. Il râle, s'agite. À un moment, il m'appelle Greta et ça me fait carrément marrer. Je prends un fou rire.

Il sort la tête de mon épaule.

— Pourquoi tu ris ?
— Pour rien.

Il continue. Il est seul. Il baise pour lui. Avec mon corps, mais pour lui. J'ai l'impression d'être dans la pièce à côté et que c'est juste mon corps qui est là. Je ne ressens rien. Je l'entends qui geint.

— Tu as joui ?

Il me demande ça ! Ça me laisse sans voix. Qu'il puisse penser que. Pour du sexe vite fait, mal fait. Un coup d'un soir. Comme je ne réponds pas, il insiste :

— Tu as joui, hein ?

C'est à peine une question. Parce qu'en plus, il voudrait.

— Non, je réponds.

— Tu es sûre ?

— Ben quand même.

Il s'étonne. Ça devient grotesque. Alors il veut recommencer. Remettre ça. Et il y va. Il s'acharne, s'épuise. Vas-y, surtout te gêne pas, fais comme chez toi, deux fois il s'arrête pour vérifier où j'en suis. Il se croit un maître alors qu'il bricole. Il pousse des cris de goret, transpire, ses aisselles commencent à puer le rance, c'est très embarrassant. Je vois son cul. Je suis dessous. Dans ce genre de situation le temps passe très lentement. J'entends la voix du premier cerveau – "Pourquoi tu le laisses faire ?" Je pense au botanique, putain de bus ! Si je revois le chauffeur, je le crève !

— Et là ? il demande, l'autre, en émergeant cramoisi d'entre mes seins.

— Quoi, là ?

— Ben là ?

Il commence à m'énerver.

— Tu ne ressens rien ? Ce n'est pas possible ! Ou alors t'es frigide ?

Frigide ! Ben voyons. Pour en finir, je sens qu'il faudrait que je sois gentille, que je le rassure. Que je lui dise oui, pas de plaisir, jamais. Eh bien non, mille excuses.

Je pourrais lui parler d'Antoine.

— La jouissance, c'est le prix du talent, tu vois ce que je veux dire ?

Il avale sa salive. Non, il ne voit pas.

Je le vire d'entre mes cuisses.

— Et puis merde, sors-toi de là.

Je reprends ma culotte. Il s'assoit sur le bord du lit, son dos est blanc, il a des poils sur les omoplates.

— Casse-toi, il dit.

Je suis bien élevée. Pas d'esclandre.

— Je peux quand même prendre une douche ?
— Casse-toi, je te dis.
OK. Je n'ai pas le choix. Je me rhabille. Je vide les lieux. Je me retrouve dehors. Il n'y a pas de bus. Rien. Voilà. J'ai mal évalué. Je rentre à pied.

Rue Chapelle, rue Griffon, rue de la Croix, rue Seguin, place des Cordeliers. C'est interminable. Ma culotte est mouillée, je n'aurais pas dû la remettre.
Rue du Lycée, j'aperçois Tommy, il sort du gymnase. Il ne m'a pas vue, il me vient droit dessus, le front baissé.
— Tu vas au lycée, toi, maintenant ?
Il relève la tête. Il lâche ce qu'il tient contre lui, un pull blanc avec un sapin vert, il le ramasse, le remet entre les pans de son blouson. Il file sans un mot, se retourne quand il est hors de portée, me vise avec un revolver imaginaire, bang bang !
Je m'en fous, de Tommy.
J'arrive sur la place, crevée. Broussaille est sur le trottoir en train de laver la vitrine. Elle la nettoie chaque jour. La vitre doit être transparente comme du cristal. Aucune trace. On doit voir les gâteaux du trottoir comme s'ils étaient à côté, qu'il n'y avait pas de vitre.
Je ne veux pas lui parler. Je contourne l'église. Je dois avoir une sale tête, elle voudra savoir ce qui s'est passé. Broussaille, c'est une tique, quand elle s'accroche, elle ne lâche pas, et je n'ai pas envie de lui raconter.

La première chose à faire, me laver. Les dalles du couloir sont irrégulières, je bute sur la première. Je bute toujours sur celle-là, ça fait un bruit.
— Jess, c'est toi ?
Je ne bouge pas.
Ma grand-mère est dans sa loge. Elle entendrait une mouche entrer.
— Jess…
Je reviens sur mes pas.
Elle est à sa table, les vierges en plastique bien alignées devant elle, elle les a bourrées d'eau bénite. Sauf la dernière. Elle a fait

tomber le bouchon, impossible à retrouver. Elle a raté son feu aussi, il y avait des braises pourtant, et du papier, mais voilà, le bois doit être humide.

— Si tu pouvais essayer, toi ?
— Tu ne préfères pas plutôt brancher le radiateur ?

Elle ne préfère pas. Elle a du bois, et elle aime sa flambée du soir. L'écorce sent la mousse, je brasse dans les cendres et le feu part. Je retrouve le bouchon. Les vierges sont prêtes. Une par chambre, plus une pour la salle à manger et une pour le salon des parents. Les autres, elle les garde.

— Tu remontes déjà ?
— Faut que je me lave, mémé.

Une fois sous la douche, je frotte ma peau. Mes cheveux. Je laisse couler longtemps.

Ma mère gueule d'en bas :

— Ça coûte cher, l'eau !

Du même coup, elle me demande de monter ramasser les draps qui sont étendus sur la terrasse.

Je regarde la ville. L'air est humide. Le ciel est blanc. Un oiseau chante au bout du toit. Mon espace se limite là où portent mes yeux. De cet espace, je connais tout. L'été, j'entends les télés, les disputes, les cris d'amour, ceux des chats, ceux des hommes.

Je suis comme dans un phare. Je ne suis jamais entrée dans un phare mais j'imagine que c'est comme ça, la vue qui porte loin, avec du vent et des oiseaux. Et le sentiment d'être forte, invincible, même quand les choses foirent, que ça ne se passe pas comme on veut.

— On devrait faire comme les oiseaux, chanter tous les soirs au soleil couchant.

Je dis ça à ma mère, quand je redescends.

Elle répond qu'il faut bien laisser des petites choses aux oiseaux.

Si un jour on refait le jeu du Moi, je dirai que j'ai baisé avec un mec de quarante ans et j'aurai le point.

Des oiseaux, il n'y en a plus un, ce matin. À cause de la neige. Elle est tombée dans la nuit. Vingt centimètres sur la place. Des flocons lourds qui collent aux fils et aux branches. Tout scintille. Pour sortir des maisons, les hommes déblayent, ils font des chemins à coups de pelle.

J'ai oublié de ramasser les draps et ils ont gelé, ils sont comme du carton recouvert de cristaux. Si je les déplie, le tissu va casser.

Je descends.

Je bois un café.

Je téléphone au jardin botanique, le job est pris par une fille qui a déjà travaillé chez eux l'an dernier. Pas de regrets à avoir.

Je sors marcher dans la neige.

Le fils Canfre est au milieu de la place, dans son fauteuil de handicapé, les yeux au ciel, il gobe les derniers flocons qui tombent. Son père lui a roulé sur les jambes quand il était petit, une marche arrière, il était dans l'angle mort, la roue lui a brisé le bas du dos, arrachant à la colonne ce qu'il faut de nerfs pour tenir debout et marcher.

Tout est blanc. Tout est beau. Le prieuré, les vieilles croix dans l'ancien cimetière.

Je croise Broussaille, elle quitte le 12 rue Pasteur. Ses lèvres sont gonflées, elle a l'épiderme à vif, toutes ses taches de rousseur sont dehors. On échange quelques mots sur cette neige imprévue.

Camille est d'accord pour le défilé, elle l'a vue, il ne reste plus qu'à convaincre Boucle d'Or.

On se regarde toutes les quatre, Juliette, Camille, Broussaille et moi.
— On le fait, alors ? Vraiment ?
— On le fait, je dis.
— Et Boucle ?
Camille a hésité mais elle en est. Pour Boucle, pour l'instant, c'est non.
Il ne s'agit pas de se prendre au sérieux, juste de s'amuser.
On se lève, on y va, cap sur la mairie.
La secrétaire nous donne un formulaire à remplir. On écrit nos noms.
— Pour rubrique, on met quoi ?
— Défilé de mode.
Pour la durée, on ne sait pas, je coche "À définir".
La secrétaire jette un coup d'œil à ce qu'on a rempli. Elle nous regarde. À part Juliette, c'est sûr, on n'a pas des physiques de tops.
— Il faut un nom à votre groupe.
Un nom ? On n'y a pas pensé.
— On est des copines, comme les doigts d'une main.
La secrétaire propose "Quatre filles".
— On est quatre, mais on va peut-être être cinq, je dis.
— Peut-être ou sûr ?
— Peut-être.
Alors elle écrit "Quatre filles" et elle tamponne la feuille. Les gagnants remporteront une coupe. La coupe est sur une table, brillante comme un miroir, on va se regarder dedans. Avec le panier à côté. Pas encore garni. À gagner aussi.

Je reviens vers la secrétaire.

— Dans le vent !

— Quoi dans le vent ?

— Notre nom, Quatre filles dans le vent !

— Comme dans les années soixante, Sylvie Vartan avec Françoise Hardy et Sheila... Je ne me souviens plus de l'autre... Une blonde... France Gall !

Je ne sais pas de quoi elle parle, je hoche quand même la tête. Elle rectifie sur la feuille.

— Pas quatre ! Cinq ! je dis. Cinq filles.

Elle râle, ça fait des ratures.

— Quatre filles dans le vent, c'est plus joli, elle dit en mordant le bout de son Bic.

— Mais on va être cinq.

— Et alors ? Les mousquetaires, ils étaient quatre, Athos, Portos, Aramis et D'Artagnan, et on dit quand même "trois", *Les Trois Mousquetaires.*

Elle repose son stylo.

— On rectifiera quand vous serez sûres.

— On est sûres.

Je me retourne vers les autres.

— Boucle viendra. On sera cinq. Cinq filles. On a toujours été cinq. Elle ne nous lâchera pas, il suffit de l'attendre.

La secrétaire laisse quatre et, entre parenthèses, elle ajoute "cinq". Elle nous montre : "Quatre filles dans le vent (cinq)".

— Ça vous va comme ça ?

Broussaille vient lire par-dessus mon épaule.

— On n'est pas des filles, on est des femmes.

— Non, on est des filles.

— C'est quoi la différence ?

J'écarte les mains. Je ne sais pas dire. Je lui montre la secrétaire : elle, c'est une femme, ma mère aussi.

Juliette s'avance.

— Ni femmes ni filles. On est des copines. Il faut mettre *copines*, Quatre *copines* dans le vent.

— *Copines*, ça ne va pas, je dis.

Broussaille opine.

— Jess a raison, *filles*, c'est mieux.

Camille est d'accord.

Juliette se vexe.

— Dans ce cas… Ils font quoi, les autres ?

— Quels autres ?

— Les autres inscrits.

C'est top secret. Elle insiste. La secrétaire cache la feuille.

— Il ne faut jamais regarder ce que font les autres.

Elle précise que, de toute façon, tout le monde n'est pas encore inscrit.

— Tu aurais pu laisser *copines*, ça te faisait quoi ? elle me dit quand on se retrouve seules.

— *Filles*, c'est mieux.

Elle hausse les épaules.

Je lui prends le bras.

Juliette sort du lot, et elle n'est pas sotte. Elle a eu son bac avec mention, mais il lui manque quelque chose. Quelque chose que j'ai. Je ne sais pas dire quoi. Si, je sais, elle veut toujours avoir raison.

Maintenant qu'on est inscrites, plus question de reculer.

Le lendemain, on se retrouve toutes les quatre à la Maison sociale. Camille a apporté des magazines. On les feuillette, on cherche de l'inspiration sur des chanteuses qui ont des tailles de guêpe et portent des jupes ultra-courtes.

— Même en défilant lentement, à raison de deux minutes chacune, on sera sur une durée de dix minutes, quinze en comptant large, pas suffisant pour faire un spectacle.

— Il faudrait partir sur l'idée de deux tenues chacune.

— Trois, ce serait l'idéal, dit Juliette.

— Oui, mais c'est du boulot.

On décide de penser simple, de se contenter d'un début et on verra au fur et à mesure.

Penser *simple*, c'est penser première tenue.

— Tu en penses quoi, toi ?

Broussaille n'est pas concentrée. Elle a la tête ailleurs. Elle remonte la manche de son pull, découvre son poignet, nous montre la gourmette en argent, le nom gravé, "Gilles". Elle porte cette gourmette comme une alliance, un signe d'appartenance.

— Je suis amoureuse...

On se marre. Broussaille, on la connaît, ce n'est pas la première fois qu'elle nous fait le coup du grand amour. Elle, ce qu'elle aime, c'est les débuts, premier regard, premier baiser, après, elle s'habitue, elle se lasse.

Ma mère dit que c'est une délurée, qu'elle a mauvaise réputation, qu'elle devrait arrêter ses cochonneries, mais je crois que c'est de la jalousie. Les cochonneries de Broussaille, tout le monde a envie de les faire. Je dis bien tout le monde. Même peut-être ma mère.

Seulement, on n'ose pas.

Il fait froid, la neige tient au sol. Moreno traîne sur la place avec des filles. Pour les faire rire, il attire des pigeons avec du pain. Il tient un bâton dans son dos. Dès qu'un pigeon s'approche, il frappe. Il fera quoi s'il en tue un ? Les pigeons se méfient mais ils ont faim. L'un d'eux a les pattes atrophiées. Les filles rient fort. Elles sont vulgaires. Elles sont habillées comme des putes. Les pigeons sont malins. Lui est patient. Pas possible d'être si con.

Quand il me voit sortir, il bombe le torse. Montre ses abdos musclés sous son polo moulant.

Je m'en fous, de son torse.

— Paraît que vous allez défiler ?

Je m'arrête.

— Comment tu sais ça, toi ?

Il fait bouger son petit doigt à côté de la croix qu'il porte à son cou.

— Dieu me parle la nuit.

Moreno, je le connais depuis toujours. Ses parents habitent dans l'impasse, il a une flopée de frères. Ce n'est pas un méchant mais il lui faudrait un peu d'instruction.

On était dans la même classe en CM2. Un jour, il m'a coincée, on allait sortir en récréation, je me suis levée de mon bureau, il a profité de ce que tout le monde quittait la salle pour s'approcher de moi et il a plaqué sa main entre mes cuisses. Je me suis figée. La main de ce con. Sur mon sexe. Avec le regard qui va avec. J'avais onze ans. Lui treize. Il avait accès à des choses que j'ignorais. Des choses du corps qui lui faisaient une odeur forte, très particulière. J'ai ressenti de la honte et aussi du plaisir, sans pouvoir dire dans quel ordre ça s'est présenté. Comme s'il avait réveillé un deuxième cœur avec sa main. Il y avait du bruit dans la classe. Du mouvement. Je suis restée hypnotisée tant qu'il a laissé sa main. Je ne sais pas combien de temps cela a duré. Sa main en coquille. Ni où était monsieur Rouet, le maître d'école. J'ai eu l'intuition de vivre quelque chose d'important, qui avait un lien avec la vie, avec la terre et le ciel, avec la lumière, un lien avec le pouvoir et la création du monde et des vivants. Un lien aussi avec la mort.

Depuis, chaque fois que je croise son regard, je sens sa main.

— Pauvre gosse, geint ma mère en fixant l'écran.

À cause du petit Grégory qu'on a retrouvé mort il y a trois mois déjà, c'était en octobre, dans une rivière qui porte le nom de Vologne et qui ressemble à notre Bourde.

L'enquête se poursuit.

— Celui qui a fait ça, elle dit.

Elle glisse un doigt sur sa gorge. Ajoute du lard dans le plat de lentilles. Elle fait chauffer. Je mets les couverts. Mon père écoute les informations, à sa place, en bout de table : le président François Mitterrand est interviewé dans la cour du Louvre, devant la pyramide en verre. Après, Gorbatchev je ne sais pas où et Genève sous la neige.

Ma mère change de chaîne, elle met les jeux.

Elle me donne une portion de lentilles pour ma grand-mère. Je descends l'assiette. Quand je remonte, je sens que le vent a tourné.

Ma mère a servi mon père. Il mange.

Elle me sert. Ses gestes sont brusques. Les lentilles collent à la cuillère. Elle tape fort la cuillère qui tinte contre l'assiette.

— C'est vrai ce qu'on raconte ?

— Qu'est-ce qu'on raconte ?

— Que vous allez vous donner en spectacle, toi et tes copines.

— Je t'en ai parlé…

— Je sais très bien que tu m'en as parlé, mais tu as dit concours, pas défilé.

Elle se met à rengainer, comme quoi on nous a vues à la mairie et qu'il va bien falloir que je m'y mette un jour. Travailler, se marier, avoir des enfants, c'est comme ça, c'est la vie. Que l'amitié, tout ça, c'est bien beau mais c'est l'enfance. Il faut que je prenne du plomb dans la cervelle. On ne vit pas toujours chez ses parents. Elle ne le dit pas méchamment, elle le répète seulement, pour la millième fois, que j'ai l'âge, que si je continue je vais fêter Sainte-Catherine, "C'est ce que tu veux, finir vieille fille, avec un chapeau idiot sur la tête ?" De la jugeote, aussi, elle ajoute. Et que la fleuriste, c'était ma chance, je l'ai laissée passer. Que c'est vite trop tard pour les filles. Et qu'elle, à mon âge, etc.

— C'est drôle, quand même, cette image du plomb dans la cervelle.

Ma mère se fige. Sa main qui se crispe.

Mon père lève les yeux sur elle. Il la regarde tant qu'elle ne se détend pas.

Après, il doit repenser au plomb dans la cervelle parce qu'il secoue la tête et il rit.

Tous les soirs, mon père fait ça, une fois le dîner fini, la table débarrassée, il sort son agenda, il l'ouvre à la page du jour et il écrit quelques lignes sous la lampe.

Je ne sais pas ce qu'il écrit. Je n'ai jamais lu. Ni cherché à lire. Ma mère non plus, enfin je ne crois pas.

Chaque 31 décembre, il glisse l'agenda fini au fond du buffet, avec ceux des années passées, et le 1er janvier il en commence un nouveau. Il y en a douze, rangés derrière les verres à pied du dimanche. Des agendas de même format, sauf les deux premiers, 1973 et 1974, qui sont un peu plus grands.

Je ne sais pas où il les prend. Peut-être au garage, car sur la couverture en carton, il est écrit Dunlop Pneus.

Des fois, quand il écrit, je le regarde. S'il lève les yeux, je lui souris, un sourire doux et large, et j'imagine qu'il va écrire mon sourire.

Avant, ma chambre était plus grande, mais elle donnait sur l'arrière. Je préfère celle-là. Je vois tout.

La neige ne fond pas, à cause des températures qui sont toujours au-dessous de zéro.

Le père de Juliette est posté sur son trottoir. Depuis qu'un nouveau salon de coiffure s'est ouvert, il a moins de clients. Alors il attend. Pour faire face, il diversifie, il vend de la lingerie fine dans l'arrière-salle. C'est un homme soigneux, il range les sous-vêtements dans une valise. Il laisse toucher, essayer. Ma mère achète ses dessous chez lui. Des fois je l'accompagne. "Un joli 90B, ça te dirait ?" il m'a demandé un jour.

Il est de bon conseil et il ne tripote pas.

Mon oncle Que-Que, lui, il tripote, il est tactile. Quand il me dit bonjour, il m'embrasse, il met sa main à ma taille et il caresse un peu. On dirait qu'il a mille doigts. Il a toujours fait ça. Même quand j'étais à peine ado. C'est un sournois. Un vicieux. Il a du désir. Sa femme ne voit pas.

Ou alors elle voit et elle s'en fout.

C'est pour ça, quand il vient à la maison, je mets toujours des grands pulls.

J'entends japper. C'est Moreno et sa bande, ils font toujours ça quand Juliette sort. On dirait que quelque chose de fou s'empare d'eux. Moreno la suit, il renifle l'air dans son sillage. Il se colle presque à elle, passe sa langue sur ses lèvres, la fait tourner dans sa bouche.

Juliette ne fait pas attention à lui. Elle traverse la place, vient chez nous, disparaît dans le couloir, un bonjour à ma grand-mère, elle monte jusqu'à ma chambre.

— Tu devrais lui donner un grand coup de pied dans la gueule quand il fait ça, je dis.

Elle hausse les épaules, retire sa doudoune. Dessous, elle porte le pull en laine blanche, celui avec le sapin.

— Il faudrait qu'il arrête un peu, ton frangin.
— Qu'il arrête quoi ?
— Ton pull.

Elle ne voit pas, vraiment. Elle fait l'innocente. Elle rit. Ses dents sont blanches comme de la neige.

— Les frères…, elle dit.

Elle n'est pas venue ici pour parler de son frère. Qu'on monte plutôt sur la terrasse.

Elle reprend sa doudoune.

Une fois là-haut, elle sort ses cigarettes, des Marlboro, le paquet rouge et blanc, avec le beau cow-boy à la veste en jean. Elle fume. On regarde les toits. Et derrière les toits, les collines.

— Pour le défilé, j'ai réfléchi. Si on passe trois fois chacune, avec les pauses, on peut faire un spectacle d'une trentaine de minutes.

Elle hoche la tête.

— Trois passages, c'est trois tenues, tu penses que c'est possible ?

Elle souffle la fumée.

— Je ne sais pas.

— Pour les fringues, tu as une idée ?

— Il y a une friperie sur la nationale, on pourrait aller voir ? Ils vendent des vêtements pas cher, certains au kilo, des tissus au mètre, des accessoires...

— On en parlera aux autres.

— Oui.

— Et on ira toutes ensemble.

Ensemble, j'y tiens. Il ne faut pas trop se prendre la tête. L'idée, c'est de porter des vêtements immettables en ville mais qu'on a envie de porter, et avec lesquels on se sent bien.

— On va briller en jouant les tops, comme à l'écran.

— À l'écran, dit Juliette, c'est facile, tout brille.

Elle tend le bras.

— Regarde !

Une montgolfière monte dans le ciel, derrière la colline. Ce n'est pas la première fois qu'on la voit. Mais c'est la première fois dans ce froid et avec la neige. On lui fait des signes mais les vents la poussent vers le sud.

— Un jour, nous aussi on ira au sud, dit Juliette.

J'aime quand Juliette dit *nous*, qu'elle m'englobe dans son avenir.

— On partira comment ? je demande.

— Par la grande route, après la scierie, le dernier tournant, on fera du stop.

Elle dit que c'est comme ça qu'*on* s'en ira.

— Et si personne ne nous prend ?

— On marchera.

— Et après, quand on aura les pieds en charpie ?

— Quand on ne pourra plus faire un pas, c'est qu'on sera arrivées, alors on s'arrêtera.

On fixe la montgolfière.

Moi, ce n'est pas de vivre ailleurs qui me fait peur, c'est de m'en aller d'ici.

Le froid a rosi ses joues. Elle balaie la neige de la rambarde. S'y appuie. Ses yeux sont très pâles.

— Viens près de moi, Jessou.

J'aime quand elle m'appelle Jessou.

Elle balaie la neige pour moi.

Je m'appuie à côté.

On entend siffler en bas, deux longs et un court. C'est Tommy, il est au milieu de la place, ses guiboles maigres qui dépassent du short, les chaussures dans la neige. Il siffle encore, c'est un langage codé entre lui et sa sœur, c'est elle qui lui a appris, en mettant ses doigts dans sa bouche, index et majeur, les pointes en poussée sous le mouillé de la langue, pour bien lui faire sentir, puis ses doigts à lui dans sa bouche à elle, jusqu'à ce qu'il comprenne et soit capable.

C'est l'heure du dîner.

Elle ne descend pas.

— Bientôt, on aura des enfants, elle dit.

— Je ne suis pas sûre de...

Elle répète :

— Bientôt, on aura des enfants. Et ils s'aimeront, même s'ils naissent loin d'ici, dans des villes différentes, dans des pays différents, nos enfants se rencontreront, ils se reconnaîtront, et ils s'aimeront.

Elle souffle la fumée loin devant elle.

— Et si la vie nous sépare un jour...

— Pourquoi tu veux que la vie nous sépare ?

— Si on ne doit plus jamais se voir, Jessou, il faudra penser à cette montgolfière. Dans un moment, on ne la verra plus, mais ça ne veut pas dire qu'elle n'existera plus, elle sera ailleurs, pour d'autres, autrement, c'est tout.

Elle dit cela dans un souffle alors que la montgolfière n'est plus qu'un point.

Tommy siffle à nouveau, trois sifflements brefs, elle écrase son mégot et cette fois elle descend.

Moreno pisse dans le mur de neige que les hommes ont fait pour dégager la place. Avec sa pisse, il tente d'écrire le prénom de Juliette. Il parvient à écrire seulement "Jul". Alors il appelle les autres.

Il y a bel et bien un fond au vide de Moreno et il vient de le toucher. Il n'ira pas plus bas.

Ceux de sa bande s'approchent, veulent finir ce qui a été commencé. La chose n'est pas simple. Ils rient comme des bossus, ils en mettent partout, ils se secouent la bite pour faire couler tout ce qu'ils peuvent, mais même en s'y collant tous, il manque le *e* de la fin.

Alors ils se tournent vers le fils Canfre. Parce qu'il est là, dans son fauteuil. Ils se tournent vers lui et ils lui montrent la neige.

Le Canfre n'y va pas.

Moreno insiste, il l'encourage : "Juste le *e* de la fin, la dernière lettre est pour toi, t'as quand même de quoi dans ton bazar ?"

Le Canfre ne bouge pas, alors ils lui lancent de la neige en se moquant de lui. Je les vois faire, du seuil.

Le Canfre habite au fond de la ruelle. Après l'accident, son père est venu détruire à grands coups de pioche les deux marches de la ruelle pour qu'il puisse être libre avec son fauteuil. Il a fait ça avec une rage folle, de grands coups sur les dalles anciennes. Tout le monde s'est tenu à bonne distance. Personne n'a rien osé lui dire.

On dit le Canfre incapable d'écrire, de lire, de déchiffrer, sans autre savoir que celui avec lequel il est né. On le dit demeuré.

Un jour, je l'ai pourtant vu parler à un arbre, il se tenait à lui et il écoutait l'intérieur comme si quelqu'un lui causait de sous l'écorce. Après un moment, il a levé la tête et il a regardé les branches, il avait un sourire béat sur le visage.

Ma grand-mère dit que la forêt est en lui, avec tout ce qu'elle a de sauvage.

Quand Moreno et sa bande s'en vont, il fait rouler son fauteuil jusqu'à la neige. Il a toujours un mouchoir avec lui. Un bout de tissu qu'il ne lâche jamais. À cause d'une sueur excessive.

Alors avec ce pauvre tissu, et sans un regard pour les gens de la place, il efface doucement les lettres jaunes du prénom.

D'avoir trop traîné, je suis gelée. Je tire une chaise près du four, j'ouvre la porte, je mets les pieds devant. Il est juste chaud.

Derrière la fenêtre, le brouillard tombe. Le brouillard, c'est le pire, on le respire, il nous met l'humidité dans les poumons.

Le robinet de l'évier est mal fermé, il laisse couler un goutte à goutte dans la bassine rouge. La bassine est pleine, il semble qu'elle ne peut plus contenir une seule goutte et pourtant d'autres gouttes tombent et s'ajoutent sans que l'eau déborde. Elles disparaissent toutes les unes après les autres, indissociables de la masse.

Je fixe le robinet, une goutte se forme, elle reste accrochée, se gonfle et finit par tomber, ploc, entraînée par son poids, elle creuse un trou dans la surface bombée.

Déjà, il s'en forme une nouvelle.

J'attends celle qui fera déborder la bassine. Elle ne sera pas plus responsable ni victorieuse que les autres. Et elle se perdra autant. Les autres l'auront amenée à cela. Même la première, celle qui est tombée dans la bassine vide. Et je me dis qu'il n'y en a pas une qui est plus importante que l'autre. Que la dernière, celle qui fera basculer le tout, n'a pas plus de valeur qu'une autre.

Elle est liée aux autres.

Je pense à ces choses.

— Heureusement, gronde ma mère en déboulant dans la cuisine, on va bientôt passer à l'heure d'été.

Sur la lancée, elle me demande d'enlever les pieds du four afin qu'elle puisse y glisser le plat.

Jette au passage une poignée de carottes dans la bassine qui déborde aussitôt.

Le guichet de l'ANPE est ouvert seulement quelques heures par jour. Camille et Broussaille sont à une table, elles me font des signes, mais Boucle aussi, elle veut que je vienne à son guichet. Son chef a ouvert mon dossier, il a exigé des explications suite au rendez-vous raté au jardin botanique. Je lui raconte pour le bus. Je lui jure que j'étais à l'heure, que ça s'est joué à rien. Je ne sais pas si elle me croit. Elle sort un dossier. Elle me propose un remplacement, six mois à la maison de retraite, avec probabilité d'embauche. Elle m'en parle en priorité.

— Les vieux, le corps, la toilette, ce n'est pas trop mon truc.
— Ta mémé, tu l'aimes bien ?
— Ma mémé, ce n'est pas pareil, et puis je ne la lave pas.
— Mais tu aimerais bien que quelqu'un la lave si elle ne pouvait pas le faire ?
— Oui, bien sûr.

Boucle est désolée.

— Tu fais chier, Jess, il faut que tu bosses.

Boucle, c'est une douce, elle me prévient :

— Tu vas perdre tes droits.
— Donne-moi jusqu'à Noël.
— On est en janvier, Jess. Noël, c'est dans un an !
— Onze mois, même pas.

Je tente un sourire.

Boucle se démène vraiment pour moi. Elle a peur que je n'y arrive pas.

J'en ai déjà accepté, des petits boulots, j'ai monté des meubles en kit, j'ai repassé des chemises, peint une chambre d'enfant, j'ai aussi passé l'aspirateur dans des voitures au garage Guéraud, j'ai fait la plonge au restaurant Belland, pas longtemps, j'ai même fait dégorger des escargots à la ferme hélicicole et je peux dire que c'est atroce.

Je rejoins Camille et Broussaille. Elles rient parce que je me suis bien fait choper par Boucle. On se tire des boissons chaudes. On les boit en feuilletant des magazines. On parle un peu du défilé, comment on pourrait faire les choses.

Juliette doit nous rejoindre.

On ne l'attend pas longtemps.

Elle arrive, un walkman sur les oreilles, un appareil à K7, un Sony, avec fonction autoreverse.

Camille se lève.

— J'ai un truc pour toi.

Elle retire un papier de la poche arrière de son jean.

— J'ai trouvé cette annonce sur le tableau d'affichage de la supérette, ça pourrait t'intéresser.

Elle donne le papier à Juliette.

Juliette déplie le papier.

Je lis par-dessus son épaule : "Dame, cherche jeune fille de confiance, bonne présentation, 2 heures par jour, pour petites aides et compagnie".

Suit un numéro de téléphone.

Pourquoi elle a donné ça à Juliette ?

À Juliette et pas à moi ?

Broussaille a lu ce qu'il y a sur le papier. Elle regarde Camille. Et puis moi. Elle me fixe. Elle attend que je dise quelque chose. Que je réagisse.

Je ne réagis pas.

— Deux heures par jour, oui, ça m'intéresse, dit Juliette.

Ça ne dit pas combien c'est payé. Elle va téléphoner de la cabine au fond de la salle.

Camille a repris son magazine. Elle feuillette les pages. Broussaille me donne des petits coups de pied sous la table. Que je dise quelque chose. Je lui fais les yeux noirs, je m'en fous, qu'elle laisse filer.

Laisser filer, elle ne peut pas. Elle se tourne vers Camille.

— Tu aurais pu en parler à Jess avant, quand même !

Camille lève les yeux des pages Mode, elle me regarde.
— Tu aurais été intéressée ?
— Je ne sais pas... Peut-être.
— Je suis désolée.
Je vois bien que c'est la vérité.
— Te bile pas, ça n'a pas d'importance, je dis.
— Si, ça en a, coupe Broussaille.
Elle est furieuse. Elle dit :
— Jess aurait sûrement refusé mais il fallait lui en parler aussi. En parler aux deux.
Il y a un flottement.
Juliette revient, elle brandit le papier, elle doit filer, elle a décroché un rendez-vous pour tout de suite.
— Y a un problème ? elle demande en enfilant sa veste, parce qu'elle doit nous sentir un peu figées.
— Non, je réponds. On croise les doigts pour toi.
Avant qu'elle parte, on se met d'accord pour aller toutes ensemble à la friperie le samedi qui vient.

Comment elle sait, ma mère, que j'ai refusé la maison de retraite ? Comment est-ce déjà arrivé jusqu'à elle ?

Elle me cueille dès que je passe la porte.

— Les vieux, ce n'est pas pire qu'autre chose, elle dit.

Elle dit aussi que je serai bien contente que quelqu'un s'occupe de moi quand je serai vieille.

— Surtout si tu n'as pas d'enfant, elle précise.

Et qu'elle, à mon âge, elle travaillait depuis longtemps. Elle me reprend la tête avec ça.

Une heure qu'elle astique les marches de l'escalier, dans sa blouse à motifs. Les motifs, des poissons, on dirait qu'ils nagent quand elle bouge, ça me fait marrer.

Elle jette la serpillière sur le sol. Ça claque.

— Mémé n'est plus aussi forte, on ne peut pas faire comme si elle avait toujours vingt ans.

Elle dit ça en se baissant.

Elle lave le palier suivant. La serpillière est lourde d'eau. Elle l'essore avec ses mains sans gants. Un client descend. On le laisse passer. Il dit : "La p'tite, elle n'aide pas sa maman ?"

Ma mère, un jour, je prendrai sa place. C'est la roue qui tourne. Une suite. Sinon quoi ?

Mes semelles sont pleines de boue, j'entre dans la cuisine pour les laver.

Sur la table, il y a une bouteille de lithiné, une eau gazeuse que ma mère prépare en diluant un sachet de poudre blanche dans un litre d'eau.

J'en bois un verre.

Je lave mes chaussures. Je fais briller le cuir avec du cirage sombre.

Le téléphone sonne. C'est Juliette, on devait aller au cinéma, à la séance de 15 heures, elle ne pourra pas, elle a décroché le job ! Deux heures chaque après-midi, entre 15 et 17.

— Je suis contente pour toi. Et la friperie, demain, tu pourras ?

Elle pourra, mais seulement après ses heures.

La friperie est dans un hangar jaune en bord de route, à dix kilomètres, en direction de Roanne. On prend l'auto du mec à Camille, une petite Volkswagen à deux portes.

Boucle arrive comme on démarre.

Elle est tout essoufflée.

— OK, je le fais ! Je vais avec vous.

Bon sang ! Je le savais ! Qu'elle finirait par venir ! J'en étais sûre ! On lui fait une place. Elle s'engouffre avec nous.

Camille conduit, Broussaille est à côté et nous trois derrière. On met la musique à fond et on chante ! On a des ailes ! On est cinq, cinq filles dans le vent, comme la Vartan, Hardy et les autres !

Une fois dans la friperie, on fouille dans les bacs. Des fringues, il y en a tant qu'on en veut. On prend. On pose. Tout fait envie ! Comment choisir ? Les toiles cirées, ça peut faire des jupes, des capes ! Et les voilages, des robes magnifiques ! On se montre ce qu'on trouve. On s'appelle entre les bacs. Ce manteau long en faux cuir ? Faux cils, faux ongles, depuis que je suis née je porte du toc. Je brasse, je vais chercher au fond des bacs, je tire, j'extirpe. Tissus à pois, en nylon. J'imagine, je découpe mentalement. Les tissus chantent quand on les froisse. Les frottements sont électriques, ils nous rendent nerveuses.

Broussaille s'enroule dans une robe mousseline, elle se tâte le ventre, les hanches.

Si c'est trop long, on coupera. Trop court, on pourra superposer. L'uni, c'est ringard, je fouille dans les zébrures, les fleurs, les rayures, ultra-tentant ! J'ai envie de couleurs acides, d'oser les mélanges. Mais les mélanges, c'est tout un art. J'opte pour un pantalon bouffant, une cravate rose et une veste tricotée. Je trouve une paire de lunettes XXL carrées, années soixante-dix, pas sûr que ça aille avec. Je les prends quand même. Je retourne chercher le manteau en faux cuir et la casquette en velours.

Juliette est la plus calme.

Pour fêter nos premiers achats, on s'arrête dans une cafétéria. C'est moi qui invite. Avec l'argent du chômage. L'argent du chômage, c'est plus facile à dépenser, ce n'est pas comme l'argent gagné, dans ce cas on réfléchit davantage.

On déballe tout ce qu'on a acheté. Pour Broussaille, c'est un smoking très sobre et élégant. Camille, une longue nappe de plastique transparent avec laquelle elle pense se faire une tenue.

Boucle d'Or a opté pour une robe à bretelles, un motif léopard qui fait cocotte, on le lui dit mais elle ne voit pas le problème.

Juliette sort de son sac un foulard, une veste sans manches et des cuissardes noires, très luisantes, avec un laçage croisé sur le devant. Des cuissardes ! On les touche. Elles nous font envie. Elle peut les porter. Tout lui va. Elle pourrait mettre un sac. Elle est née comme ça, belle dans les gestes et les détails. Un jour, on était au collège, il faisait froid, elle buvait un chocolat chaud, elle tenait sa tasse entre ses mains, près de son visage, la vapeur se collait à ses cils, j'ai été saisie tellement elle était jolie. Antoine m'a expliqué qu'on pouvait mourir devant la beauté, que ce soit celle d'un tableau, d'une ville ou d'un paysage, c'est un choc émotionnel qu'on appelle le syndrome de Stendhal.

Juliette ne se rend pas bien compte. Son frère le sait, c'est pour ça qu'il la protège. Je l'ai souvent vu se battre pour elle.

— Maintenant, il nous faut un lieu, une pièce pour coudre et faire nos essayages.

Juliette propose sa chambre.

Chez moi, on pourrait utiliser la salle du restaurant, mais seulement quand il n'y a pas de clients, ça ne peut donc pas être régulier, et parfois un client arrive au dernier moment et alors il faudra décamper.

Camille dit que son père nous laisserait sûrement utiliser l'arrière-salle de sa boucherie, il y a des longues tables, pour coudre ce serait bien.

Boucle d'Or dit qu'on peut venir chez elle. Son mari travaille à la SNCF, il est contrôleur de train. Dany est payé le double quand il travaille de nuit, alors il travaille souvent, c'est fatigant mais ils font des économies pour s'acheter une maison. Leur rêve serait d'avoir un jardin.

Le salon de Boucle paraît la meilleure solution. Leur salon est grand et elle pourrait garder un œil sur le petit Paul.

On remballe nos affaires et on repart.

— C'est là que je bosse, dit Juliette quand on passe rue de la Muette.

Camille ralentit. C'est une bâtisse imposante, une de celles qu'on appelle maison de maître, ou maison de famille – du prétentieux, dirait ma mère. Un perron avec des marches, deux fenêtres de chaque côté de la porte, trois à l'étage et des lucarnes sous les combles. Dans le jardin, un bassin rond. L'usine est juste derrière, trois longs baraquements abandonnés, avec les toits pointus, et sur le fronton : "Établissements BARNES".

— Tu fais quoi ?

— Des petites choses… Elle n'habite plus ici. Elle nettoie la maison, il faut mettre dans les cartons.

— Bien payé ?

— Ça va.

— Elle est sympa ?

— Bof…

Juliette se redresse. Elle imite le ton pompeux de sa patronne.

— "Mon père a beaucoup œuvré pour cette ville. D'ailleurs, il y a un charmant petit square qui porte notre nom sur l'arrière de la maison, Square J. F. Barnes."

— Elle parle vraiment comme ça ?

— Ouais. "Y a-t-il quelques nécessiteux à qui nous pourrions donner ces habits ?"

On rigole.

Camille accélère.

Elle se gare en double file, nous lâche devant la mairie. Me rappelle.

— Jess, je viendrai épiler ta mère demain. Tu lui dis ?

Ma grand-mère a eu un petit malaise pendant qu'on était à la friperie. Le docteur Orbal est venu, il a laissé une ordonnance. Rien de méchant, elle a besoin de repos.

Je reste avec elle. Je mets de l'ordre dans sa cuisine et je prépare le dîner, du réchauffé de la veille, pour les deux clients de l'hôtel.

Je lui parle du job que Juliette a trouvé grâce à Camille.

Ma grand-mère connaît bien la maison Barnes et aussi l'usine. Une usine de papier, qui avait excellente réputation jusqu'à Lyon. Elle dit que le père Barnes était un bon directeur, sévère mais juste, qu'il était apprécié de tous ici. Il employait beaucoup de monde dans ses ateliers. Il sortait des tonnes de rouleaux.

Elle me fait remarquer que Camille aurait pu me proposer ce job plutôt que de le donner à Juliette.

Les premiers bruits, l'estafette de l'épicier, les pigeons sur le toit, l'angélus de 7 heures. Ma grand-mère dort encore. Je sors lui chercher son journal. La place disparaît dans une humidité mauve que la lumière jaune des lampadaires traverse à peine.

La nuit a été douce.

La neige fond.

J'aime les matins quand la ville s'anime.

Durant la nuit, quelqu'un a tagué "COCUE" sur la porte des voisins Daval. Tout le monde parle de ça.

Quand je reviens, ma grand-mère est debout, elle semble bien aller, elle a préparé le café. M'en sert un bol brûlant. Un autre pour elle.

Je lui raconte pour Daval.

— Daval serait passé dans l'arrière-boutique du coiffeur, il aurait acheté des dessous de taille 38 et des bonnets 90B, avec dentelles et perles.

— Sa femme a une poitrine énorme, du bonnet C minimum, et un ventre en proportion.

— Justement…

Ma grand-mère rit derrière sa main. Ça me fait du bien de la voir rire.

Ma mère nous rejoint. Elle se sert une tasse. Elle veut savoir ce qui nous fait rire. On lui raconte.

— Comment il peut avoir une maîtresse alors qu'il garde ses chaussettes au lit et qu'il a une bite de castor ?

— Comment tu sais ça, toi ? demande ma grand-mère.

— Tout le monde le dit, ce n'est pas un secret.

J'ai souvent observé les castors dans les branchages sur le bord du Bourde, ce sont des animaux courageux et très romantiques qui ne quittent jamais leur femelle. Ils restent ensemble toute leur vie et sont inconsolables à la mort de l'autre.

Ma mère plaisante sur les mensurations hors norme de la femme Daval et sur tout ce qui se passe dans l'arrière-boutique du coiffeur.

Ma grand-mère jette son châle sur ses épaules et sort pour voir de ses yeux le tag sur la porte, et peut-être en apprendre davantage.

Ça sent la cire dans le couloir. Camille est arrivée. Je pousse la porte. Ma mère est assise dans la cuisine, les cuisses nues, une jambe sur un tabouret, l'autre relevée en équerre, le talon en appui contre la table.

Pas de thermostat. La cire chauffe dans une casserole. Camille épile à température aléatoire, entre tiède et brûlant. L'entre-deux serait idéal mais pas facile à obtenir. Pour le geste, l'arraché parfait de la cire, il faut de l'entraînement. C'est pour ça que ma mère ne paie presque rien. Moi, je ne m'épile pas. Si on commence, ce sera à vie et je ne suis pas si poilue que ça.

Je m'assois sur une chaise.

Je les regarde.

Elles parlent de Daval. On dit qu'il allait chez sa maîtresse tous les vendredis, histoire de bien commencer le week-end. Il aurait été trahi par ses traces dans la neige.

Ma mère rit.

Daval a lavé le mot tagué sur la porte, mais quand on regarde de près, on le lit encore.

Camille tourne la spatule, souffle sur la cire, fait un test de chaleur sur sa main.

Quand elle juge la cire à bonne température, elle étale en épaisseur sur la peau fine, à l'arrière de la cuisse. Ma mère est brune et très poilue. La cire englue les poils.

Ce qui est posé doit être arraché. Ma mère ne rit plus. Elle oublie Daval.

La prise doit être parfaite. Si Camille tire trop tôt, la cire n'aura pas pris, et trop tard, la bande cassera. Il faut le moment juste.

Camille tapote la cire avec son doigt.

— Après ce sera tout doux, elle dit.

Elle souffle un peu sur la peau.

Ma mère se crispe. Pourquoi se fait-elle subir ça ? Les règles, tous les mois, ça ne lui suffit donc pas ?

Camille vérifie une dernière fois, elle jette un coup d'œil à ma mère, et elle tire d'un coup sec.

Ma mère hurle.

Camille sourit, victorieuse, la bande n'a pas cassé, elle lui montre le trophée, les poils pris, une vraie râpe ! Elle me montre aussi, sous la lumière : les poils drus arrachés avec le bulbe sont serrés comme une brosse.

Elle balance tout.

— Ça valait le coup de souffrir…

Elle plonge la spatule, brasse dans la pâte dorée.

Plus de neige. Tout est gris, fondu, ton sur ton, les murs, le ciel, les toits. C'est peut-être vrai que le Bourde va déborder. Hier, près du pont, ses eaux étaient brunes et boueuses, elles charriaient des branches et de la vase.

J'aide ma mère. Je fais les vitres des chambres. J'aime bien. Je frotte et je regarde dehors. Les Fange sont descendus de leur hameau avec leur charrette, ils vendent des légumes sur la place, des œufs, aussi, et des poules vivantes. Le père et un fils et le vieux. Trois générations et le même crâne tondu. C'est la mère qui les rase, tous le même jour, à la file et à la lame, ça leur laisse des coupures.

Juliette est assise sur le banc devant le salon de son père.

Soudain, Tommy déboule, par la ruelle du Lavoir, une fouine qui regarde à gauche et à droite. Il s'arrête à côté d'elle et il ouvre sa poche. Il lui montre. Elle se penche. L'instant d'après, Juliette bondit et elle le frappe, de grandes torgnoles, sans doute pour lui apprendre la vie et à arrêter ses conneries, et après elle le prend contre elle, elle prend aussi ce qu'il lui donne, et elle le serre aussi fort qu'elle l'a battu.

"Tu n'as pas de frère, tu ne peux pas comprendre", c'est ce qu'elle me dit souvent quand on parle de lui.

J'aurais aimé avoir un frère, un plus grand, qui soit mon pendant, mon double, mon ami, je l'aurais regardé avec des yeux immensément ouverts et je l'aurais adoré.

La minute suivante, elle est sous ma fenêtre, le visage levé, dans son petit pantalon rose moulant aux hanches et ses cheveux blonds qui volent dès qu'elle bouge.

— Le quartier nord prépare un char, un truc énorme !

Je descends.

C'est son père qui lui a dit ça, il le sait par la secrétaire de mairie qui est venue se faire coiffer.

— Il y aura aussi une chorale, un sculpteur sur bois, des brodeuses, un accordéoniste et des valseurs.

— On s'en fiche des autres, je dis.

— On a quand même intérêt à être fortes.

— On le sera.

— Parce que sinon, on va être ridicules.

— On le sera, je te dis.

L'air est froid, il faut qu'on bouge.

On prend le bus, ligne 3, celui qui sort du quartier, de la ville, rue du Lac, rue de la Lanterne, le long de la voie ferrée, on reste jusqu'au dernier arrêt, celui de la scierie, au bord de la nationale.

Là, on descend.

Un tunnel s'enfonce sous la colline, dans un virage en coude, l'entrée est dissimulée derrière des buissons d'aubépines.

Pendant la guerre, le tunnel était une planque pour les résistants, c'était aussi un passage secret d'une colline à l'autre. Aujourd'hui, peu de gens le connaissent.

Nous, on le connaît.

On pénètre à l'intérieur. Il y a longtemps qu'on n'est pas venues. Les premiers mètres, ça va, on a encore la lumière du jour, mais très vite c'est la nuit, le noir. Plus de lumière, ni devant ni derrière. On se prend la main. On ne voit pas nos pieds ni nos visages, mais on s'entend respirer et on sent la chaleur de nos paumes et les cailloux sous nos semelles.

Nos cœurs cognent. Le tunnel est droit. On entend seulement nos pas. On ne court pas. Si on court, si quelqu'un, si des doigts, des ailes… Si d'autres voix. On pourrait mourir d'une telle terreur.

On est soudées.

Par nos mains. La peur traverse nos peaux. Siamoises, on est. On vient là pour ça. On se cramponne.

Et on l'aperçoit enfin, le point de lumière, tout au bout.

Alors on ralentit le pas. On desserre un peu nos mains. C'est là-bas. Là-bas qu'on va. Vers cette trouée.

Le ciel, des herbes folles, quelques buissons. On ressort à la lumière. On est sauvées. On est dehors. On se moque de notre peur. La lumière vive nous fait rire. D'avoir eu peur, on se sent vivre.

On marche jusqu'au pont, une passerelle large construite pour permettre aux animaux sauvages de passer d'un versant à l'autre.

Au-dessous, c'est l'autoroute.

Un autre monde.

Notre bout de port.

Notre quai à nous. On regarde l'étendue des collines, la plaine, à perte de vue. On s'appuie. On fait de grands signes aux voitures qui passent. Les camions nous klaxonnent, ils nous font des appels de phares. On hurle dans leurs bruits. On les sent qui passent, dessous, ça nous secoue.

Juliette se penche, elle est sur la pointe des pieds, elle fixe en bas.

— Et si on sautait ? Plutôt que mourir lentement, à petit feu, ça aurait du panache, une mort éblouissante, en apothéose.

— Tu déconnes, là ?

Elle éclate de rire.

— Bien sûr que je déconne.

Elle se laisse retomber à côté de moi.

Je sens les battements de mon cœur. Elle est folle ! Pourquoi elle me fait peur comme ça, toujours !

— Mais on pourrait s'en aller, elle propose calmement.

— Maintenant ?

— Pourquoi pas ? Il suffit de descendre le pont, de longer le grillage jusqu'à l'aire de repos, là il y a des voitures, des camions, quelqu'un nous emmènera.

— On n'a pas nos affaires.

— On en achètera.

— Tu as des sous sur toi ?

— Non. On en trouvera.

Elle décrit une ville au bord de la mer, de longues journées au soleil, un avenir libre et joyeux et qui commence par cette route.

Elle rêve pour nous deux, accoudée à la rambarde. Et je rêve aussi, de ses rêves à elle. Je les prends comme s'ils étaient les miens, comme si ce qu'elle voulait était aussi ma volonté. Pour partir, il faut du courage, parce qu'on ne sait pas ce qu'il y a ailleurs.

J'entends un bruit. Je tourne la tête. Une biche broute l'herbe à l'entrée de la passerelle. Elle est jeune, son poil est clair. Elle doit se sentir regardée parce qu'elle cesse de brouter, lève la tête.

Elle nous voit, sur le pont.

Elle a de l'herbe dans la bouche. Elle s'arrête de mâcher, nous jauge un instant, et s'enfuit d'un bond très rapide.

— C'est bien qu'elle ait peur.

L'heure tourne. Ce n'est pas aujourd'hui qu'on prendra la route.

Il faut penser au dernier bus. Juliette me prend la main. On rejoint le tunnel. Sur la droite, un peu avant l'entrée, il y a une source, cinq minutes de sentier abrupt jusqu'à l'orée du bois. Des croix sont plantées autour de cette source, des centaines de petites croix faites de deux brindilles nouées. De loin, on dirait un tas de branches.

Je grimpe.

Elle me suit.

Il n'y a pas de morts enterrés. Pourtant, même très assoiffée, Juliette a toujours refusé de boire l'eau qui sort d'entre ces croix.

Je mets mes mains en coupe, mes souliers sont dans la boue, l'eau est glacée, elle me coule sur le menton, mes manches se mouillent.

Je bois.

On se retrouve chez Boucle le jeudi, un appartement en ville, pas loin. Daniel est en déplacement. Le petit Paul est devant la télé, à peine s'il tourne la tête quand on arrive.

On tire les rallonges de la table. On déballe nos affaires.

Boucle a acheté deux penderies en tissu, avec des cintres, on pourra ainsi y entreposer nos affaires et les y laisser d'une fois sur l'autre.

Pour la première tenue, on va partir des fringues qu'on a achetées. On fait des essais. Boucle d'Or dans sa robe léopard, un peu hot, elle assume. Broussaille : smoking, cravate et chemise blanche, très chic. Étonnamment sage.

Camille sort sa nappe en plastique transparent, trois bons mètres qu'elle s'enroule autour du corps, pas besoin de coudre, elle fait tenir avec une ceinture rouge, très large. Le plastique crisse quand elle bouge. Elle marche dans le salon. On dirait un bonbon, une bergamote de Nancy.

— On voit mon corps ?

— Un peu.

— Un peu, c'est bien.

Tout se jouera avec l'allure, le style. Quoi mettre ? Avec quoi ? Quelles associations ? Il nous faudra aussi des accessoires, sacs, colliers, chapeaux. Et de jolies chaussures. Et des coiffures originales. Et trouver la musique qui va avec. Il y a beaucoup de choses à penser. C'est un défilé de mode, pas carnaval, on ne veut pas se prendre au sérieux, mais pas être ridicules non plus.

On a toutes un point fort. Un point faible aussi. Il faut cibler le fort. Boucle, c'est son visage. Broussaille, c'est sa dégaine, ses hanches, sa rousseur. Camille, c'est ses fesses, elle a vraiment un beau cul, rond, solide, charnu. Juliette a tout. Antoine disait que mes yeux étaient beaux. Plus penser à Antoine. J'endosse le manteau en faux cuir, je noue la grosse cravate vieux rose. La casquette, une clope.

Un peu à l'écart, Juliette a retiré son jean et elle enfile les cuissardes. Elle les lace, se redresse. Elle est en petite culotte. Gilet sans manches par-dessus sa chemise à carreaux. Entre le haut des cuissardes et le bas de la chemise, dix centimètres de peau blanche.

Elle fait quelques pas.

— Il me faut une jupe avec ça…

Elle lève les yeux, nous voit.

— Quoi ? Qu'est-ce qu'il y a ? Pourquoi vous me regardez comme ça ?

Le petit Paul s'est laissé glisser du divan, il s'approche, touche le cuir brillant des bottes.

À côté de Juliette, c'est sûr, je suis une fille un peu garçonne, j'ai le muscle lourd et je manque d'élégance. Mais j'ai appris à lire facilement et ça a fait ma fierté, même si ma mère dit qu'on ne doit pas être fière de ce que l'on n'a ni gagné ni mérité.

Le cri, on l'entend, malgré les fenêtres fermées. On est dans la cuisine. Mon père, à son bout de table, devant la télé. Ma mère, à l'évier. Un seul cri. On se regarde, tous les trois. Il se passe quoi ?

Un attroupement s'est formé sur la place. Et un autre, dans le passage qui mène à la cour de l'ancien couvent. À l'entrée du passage, il y a un petit jardin, c'est de là que la rumeur monte. Ça gesticule.

La fenêtre de la salle de bains donne sur ce jardin.

Avec ma mère, on va se pencher. Il y a des gens à tous les balcons. On s'interroge d'une fenêtre à l'autre. Personne ne sait rien. On entend la sirène des pompiers.

Ma grand-mère déboule dans la cuisine.

— C'est terrible, elle dit.

Elle s'assoit, reprend son souffle, une main sur le cœur.

— Daval s'est jeté dans le puits. Ce bon monsieur Daval.

Personne ne l'a vu faire, mais il a laissé son chapeau sur la margelle pour qu'on comprenne bien qu'il était au fond.

La femme Daval, le cri, c'était le sien.

— Si j'avais su, elle dit.

— Si tu avais su quoi ? demande ma mère.

Avec ma mère, on continue à regarder en bas.

— Il se passe quoi ? demande mémé.

— Un pompier descend dans le puits, je dis.

— Et maintenant ?

— Il remonte.

— C'était un salaud, murmure ma mère d'une voix blanche.

— Ferme-la, dit mon père.
— Un fornicateur. Et c'est pas parce qu'il est mort...
— Ferme-la, je te dis.
La femme Daval lève les yeux, elle nous voit tous, à nos fenêtres, alors elle crie, un cri de ventre, rauque.
— Qu'est-ce que vous faites là, tous ? Rentrez chez vous ! Y a rien à voir ! Rentrez, je vous dis !
Elle fait des gestes comme pour chasser des mouches.
On se recule un peu des fenêtres mais on ne s'en va pas.
— Et maintenant ? demande mémé.
— Le maire arrive, avec le garde et deux gendarmes.
— Et maintenant ? Hein, et maintenant ?
— Maintenant, ils remontent Daval du puits.

Au dîner, on regarde la télé. On ne dit pas un mot de Daval.
Après le dîner, mon père sort son Dunlop et il l'ouvre à la page du jour. Avec ma mère, on se fige. Parce qu'il va raconter la mort de Daval. La mort, avec tout ce qui va avec, le cri de la femme, le tag sur la porte, les pas dans la neige, le puits, les pompiers. Les rires.
Peut-être qu'il écrit les rires en premier.
Il ne cache pas la page. Je pourrais lire si je voulais.
— Un peu de nerf, dit ma mère.
Parce qu'elle a encore des choses à faire.
Elle s'active autour de lui.
Elle balaie sous la table et entre les pieds de sa chaise. Le balai bute. Après tout, elle n'est responsable de rien, les bruits courent, c'est leur nature, elle a fait comme les autres, elle les a portés, fait passer, elle s'est moquée un peu, oui, mais pas plus que les voisins, et si on ne rit pas quand on peut, on rit quand, hein ?
Mon père écrit. Une demi-page. Une demi-page d'agenda, c'est huit lignes. On fait rentrer quoi en huit lignes ? L'agenda a la même dimension que l'almanach. Son écriture est petite et penchée.
Quand il a terminé, il referme l'agenda et il le remet à sa place dans le buffet.

Douze centimètres, c'est la largeur de l'almanach, je l'ai mesuré. De retour dans ma chambre, je trace huit lignes sur une feuille, en laissant une marge de chaque côté, et je vois tout ce qu'on peut raconter sur un espace même aussi réduit.

Le maire a fait condamner le puits avec une grille épaisse qui semble une herse de château. Moreno et sa bande ont grimpé dessus. Avec une lampe de poche, ils essayent de voir au fond. Ils crachent. Moreno a des sous dans sa poche, les pièces tombent dans le puits. La grille est scellée, impossible à ouvrir. Bien fait pour lui.

Je me recule mais trop tard. Il m'a vue. Il se redresse.

— Tu me regardes, ma petite chatte ?

Je ne veux pas qu'il m'appelle comme ça. Il le sait.

Il répète.

— Ma petite chatte en sucre doux... Descends, tu me verras mieux...

Il se met la main aux couilles, en soulevant bien.

— Va crever, je dis.

Les autres se tordent de rire.

Moreno est un petit gabarit qu'il compense par sa connerie. Une connerie difficile à décrire et qui semble inépuisable. Des fois, je me dis qu'il ne peut pas être aussi abruti qu'il paraît, qu'un tel degré est impossible à atteindre. Qu'il doit bien y avoir une petite lumière.

L'hôtel n'est pas plein mais ma mère a besoin de la chambre 12 pour un habitué, il veut toujours celle-ci, elle demande à mon père de dégager ses affaires.

— Il veut la 12, qu'est-ce que je peux y faire ?

Certains clients sont comme ça, ils demandent, ils exigent, même chambre, même menu, même table. Ce sont surtout des types seuls, des représentants de commerce, des taciturnes, la répétition doit les rassurer, leur donner l'illusion d'être chez eux.

Un jour, un client a réservé deux nuits, et il est resté trois semaines. Dans la chambre 32. Il ne faisait rien. Il ne voulait plus rentrer chez lui. Il dînait tous les soirs dans la salle à manger, la table à côté des plumes de paon. Il était gentil, poli. Ma mère aurait voulu avertir sa famille pour les rassurer, mais elle ne savait pas où c'était, chez lui, ni qui était sa famille. Un matin, il a réglé sa note et il est parti.

Je me souviens aussi d'un type, élégant, bien habillé, il se pointait tous les mardis à 17 heures avec une fille beaucoup plus jeune que lui. Il payait la chambre en prenant la clé, ils s'enfermaient une heure et ils repartaient. Le manège a duré quelque temps et un jour, ils sont arrivés et ma mère leur a dit que l'hôtel était complet. Ce n'était pas vrai mais elle ne voulait pas de ça sous son toit.

Les insectes sur les bouchons, ses livres, ses pinces, ses colles, mon père descend tout dans la salle à manger.
Ma mère l'aide pour que ça aille plus vite. Quand elle arrive en bas, deux insectes ont été abîmés. Mon père est furieux, alors ma mère se lamente sur sa vie impossible.
— Oh mon Dieu, oh mon Dieu, elle répète.
Les mains de mon père tremblent.
Le soir, il ne parle pas à ma mère. Pas un mot.
Le lendemain, pareil.

On peut tout quitter, c'est facile. Chacun. Tout le monde. Comme le client de la 32. En avoir marre d'un coup. Même quelqu'un de calme comme mon père. Parce que quelque chose d'injuste vous arrive un jour, que quelqu'un vous fait mal, ou alors rien ne vous arrive mais c'est juste un état de vie qui vous convenait parfaitement jusque-là et qui vous apparaît soudain insupportable, un lien se brise, vous ne le saviez pas mais c'était fragile, ou fêlé, même déjà fendu, et alors vous prenez la voiture, vous allez dans un hôtel, vous demandez une chambre et vous ne rentrez plus.

Deux sifflements longs suivis d'un court, Juliette m'attend dans la ruelle.

Moreno la suit, il lui tourne autour, les mains au fond de ses poches, jamais loin de la braguette, comme si toute sa vie était là, dans ce fond de tissu. Elle finit par s'arrêter et elle lui parle et je vois que ça le bloque.

— Faut te décoincer de la chatte, il dit quand je passe à côté de lui.

Mais le ton n'y est pas. Il a l'air fatigué.
Je brandis quand même un majeur.
Il faut que je fasse gaffe, je deviens aussi conne que lui.
Je rejoins Juliette le long du mur du pensionnat.
— Tu lui as dit quoi pour qu'il se fige ?
— Qu'il aille lécher sa mère s'il était en manque.
J'éclate de rire.
— Tu lui as vraiment dit ça ?
— Oui, pourquoi ?
Je lui prends le bras. Je la serre fort.
On remonte la ruelle. C'était notre passage quand on allait à l'école, on jouait à se faire peur, on se racontait qu'un aveugle vivait derrière le mur, on entendait taper sa canne, ça nous terrifiait. On avait davantage peur de cet aveugle imaginé que de toute autre forme de mort.

"Dames et Demoiselles doivent se couvrir", c'est affiché à côté de l'horaire des offices. On pousse la porte. Le curé prépare la cérémonie, une messe souvenir pour monsieur Barnes, c'était précisé à l'entrée. Deux enfants de chœur s'affairent autour de l'autel. Une bigote range des fleurs dans un vase.

Juliette me montre une femme sur un banc, c'est Madame Barnes, la Parisienne pour qui elle travaille. Elle prie. Je la vois de profil. Elle porte un drôle de chapeau, ce n'est pas l'habitude des gens d'ici.

— Tu trouves normal, toi, que les femmes doivent se couvrir dans les églises et pas les hommes ? C'est comme à la piscine…

— Quoi, la piscine ?

— Nous, on doit porter le haut.

— Parce qu'on a des seins, Jess.

— Les hommes aussi ont des seins, ils sont atrophiés mais ils en ont.

— Mais les nôtres sont beaux, ils attirent, on a envie de les toucher, de les embrasser, de les…

— Chut…

Juliette a parlé fort.

Des petits coups répétés sont donnés sur le bois de l'autel, le curé nous tolère à condition qu'on ne dérange pas.

On rejoint notre fond d'église. On se glisse sous la Madone, nos cuisses l'une contre l'autre. On tire un peu la porte. On est blotties, au calme, au cœur de la ville.

— Pour nos fringues, il faudrait aller à Lyon, murmure Juliette. Il y a un dépôt-vente pas loin de la gare de Perrache. Ce n'est pas plus cher qu'à la friperie et on peut trouver des choses originales.

On parle à voix basse mais ça résonne.

À part Madame Barnes, il n'y a personne. Le curé commence sa messe.

— Qu'est-ce qu'il dit ? demande Juliette.

— C'est du latin.

— Je sais que c'est du latin, je ne suis pas idiote !

Je lui prends la main. Je lui montre par la porte entrouverte les tableaux du chemin de Croix, le Christ sous le poids, et puis le Christ cloué, Marie Madeleine, les apôtres, Judas…

— Imagine, je dis à voix basse.

— Quoi ?

— Que ce soit vrai, l'histoire.

Juliette hausse les épaules.

— Tu y crois, toi ?

— Je ne sais pas... Si un jour j'y crois, ce sera en direct, pas en passant par des curés.

— Moi, je crois que la pensée est liée au corps, et quand le corps meurt la pensée s'éteint, pschitt, le néant, plus rien.

— Ma mère aussi pense ça.

— Ben tu vois.

Elle sort un paquet de cigarettes.

— Tu crois qu'on va rester ici toute notre vie ?

— Dans cette ville ? J'en sais rien.

— Mais ton idée ?

— Mon idée c'est que si tu allumes cette clope, on va se faire virer.

Elle hésite, regarde sa cigarette, finit par la remettre dans son paquet.

— Il faut qu'on la gagne, cette coupe.

— On participe, c'est déjà bien.

— Mais gagner, c'est mieux. La Madone pourrait nous aider, elle dit en tapant du doigt sur la paroi au-dessus de notre tête.

— La Madone est une *barreuse*, elle stoppe ce qui est mauvais, les coups du sort, les injustices. Elle n'aide pas à gagner un concours.

— On pourrait quand même lui demander ? Si elle n'a rien d'autre à faire, hein, qu'est-ce qu'on risque ?

Elle ressort de la niche. Le mur disparaît sous les ex-voto, il y en a aussi sur l'autel. Juliette sort un stylo de sa poche, elle écrit, à même le mur, le nom de ceux que la Madone doit barrer : "le grand char, la chorale, le sculpteur sur bois". Parce que ceux-là ont leur chance sur nous.

Et puis elle écrit nos noms, et "Cinq filles dans le vent", et "Si vous pouviez nous faire gagner la coupe".

Elle ajoute "Merci".

Et "On vous aime !".

— Parce qu'il faut toujours flatter les puissants.

La pointe de son stylo gratte la pierre.

— Tu vas l'abîmer, je dis.

Elle s'en fout.

Elle va chercher un gros cierge, l'allume aux pieds de la Madone, elle le prend sans payer, elle dit qu'on est dans une église, pas dans une boutique.

Bref, le samedi suivant, on prend le train et on va au dépôt-vente de Lyon, comme a dit Juliette.

Les vêtements sont de seconde main, pas chers, et on ressort toutes avec quelque chose. Un caraco blanc et un drap en satin vert pour Broussaille. Boucle nous étonne avec une robe fourreau bleu métallisé, très flashy, et des gants jusqu'aux coudes. Camille a acheté une robe longue à grosses fleurs, et deux pantalons en velours, bouffants, absolument identiques. Pourquoi deux ? Et les mêmes ? Elle veut se faire un futal à quatre jambes ?

Elle sourit. Elle a sa petite idée.

Juliette a déniché un pantalon en écailles, du lycra très blanc. Moi, un jean pattes d'éléphant et un cache-cœur en tissu brillant XXL, à porter avec un tee-shirt dessous, et j'ai flashé sur un morceau de tissu, motif chaînes et anneaux.

Juliette ne s'attarde pas, elle doit reprendre le train pour être à 15 heures précises chez la Parisienne. Nous, on profite de la grande ville, on se balade, place Bellecour, rue de la République, on remonte jusqu'aux Terreaux, on mange au McDo. À un moment, je pense à Antoine, je me dis que je vais peut-être le croiser.

Je ne le croise pas.

On reprend le train de 18 heures.

On arrive à la nuit. On rentre chacune chez nous, avec nos trésors.

Je passe devant la loge.

Et je reviens sur mes pas.

— Il fait quoi, là, lui ?

À cause du client de la 27 qui est assis sur le divan, à côté de ma grand-mère.

— Il n'a pas la télé dans sa chambre.

— C'est ta loge, mémé, je dis.

— Et alors ?

Elle me présente : "Ma petite fille, Jessica." L'homme se lève pour me serrer la main. Il a un bon visage.

Je soupire.

— Un jour, tu vas tomber sur un sadique qui t'éventrera.

Elle sourit comme si j'étais une gamine qui a tout à apprendre des choses de la vie.

Elle lorgne mon grand sac.

— Dis-moi plutôt ce que tu ramènes là-dedans.

Je lui sors ce que j'ai acheté, le jean, le cache-cœur brillant et le tissu chaînes et anneaux.

La première tenue, c'était facile. Avec la deuxième, le défilé, c'est vraiment parti ! C'est ce qu'on se dit en se retrouvant chez Boucle d'Or. On se tape dans les mains. On tire les rallonges et on pose tout, les tissus, les robes, avec la boîte à couture et la machine Singer apportée par Camille.

J'ai hâte. J'ai hâte de tout. De nous voir dans nos premières tenues finies, et de commencer les deuxièmes. Et de choisir la musique, aussi. On ne sait pas coudre ? Qu'à cela ne tienne, on va apprendre. Le premier coup de ciseau, on se regarde bien, parce que c'est un truc qu'on fait ensemble, pour être *ensemble* sur un projet, peut-être pour la dernière fois de notre vie.

Pour la musique, on verra plus tard.

Camille nous montre le fonctionnement de la Singer. Sinon, on a des aiguilles et du fil et on saura bien faire des petits points de côté.

— Il paraît que l'estrade sera plus haute et plus large que celle de l'an dernier, dit Juliette.

— Parfait, comme ça les défauts de couture ne se verront pas, répond Broussaille.

Je ne suis pas d'accord.

— On sera loin, Brousse, mais il faudra tout faire comme si on était à côté des gens, se dire que *tout* se verra, absolument tout, le dessus, le dessous, le moindre petit point de travers, le bouton mal cousu, le bracelet de mauvais goût. Si ta culotte est sale, ça se verra, Brousse, il faut me croire, ce sera comme écrit sur ton front.

— OK, Jess...

— Les grands joueurs de mah-jong gardent leurs meilleurs élèves pendant des semaines au lustrage des tuiles, après, seulement, ils leur enseignent leurs secrets. Pareil pour les restaurateurs, les plus brillants débutent à la découpe des légumes, pourquoi tu crois qu'ils font ça ? Par sadisme ? Ils font ça parce que c'est le seul moyen, c'est comme ça, si on veut aller haut, il faut partir d'en bas, et tout faire comme si tu avais quelqu'un sur ton épaule qui regardait.

— OK Jess, t'énerve pas.

— Je ne m'énerve pas, je t'explique. Ce défilé, c'est une chose qu'on a décidé de faire, personne n'a voulu ça pour nous, personne ne nous a obligées, alors il faut bien le faire, même mieux que bien, il faut que ce soit parfait. Et même parfait, ce ne sera pas assez.

— J'ai compris.

— J'espère bien que tu as compris, sinon il vaut mieux tout arrêter.

Je me suis un peu emballée.

Je laisse redescendre.

— C'est quoi, le mah-jong ? demande prudemment Camille.

— Un jeu avec des tuiles qu'il faut assembler par paires afin de les faire disparaître d'une construction.

Je reprends mes tissus.

— C'est Antoine qui m'a appris.

Deux mois, c'est long, mais pas tant que ça pour tout faire. Il faut se bouger, choper des idées dans les magazines mais surtout en nous, dans nos têtes. Et se lâcher.

Le jean, je le mettrai avec le manteau. Le manteau est sans fantaisie, l'ensemble trop classique, ton sur ton, ça ne va pas. Comme pour le choix des glaces, je prends toujours vanille, ça fait marrer tout le monde, à cause de l'hésitation au moment de la commande, alors on m'appelle comme ça, "Vanille", je le sais, dans mon dos, ma mère, même ma grand-mère : "Voilà Vanille."

Je prends les ciseaux, je raccourcis le manteau, j'en fais un mi-cuisse. Et tout d'un coup, c'est bien !

Boucle d'Or est hyper sexy dans sa robe fourreau. Elle voudrait avoir des seins plus gros alors elle rembourre son soutien-gorge avec du coton. Paul est devant la télé, quand il voit sa mère, il quitte l'écran et vient la regarder.

Camille râle, sa robe en nappe n'a pas de forme, elle ne tombe pas, il faut lui faire un ourlet pour la plomber en bas.

— Je peux ?

Juliette récupère la bande tombée de mon manteau, elle l'enroule autour de sa taille, enlève encore trois centimètres. Dans ce reste de cuir, devant nous et sans rien dire, elle se coupe une jupe parfaite. Pour mettre avec ses cuissardes.

Ultra-courte, mais parfaite.

Elle coud une pression sur la fente de sa jupe. Au fil blanc et à l'aiguille fine. Elle dit que ce sera sa deuxième tenue, parce que commencer par les cuissardes, non, vraiment, c'est impossible.

Pour la première tenue, elle ne sait pas.

Elle est très calme. C'est la plus calme. Elle prend une autre pression, la coud à la suite de la première.

Boucle distribue des biscuits. Broussaille est penchée sur la Singer, Camille sur son plastique.

À un moment, on lève les yeux toutes ensemble, les cinq, on se regarde.

Les cinq ensemble.

On se sourit.

J'en ai les larmes aux yeux. Broussaille aussi.

— On est bien, hein ?

— On est bien, oui.

Broussaille tire le fil bleu pris dans l'aiguille de la Singer, elle sort le tissu, arrête le moteur.

Elle détache la gourmette de son poignet.

— J'ai quelque chose à vous dire.

Elle laisse balancer la gourmette entre deux doigts. Fini, l'amoureux à la Golf, le beau Gilles aux lettres d'argent ! Fini, l'amour passionné. On dirait qu'elle vient de le décider maintenant, dans son tête-à-tête avec la machine.

C'était un gars bien. Elle semble sincèrement désolée.

— Je vais finir vieille fille, elle dit.

Broussaille, elle est comme ça : quand elle aime, elle aime à fond, mais quand elle n'aime plus elle quitte, et vite.

Elle se tourne vers Juliette.

— Tu pourrais lui rendre sa gourmette, quand tu le verras ?

Juliette fait non avec la tête. Elle ne veut pas se mêler de ces histoires.

Alors Broussaille se tourne vers moi.

— Jess ?

— Pourquoi moi ?

— Il va venir tourner sur la place…

Elle insiste.

— S'il te plaît.

Je cède.

Une fois la gourmette dans ma main, elle va tout de suite mieux. Elle dit qu'un jour elle tombera sur l'homme qu'elle attend, et qu'elle arrêtera de papillonner et lui sera fidèle jusqu'à la mort, comme les loups, les cygnes, les castors.

— Faut pas exagérer non plus, je dis.
— Je n'exagère pas, j'y crois dur comme fer.
— À la fidélité ?
— À la fidélité, oui.

Elle rebranche la machine, glisse le tissu sous l'aiguille, un demi-tour de molette et elle fait repartir le moteur.

Les deux jours qui suivent, et pour ne pas la perdre, je garde la gourmette à mon poignet. Pas devant Broussaille, mais chez moi. Je dors avec. Je me raconte des trucs.

Devant mes parents, je remonte discrètement ma manche. Ma mère m'interroge. J'élude. Je fais semblant. J'invente.

À quinze ans, je m'écrivais des lettres brûlantes d'amour que je laissais dans mes poches pour que ma mère les trouve, je voulais qu'elle sache qu'on pouvait m'aimer. Qu'elle le croie.

Avec la gourmette, elle doit se rendre à l'évidence, quelqu'un s'intéresse à moi. J'ai une histoire.

— Un garçon, tu ne connais pas, il viendra vivre en France, ou peut-être irai-je vivre là-bas.

— Là-bas où ?

— En Sicile.

Ma mère hausse les épaules.

— Et le gentil garçon qui t'écrit ?

— François !?

Je chasse l'air avec ma main.

C'est peut-être pour ça que je n'arrive pas à construire. Parce que je pars dans le mauvais sens. Le sens qui sort de la vraie vie.

La gourmette fait témoignage. Pendant quelques jours, j'aime et je suis aimée. Je suis follement amoureuse d'un garçon qui n'existe pas. Un amour sicilien. Je me donne des airs. En faisant croire, je crois. Je m'embarque. Mes yeux brillent. Je me mens et ça me fait un bien fou.

Plusieurs fois, je vois passer la Golf et je me cache.

"Un peu fantasque", les professeurs écrivaient ça sur mes bulletins. Ils écrivaient aussi : "Peut mieux faire, manque de concentration, orientation manuelle à envisager", etc.

Broussaille aussi, elle ment. Un jour, elle a rencontré un homme bien plus âgé qu'elle, il l'a emmenée à l'hôtel, une fois dans la chambre elle lui a fait croire que c'était la première fois. Qu'elle arrivait vierge dans ses bras. L'hymen intact.
Broussaille, pucelle, alors qu'elle se doigte depuis ses onze ans ! Je ne sais pas pourquoi elle lui a dit ça. Peut-être pour la tendresse. Ou simplement pour voir. Il y a cru et il lui a fait l'amour comme à une vierge. Elle a gémi, crié un peu.
Après, il a quitté la chambre pour aller pisser.
Quand il est revenu, elle lui a montré le sang sur le drap. Il n'en revenait pas. Il était fou de joie ! Il a pleuré. Il a embrassé le drap, à genoux sur le lit, un gars de trente ans, qui avait femme et enfants, alors forcément, un dépucelage, c'est un don du ciel.
Elle s'était juste fait saigner le doigt avec le tranchant d'une enveloppe, le papier avait fait lame. Une défloration pour de faux.
Au tranchant de l'enveloppe.
Un truc de filles.
Un peu inconséquent, quand même.

Boucle est partie.

Le centre va bientôt fermer. Une fille papote au téléphone de la cabine. Un homme seul lit un journal.

J'ai enchaîné les mah-jongs. Une heure que je suis devant l'écran. Il y a longtemps que je n'avais pas joué, en avoir parlé m'a redonné l'envie.

Il y a du mouvement dans la rue. Des anciennes copines de lycée qui passent, elles ont des jobs à Lyon et elles rentrent par le train du soir. Leurs retours font une vague sur les trottoirs. Nadine Belot, Myriam Deurin… Je les connais presque toutes. Elles se hâtent, avec leurs petits sacs à main, leurs blousons en similicuir, la taille bien serrée.

Christelle Duroy file devant, bien droite, petit tailleur strict, cette garce m'a traitée d'allumeuse dans les couloirs du lycée. Je n'ai pas oublié. On se dit quand même bonjour quand on se croise. Certaines filles de mon lycée se sont mariées et vivent à Lyon. Je les revois, le dimanche, quand elles viennent dîner en famille. Quelques-unes ont déjà coché les 4 cases : B. M. M. G. Boulot, Mec, Maison, Gamin. L'équation idéale, dit Boucle d'Or.

Et après ?

Des trains, il n'y en a pas tant que ça, c'est facile de retenir les horaires.

Passé 20 heures, il n'y a plus personne. Sauf quand le train est en retard, c'est-à-dire un jour sur deux.

Gilles entre comme je termine une partie. Il reste une dizaine de tuiles. Quand je le vois, je me tends un peu. Il a dû passer dans sa Golf et me voir derrière la vitre ; avec la lumière, ici, on est comme dans un aquarium. Il s'approche de ma table, jette un coup d'œil à l'écran, dit que c'est mieux de jouer en vrai.

— En vrai, avec des *vraies* tuiles, comme des dominos, il précise.

Il m'explique d'autres variantes. Plutôt sympa. Et puis il tend la main, paume ouverte. Je rougis un peu.

Je m'empresse de détacher la gourmette.

— Je t'ai guetté tous ces jours pour te la rendre…

Au dîner, ma mère remarque mon poignet nu alors, pour la fin aussi, j'assure, tout va bien, c'est moi qui ai plaqué, la vie est ailleurs, je suis libre, sans attaches, un cœur à prendre, comme dit mémé !

Ce n'est pas Broussaille, le faux dépucelage, c'est moi. Voilà, c'est dit.

Elle s'est bien marrée, Juliette, quand je lui ai raconté.

Il paraît qu'on est une génération sans complexe.

Il paraît aussi que seulement deux personnes sur mille s'intéressent à la vérité.

Si on craint le tranchant de l'enveloppe, on peut aussi prendre une gélule, la vider de sa poudre et mettre à la place un colorant à base de pucerons écrasés. Une fois la gélule dans le vagin, le plastique fond, le colorant rouge se répand. C'est sans douleur mais cela demande de l'anticipation.

Et il y a quand même un travail de préparation.

Si je cherche dans ma mémoire, j'en trouve d'autres, des petits arrangements avec la réalité.

Une fois, j'ai répondu à une annonce de rencontres du *Chasseur français*, j'ai chopé un rendez-vous, suis arrivée en avance. C'était dans un bar à côté du lycée. J'avais pris mes classeurs. Quand l'homme est entré, j'ai fait l'air de rien, une lycéenne avec ses cours. La salle était un peu sombre, avec des tables en bois, il portait un duffle-coat, un pantalon en velours, j'ai fait semblant de lire, absorbée, qu'il ne pense surtout pas que c'était moi la fille du rendez-vous, surtout pas qu'il s'imagine !

Il s'est assis à une table, dos au mur. Il a commandé un café.

Il a attendu.

Il regardait sa montre souvent. À un moment, j'ai senti qu'il me regardait, moi. Il avait l'air d'un gentil gars.

Dans l'annonce, il disait qu'il avait une petite fille.

Ce dimanche, Camille va au stade avec son rugbyman, Juliette est chez la Parisienne, Boucle d'Or reste en famille. Broussaille, je ne sais pas. Je traîne en ville. Je n'ai pas d'endroit où aller. Personne à voir.

Je pourrais téléphoner à François.

François a une auto. Si je l'appelle, il viendra. Il m'emmènera faire un tour, jusqu'à Lyon peut-être, on mangera au parc de la Tête d'Or et après on ira voir les éléphants et les lions.

Je longe la palissade qui entoure ce qui sera peut-être un jour la piscine municipale. Le bassin est déjà creusé, un trou béant, c'est mon père et son patron qui ont coulé le béton. Mon père a mis ses initiales au fond. La ville n'a pas l'argent pour achever les travaux, ça reste donc en l'état, avec des panneaux "Interdit d'entrer", un grand bassin, pourtant, avec des plongeoirs prévus.

Je rentre.

Fin de dimanche.

La place. L'hôtel.

Le bistrot de la Fontaine est tout éclairé, des néons jaunes, c'est plein de monde à l'intérieur. Ça joue aux cartes, et ça boit, plus que de raison. Ça fume aussi.

La bande à Moreno est au baby-foot.

Les Marocains sont au juke-box, avec Mehdi. Mehdi a les cheveux très noirs et des yeux comme de la nuit, la nuit du désert de son pays, avec des petites étoiles au fond. Je ne l'ai jamais vu sourire. Il a travaillé un temps au garage, un temps avec mon père. Il a fait aussi un peu de prison.

Des types sont appuyés au zinc, ils remplissent des grilles de tiercé, le grand écran de télé est au-dessus avec des chevaux sur un champ de courses. Je les connais de vue. Un garçon, presque un gamin, est à côté d'eux, assis sur un haut tabouret, il vide un verre, de l'eau-de-vie locale, ça le secoue mais il en redemande.

La patronne est derrière sa caisse. Elle hausse brusquement la voix : "Tais-toi donc, vieux bouc !" Je ne sais pas à qui elle a parlé. Tout le monde a levé la tête.

Je me faufile entre les chaises. Pas de place. Trop de monde. Je vais ressortir quand j'aperçois les cheveux roux de Broussaille. Elle est au fond de la salle, dans un angle sombre. Elle a la tête baissée sur ses mains. Ses grosses lunettes en plastique sont au bout de son nez. Elle est tranquille, isolée, semble ne rien entendre du bruit autour.

De loin, on dirait qu'elle prie.

Elle ne me voit pas approcher.

Sur sa table, il y a une tasse, de la laine et des ciseaux. Elle glisse une petite pelote dans un anneau de carton, elle enroule la laine autour de l'anneau, elle a déjà beaucoup enroulé, elle ne parvient presque plus à passer la laine par le trou.

Elle ne prie pas, elle fait des pompons. Des pompons blancs. Il y en a plusieurs sur la table, à côté de la tasse.

Elle est assise toute seule à sa table.

Autour d'elle, l'air est gris de fumée.

Le mardi, elle sort ses pompons, une quinzaine en tout. Son drap en satin vert, elle ne sait pas trop ce qu'elle va en faire, mais les pompons du bar, elle les coud patiemment à son caraco blanc. Du blanc sur blanc, c'est beau, on dirait de la neige qui tombe sur de la neige.

Camille a terminé l'ourlet de sa robe en plastique. Pour donner du poids et de la tenue, elle a récupéré un bout de tuyau d'arrosage et elle le glisse à l'intérieur de l'ourlet.

Elle essaie.

— Vous en pensez quoi ?

On se drape, on échancre, on découvre. Les épaules, les seins, leur naissance.

Boucle n'arrive à rien avec le rembourrage de ses seins, elle a beau recommencer, le coton lui en fait toujours un plus haut que l'autre.

— Ce que la nature ne donne pas...

Elle finit par tout retirer. Ses seins sont plats, elle fera avec. Pour compenser, elle fend sa robe dans le dos, tout le long de sa colonne, le tissu s'effiloche, elle doit ourler. Impossible de le faire à la machine, le tissu est trop fin, elle s'y colle à la main, avec des petits points réguliers.

Juliette a terminé de coudre ses pressions. Jupe et cuissardes.

— Il manque juste la Harley pour que tu ressembles à Bardot.

Elle sourit.

Le petit Paul a ramassé le coton des faux seins de sa mère et il joue avec sous la table.

Il nous faut d'autres habits, d'autres tissus. Et des foulards aussi, des boutons, des rubans, des serre-têtes.

Mon pantalon est taille basse, il laisse voir le nombril. Si j'osais, je porterais le gilet sans rien dessous, mon cou nu jusqu'à la gorge. Il me faudrait juste un long collier à grosses perles.

— Alors, Tommy ! Tommy, nom de Dieu, qu'est-ce que tu fous ? Il nous faut des chapeaux, des sacs, des bijoux ! Tommy !!!

Tommy n'est pas là, c'est pour rire qu'on dit ça.

De nous entendre rire, le petit Paul rit aussi.

On doit retourner à la friperie. On cherche un horaire commun mais c'est compliqué. On pourrait y aller un soir, après 17 heures, quand Juliette en aura fini chez sa Parisienne.

— Ou alors un jour à midi ?

Et couper mes cheveux, il faudrait, aussi.

Direct au bac. Le père de Juliette me tend la blouse. Je veux du court. Une coupe effrangée, irrégulière, c'est ce que je lui demande. Du déstructuré. Trente centimètres à enlever, je lui montre avec mes doigts.

Il me fait patienter deux minutes, le temps de balayer les cheveux sur les carreaux. Je m'installe dans le fauteuil. Je regarde mon visage dans le miroir, ma peau est fine, avec le froid, les vaisseaux se dilatent un peu sur les joues.

Une brume blanche, très lumineuse, floute les contours de la place. Ce matin, très tôt, je suis montée sur le toit-terrasse. La brume s'était levée sur la ville, et autour, sauf au loin, dans le creux des vallées, il en restait quelques nappes. Et de la terrasse, à cause de cette brume rassemblée, et de la lumière aussi, on aurait dit que là-bas, il y avait la mer. C'était une illusion parfaite, un vrai bord de côte. J'ai vite appelé Juliette. Elle est venue. Je lui ai dit : "Tu vois, ce n'est pas la peine de partir, la mer est là !"

Elle en a pleuré.

— On passe au bac ?

Je me lève.

Un coup d'œil à la place.

C'est le milieu de matinée, l'heure des petites courses, des repas à préparer. Quelques silhouettes se hâtent. Des femmes avec des cabas. Des hommes avec leur chien.

Soudain, la femme Daval sort de chez elle, elle marche vers un taxi, une valise à la main.

Le coiffeur la regarde aussi. Il ne dit rien.

Si on ne parle pas des choses, on croit qu'on les empêche d'exister, mais c'est faux, elles grandissent en nous comme des tsunamis d'océan.

Le soir, je leur raconte ce que j'ai vu, la femme Daval qui s'en allait.
Mon père lève les yeux de son assiette. Il dit :
— Ceux qui font se battre les coqs ne se battent pas entre eux.
Ma mère hausse les épaules, elle se tourne vers moi :
— Tu as changé quelque chose à tes cheveux ?

Faire les ourlets, coudre des vêtements, c'est une chose, mais il faudra aussi les porter, bouger, marcher. Une autre étape. Et on part de loin.

On est retournées à la friperie vers Roanne. J'ai acheté un pantalon blanc, large, serré à la cheville. Camille, une jupe longue, rouge à pois comme en portent les danseuses de flamenco. Broussaille, une veste queue-de-pie, elle a pris aussi un long coupon de nylon très jaune.

Boucle d'Or n'est pas venue, elle devait récupérer Paul à l'école.

Juliette n'a rien trouvé.

Je n'arrive pas à coudre. Camille dit que j'ai des briques dans les doigts. Alors je découds une manche de ma veste tricotée. Au moment de découdre la deuxième, elle me dit d'arrêter. De laisser comme ça.

— Avec une seule manche ?
— Ne touche plus à rien !

Elle me fait enfiler la veste. Me pousse devant le miroir.

— Regarde ! Comme toi, asymétrique.

Broussaille essaie sa veste queue-de-pie avec son pantacourt à carreaux, ça croise les styles, ça lui va bien.

Je découpe des oiseaux brillants dans un bout de toile cirée et je les colle sur mon pantalon blanc. La veste asymétrique, je la mettrai avec une cravate à fleurs et un chapeau à voilette. Le petit Paul vient s'appuyer à ma cuisse pour que je lui donne des oiseaux.

Si on veut que ça marche, il faut sortir le grand jeu, alors Boucle échancre.

On le redit, les vêtements tout seuls n'y suffiront pas. Il faut travailler notre démarche, notre allure, comment se placer, avoir la bonne attitude.

À part Juliette, on n'a pas tiré le gros lot côté élégance.

— Il faut imaginer qu'un fil invisible nous tire vers le haut, et qu'on marche avec ce fil.

On essaie, un pied devant l'autre, on marche, on tourne. Des gestes que l'on fait tous les jours, sans y réfléchir, et qui deviennent très compliqués dès qu'on y pense.

Le fou rire nous gagne.

On recommence.

Il faudra aussi penser à la musique. Et écrire le texte pour la présentation des modèles.

— Moi, ça me fout la trouille, dit Camille. Dès que je vais monter sur scène, je vais perdre tout naturel.

— Une fois que tu seras là-haut, tu n'auras plus peur, et quand ce sera fini, tu en redemanderas.

— Je ne crois pas.

— Si, celle qui a peur laisse la place à l'autre.

— Quelle autre ? demande Broussaille.

— L'autre qui est en nous, celle qui ose.

Je tripote un tissu entre mes doigts. Au théâtre, ça n'avait pas duré longtemps, mais j'avais senti cela. Et j'avais entendu Fred l'expliquer aux autres. Dès qu'on pose le pied sur une scène, il se passe quelque chose. Il parlait de la part la plus forte en soi, cette part audacieuse monte sur la scène et l'autre reste en bas. Fred expliquait que les bons comédiens savent parfaitement effacer une partie d'eux à la faveur de l'autre. Et qu'il faut laisser vivre celle qui ose, sinon elle se replie, elle s'atrophie, et le jour où on a besoin d'elle, parce que cette part nous manque, elle n'a plus d'énergie, plus de force, plus rien. Alors on comprend ce qu'on a perdu et on n'en finit pas de pleurer. C'est pour ça que les adultes sont si tristes, ils savent et ils regrettent : c'était avec l'autre qu'il fallait faire la route mais ils n'ont pas osé.

Je plie le tissu en deux et encore en deux.

Je lisse le tissu.

— Je crois que c'est pour ça qu'il n'a pas voulu continuer avec moi, Antoine, il avait peur que je reste en bas des marches.

Je relève les yeux.

Elles me fixent.

— C'est très beau, ce que tu viens de dire, Jess, dit Juliette.

Broussaille se secoue :

— Bon… Eh bien, on va la faire respirer un peu, celle qui ose. Elle a droit à un peu d'air, non ? D'accord, les filles ?

Elle prend sa queue-de-pie et, le visage impassible et une main sur la hanche, elle traverse le salon.

Je leur avais un peu raconté, le théâtre, mon petit rôle pour dépanner, l'expérience a été de courte durée mais elle m'a marquée, même si elle ne s'est pas très bien finie.

Quand j'y repense, je me dis qu'il n'est pas impossible que je l'aie mal joué, ce baiser, ou que je l'aie surjoué, un peu trop vrai, trop fougueux, peut-être ? À ma dernière répétition, un silence avait suivi, Fred semblait gêné : "C'est bon, Jess, tu peux y aller." Un claquement de doigts : "Nous, on continue, on passe à l'acte 3."

Je pensais qu'à leur prochaine saison, Fred me trouverait un rôle avec du texte. Et que je continuerais avec eux. Que je ferais partie de leur troupe. Je me sentais capable. Je n'ai rien dit à Fred pour le rôle en plus, je pensais lui demander plus tard.

J'ai trop fait durer le baiser. J'ai pris des libertés. Peut-être aussi que j'ai mis un peu la langue, ça, oui, c'est possible, dans le feu du jeu, que je me sois laissé emporter.

Quand je suis arrivée au théâtre le mardi suivant, j'ai tout de suite senti que quelque chose n'allait pas aller dans le bon sens. "On va faire autrement", c'est ce que m'a dit Fred, et que c'était vraiment sympa de ma part de les avoir dépannés. Je suis restée bien droite. Contente si j'ai pu rendre service. Si vous avez besoin une autre fois. C'était bien, quand même ? Cosette retourne dans sa forêt, alors ? Sinon, je peux faire les entrées, trouver des choses à vendre à l'entracte, des bonbons, du pop-corn, je laisserai les bénéfices.

Ils ne supprimaient pas la scène, ils avaient choisi une autre fille.
N'empêche, ces quelques répétitions, j'avais adoré ça !

Chaque matin, presque à la même heure, une tache dorée apparaît sur le mur de ma chambre. Petite lune qui suit une trajectoire identique. Mur, plinthe, plancher, lit, c'est son chemin.

Quand elle arrive à l'angle du mur, la sphère jusque-là parfaitement dessinée se brise sur la plinthe, une pliure nette, comme si elle était faite de papier, elle se redessine sur le plancher.

Elle rampe sur le lit.

J'ouvre la main, j'écarte les doigts.

Elle touche le bout de mes doigts. Glisse dans ma paume, à peine a-t-elle touché ma peau que déjà elle ressort du creux.

Aujourd'hui, il lui a fallu deux minutes trente-quatre pour parcourir ce trajet. Hier, c'était un peu moins.

À partir de juin, je ne la verrai plus. Et après le 23 septembre, elle reviendra.

Ce jeudi, on essaie nos habits avec déplacements et allures.

Le petit Paul vient tourner autour de nous pendant qu'on se change. La télé ne l'intéresse plus. Maintenant, il l'éteint quand on arrive.

Sa mère ne veut pas se déshabiller devant lui, elle passe dans la chambre.

Paul est mignon, il joue au milieu de nos vêtements de filles, rampe, ramasse les fils de tissu, se cache sous la table, regarde le cul de Camille. Son cul en culotte. Camille ne se vexe pas, au contraire, elle parle sérieusement, lui dit que ses fesses, c'est *elle*, sa personnalité, et qu'il a le droit de les admirer.

Il écoute gravement.

Soudain, la porte s'ouvre, Boucle apparaît dans sa robe léopard. Elle est méconnaissable. Une métamorphose. On reste quelques secondes sans voix, et puis on applaudit, on chante Barbelivien : "Elle, elle a la peau couleur du miel, Elle a le secret des abeilles…" On mettra ce disque quand elle défilera.

Le petit Paul fixe cette mère soudain transformée, pleine de lumière. Il applaudit avec nous. Il tient des tissus dans la main, comme un bouquet de fleurs. Il lui tend les fleurs.

On est en plein dans la chanson quand Daniel entre, en plein dans les aigus : "C'est une lady, lady, elle, c'est une femme tout simplement." D'ailleurs, on ne le voit pas tout de suite, mais à un moment, il est là, sur le pas de la porte, avec son petit bagage à main.

Il regarde Boucle. On arrête de chanter, ce n'était pas prévu qu'il soit là.

— La neige a bloqué les rails, il dit.
Il fixe sa femme.
— Des arbres sont tombés sur les voies...
Les joues de Boucle sont rouges d'avoir ri, ses cheveux défaits, quelques mèches sont collées par la sueur à son front. Il parcourt son visage et ses hanches, ce corps dans le fourreau, les lèvres gonflées, humides, on dirait qu'il la découvre. On voit bien que ça chahute dur en lui, qu'il a du mal à faire le lien.
Il ânonne que les trains ne circulent plus entre Lyon et Chambéry, trop de mauvais temps.
Ses yeux brillent.
Il explique. S'excuse presque. Nous, on remet vite nos affaires dans les sacs, les habits dans la penderie, on referme les rallonges, on ne veut pas que Boucle ait des ennuis, même si on pense bien qu'elle n'en aura pas.

Les œufs, trois minutes dans l'eau bouillante. Dans nos coquetiers en bois. Avec mon père, on en raffole. On casse la coquille au couteau, un cercle dans le haut de l'œuf. Il faut bien surveiller la cuisson, le jaune doit être coulant, le blanc juste cuit.

Ma mère n'aime pas les œufs à la coque, elle prépare les siens au plat.

Avec mon père, on découpe des allumettes de pain. On mange le blanc en grattant à la cuillère, on lisse tout le dedans de la coquille. Le jeu, c'est de lisser sans casser.

C'est compliqué de savoir qui est arrivé en premier, de la poule ou de l'œuf.

Je pense que c'est une transformation, la poule devait être un petit dinosaure qui faisait des œufs de dinosaure, et un jour l'œuf a donné une poule.

— Ce qui m'émerveille, c'est la transformation, qu'un coq et une poule donnent un poussin, qui devient à son tour une poule ou un coq, et cela depuis des milliers d'années, et sans doute que ça va continuer des milliers d'années encore. Et nous, on est là, et on bouffe l'œuf dans l'indifférence générale.

Juliette hoche la tête.

Elle regarde les coquilles d'œuf dans la boîte, sur le rebord de ma fenêtre. J'en ai une dizaine. Vidées de leur dedans, elles ont séché.

— Tu te souviens, quand on était petites, on faisait des défilés de mode avec nos poupées. J'en avais des merveilleuses, c'est mon père qui me les sculptait, avec du cuir et du bois, pour les cheveux il me coupait des mèches et il les collait sur le crâne, ça me faisait des petites sœurs, comme ça.

Elle se souvient.

Elle réfléchit.

Elle reprend sa veste.

— Attends-moi là.

Je l'entends qui dévale les escaliers. La porte en bas qui claque. Je reste sur mon lit. Par la fenêtre, les carreaux du haut, je vois les branches du platane qui bougent au vent. Le ciel est blanc, un peu jaune. Bientôt, ça sera le printemps. Je pense à des choses. Je rêve doucement.

Juliette revient avec un joli paquet doré avec un ruban rouge.

— C'est pour toi.

— Un cadeau !

— Oui. Allez, ouvre !

J'ouvre, en faisant attention à ne pas déchirer le beau papier. L'étiquette dorée, la Maison de la presse. La forme d'un livre. C'est un carnet. Un cent vingt-deux pages, couverture en cuir, un crayon dans la ganse. Du beau papier.

Je la regarde, je ne comprends pas.

— Il faut que tu écrives ce que tu viens de dire.

— Qu'est-ce que j'ai dit ?

— La poule, le coq, et le fait qu'on bouffe l'œuf dans l'indifférence.

Elle tape du doigt sur le carnet.

— Et aussi, ce que tu as dit hier, sur la malédiction des furettes qui s'intoxiquent si elles ne se reproduisent pas. Et aussi que la beauté des jambes donne du pouvoir aux femmes. Et ce que tu as dit sur celle en nous qui doit laisser la place à celle qui ose... Jess !

Elle referme mes mains sur le carnet. Ses yeux sont brillants, comme si elle allait pleurer.

— Putain, Jess ! Tu m'écoutes ?

— Je t'écoute, oui.

— Alors !

— Alors quoi ? Mais ce n'est pas important, ça...

— Comment ça, ce n'est pas important ?

Elle soupire.
— Tu ne te rends pas compte…

Je lui propose qu'on aille au cinéma, voir le dernier film avec Sophie Marceau, mais impossible, elle doit partir à cause de Madame Barnes qui l'attend pour 15 heures précises.
Et il est déjà 15 heures !

— Les bras, pas trop raides, les doigts, pas trop serrés, les mains ouvertes, et on ne baisse pas les yeux.

Camille nous lit les conseils donnés par les plus grands mannequins du moment, elle a trouvé ça dans *Match*.

— En arrivant en bout de scène, on fait face au public, on prend la pose, un sourire, le poignet cassé, comme ça, léger déhanchement du corps, et hop, on bloque !

Avec de l'entraînement, on devrait y arriver, il faut juste qu'on trouve nos lignes de force.

Qu'on trouve aussi un décor.

On est déjà le 12 février.

Pour le décor, Broussaille connaît bien Lucas, celui qui fabrique les montgolfières. Quand elle dit "bien", c'est qu'elle a couché avec.

— Il a des vieilles bâches trouées dans son hangar, il n'en fait rien, on pourrait en recouvrir l'estrade, ce serait joli.

Le lendemain, je prends la 4L de mon père et on va chez Lucas, Broussaille et moi, sur sa pause de midi.

C'est un gars sympa. Un gros bras. Il nous ouvre les portes de son hangar. Des vieilles bâches, il en a de toutes les couleurs, des bleues, des rouges, des vertes, on a qu'à choisir.

Avec des bleues, on donnera l'impression de marcher sur la mer. Mais avec des rouges, on marcherait dans le feu.

C'est la mer qui l'emporte.

Lucas ne veut pas d'argent.

Il nous aide à ranger les toiles dans le coffre.

Il est content d'avoir revu Broussaille.

Il nous propose de revenir au printemps, il nous fera faire un tour, oui, avec les copines si on veut, on peut aller à sept dans sa nacelle.

Impossible de laisser les bâches dans la voiture de mon père, heureusement Camille accepte de les garder dans son fourgon.

Il y a de la buée sur les vitres. Je l'efface avec ma main. 7 h 28, le jour n'est pas encore levé, la place s'anime doucement. Broussaille arrive sur sa bicyclette, blouson, gants, bonnet. Elle cale son vélo contre le mur à côté de la boulangerie, met son antivol, se retourne, me fait un petit signe de la main.

Je traîne au lit.
Je fixe le mur.
J'ouvre la main.
J'attends la petite lune, elle ne devrait pas tarder à se dessiner.

Il n'y a pas que les jambes qui comptent, n'empêche que si elles sont belles, ça aide. Avec Boucle et Camille, on compare les nôtres.

Le petit Paul nous observe alors on lui demande quelles sont les plus belles et, bien sûr, il choisit les jambes de sa mère.

Broussaille et Juliette ne sont pas encore arrivées.

On sort nos tenues. Boucle s'est fabriqué un grand chapeau avec du carton et elle le recouvre de tissu. Je couds des cocardes le long du pli de mon pantalon. J'ai déjà mis des oiseaux brillants sur l'ourlet. Les cocardes, les oiseaux.

Boucle se moque de moi, elle dit que je n'arrête pas de rajouter, que je veux tout, l'uni et le bariolé, le sobre et le clinquant, le court et le long.

— C'est parce que Jess a un ego surdimensionné, dit Camille.

Je la regarde.

— Tu penses vraiment ça ?

— Je le pense, oui.

— Je ne suis pas d'accord… Je suis quelqu'un de discret, presque timide.

— L'un peut aller avec l'autre.

Elle précise :

— Tu crois toujours qu'on parle de toi, qu'on te juge, qu'on te regarde comme si tu étais le centre du monde.

— Mais les gens parlent.

— Les gens parlent, mais pas autant que tu le crois.

Je lui raconte Daval, qu'on a remonté du fond du puits, et qui ne se serait sans doute jamais jeté dedans si les gens n'avaient pas parlé. Tommy déboule, trempé.

Il regarde autour de lui.

— Ma sœur n'est pas là ?

— Pas encore. Elle ne devrait pas tarder.

Il a un sac, des choses pour nous, mais il ne montrera rien tant qu'elle ne sera pas arrivée.

Il regarde mes cocardes, en prend une qu'il pique à son revers de veste. Il va se chauffer au radiateur.

Au bout d'un moment, il pue le chien mouillé.

Quand la porte s'ouvre, il se lève, il croit que c'est Juliette mais c'est Broussaille, la chevelure en bataille, elle se laisse tomber sur une chaise.

— J'ai baisé toute la nuit, elle dit, J'ai la chatte qui brûle, tous les muscles à l'intérieur des cuisses, putain de nuit...

— Avec qui ? je demande.

Elle me regarde. Pas la peine qu'elle réponde, je sais, c'est le type à la montgolfière. Elle y est retournée, elle n'a pas pu s'empêcher.

— Il faut que j'arrête mes conneries, elle soupire.

Elle se redresse, voit Tommy au radiateur.

— Qu'est-ce qu'il fait là, lui ?

Elle lui balance une bobine.

Parce qu'il écoute. Il écoute tout.

Il sourit.

Quand Juliette arrive, il vide ses poches, sort des colliers, des bracelets, des boucles d'oreilles, des perles, des broches. Des barrettes aussi. Tout en pacotille. Mais ça brille. Il a acheté ça en gros pour presque rien.

C'est exactement ce qu'il nous fallait !

Le petit Paul vient regarder avec nous. Il prend un collier en grosses perles de plastique, le met autour de son cou. Le collier est tellement long qu'il touche ses pieds.

— Et des chapeaux, tu ne pourrais pas en avoir, hein, des chapeaux ?

Il peut. Il peut tout, Tommy. La débrouille, c'est son truc. Il magouille. Un jour, il finira au poste.

— Je peux vous avoir des godasses, aussi.

Boucle a un catalogue La Redoute, il l'ouvre sur la table, pages chaussures, nous demande de cocher nos goûts et de noter nos pointures.

Il nous prévient, il ne pourra pas nous avoir exactement les mêmes modèles que ceux du catalogue, mais de l'approchant, oui.

Pendant qu'on coche, il vient se blottir contre sa sœur. Elle le repousse doucement.

— Arrête, Tom, tu me tiens chaud.

Il revient. Elle le détache alors il recule jusqu'au radiateur. Elle a pitié, elle le laisse revenir. Elle lui parle à voix basse.

— Ça ne veut pas dire que je ne t'aime pas… Je t'aime, et pour la vie, mais ce n'est pas une raison pour me coller comme ça.

Au milieu du salon, le petit Paul nous observe, le grand collier de perles enroulé autour du cou, trois tours qui lui font plier la nuque.

Ils ont brisé à coups de pierre la grande rosace de l'église.

Ils ? Qui ? On dit la bande à Moreno. Ou celle des Marocains. Peut-être des fêtards complètement saouls.

Ils ont fait ça dans la nuit.

Je n'ai rien entendu. Mes parents non plus.

Un vitrail magnifique qui laissait filtrer des arcs-en-ciel, on avait des flaques de couleur sur les dalles, c'était tellement beau qu'avec Juliette on entrait dans l'église simplement pour les regarder. Un jour, on est entrées, le soleil traversait la rosace et on a vu des nénuphars. C'était beau ! On s'est pris la main et on a marché sur les dalles comme sur de l'eau, dans l'arc-en-ciel et parmi les nénuphars. Et puis l'allée centrale, comme par magie, s'est pavée d'or. Juliette était en jupe. La lumière a peint ses cuisses de collants multicolores. Elle a dansé.

Maintenant, la rosace est cassée.

Les employés de la mairie mettent des barrières devant la porte pour interdire l'entrée. Avec Juliette, on entre quand même. Il y a des éclats partout.

Les employés ramassent les bouts de verre, ils les rangent dans des cartons.

Peut-être qu'ils vont reconstruire la rosace.

— L'oisiveté ouvre la porte à tous les vices, dit ma mère en appuyant le fer chaud sur le pli du pantalon.

À cause de ce qu'ils ont fait à la rosace, et pour moi aussi, sans doute.

Elle jette un coup d'œil à mon père. Elle attend qu'il confirme ce qu'elle vient de dire. Il n'ajoute rien. Il monte le son de la télé. Sur l'écran, un scientifique explique qu'au début du XXe siècle, un ouvrier travaillait 200 000 heures et en dormait autant, il lui restait seulement 100 000 heures pour vivre. Aujourd'hui, l'espérance de vie serait passée à 700 000 heures, on en travaille 100 000, en comptant les études et le fait qu'on dort moins, il nous reste grosso modo 400 000 heures.

— Ça paraît beaucoup mais ce n'est pas tant que ça, dit mon père.

— Ça fait quand même un bon pactole de temps libre, je dis. Y a de quoi se faire plaisir.

Il me regarde un moment, en silence, comme il lui arrive parfois de regarder ma mère quand elle le déçoit.

Jupe, fourreau, chapeau. Couper, coudre, ajuster. Une chose en entraîne une autre et nos tenues prennent forme.

Heureusement qu'on a le salon de Boucle et les penderies.

Je finis mes cocardes.

— La première, quand on y réfléchit, on n'y peut pas grand-chose, dit Camille en retirant un ruban de la Singer. Je parle de la première peau. La tienne, Boucle, elle est normale, à toute épreuve ; celle de Broussaille varie ; la mienne, malgré les crèmes et les soins, reste plutôt sèche ; la tienne, Jess, est sensible ; celle de Juliette est parfaite. Mais la deuxième peau, c'est nos fringues, et celle-là, on peut se la faire comme on veut.

Elle s'amuse, noue joyeusement le ruban à son chapeau. On va leur en mettre plein la vue !

Broussaille ne dit rien. Depuis qu'elle est arrivée, elle est dans son coin. Elle semble mal en point.

— Ça ne va pas ? lui demande Boucle.

— Si, ça va.

— Je vois bien que...

— Laisse tomber.

Elle répond sèchement. Elle doit couver un truc, elle est sujette aux angines. Sûrement un coup de chaud et froid chopé à la boulangerie à cause du four brûlant et des courants d'air glacés, elle prend tout dans le bas des reins.

— On voit bien que ça ne va pas. Si tu as un problème, dis-nous.

— C'est rien, Jess, te bile pas, je bosse, je suis fatiguée c'est tout. D'ailleurs je vais rentrer.

Elle ramasse ses affaires.

— Tu veux que je te raccompagne ?

— Pas la peine.

Elle habite à dix minutes d'ici, il faut remonter la rue du Prieuré, prendre à droite jusqu'à la gare de marchandises, suivre les rails, les jardins ouvriers, un immeuble gris, trois étages, le quartier est paisible.

Juliette aussi doit partir. Elle est déjà en retard. Elle range ses affaires dans la penderie.

Je la rattrape dans l'escalier.

— On en a une troisième.

Elle s'arrête.

— Une troisième quoi ?

— Une troisième peau.

— Ah oui ?

Je la regarde bien.

— Il y a la famille, le quartier où on vit, la maison où on grandit, et il y a les amis. Les amis sont la troisième peau.

Elle remonte les marches jusqu'à moi, me tape sur le front avec son doigt.

— Tu es une sensible, toi, hein ?

— Pas plus que toi.

— Plus, si. Je dois vraiment y aller…

Elle me tourne le dos, dévale l'escalier en sautant des marches.

— C'est qui, ton rancard ? je crie.

Elle s'arrête en bas, la main sur la rampe.

— La Parisienne.

— Elle te fait travailler le soir ?

— C'est exceptionnel, elle reçoit le curé à dîner, elle veut que je partage leur repas.

— Elle te paie pour manger ?

— En tarif nuit ! Tu ne le dis pas aux autres, hein ?

Déjà elle est à la porte. À la rue.

— Je ne leur dis pas.

Et tout cela, les trois peaux ensemble, ça fait le monde, *notre* monde, je pense en la regardant par la fenêtre disparaître dans la rue.

La vie de Broussaille est une répétition des jours, c'est pour ça qu'elle est fatiguée. Elle travaille à quatre-vingts pour cent, des horaires fixes le matin et variables l'après-midi, elle dit que ça lui va bien, qu'elle aime la vue de la boutique propre, les pains et les gâteaux bien alignés.

Moi, je pense qu'il faudrait qu'elle change de boulot.

L'été, elle arrive toute fraîche, dans ses robes à fleurs. Tellement crevée en fin de journée, elle enfourche sa bicyclette, un demi-tour sur le trottoir.

J'ai des rêves pour elle, des espoirs, et pourtant je sais qu'il ne faut jamais vouloir pour les autres, et encore moins rêver pour eux. Pourtant, tous les matins, le front à la vitre, j'attends ça, que Broussaille débouche avec son vélo, prenne son virage comme elle fait d'habitude, ses cuisses à la lumière, qu'elle pédale tranquillement et qu'elle passe devant la boulangerie sans s'arrêter, sans même tourner la tête.

Chaque matin, je me dis que c'est pour aujourd'hui.

Ce matin, je me le dis aussi. Qu'aujourd'hui, c'est le jour où elle ne s'arrêtera pas.

Je la guette. De ma chambre. À 7 h 28 exactement, sur son vélo, elle déboule, la rue en descente. La vitrine. Le trottoir.

Je me dis qu'elle va filer.

Grâce aux photos du catalogue, Tommy nous a trouvé des chaussures, pas exactement celles qu'on avait choisies, il nous avait prévenues, mais un peu semblables et toutes avec des talons très hauts. Les miennes sont vernies, bleu turquoise, la semelle jaune vif et le talon grenat. Dix centimètres d'aiguilles. Je suis habituée aux chaussures plates. Pas sûr que j'arrive à marcher avec.

Tout du similicuir.

Le prix est impossible à marchander. Comme on insiste, il nous montre sa carte d'abonnement au bus.

— Vous savez combien ça coûte ?

On râle, alors il remballe tout, il vendra à d'autres.

— On peut quand même les essayer ?

On balance nos chaussures. Nos premiers essais ne sont pas concluants. Une hauteur pareille ! On se croirait sur des échasses. On est contractées. On se marre, mais pas tant que ça. Même Juliette n'est pas à l'aise.

Quand je nous vois trembloter avec nos chevilles qui plient, je me dis qu'il y a encore du travail.

À côté de ça, il faut le reconnaître, les talons nous font une belle allure. Le joli pied.

Pour marcher, il ne faut pas regarder ses pieds, il faut lever les yeux et fixer une ligne au loin. Quand on parvient à ça, on passe à l'étape suivante : se tenir droite, menton levé, rentrer le ventre et baisser les épaules. L'alignement de la colonne vertébrale doit être parfait.

On s'entraîne dans le salon. Menton, ventre, épaules, colonne, il faut penser à tout, et surtout ne pas montrer qu'on pense.

Je fais deux pas mais mon corps se déporte à l'avant. Ma cheville plie.

Camille répète :

— Menton, ventre... La nuque est droite mais pas raide. Et on reste naturelle.

Tout est dans la nuance.

Ce ne doit pas être si difficile.

Quand on maîtrisera nos talons, on ajoutera la musique. Mais quelle musique ? On n'a toujours pas décidé.

Et si ça ne va pas, on reprendra nos baskets.

Le petit Paul est assis, dos au mur, il nous regarde.

L'hôtel est calme, pas de clients, les clés sont toutes au panneau.

Juliette m'a appelée de la place : "Jess ! Jess !" Elle a quelque chose à me montrer. Elle grimpe.

Une fois dans ma chambre, elle se place face à la lumière.

Elle porte un tee-shirt blanc avec un pendentif rouge, un éclat de verre serti par un fil d'acier et noué à un lacet en cuir.

C'est un morceau de la rosace.

— Tu l'as piqué !

— Pas piqué, ramassé.

L'éclat est lisse, on dirait que la lumière est prise à l'intérieur.

— Ce morceau va leur manquer quand ils vont reconstruire la rosace.

Elle hausse les épaules.

— Ils en feront des faux, en plastique.

Elle le porte à même la peau. Il se soulève en même temps qu'elle respire. Un éclat comme une tache de sang.

— On dirait *Le Dormeur du val*, je dis.

— Le *Dormeur* de quoi ?

— Le poème de Rimbaud, on l'a appris à l'école… "C'est un trou de verdure où chante une rivière…" La rivière, on disait que c'était le Bourde.

Elle ne se souvient pas.

Elle s'allonge sur mon lit, me regarde par transparence, à travers l'éclat.

— Moreno est amoureux de toi.

— Non, c'est toi qu'il aime.

— Il me désire, mais c'est toi qu'il veut.

Elle lâche l'éclat. Bascule sur le dos. Les deux mains sous la nuque.

— Je m'en fous. Pour ma vie, je veux plus que Moreno. Je veux du soleil, d'immenses couchers rouges avec des jours sans fin. Si je n'ai pas ça…

— Si tu n'as pas ça ?

Elle ne répond pas. Elle fixe le plafond. Ses yeux sont gris. Des fois, elle me fait peur.

Broussaille veut nous parler. À toutes. À 18 heures, au bistrot de la Fontaine. Avec Juliette et Camille, on arrive les premières, on choisit une table pas loin du poêle, on commande des cocas.

La table est poisseuse, elle colle aux doigts.

Boucle arrive tout de suite après, elle n'a pas beaucoup de temps, elle doit récupérer son fils chez sa mère.

— Elle nous veut quoi ?

On n'en sait rien. Elle doit avoir un nouveau mec. Ou alors elle change de boulot et elle veut fêter ça.

La patronne est derrière sa caisse. Des ouvriers fatigués décompressent après le travail. Le patron leur sert des verres au comptoir. Il y a la télé et la nuit qui est tombée.

Il a plu, les températures ont chuté. Un gamin fait du skateboard sur les marches de l'église.

Le clocher sonne.

Broussaille sort de la boulangerie, elle traverse la route.

Le soir tombe. Les lumières s'allument les unes après les autres Elle pousse la porte. Elle a les traits tirés. Pas de grands gestes. Pas de sourire. Elle devrait freiner sur les Suchard. Et sur les mecs aussi. Elle enlève son manteau. En veste tricotée dessous. Elle tire une chaise, s'assoit.

Elle veut comme nous, un coca.

Elle se tripote les mains.

Ça sent la bière chaude.

— Je crois que j'ai fait une connerie, elle dit.

D'un même mouvement, on se rapproche, tête contre tête.

— Quoi, comme connerie ?

— Une connerie...
— Une grosse ?
— Plutôt.
— Tu as renoué avec Gilles ?

Elle fait non avec la tête. Elle pose une main sur son ventre. On fixe la main. Les doigts, sur la laine mouchetée de la veste. Et d'un coup, on comprend.

C'est pour nous dire ça qu'elle nous voulait toutes.
— Tu crois ou tu es sûre ?
— Je crois.
— De combien ?
— Je sais pas moi... cinq semaines, peut-être six...
— Tu as fait le test ?
— Pas encore.
— Faut le faire, dit Juliette.

La pharmacie est juste à côté de la boulangerie. Il y a encore de la lumière.

Elle ne peut pas aller à la pharmacie, demander, prendre le risque que ça se ragote, qu'il y ait cette possibilité, qu'on raconte qu'elle, la petite vendeuse de croissants, etc.

Elle a l'air complètement perdue.

Juliette se lève.
— On ne va pas attendre que ça ferme. Tu viens, Jess ?

La pharmacienne me connaît. Elle connaît ma mère, ma grand-mère. Si j'achète un test, elle va croire que c'est pour moi.

Pareil si c'est Juliette.

Je lui demande les somnifères pour ma grand-mère. Ils sont dans la petite réserve, la pharmacienne va les chercher. Les tests de grossesse sont derrière la caisse, sur un rayonnage, bien rangés. Petite, quand on jouait aux gendarmes et aux voleurs, je choisissais toujours d'être voleur. Ce n'est pas le meilleur rôle pour la morale mais je préférais. Voleur, pas voleuse. J'aurais voulu être un garçon, aussi. Et cela continue à faire de moi une fille pas toujours claire.

J'en vole deux, les meilleurs, les plus chers. Les infaillibles. Dans le fond de ma poche.

Je paie les somnifères.

Je souris à la pharmacienne. Elle m'a vue naître, elle ne se méfie pas. Elle dit que la prochaine fois, il ne faudra pas oublier l'ordonnance.

Une fois dehors, on se planque un peu. On ouvre une boîte. On déplie la notice. Sur le recto, il y a la démarche à suivre. Il faut pisser dessus. Sur la bande de papier. Pisser, et attendre. Des bandes de couleur doivent apparaître. Ou pas. C'est selon. Et le test ne peut être utilisé qu'une seule fois.

Sur le verso, une rubrique : "Comment réagir lorsque j'apprends le résultat ?"

Broussaille ne lit pas la notice. Elle prend un test, va s'enfermer dans les chiottes. Pendant qu'elle est à l'intérieur, on fixe la porte. On imagine ce qui se passe derrière.

— Je croyais qu'elle prenait la pilule, dit Camille.

— Elle a arrêté, ça lui donnait des maux de tête.

— Elle fait comment ?

On n'en sait rien. Elle ne fait rien. Quand elle baise, elle ne se méfie pas.

— Elle pourrait prendre la pilule du lendemain.

Celle du lendemain, c'est pour les nuits occasionnelles.

— Ma mère dit que c'est de la saloperie, les hormones.

— Ma grand-mère a eu sept enfants, ça ne me fait pas envie, dit Camille.

On arrête de regarder la porte parce que le patron finit par la lorgner aussi, il doit se demander ce qui se passe derrière et on ne voudrait pas qu'il se doute de quelque chose. Qu'il envoie sa femme.

— Tu la prends tous les soirs ?

— Oui. Des femmes se sont battues pour qu'on ait cette liberté.

— Ce qui est chiant, avec la pilule, c'est que des fois, tu la prends un mois entier pour rien. Voire deux, voire trois. Tout ça parce que tu as l'espoir de. Et puis rien.

— Ma mère porte un stérilet.

Elles me regardent.

— Ça marche comment ?

— Je ne sais pas.

— C'est du fil de fer, dit Boucle, on dirait un hameçon.
Elle dessine la forme sur la table.
— On t'écarte les jambes et on te le met dans le ventre.
— Jamais un homme ne se laisserait faire ça.
— Sûr.
— Le retrait, c'est pratique.
— Moi, ça me dégoûte. Il faudrait que ce soient les mecs qui prennent la pilule. Ils ont le beau rôle. Nous, on fait déjà les gosses. Et eux ? Eux, ils font quoi ?
— Je veux être un mec dans une autre vie.
— Tu ferais confiance à un type qui te dirait : "C'est OK je prends la pilule, laisse-toi aller, tu ne risques rien avec moi" ?
— Si c'est vraiment mon mec...
— Moi, je préfère maîtriser les choses.
On regarde la porte.
— Bon, elle fait quoi ?
La nuit est tombée. Les lampadaires sont allumés. Des gens rentrent chez eux, pressés.
— Il paraît que les poissons deviennent pédés à cause des rejets de pilules dans l'eau.
C'est Boucle qui a dit ça.
On éclate de rire, on imagine les poissons.
Juliette dit que les poissons sont mâle et femelle, les deux à la fois, comme les escargots. Elle n'en démord pas.
— Vous savez ce que font deux poissons dans un bocal, le dimanche ? je demande.
Non, elles ne savent pas. Avec un doigt, je fais un mouvement en rond.
— Ils tournent.
On se marre.
Et puis Broussaille ressort.
Elle s'avance vers nous. Le bâtonnet à la main. Elle le pose au milieu de la table. Elle n'en mène pas large. Cinq minutes, c'est écrit sur la notice. Si une couleur apparaît, de rien il y aura quelque chose. Quelque chose qui sera du vivant. Tout sera changé, dans le ventre de Broussaille et dans l'avenir aussi.
On fixe la bandelette de papier. On essaie de parler d'autre chose.

Jamais deux sans trois. C'est la troisième fois qu'elle fait ça. Les deux premières, les bandes sont restées blanches. Il faut qu'elles soient blanches encore cette fois. Bon sang que c'est long ! Broussaille tremble du pied. Elle s'en veut. Avec les minutes qui passent, elle se met à promettre qu'elle ne couchera plus, du moins plus avec n'importe qui, elle va se trouver un mec, un gentil, elle jure ça, si la bande reste blanche elle va se caser, comme si ses promesses tardives pouvaient influencer son destin, comme si elles pouvaient empêcher qu'un papier vire à ce qu'il doit, découdre ce qui se tricote peut-être déjà.

Les dés sont jetés. Plus personne ne peut rien à ce stade très particulier des choses.

Ça fait trois minutes.

C'est blanc.

C'est encore blanc.

— Ça va aller, je dis.

On commence à se détendre.

— Faudra vraiment arrêter tes conneries après, hein, tu jures !

Elle jure. C'est bon. On respire. On va pouvoir à nouveau déconner.

Et d'un coup, ça vire, un vrai drapeau multicolore. On se passe la bandelette, Juliette, Camille, Boucle et moi. On vérifie. On relit la notice, des fois qu'on se serait trompées, dans la précipitation, un contresens est toujours possible. Si ça se trouve l'alignement des couleurs, ça veut dire qu'il n'y a *rien*, que c'est *négatif* !

Mais non, il n'y a pas rien, on ne s'est pas trompées, pas de doute, pas d'erreur, les hormones de grossesse sont bien présentes dans la pisse de Broussaille.

— Putain de merde…

Broussaille se tasse. Elle est en train de réaliser. J'en ai mal pour elle. Elle lève les yeux sur nous. Comme un bon soldat. Elle semble ne pas savoir d'où ça vient. D'où c'est tombé. Cinq ou six semaines ? Ce n'est quand même pas une opération du Saint-Esprit ?

Elle récupère le deuxième test et elle retourne dans les chiottes. Elle attend le résultat à l'intérieur. C'est long. Le patron trouve ça louche. Il regarde sa femme. Il regarde la porte. Il veut aller voir.

Je lui fais signe de ne pas bouger, que ce n'est rien, des trucs de filles.

Il hoche la tête.

La patronne comprend.

Broussaille ressort.

Elle revient à la table. Elle a les yeux vides. Elle remet son manteau, les boutons en corne, ramasse son sac.

Elle semble soudain déjà un peu à l'étroit dans sa veste tricotée.

On se retrouve entre nous. On est un peu assommées. On passe en revue les derniers mecs qu'elle a eus. Elle en a eu. Et les types d'un soir, qu'on ne connaît même pas.

— C'est rien que des bandelettes, je dis, si ça se trouve, ce n'est même pas sûr, elle a peut-être simplement du retard.

— Vous croyez qu'elle va le garder ? demande Camille.

C'est quand même terrible comme question.

Tellement soudain.

Le bistrot ferme, il faut qu'on sorte.

Boucle va chercher son gamin.

Camille file aussi.

Juliette récupère la boîte restée sur la table. Elle fait tourner la boîte dans sa main.

— Elle l'a quand même un peu cherché, tu ne penses pas ?

Je la regarde.

Je trouve idiot qu'elle dise ça.

Il y a des jours qui ressemblent à ceux d'avant. Des jours faciles, avec rien de nouveau. Et il y a des jours comme celui-là.

Je m'entraîne à marcher dans ma chambre avec mes chaussures à talons vertigineux. J'applique les règles, menton, ventre, épaules, colonne. Penser à tout et rester naturelle. Le dos cambré et comme sur une poutre. Je fais des allers-retours, fenêtre-porte. Je progresse. Je sors dans le couloir, la démarche chaloupée, petites foulées, je fixe en bout de couloir la vierge d'eau bénite posée sur l'étagère.

Je travaille le mouvement des pieds, un déroulement du talon jusqu'aux orteils, et 1, et 2, et 3, je bascule mon poids sur la hanche, un coup de menton et je bloque.

Ma mère râle parce que mes talons font du bruit et que cela va gêner les clients.

Et les clients, moi, toutes les fois où ils me gênent ?

Broussaille ne sait pas vraiment qui est le père, il y a deux possibilités, c'est pour ça, elle veut être sûre, dater. Elle a rendez-vous ce mardi, avec un médecin de l'hôpital. Elle ne veut pas y aller seule.

Elle a déjà demandé à Boucle et à Camille, elles ont dit oui.

— Si elle nous demande, on dit quoi ? On y va aussi ?

— Bien sûr qu'on y va.

Les eaux du Bourde sont chargées, pleines de remous vaseux. Avec Juliette, on marche jusqu'au pont.

La terre est grasse, le chemin recouvert de feuilles pourries par l'hiver. Ici, dès les beaux jours, tout est vert, luxuriant, les orties nous arrivent à la taille.

— Il paraît que les orties ne supportent pas la solitude, elles poussent seulement là où vivent les gens.

Juliette s'en fiche, des orties. Elle a mis ses bottines cow-boys, la semelle se décolle, elle veut revenir en ville, faire réparer. Il y a une cordonnerie rue du Four. On y va. On croise des femmes avec des sacs pleins de fleurs en crépon, c'est pour décorer le grand char du concours, celui dont tout le monde parle et dont ma mère dit qu'il gagnera la coupe.

La cordonnerie est ouverte mais le cordonnier n'est pas là. Absent pour la journée, sa mère garde la boutique.

— Aujourd'hui qu'il s'absente, tout le monde le réclame, elle dit en bougonnant.

Elle n'y connaît rien en souliers, mais Juliette peut laisser ses bottines, son fils s'en occupera quand il reviendra.

— Et mettre un peu de colle, vous ne pourriez pas ?

Non, elle ne peut pas.

— Et me prêter de la colle pour que je le fasse, moi ?

Ça non plus, elle s'y refuse, mais elle accepte de prêter une paire de chaussures pour dépanner, il y en a des dizaines sur les rayonnages, elle montre des ballerines qui sont là depuis plus d'un an, personne n'est venu les récupérer, du 37, parfaitement à sa taille.

Juliette essaie les ballerines, on dirait qu'elles sont faites pour ses pieds. Elle confie ses bottines et on ressort.

— Lucie Dola se marie demain, dit ma mère. Et avec un professeur du collège.
— Oui, je sais, et alors ?
— Alors rien, c'est pour dire. Son père est garde-chasse, elle fait une belle alliance.

Mon père lève les yeux de son journal.

Je regarde dehors, l'église. J'étais à l'école avec Lucie Dola.

Ma mère dit :

— J'avais des amies, moi aussi, avant, maintenant je n'en ai plus, c'est comme ça, c'est la vie.

Moi, je ne crois pas que l'amitié meure. C'est un lien indestructible. Ceux avec qui on a grandi.

Il y a deux photos de mes parents sur la commode du salon. La première photo a été prise le jour de leur mariage, ils sont jeunes, heureux, enlacés, ils s'aiment et ça se voit. Sur la deuxième, c'est différent, le temps a passé.

Je suis née pendant la première période.

Je ne sais pas pourquoi ma mère a fait encadrer la seconde photo, ni pourquoi elle la garde sous les yeux.

Dans quelques semaines, quand ma mère ne craindra plus le gel, elle remontera les pots de géraniums de la cave et elle les suspendra aux balcons des chambres. Ce n'est pas qu'elle aime ces fleurs, non, c'est même le contraire, elle n'y connaît rien aux fleurs et celles-ci lui donnent du travail, leur odeur est même désagréable, en tout cas ce n'est pas l'odeur qu'on s'attend à trouver quand on respire une fleur, mais avec le nom de

l'hôtel, *Hôtel des Géraniums*, elle est pieds et poings liés avec eux.
— Comme avec ton père, elle dit.
Et elle précise :
— Pieds et poings.
Et elle croise ses poignets pour symboliser les chaînes.

En fin de matinée, avec Juliette, on va à l'église pour voir comment ils l'ont décorée. Il fait sombre. On remonte la nef. Il y a des fleurs blanches nouées à chaque banc, jusqu'à l'autel, et des vases avec de grands glaïeuls. C'est joli, on dirait une allée princière.
— Tout ça pour Lucie Dola, dit Juliette.
Elle est jalouse à cause du bonheur que le mariage suppose.
— C'est même pas des vraies fleurs ! Elles sont en papier.
Elle insiste pour que je touche.
— Moi, si je me marie, je ne veux pas de toc, je veux que tout soit *vrai*.
Elle en détache deux ou trois.
— Arrête...
— Arrête quoi ?
Elle propose qu'on se sorte de là, qu'on aille plutôt faire un tour aux boutiques, il y en a une nouvelle, très à la mode, au centre commercial. Elle doit être chez sa Parisienne à 15 heures, ça nous laisse du temps.
Le bus est là, on saute dedans.
À l'intérieur de la boutique, tout est moderne, les modèles sur les cintres, sur les étagères.
Dans la vitrine, il y a une petite robe blanche sur un mannequin sans tête. Une coupe droite, sobre, le col rond. Du tissu épais, des motifs brodés, en blanc sur blanc avec des perles de nacre. La vendeuse lui sort un modèle à sa taille.
Juliette l'essaie. On trouve la robe magnifique sur elle. Mais pas elle. Elle retire la robe, l'abandonne. Elle tourne entre les présentoirs, s'intéresse à d'autres modèles.

Le téléphone sonne, la vendeuse s'excuse, elle doit répondre. Juliette attend qu'elle ait décroché, le dos tourné, elle me lance un regard vif et elle s'empare de la petite robe restée sur le carton.

Elle sort, la robe contre elle. Elle court. Je la suis. J'entends la vendeuse qui crie, on arrive aux grandes portes vitrées, la sortie, les portes s'ouvrent, on est dehors, on traverse le parking, la rue Capucine, la montée de Bruges, plus de cris, la vendeuse ne peut pas abandonner sa boutique et prendre le risque qu'on lui vole autre chose.

On s'arrête seulement quand on est tout en haut de la montée. Hors de vue. J'ai le souffle coupé. Juliette rit. Je lui en veux d'avoir fait ça. De m'avoir entraînée. Elle coupe le fil de l'étiquette avec les dents, la jette dans une bouche d'égout.

— Je n'allais quand même pas payer mille balles pour une simple robe.

Plus d'étiquette, plus de trace, plus de preuve.

Mais on est grillées pour la boutique.

Le ciel est mauve, on dirait que c'est la nuit. Alors que c'est le plein jour. À peine 15 heures. On entend les bruits de l'autoroute. On entend toujours l'autoroute quand il va pleuvoir, alors qu'elle est loin, derrière la colline.

Je me retrouve sur la place en même temps que le cortège, Lucie Dola ouvre la marche, dans sa robe de mariée, au bras de son père, le reste suit, la famille, les demoiselles d'honneur, à pas lents, bien rangés.

Un enfant de chœur ouvre les portes de l'église, l'orgue joue à l'intérieur.

Le fils Canfre attend au bas des marches, dans son fauteuil de handicapé, il tend son gobelet en carton. Sa nuque est maigre.

Un photographe prend des photos du cortège et de chaque couple qui arrive en haut des marches. Il scrute le ciel. On dirait que la ville est cernée par plusieurs orages.

Le curé s'avance sous le porche. Il regarde le ciel. Il invite tout le monde à entrer dans la maison de Dieu, qui est aussi la sienne. Et avant que l'orage n'éclate.

Juliette sort de chez elle alors que les cloches sonnent à toute volée. Elle a mis la petite robe blanche. Elle est gonflée. Et si la vendeuse passe ?

La robe blanche, avec le ciel noir. Et les ballerines à ses pieds.

Juliette est en colère : ce matin, elle a essayé de récupérer ses bottines cow-boys mais impossible, le cordonnier exige le ticket pour savoir de quelles chaussures elle parle.

— Je n'ai pas de ticket, c'est sa mère qui était là, elle ne m'a pas donné de papier, tu t'en souviens ?

— Tu lui as décrit tes bottines ?

— Bien sûr ! Et elles étaient là, bien en vue, sur une étagère, je les lui ai montrées, je lui ai juré que c'étaient les miennes et tu sais ce qu'il m'a répondu ? "Si je dois croire toutes les bonnes femmes qui jurent la vérité, je n'ai plus qu'à mettre la clé sous la porte."

Sans ticket, il n'y a rien à faire, elle doit attendre un an et un jour. Passé ce délai, et si ses bottines sont encore là, elle pourra les récupérer.

— On pourrait y retourner ensemble, je suis sûre qu'il te croira, toi.

Le ciel s'obscurcit encore.

Une goutte s'écrase sur la place. Tout le monde se hâte. Les passants. Un homme descend du bus, traverse la place, direction la mairie, il abrite sa tête avec son cartable.

Les invités du mariage s'engouffrent dans l'église.

Le photographe est sous le porche.

Et d'un coup, ça tombe.

La fin du monde.

Avec Juliette, on court se mettre à l'abri tout en haut des marches.

Le curé commence sa messe, il s'en fiche de l'orage, il est à son affaire, il prône l'importance de la foi, un jour comme celui-ci, il célèbre l'inexprimable chance de croire et d'aimer. Il tient son auditoire. Il en profite. Tout le monde est à genoux. On se signe à ses prières.

Sa voix gronde, elle résonne, il parle de fidélité, du péché, du meilleur et du pire, de la confiance en l'autre, et en Dieu, en Dieu surtout : "Jusqu'à ce que la mort vous sépare." Quand il parle de Dieu, on sent que ça l'habite.

On l'écoute en regardant tomber la pluie.

Elle tombe tellement fort qu'elle couvre les autres bruits.

Le fils Canfre est resté au milieu de la place. Il tente d'actionner ses roues mais son fauteuil ne bouge pas. On dirait que la roue est cassée. Cassée, ou voilée, tout un côté est dans l'eau. La pluie lui tombe dessus. Pauvre Canfre ! Il reste sous l'orage. Des trombes d'eau.

Des éclairs illuminent le ciel, ils sont bas, presque à nous toucher. Le tonnerre gronde. On recule jusqu'au bénitier. Une fois, Moreno a pissé dedans, on ne l'a pas vu faire, c'est lui qui a raconté. Un bouffon, Moreno !

Pendant ce temps, à l'intérieur, Lucie dit oui à son professeur. La messe se termine, les mariés signent le registre, déjà le curé range ses affaires, il a précipité les choses, ses mains sont ouvertes à la voûte, que tout le monde aille en paix. En paix ou ailleurs. Et si possible tout de suite. Il bat des mains, montre la sortie.

L'orgue joue.

La cérémonie est finie mais personne ne sort.

Toute cette eau ! La pluie déborde des chenaux, elle dévale la rue, noie la place. Il en tombe, et il en remonte aussi, comme si le sol se déversait. C'est le Bourde, il enfle par-dessous, des jours qu'il se gorge, il se charrie, de son lit jusqu'ici. Plus de rues. Les trottoirs ont disparu. Les rares voitures qui passent semblent rouler dans le Bourde.

Il y a des visages aux étages, derrière les vitres, comme le jour de la mort de monsieur Daval.

Les invités de la noce sont regroupés dans le fond de l'église.

Le photographe sort, il porte une sacoche en bandoulière, il glisse ses pellicules à l'intérieur.

Et au milieu de ce déluge, le fils Canfre reste immobile, dans son fauteuil comme sur un vaisseau, sur la place devenue un lac. Sur son arche, il baigne dans l'eau. Il pourrait se traîner, à la force des bras. Se sortir de l'eau.

Quelques invités se hasardent.

— Il fait quoi, le Noé ?

Le Canfre regarde autour de lui, sa tête pivote sur sa nuque maigre, et il fait la seule chose qui lui semble alors possible, il remonte le col de sa veste et il rentre la tête dans les épaules.

Je saisis un parapluie, je ne sais pas à qui je le prends. À quelqu'un, un invité derrière moi. Je ne demande pas si je peux, si on peut me le prêter. J'ouvre le parapluie. Je descends une marche. Dès que je suis hors de l'abri, un rideau d'eau s'écrase sur la toile.

J'entends la voix de Juliette. Je sens sa main sur mon bras.
— Laisse, j'y vais.

Et puis sa main quitte mon bras, se referme sur le manche, chope le parapluie. Ça va très vite. Ses cheveux volent, balaient ma joue. Déjà, elle est au bas des marches. Elle avance, les ballerines dans les flaques, de l'eau à hauteur de cheville.

Elle se fiche de l'orage, pour elle. Elle va placer le parapluie au-dessus du Canfre.

Et on les voit, dans l'eau, sur la place, les poissons, ils sont là, sortis avec le Bourde, ils ont été emportés, trimballés, amenés, déversés, des centaines qui se débattent dans les flaques, à grands coups de queue, paniqués par le manque d'eau, ils cherchent à se maintenir en vie.

L'orage se calme aussi vite qu'il est venu. Les lumières se rallument derrière les fenêtres. Celles du bistrot.

Il ne pleut plus mais l'eau est tombée avec tellement de force qu'elle coule en ruisseaux le long des rues. Dans les caniveaux, on dirait des petits Bourde.

Le ciel s'éclaire.

Des gens sortent sur le pas des portes.

À présent que la pluie a cessé, le Bourde se replie. Il abandonne des poissons, ceux qui ont été incapables de suivre à temps les courants contraires, ceux-là restent sur le flanc, piégés. La place frétille de ces ventres d'argent.

Côté noce, il faut passer à la suite, les cloches sonnent, la famille félicite, on lance du riz, des pétales de fleurs, les demoiselles distribuent les dragées.

Le gobelet en carton du fils Canfre flotte dans une flaque au milieu des poissons et des grains de riz.

Juliette remonte les marches. Elle est trempée, les cheveux, le visage, la robe.

Tellement mouillée, on dirait qu'elle sort de la mer.

On dirait aussi qu'elle pleure. Mais comment reconnaître ce qui est larme dans toute cette eau ?

Elle me rend le parapluie.

Rentre chez elle, va se changer.

Une fille à ce point mouillée, avec la robe imbibée d'eau. Mehdi est calé au mur, devant le bar. En manches de chemise. Il ne la quitte pas des yeux. Il devait être au chaud. Et puis est sorti pour voir.

Les autres la sifflent, ceux de la bande à Moreno. Pas Moreno. Lui ne bouge pas. C'est la première fois que je le vois comme ça, tenu au respect. Et soudain, il éclate, il en a marre de leurs cris, ces aboiements rauques de chiens, c'est comme si soudain quelque chose arrivait à son cerveau, il se retourne vers eux, leur gueule de la fermer.

Une femme sort d'une maison. Elle tient un seau. Elle est rejointe par d'autres. Il en sort de toutes les maisons, certaines avec des sacs, elles viennent chercher des poissons, leurs mains comme des pelles, elles ramassent, mettent dans ce qu'elles ont, sacs, seaux, bassines. C'est une manne formidable, tout ce poisson servi à la porte.

Quand elles ont pris, elles assomment les têtes sur le rebord de la fontaine et elles ouvrent les ventres avec des couteaux, elles vident, nettoient, rincent. L'eau de la fontaine prend la couleur du sang. Tout flotte, les viscères, les têtes, les écailles.

Ma grand-mère est avec la meute, elle n'a pas de sac, elle glisse ce qu'elle ramasse dans la poche de son tablier. D'une main leste, elle capture deux grenouilles venues s'échouer là, elle les fait disparaître vivantes dans la poche.

Le photographe prend des photos des femmes dans cette lumière magnifique, les toits, la ville, après cette presque apocalypse. Il prend aussi les poissons et le gobelet du Canfre qui flotte.

Il n'aurait pas dû y avoir tant de pluie, la météo s'est embrouillée, tout le monde le dit.

Dans son fauteuil, le Canfre est en état de grâce, il a renoncé à tout mouvement, le doigt de l'ange s'est posé sur lui, l'a laissé habité, éclairé du dedans. Sur son visage plane un sourire que personne ne lui a jamais vu.

Il essuie son front trempé avec le bout de tissu qu'il ne lâche jamais et qui doit être aussi trempé que lui.

Soudain, il montre les dents comme un chien fou, mais sans doute qu'il rit.

Le cortège redescend les marches. Le photographe place les invités pour une photo de groupe.

Un homme me touche le bras.

— S'il vous plaît...

Il montre le parapluie.

Le parapluie est à lui.

Juliette ressort, les cheveux secs, en jean et pull.

Monsieur Perruchon est sur la place, il récupère des poissons pour ses chats. Des chats, il en a plus de trente, on les voit derrière ses fenêtres, des félins magnifiques que ce vieux fou garde enfermés dans sa maison. Ma mère dit qu'il devrait leur ouvrir, les laisser partir, mais que ce serait aussi de la folie, tous ces chats dehors, d'un coup, dans le quartier. Alors ?

Avec Juliette, on le regarde aller et venir. On parle de ce que l'on ferait si on était lui.

Mais on n'est pas lui.

Et il ne faut jamais parler des gens parce qu'on n'est pas eux, on n'est pas à leur place.

Après ce froid, elle a envie d'un chocolat chaud. Il est 15 h 30, trop tard pour aller chez la Parisienne. On pousse la porte du bistrot. Il y a du monde à l'intérieur, ça parle de cet orage furieux qui a fait remonter les poissons.

Camille est dos au radiateur. Elle nous appelle. Sur la table, il y a un poisson enveloppé dans du papier journal, elle soulève le papier, elle nous le montre, sur le flanc, avec sa bouche il gobe l'air.

Il est encore un peu vivant.

Elle referme le journal sur le poisson.

La feuille se soulève avec le mouvement des branchies.

— Tu devrais le relâcher, je dis. Le rendre au Bourde. Ou le tuer, avoir ce courage.

Juliette me tapote le bras :

— Te bile pas, Jess, il ne ressent pas les choses, c'est rien qu'un poisson.

Tommy entre, il a réussi à avoir des dragées, il en a plein les poches, et aussi des petites billes de sucre argentées, on dirait des billes de mercure. Il partage si on le laisse s'asseoir à notre table.

On commande des chocolats très chauds. On mange les dragées. De l'autre côté de la vitre, Lucie Dola marche dans l'eau sale. Elle va esquinter le bas de sa robe, ses chaussures et son collant blanc. C'est le photographe qui l'entraîne, il lui fait prendre la pose au milieu des poissons. Il veut ça. Cette photo. Elle a l'air désemparée. Elle le suit pourtant. Le marié est resté sur les marches. Elle sourit mais on voit bien que tout ne se passe pas comme elle l'avait rêvé.

— Quelle idée de se marier en mars, dit Juliette, c'est le mois de la pluie, tout le monde le sait.

C'est quoi comme poisson ? Une tanche ? Je pose ma main sur la tête. Je sens la pression légère de la branchie qui s'ouvre et se referme sous ma paume.

— Il nous en faudrait une, pour notre défilé, dit Camille.

— Une quoi ? demande Juliette.

— Une mariée. Pour un final en tulle.

Je les écoute. Je laisse ma main s'alourdir. Je la laisse peser. Je sens une résistance. J'appuie encore.

Elles discutent.

— Mais où trouver la robe ?

Camille dit que sa cousine s'est mariée l'an dernier, qu'elle pourrait sûrement prêter la sienne. Elle parle du mariage de Lady Di. Une robe superbe, huit mètres de traîne, dix mille perles de nacre.

Les princesses, elles en font quoi de leur robe, après ?

— Tu serais d'accord, Jess ? Pour un final en tulle ?

— Regardez qui passe...

Sur le trottoir, la Parisienne remonte la rue, élégante, chapeau et petit sac.

Ça ne résiste plus.

Je retire ma main. Je la ramène sur mes cuisses. L'impression que le poisson s'est moulé en creux. Que sa vie m'a traversée.

— Elle a dû être belle.

— Elle a dû.

Juliette précise qu'elle est grassouillette : de près, on dirait une publicité pour le jambon.

Mes doigts restent recroquevillés, alors je les déplie avec l'autre main, je frotte fort mes paumes, l'une contre l'autre. Pour ne plus sentir ce creux.

Le soir, je trouve du poisson dans mon assiette.

Ma mère en a farci deux. De ces poissons récupérés de l'orage. Avec sel, poivre, citron, œufs et épices. Une cuisson longue, au four.

De l'eau s'est glissée sous la porte, dans le couloir. Elle a nettoyé mais la tapisserie est humide, on dirait qu'elle a bu l'eau du Bourde. Elle regarde mon père, il faudrait retapisser.

Elle nous sert, une flaque de beurre au milieu de l'assiette, avec, par-dessus, un morceau de chair fade et gluante, presque élastique. Elle ajoute à chaque part une grenouille soigneusement persillée.

Mon père mange la sienne, tire sur une patte qui se détache, il suce la chair, lèche ses doigts. Dépose le petit os blanc sur la nappe. Un autre os par-dessus. Une croix qui me rappelle celles autour de la source.

Je tamponne le beurre avec du pain.

— Tu ne la manges pas, la tienne ? il me demande.

Je fais non avec la tête.

Il approche sa main de la grenouille.

Sur la place, il reste la boue sèche.

— Jess ! Le téléphone, pour toi ! Fran-çois...

Elle articule bien. Je fais des signes, qu'elle dise que je ne suis pas là. Mais trop tard. Elle me tend le combiné. J'étais en train de m'entraîner à marcher avec mes talons. Je suis obligée de lui parler.

Il s'est inquiété pour moi, à cause de l'orage. Je ne veux pas qu'il s'inquiète. Il veut me voir.

— On peut se voir ?
— Oui, peut-être...
— Aujourd'hui ?

Je regarde mes talons, le pied que ça me fait. J'ai mis du talc dans mes semelles pour éviter la sueur.

— Pas aujourd'hui.
— Demain alors ?

Les chaussures m'affinent le mollet. Du coup, je me tiens mieux. Comme si ces chaussures me changeaient aussi à l'intérieur.

— On se rappelle plus tard.

Je raccroche.

Ma mère est calée les reins à l'évier, elle aussi regarde mes chaussures.

— Elles te font une belle allure, elle dit. Marche un peu, pour voir...

Je marche. Je tourne. Pas de tangage, j'arrive enfin à tenir droite sur mes talons pointus.

Ma mère sourit.

Elle, elle n'a pas de jolis escarpins. Elle n'en a jamais eu. Et mon père porte toujours des sandales avec des chaussettes, même l'hiver, c'est une habitude et elle déteste ça.

Elle le lui reproche, comme quand il porte ses jeans taille basse et qu'on lui voit le haut des fesses.

De la même manière, elle me reproche d'être toujours d'accord avec lui. De toujours prendre parti pour lui. Ce qui est absolument faux.

Quand le gynécologue nous voit toutes les cinq dans la salle d'attente, il comprend qu'il y a un problème avec le père.

C'est un homme compréhensif, il nous permet d'entrer à condition qu'on se taise.

Broussaille s'allonge, le médecin enduit son ventre d'un gel poisseux. Il fait glisser le capteur. Très vite des bruits de grotte envahissent la pièce et ce qu'il y a dans son ventre s'affiche sur l'écran.

Avec son stylo, il nous montre des taches.

— Ce point, vous le voyez ? C'est le cœur. Il bat bien.

On s'approche un peu.

— C'est une fille ou un garçon ?

— Trop tôt pour le dire.

Il déplace son appareil.

— On va vérifier le nombre d'embryons.

Broussaille se redresse.

— Parce qu'il peut y en avoir deux ???

— Deux ou plusieurs, ça arrive, dit le médecin.

Il est assis sur un tabouret à roulettes. Il fixe l'écran, regarde de près. Il cherche.

Il fait soudain hyper chaud dans la salle.

— C'est bon, il n'y en a qu'un, il finit par dire.

On croit que c'est fini mais il parle des anomalies possibles, il faut les repérer. Est-ce qu'il a bien ses quatre membres ? Et le crâne ? La trisomie, il explique qu'on voit ça à la nuque. Elle est où, la nuque ?

— Parce qu'il peut naître mongol ?

C'est moi qui demande. Camille éclate de rire. Elle s'excuse, dit que c'est nerveux.

Même Juliette rit.

— Le cœur est bien à gauche, dit le médecin.

— Parce qu'il peut être à droite ?

On croit qu'il plaisante. Mais non.

— C'est rare, mais c'est possible, il dit.

Là, on ne se marre plus du tout. On regarde le ventre. L'écran. Et je crois qu'on se rend compte toutes en même temps qu'on n'y connaît rien, rien à nos corps, ni comment ils marchent.

On ne sait rien. Elles servent à quoi, nos mères ?

Même Boucle, elle en sait plus que nous, mais pas tant que ça, elle a eu un enfant pourtant.

Le médecin vérifie la tête, les mains, la vessie, la bouche. Il cherche vraiment les problèmes.

— L'estomac, ça arrive qu'il ne soit pas en place...

Broussaille était juste venue pour savoir si elle était bien enceinte. Et avoir une date. Avec une date, elle pourra avoir le nom du père. Quand il parle de l'estomac, je vois bien qu'elle panique. Qu'elle comprend. Elle va vraiment faire un bébé. Son corps va faire ça. Il a même commencé. Je lui prends la main. Elle est froide. Je la regarde, dans ses bons yeux de myope. Au chevet de son regard, je suis.

Le médecin en a fini.

— Tout est normal.

— Je suis à combien ? elle balbutie.

— Sept semaines. À quelques jours près.

Dans le cerveau de Broussaille, ça s'active, les neurones remontent le temps, ils font le décompte. Je le fais aussi. On le fait toutes. Sept semaines. Mi-janvier, il y a eu l'anniversaire de Camille, on s'est fait une soirée.

Le médecin rédige une ordonnance pour une prise de sang complète.

Pendant qu'il écrit, il nous met en garde, nous quatre aussi, et c'est peut-être pour ça qu'il nous a autorisées à entrer, le sida, ça existe. Il nous donne des brochures, on les prend pour lui faire plaisir, il doit avoir des filles, être un inquiet, mais nous on le sait, on ne risque rien, le virus, c'est pour les gays. Il nous dit de faire gaffe, mais nous on n'y croit pas, au sida, qu'on pourrait le choper, c'est un truc pour les pédés ou un épouvantail pour faire peur aux filles. Qu'elles restent bien sages.

On ne va pas s'empêcher de vivre.

Une fois dans la rue, on respire mieux.

On marche sur le trottoir.

Broussaille ne dit rien.

Je lui prends doucement le bras.

— Ça va ?

— Ça va.

Camille lui prend l'autre bras.

— Tu sais qui c'est, le père, maintenant ?

— Non.

— Il a dit sept semaines, t'as pas fait le compte à rebours ?

— Si…

— Et alors ?

— Alors, rien. Je sais pas.

On s'arrête sur le trottoir, on fait cercle autour d'elle. Maintenant qu'elle est deux, elle semble seule.

— Tu vas faire quoi ?

— Je ne sais pas.

— Mais… Tu le gardes ?

Boucle me repousse.

— Bien sûr qu'elle le garde !

Elle prend le visage de Broussaille entre ses mains.

— Un enfant, c'est un cadeau du ciel. Si c'est une fille, ça sera une petite Brousse, et nous, on sera ses marraines, quatre fées d'un coup ! Une gâtée, celle-là ! Et ça fera une petite copine à Paul ! Ou un copain !

— On peut aussi retourner le pays pour retrouver le mec qui t'a fait ça ? dit Camille.

Broussaille tente un sourire.

— Et après ?

— On te le ramène sur les genoux et on l'oblige à t'épouser.

À ses yeux, on voit que ce n'est pas la solution.

On la raccompagne jusqu'à la boulangerie parce que c'est l'heure pour elle de reprendre le travail.

— Vous ne dites rien à personne, hein…

On lui promet.
Elle nous fait jurer. On jure.

Le quartier du stade, la piscine, le chantier. On ne veut pas se quitter. On longe le grillage, on trouve une brèche, on se glisse de l'autre côté. Il y a des baraques d'ouvriers vides, un gros tas de terre, des gravats.

On s'assoit sur les dalles, au bord du bassin, les pieds dans le vide. Au fond, il y a un peu d'eau, des flaques du gros orage.

On regarde le fond.
Le fond et le soleil.
— Il ne faut pas qu'elle le garde, dit Juliette.
— Je suis d'accord, dit Camille, comme si elle avait attendu que l'une de nous parle. Ce sera un mauvais moment à passer.
— Sûr.
Boucle bondit.
— Un mauvais moment ! Mais vous vous entendez ? Vous vous rendez compte de ce que vous dites ?

L'avortement, elle est contre, elle le dit, en rage soudain, et aussi qu'on n'a pas le droit d'être pour.

— Mon fils, hein, mon petit Paul ! Si je lui avais fait ça ! Parce que c'est ça, l'IVG, hein, il faut le savoir.
— C'est dégueulasse comme argument.
Elle ne voit pas en quoi.
— Tu étais mariée, toi. Brousse ne l'est pas.
— Broussaille travaille, elle peut élever un gosse.
— Un enfant sans père ?
— Et alors ? On l'aidera ! Si on s'y met toutes...
Juliette la coupe.
— Il ne *faut pas* qu'elle le garde.
— Tu tues le vivant, toi ?
— Ce n'est pas encore du vivant.
— Ah bon ? Il ne battait pas, le cœur ? Tu ne l'as pas entendu, tchoc tchoc, tchoc tchoc ? Et les poumons, l'estomac ?
Elle est blême d'indignation.
— Les seins de Broussaille vont faire du lait, du lait très blanc, pour nourrir son enfant, c'est désormais la seule réalité.
Elle en bave de colère.

Elle ne veut plus parler de ça. Plus jamais. Plus nous entendre envisager cela.

Camille ne se laisse pas émouvoir.

— Ton lait, c'est de la poésie à deux balles, elle dit.

Elle se tourne vers moi.

— Tu penses quoi, toi ?

— Je ne sais pas.

— Tu ne sais pas ?

— Non... On ne peut pas répondre vite, c'est tellement soudain. Ce que je sais, c'est que si j'étais à sa place, je serais terrorisée.

— Si on est amoureuse, on n'est pas terrorisée.

— Sûrement...

Boucle soupire.

Camille dit qu'elle veut des enfants, oui, bien sûr, c'est évident, mais plus tard. Juliette dit que la question ne se pose pas, oui aussi. Boucle aimerait en avoir deux autres.

— Et toi, t'en veux combien ?

Elles me regardent.

Je me sens bizarre.

— Ma mère dit qu'il faut en avoir. Et si possible des garçons. Que les garçons, c'est mieux. Mais que les filles, ça aide.

Quand elle nous voit toutes les quatre sur la place, ma grand-mère nous appelle. Elle veut qu'on l'aide à déplacer son canapé pour le pousser plus près du radiateur. Ainsi, elle aura le dos au chaud, et par la fenêtre elle verra le monde.

— Jess, descends ! Jess ?

Je suis dans ma chambre. J'ouvre la porte, je me penche par-dessus la rampe.

Je crois que c'est le téléphone. Encore François.

— C'est Juliette ! dit ma mère. Juliette est *dans* le journal.

Une voisine vient de la prévenir.

Juliette ?

Je descends.

Le journal est ouvert sur la table. Effectivement, Juliette est en photo, sur une moitié de page, dans sa petite robe blanche, avec le parapluie, les poissons qui flottent, la pluie qui tombe et le fils Canfre dans son fauteuil.

Le visage du Canfre est tourné vers Juliette. Ses yeux levés sont pleins de pluie.

Elle, sous la pluie.

Qui abrite le Canfre.

Suit un article court : "Hier après-midi, alors que l'orage s'abattait sur la ville, une jeune fille", etc.

Dans l'heure qui suit, tout le monde parle de la photo. D'une porte à l'autre, les voix font écho, la nouvelle se répand, une information reprise, emportée. Qui crée un attroupement sur la place.

La nouvelle se répand aussi vite que le cocufiage de madame Daval.

Une fille qui protège la laideur. Ceux qui ne la connaissent pas viennent demander qui elle est.

La photo est dans toutes les maisons, tout le monde la regarde. Une jeune fille si belle et qui abrite un infirme.

Celle qu'on a toujours appelée la Contamia parle de sa fille avec les clients du salon. Ça s'est passé là, exactement, elle leur dit. Et elle montre l'endroit, en bas des marches, ici, entre les grands platanes.

Dans une géographie aussi perdue, la photo fait événement. La ville compte quatre mille habitants, elle est jumelée avec une autre, en Biélorussie, pour dire !

Le Canfre déboule sur la place. Son fauteuil est réparé. On lui montre la photo. Lui aussi est dans le journal. Il se regarde. Son image, son visage. Il sourit. On le dirait élu, ou niaiseux, habité, enchanté, comme s'il avait croisé un ange et qu'il portait l'ange en lui.

Lui qui était le prisonnier du lac.

On est tous fiers.

Sauf les jaloux.

Les jaloux ne disent rien. Ils regardent et ils passent.

— Tu es une star, maintenant, je dis à Juliette.
Le téléphone n'arrête pas de sonner, la Contamia laisse sa porte grande ouverte pour que tout le monde entende bien qu'on les appelle, qu'il se passe des choses ici, dans leur maison.
Deux garçons traînent sur le trottoir. Des garçons qui ne connaissent pas Juliette mais ils ont vu la photo, ils veulent la voir en vrai.
Ils crient son nom.
Juliette ferme la fenêtre.
L'après-midi, il en vient d'autres, alors elle tire le rideau.

Au père, ils demandent la permission de voir sa fille. À défaut de la voir elle, on parle à sa mère.

La Contamia a scotché la page du journal sur la vitrine du salon.
On parle de la beauté de Juliette.
Et de la beauté du geste.
On parle aussi un peu du Bourde qui a débordé et des poissons qu'on a trouvés.
Tommy garde l'entrée du couloir. S'il n'était pas là, ça monterait à l'étage.
— Il se passe quoi ?
— Le photographe est en bas, il prend tes parents en photo.
— Devant la porte ?
— Non, devant la fenêtre du salon.

Le photographe leur a offert l'original de la photo de leur fille avec le Canfre.

Il y en a d'autres, le même jour, des garçons qui viennent tenter leur chance.

Des curieux aussi, ce matin, qui ont entendu parler de l'histoire. Ils guettent un mouvement du côté de sa fenêtre.

Juliette ne se montre pas.

Elle me demande de fermer ses volets. De les laisser juste un peu entrebâillés.

— Il paraît qu'un homme a donné de l'argent à la Contamia pour pouvoir photographier la robe.

C'est Broussaille qui le dit, elle le tient d'une cliente de la boulangerie qui l'a entendu raconter. La Contamia a le sens pratique, à la vue du billet elle aurait dit au type de revenir, le temps pour elle de laver et de sécher la robe.

La petite robe est dehors, suspendue à la grille. La Contamia a sorti une chaise sur le trottoir. Elle laisse regarder, mais pour photographier, il faut payer.

— Ça fait une heure qu'elle est là, à surveiller.
— Et sinon ?
— Sinon rien.
— Je veux dire, sinon, toi, comment tu te sens ?

Broussaille me regarde.

— Ça va.

Je pense à son ventre, je ne peux pas m'empêcher. À ce qui se passe dedans.

— Tu vas faire quoi ?
— De quoi tu parles ?
— Brousse, tu…

Elle se crispe.

— Je te dis que ça va. Tu veux décider pour moi, c'est ça ?
— Non, ce n'est pas ça.
— Alors quoi ?

Il y a un peu de buée sur ses lunettes, elle essuie les verres avec sa chemise.

— C'est juste que… Si tu as besoin de quelque chose… que je fasse un truc pour toi.

— Si j'avorte, tu veux le faire à ma place ?

C'est très violent. Ce mot. Tout ce qu'il y a dessous.

— On a tous nos soucis, dit ma mère.

À cause du gros orage, de la fuite au toit, le plafond de la chambre 48 a pris l'eau, une poche s'est formée et gonfle dangereusement au-dessus du lit.

Ma mère monte sur le lit. Avec un balai, elle appuie délicatement sur la poche, elle fait glisser doucement l'eau.

Le matelas est mou. Elle a du mal à trouver l'équilibre.

J'attends dessous avec une bassine.

Après il faut nettoyer les inévitables éclaboussures.

Des gens parlent à la Contamia, certains la prennent en photo, prennent aussi les volets parce qu'on leur a dit que c'était la chambre de Juliette.

Le fils Canfre traîne sur la place, il montre la roue de son fauteuil, celle qui était voilée et qui a été réparée. On lui offre un verre pour qu'il raconte l'histoire. Une fois au bar, il quitte son fauteuil, s'accroche à la chaise, grimpe à la force des bras. La chance, elle passe, elle tourne, il est bien placé pour le savoir, alors il en profite, pour parler il commande le meilleur, et aussi à manger, un diminué comme lui qui connaît son heure de gloire.

Depuis la photo, il exige qu'on l'appelle par son prénom, Pierre. Et pas Pierrot. Et pas le Canfre.

Il raconte les poissons et le déluge. Et Juliette.

Il garde l'article du journal dans sa poche. C'est *lui*, là, avec la fille. Un événement de premier plan, qui efface tout le reste.

Bien sûr, la vendeuse aussi a vu la photo et elle a reconnu la petite robe. Elle aurait pu porter plainte, aller voir le maire, dénoncer le vol, mais c'est sans preuve, parole contre parole, et quand elle voit la tournure que prennent les choses, elle préfère taire l'épisode, dire que la robe vient de chez elle, de son magasin. Et ainsi en vendre d'autres.

Elle décrit la robe en venant acheter son pain. Elle laisse des cartes de sa boutique à côté de la caisse.

En deux jours, elle vide son stock de robes et elle en commande d'autres.

Tommy est assis dans l'escalier, à mi-chemin entre le rez-de-chaussée et la chambre de sa sœur. En même temps qu'il monte la garde, il joue au tac-tac, deux boules dures tenues par un fil et qui s'entrechoquent, tac-tac-tac, le mouvement doit être très rapide. À la moindre erreur, les boules cognent les doigts et ça fait mal.

Juliette est dans sa chambre, elle n'en sort plus.

Elle mâche des chamallows en feuilletant un catalogue.

— C'est vrai ce qu'on dit, que la télé va venir ?

Elle hausse les épaules. Tous ces bruits qui courent, les gens sous sa fenêtre, qui parlent d'elle, veulent voir la robe, ça l'amuse.

— J'ai commencé un book-photos.

Elle me le montre.

Sur la première page, elle a mis la photo de l'orage, un tirage sur papier brillant, très net, on voit l'eau et les poissons, les ballerines et la petite robe, les yeux du Canfre et son visage à elle.

Elle a acheté un nouveau miroir, aussi.

— Le photographe dit que je suis photogénique. Il voudrait faire d'autres photos avec des poses plus professionnelles et des éclairages de studio.

— Et alors ?

— Alors, des photos pour un book, ça se paie.

Elle referme l'album.

Pousse un soupir.

Avec cette histoire, ça fait deux jours qu'elle n'est pas allée chez la Parisienne, est-ce que je ne pourrais pas y aller ? Lui rendre ce service.

— Maintenant ?

— Maintenant oui, il est bientôt 15 heures. Elle doit m'attendre. C'est juste pour me dépanner, je ne voudrais pas qu'elle prenne quelqu'un d'autre.

— Pourquoi tu n'y vas pas, toi ?

— Si la télé passe, tu comprends, une occasion pareille, il faut que je sois là.

Je déteste quand Juliette m'entraîne de force dans ses histoires.

— Elle ne me connaît pas, elle ne va pas comprendre.

— Mais si, elle comprendra. Elle ne s'en sort pas toute seule. Tu veux que je te dise, elle sera même très contente de te voir arriver.

Elle se penche, s'étire, attrape une petite boîte sur sa table de chevet.

— Regarde. Quelqu'un a laissé ce bracelet pour moi. Il te plaît ?

— Il est joli.

Elle le sort, l'attache à mon poignet.

— Je te le donne.

— Je ne le veux pas. C'est un cadeau, il est à toi.

— S'il te plaît, Jess… La Parisienne, c'est un service que je te demande, juste pour deux ou trois jours.

Je soupire.

— Il faut faire quoi là-bas ?

— Pas grand-chose.

— C'est quoi, pas grand-chose ?

— Un peu tout, ce n'est pas vraiment défini.

— Je préfère quand les choses sont bien définies.

— Elle débarrasse sa maison, il faut l'aider à changer des meubles de place, elle ne sait pas toujours ce qu'elle veut, tu fais ce qu'elle demande, tu ne poses pas de questions, tu l'écoutes quand elle veut raconter des trucs, deux heures ça passe vite, tu empoches ton fric et basta. Alors, c'est bon ?

— Si tu me promets que c'est seulement pour deux ou trois jours.

Elle promet.

Elle reprend sa place en tailleur, à la tête du lit.

— Je vais l'appeler pour la prévenir, je lui dirai que ma grand-mère fête ses noces d'or et que je dois l'aider à préparer tout ça et c'est pour ça que je ne viens pas.

— Ta grand-mère est veuve, Juliette.

— Mais si mon grand-père était vivant, ça serait leurs noces d'or.

Elle tourne la tête, fixe brusquement la porte. Son frère continue son jeu furieux, les boules s'entrechoquent, tac-tac-tac, ça n'arrête pas, c'est exaspérant.

— Tu y vas pour 15 heures précises, elle dit, tu sonnes, elle ne viendra pas ouvrir mais tu attends un peu, après tu entres. Derrière la porte, il y a un couloir, tu vas tout au fond, elle va râler parce que tu es entrée mais te bile pas, elle râle beaucoup. Tu lui dis que c'est juste pour un jour ou deux, peut-être trois, qu'après je reviens.

— OK, sauf pour les noces d'or, ça je ne lui dis pas.

— Comme tu veux.

Juliette pousse le paquet de chamallows vers moi.

Derrière la porte, les tac-tac continuent alors elle en a marre, elle bondit du lit, elle sort, j'entends voler le jeu.

La grille grince. Le jardin n'est pas entretenu. Il y a un platane qu'il faudrait tailler, un bassin rempli d'eau de pluie et de feuilles mortes. Une glycine qui semble un arbre et des ronces dans la grille.

Je monte les marches. Je sonne, comme Juliette m'a dit. J'attends. Et j'entre. Je remonte le long couloir qui est encombré de cartons, une table, au mur un alignement de portemanteaux.

Les plafonds sont très hauts. Au bout du couloir, sur la droite, un grand escalier en pierre monte à l'étage. Une fenêtre en vitrail à mi-palier.

La porte du salon est entrouverte, une lumière chiche éclaire la pièce. J'entends le son d'une télévision.

Madame Barnes est assise dans le divan. En jupe très rose, la veste assortie. Elle est grande et forte, la soixantaine bien sonnée, parfaitement coiffée.

— Bonjour…

Elle tourne la tête. Elle me regarde.

— *Chi sei ? Qualcuno di Emmaus o dei Testioni di Geova ?*

Elle porte un châle sur les épaules. Son visage est légèrement maquillé.

— C'est Juliette qui…

— *E il campanello qui ? è un mulino ! Di grazia, per favore, chiudi la porta.*

Elle parle vite. J'ai fait trois ans d'italien au lycée, je capte quelques mots. Je referme la porte.

Elle revient brutalement au français.

— Alors, qui êtes-vous ?

— Une amie de Juliette, j'habite sur la place. Juliette ne peut pas venir, elle a dû vous téléphoner.

— Juliette ne m'a pas téléphoné.

Ses yeux sont petits, vifs et très noirs.

— Elle m'a demandé de la remplacer aujourd'hui et sans doute demain aussi… C'est pour la dépanner. Dans deux jours, elle reviendra. En fait, sa grand-mère fête ses noces d'or et elle doit aider.

Je m'entends dire ça. Je rougis d'un coup.

— C'est votre nom que je demande, pas un roman.

— Jess… Jessica Belmont.

Elle se relève du divan défoncé.

— Trouvez-moi ma canne, Jessica Belmont, voulez-vous ?

Je trouve sa canne. Je la lui tends.

Un parfum flotte dans la pièce. Il y a des prospectus sur un guéridon, des livres, quelques papiers. Une bougie large est posée dans une coupe, des verres sont abandonnés un peu partout, il y a des paquets de biscuits éventrés, des bibelots. Au mur, des trophées de chasse, une tête de biche, une de chevreuil, une de sanglier, un écureuil aussi, empaillé et cloué sur une branche.

— La municipalité a mis un tourniquet et un bac à sable dans le petit square. Je suis furieuse car le sable sert de pissotière aux chats et le square de planque pour les jeunes qui trafiquent. Il faudra aller à la mairie régler cela.

Le téléphone sonne quelque part.

Je la suis.

Elle ne se presse pas.

— Ne faites pas attention au désordre, elle dit.

Elle entre dans la cuisine. Le sol est pavé de grands carreaux noirs et blancs. Sur la table, c'est le bazar, tout se côtoie, une lampe à abat-jour vert avec des piles de magazines, du courrier, des enveloppes posées, oubliées, des objets, des vieux journaux. Au milieu trône un grand vase transparent plein de coquillages.

Sur la rallonge, un petit espace gagné, une assiette, un verre, du pain et des peaux de mandarines.

Quand elle arrive au téléphone, la sonnerie s'arrête.

— Mon fils, elle dit, un peu lasse. Il rappellera. C'est une très bonne chose s'il s'inquiète un peu pour sa mère, vous ne pensez pas ?

Du bout de sa canne, elle tape sur la couverture d'un magazine.

— Cette Dorothée, elle a les dents trop blanches, ce n'est certainement pas naturel, elle doit les blanchir à l'azote, il paraît qu'on peut le faire, mais ça abîme l'ivoire et souvent ce n'est pas bien fait, quoi qu'il en soit le blanc trop vif jure ensuite rapidement avec les rides du visage.

Elle pousse le magazine avec sa canne. Ressort de la cuisine.

— Madame *Barne* ?

Elle se fige.

— *BarnSSE !* Le *s* se prononce, comme un double *s*, *Barnsse*. De mon ancêtre, Philippe Barne de Sétives de Savine.

Elle lâche un petit sourire.

— Nous avons dû nous résoudre à réduire quelque peu la voilure, un sacrifice aux temps modernes, mais nous n'en perdrons pas davantage. Vous vouliez ?

— J'ignore ce que je dois faire pour vous.

— Tout. Et rien.

— Je ne fais pas la vaisselle. Ni le ménage.

— Et regarder un film, vous le faites ?

— Ça dépend.

— Ça dépend de quoi ? Du film ?

— Non, du salaire.

Elle rit.

— Je vous donnerai comme à Juliette.

— Combien vous lui donniez ?

— Soixante-cinq de l'heure.

— Moi c'est plus.

— Précisez.

— Cent.

— Cent !... Vous ne manquez pas d'air, vous ! Quelles en sont les raisons ?

— Je suis davantage professionnelle.

Elle rit soudain, et de bon cœur.

— Cela reste quand même à vérifier.

Elle s'avance vers le grand escalier.

— Donnez-moi votre bras.

On fait une vingtaine de pas ensemble, elle, appuyée sur moi, et puis elle me lâche. Préfère continuer seule.

— Vous m'encombrez bien plus que vous ne m'aidez.

Elle s'appuie à la rampe.

L'escalier est large, les marches en pierres lisses, un peu usées, avec une rampe en fer forgé. À l'étage, les murs sont recouverts de tapisserie en tissu.

Plusieurs portes.

— Le bureau de mon père, elle dit en poussant la première.

Une cheminée. Des livres sur des rayonnages.

Un téléphone sur le bureau, débranché, hors d'usage.

— De la fenêtre, mon père avait la vue sur ses ateliers, rien ne lui échappait.

Il ne fait pas chaud dans la pièce. Elle ramène le châle autour de ses épaules, s'assoit au bureau.

— Je dois mettre de l'ordre dans cette maison, il y a des choses que je veux vendre, d'autres qu'il faudra jeter. Ces tableaux au mur par exemple, qu'en pensez-vous ?

Je regarde les tableaux. Des arbres, des paysages.

Je cherche quelque chose d'intelligent à répondre.

— Ils sont bien encadrés, je finis par dire.

Elle hoche la tête. Il me semble qu'elle soupire mais je ne suis pas sûre. Peut-être qu'elle respire.

Elle ouvre un tiroir, sort une petite boîte en laque.

— Je viens d'une famille efficace pour qui le temps était précieux. Mon père disait toujours : "Ne dis jamais non, toujours oui !" Tu acceptes, et après tu vois.

Elle pose la boîte sur le bureau.

— Quand il me posait une question, il me laissait dix secondes pour répondre. Passé ce délai, toute réponse devenait inutile. C'est un peu rude comme éducation mais, avec le temps, je me suis rendu compte que c'était une bonne formation, cela oblige à être rapide et concis.

À l'intérieur de la boîte, il y a des timbres, certains découpés d'une enveloppe.

— Vous ne m'avez pas répondu. Cent francs de l'heure, vous êtes d'accord ?

Je dis ça, un peu tendue.

Elle relève la tête, me dévisage.

— Sachez, ma petite, que chez les Barnes, silence vaut acceptation.

Elle sort quelques timbres qu'elle aligne sur le sous-main.

— Mais il faudra être ici à 15 heures précises.

— Et vous me payez en fin de journée ?

— En fin de journée, oui.

Cent francs de l'heure ! Et elle a accepté !!! Je me retrouve à danser dans la rue avec les deux billets dans la main. J'étais sûre qu'elle dirait non. Et elle a dit oui ! Je parle toute seule : "Chez les Barnes, silence vaut acceptation !" Je suis folle de joie ! Et contente de moi ! Même si c'est seulement pour deux jours, je n'en reviens pas. J'ai été forte sur ce coup-là, ah oui, vraiment très forte.

On est convenues que je reviendrai demain. Et tous les jours, jusqu'à ce que Juliette reprenne.

Madame Barnes s'accorde aussi le droit de me téléphoner en urgence si besoin.

Le soir, on parle de Juliette aux informations régionales. On est dans la cuisine, avec ma mère on pèle des pommes, on entend le nom, on lève la tête et on la voit, Juliette, sur l'écran, ses parents devant le salon de coiffure avec la petite robe exposée.

Ça nous fait drôle de les voir à la télé.

Un journaliste commente le geste, celui d'une fille formidable qui a protégé un handicapé de l'orage. Une si belle histoire, dit la voix, quand le beau et le laid se rencontrent, les deux extrêmes, les improbables, un vrai conte de fées, comment ne pas être sous le charme ?

Je téléphone tout de suite à Juliette pour lui dire qu'on l'a vue, mais je n'arrive pas à lui parler, c'est impossible, ça sonne toujours occupé.

Je monte dans ma chambre, je vais lui faire des grands signes, mais ses volets sont fermés.

Le lendemain, il y a encore plus de monde sous sa fenêtre, des curieux qui l'ont vue à la télé et qui interrogent les voisins.

Broussaille, qui sait tout, dit que la Contamia ouvre les cadeaux que certains laissent pour Juliette. Que c'est souvent la même chose, un foulard, un collier. Elle dit aussi que la robe se vend à tour de bras. Il paraît que deux robes, en tout point identiques à celle de la photo, sont exposées dans la vitrine de la boutique, avec la page du journal dans un cadre doré.

Elle le sait.

Elle est allée voir.

Quand elle est arrivée, la vendeuse était en train de faire briller les jambes du mannequin avec du produit à vitres.

15 heures précises. Je retrouve Madame Barnes dans son salon, en train de regarder un vieux film sur cassette, une couverture tirée sur les jambes.

Elle me montre l'écran.

— *Mort à Venise*, vous connaissez ? Luchino Visconti ?... Dirk Bogarde, quand même ?

Elle dit que c'est un des plus beaux passages. Je ne comprends rien à ce qu'elle dit.

Elle récite avec l'acteur.

— "Je me souviens, nous avions un même sablier autrefois chez mes parents. Le sable passait par un orifice si étroit, que lorsqu'on le retourne, il semble que le niveau du globe supérieur ne changera jamais. On dirait que le sable attend pour s'écouler dans l'autre globe, les tout derniers instants. Jusque-là, c'est si long, on croit avoir le temps d'y penser."

Ses yeux se remplissent de larmes.

— "Puis au dernier moment, lorsqu'il arrive à son terme et qu'il ne reste plus le temps pour réfléchir, le sablier est vide." Vous êtes trop jeune. Vous ne pouvez pas comprendre à quel point cela est...

Sa voix se brise.

Je n'ai pas envie de comprendre. Juste de gagner mon argent.

— Vous connaissez le passage par cœur ? je demande pour la conversation.

— Je connais *tout* le film par cœur.

De sa main, elle tapote le divan, m'invite à m'asseoir.

— J'ai habité Venise quelque temps. Et j'ai joué dans ce film. Oh, pas un grand rôle, une figurante, mais j'y étais. Visconti, je regrette tant de ne pas lui avoir plus parlé. Il était… J'aurais dû oser davantage, mais j'étais tellement impressionnée.

Sur l'écran, un garçon qui ressemble à une fille s'élance dans la mer.

— Tadzio… Cet enfant était un ange, un ange de la mort. Luchino l'aimait, il l'aimait vraiment.

— Et vous, vous aimiez Luchino ?

Elle hausse les épaules.

— Petite sotte ! Luchino aimait les hommes, tout le monde sait cela.

Elle pointe une image.

— Là ! Dans la robe verte ! C'est moi ! Au Grand Hôtel des Bains. J'avais cinquante ans… Quelle élégance ! J'avais de l'allure, n'est-ce pas ? À l'époque, j'étais encore mince et je marchais sans canne.

Elle fixe l'écran. On dirait qu'elle va rentrer dedans, dans l'image, être à nouveau dans la salle du restaurant.

— J'ai vu ce film une centaine de fois, je ne m'en lasse pas.

Sur un autre plan, elle marche sur la plage, le visage protégé par une ombrelle blanche.

Elle commente, mêle le français et l'italien.

— Il y a trois ans, je suis retournée sur les lieux du tournage, j'ai revu la plage, l'hôtel, mais tout était différent.

Elle se lève, arrête le magnétoscope.

— J'aime Venise plus que toute autre ville. Le père de mon fils est vénitien, quand on a divorcé, il a eu la courtoisie de me laisser un appartement sur l'île de la Giudecca.

Elle retire la cassette, la glisse dans son étui.

— Luchino a écrit un mot, une dédicace à mon nom, le livre se trouve dans la bibliothèque du bureau, voulez-vous aller le chercher ? Vous ne pouvez pas le rater, les livres sont classés par ordre alphabétique.

Je monte à l'étage.

Le bureau. Les livres. Des couvertures en cuir. Les tranches dorées. Je cherche. À Visconti. À Bogarde. À quel nom chercher ? Je regarde à Mort. Et à Venise, des fois que.

J'entends la canne qui tape sur les marches.

Madame Barnes est sur le pas de la porte.

— Où diable cherchez-vous ? Je vous ai dit qu'ils étaient classés par ordre alphabétique. M... Mann... Mann... Thomas Mann... Ah, le voilà !

Elle tire le livre, l'ouvre.

— Regardez ! "À ma charmante amie, Éloïse Barnes, en souvenir d'heures délicieuses, Votre très cher Luchino Visconti."

Elle soupire, ferme les yeux, serre le livre contre sa poitrine.

— Je crois que Dirk avait un faible pour moi. On vous dira que Dirk aussi préférait les hommes, mais il ne faut pas toujours croire sur parole tout ce qu'on nous dit. Les zèbres aussi...

— Quoi, les zèbres ?

— On nous affirme qu'ils ont des rayures, mais tant qu'on n'en a pas vu un en vrai, rien ne nous oblige à le croire.

— Les zèbres, quand même...

Elle chasse l'air avec sa main.

— L'exemple n'était pas bon, je vous l'accorde.

Elle quitte le bureau. Redescend l'escalier, se tient à la rampe.

— Maudites marches ! J'ai chuté deux fois, étant petite.

Elle s'arrête, soudain rêveuse.

— Je repense à ce plan filmé par Visconti... Celui où je suis sur la plage. J'aimerais beaucoup retourner là-bas et me baigner dans la mer. Pensez-vous que cette chose soit possible ?

— De retourner sur cette plage ?

— De me mettre à nouveau en bikini.

Je reste deux heures avec elle. On ne fait pas grand-chose.

La Contamia refuse de me laisser passer. Elle me dit qu'un homme important est venu, quelqu'un de Paris, il a proposé d'acheter la petite robe, ce sera la robe des débuts, mais elle n'a pas voulu la vendre. Elle a des sentiments, elle me dit ça, la Contamia, en me barrant le passage.

Que Juliette a un grand avenir, un chemin dans les étoiles, tout tracé.

Elle dit qu'on va la contacter pour faire de la publicité pour un parfum, qu'après cela un producteur va forcément la repérer, une fille pareille, elle deviendra une grande actrice avec du physique et aussi de l'intelligence. Abriter un handicapé, tout de même, il en faut, du cœur ! Elle parle de l'éducation exemplaire qu'elle a donnée à sa fille, se saignant aux quatre veines, y laissant sa jeunesse, sa santé.

— Il faut que tu comprennes, ma petite, vos chemins vont se séparer.

Elle avance. Je recule.

Le couloir est sombre, étroit. Je finis dehors.

Elle conclut que c'était peut-être mon amie avant, mais qu'à présent les choses ont changé, si je veux son bonheur, je dois la laisser.

Elle referme la porte.

J'appelle Juliette, du trottoir, sous sa fenêtre. Elle finit par ouvrir le battant. Je lui montre les billets que j'ai gagnés chez la Parisienne. Je veux lui en donner la moitié, je trouve ça normal de partager. Je vois bien à son visage qu'elle ne s'y attendait pas.

— Comme ça, tu pourras faire d'autres photos ! je dis.
Elle attache un petit sac à une ficelle.
Je mets les billets dedans.
Elle remonte le sac.

On se retrouve à la Maison sociale en fin d'après-midi, Boucle, Camille et moi.
On devait travailler nos tenues mais on a reporté de quelques jours, à cause de Juliette qui ne sort pas.
Et aussi à cause de Broussaille.
On parle de Juliette, bien sûr. De son geste. Toute la ville en parle. Camille dit qu'un garçon a voulu profiter de l'aubaine, il a fait croire que c'était lui le handicapé de la place, celui que Juliette avait abrité, il est venu tendre la main, et bien sûr, il a été chassé.
Elles veulent savoir comment se passe mon remplacement chez la Parisienne, à quoi ressemble l'intérieur de la maison. Et elle, comment elle est ?
Pour rire, je fais comme Juliette, j'imite Madame Barnes, la voix grave, le même ton précieux, les mots articulés et les gestes qui vont avec.
— "BarnSSE, avec deux s s'il vous plaît, de mon ancêtre Barne de Sétives de Savine".
C'est très drôle. Camille et Boucle rient, alors je continue, je me lève, je m'appuie sur une canne imaginaire.
— "Visconti, vous connaissez ? Luchino ? *Mort à Venise*... Vous ne connaissez pas ? Mais comment est-ce possible ? Comment peut-on vivre sans... ?"
On rit.
Je poursuis :
— "Ma chère petite, dès qu'on possède, tout devient *affreusement* compliqué."
Camille éclate de rire.
Boucle aussi.
Après on se calme parce qu'on n'est pas toutes seules, même si les guichets sont fermés. On reparle de Juliette, de ce qui lui arrive, de ses parents qui sont dingues. De Tommy, qui est dingue aussi.

On parle un peu de Broussaille mais on ne sait pas trop quoi en dire. Boucle est certaine qu'elle sait qui est le père, et qu'il y aura un mariage et une naissance dans l'année.

La cousine de Camille refuse de prêter sa robe de mariée, elle pense que ça nous porterait malheur de défiler avec.

Moi, je n'y crois pas à la malédiction des robes, alors je lui demande d'insister.

C'est convenu ainsi, j'attends que 15 heures sonnent pour entrer.

Je la trouve devant la télévision. Sans lâcher l'écran, elle tapote sur le divan du bout de sa canne. Je m'assois. Elle peut regarder deux ou trois films par jour.

Je regarde la fin avec elle. Un film ancien, un enregistrement sur cassette qu'elle visionne au magnétoscope.

Quand le film est fini, elle reste un moment silencieuse.

— Mon père ressemblait beaucoup à Gabin, ça vous laisse une idée, du caractère et du physique. "Y a soixante coups qui ont sonné à l'horloge / J'suis encore à ma fenêtre, je regarde, et j'm'interroge / Maintenant je sais, je sais qu'on ne sait jamais." Gabin, ça vous dit quelque chose ?

— Oui oui ! c'est l'acteur préféré de ma mémé.

Elle se pince un peu sans que je comprenne pourquoi. Elle se lève, c'est décidé, elle veut remettre la maison en ordre, sans doute viendra-t-elle l'habiter quelques mois par an. Ou bien elle la louera, elle ne sait pas encore. En attendant, il y a à faire. Ranger. Trier. Déplacer des meubles. La maison est grande, avec beaucoup de pièces, des coins et des recoins, et des placards muraux dans les couloirs.

Avec Juliette, elles ont déjà regroupé quelques cartons dans le salon, et descendu deux tables du grenier ainsi qu'un tapis en laine épaisse qui est roulé dans le couloir et dont elle souhaite se débarrasser.

Sa hanche la fait souffrir, elle ne veut plus avoir à monter à l'étage.
Elle veut un lit au rez-de-chaussée.

Et ces trophées de chasse, dans le salon, qui la font cauchemarder ! Elle me demande de les décrocher. Je commence par la plus légère, la biche. Taxidermisée. Ses bons yeux ronds, des billes de verre. Mais une fois qu'elle est au sol, on la voit encore, présence fantôme sur la tapisserie.

Madame Barnes fixe l'emplacement, dit que c'est pire comme ça, on ne va pas toucher aux autres. Elle me demande de remettre la biche à sa place, et puis elle change d'avis, elle ne sait pas.

Soudain, elle me prend le bras.

Elle m'éloigne des têtes.

— Et vous, allez-vous parfois au cinéma ?

— Oui, parfois…

— Quels films avez-vous vus ?

— *La Boum*, j'ai beaucoup aimé. Et *Le Père Noël est une ordure* aussi.

Elle hoche la tête.

— Autre chose ?

— *E. T. l'extra-terrestre*, c'était en plein air, sur le terrain de foot, il fallait apporter sa chaise, il y avait du vent, l'écran s'est déchiré, on n'a pas pu voir la fin.

Je ne me souviens pas des autres films.

— Eh bien…, elle murmure.

Elle glisse sa main sur le tissu râpé d'un fauteuil crapaud, elle veut s'en débarrasser. Se débarrasser de toutes les couvertures poussiéreuses qui encombrent la grande armoire, et aussi de la longue table, afin de faire descendre son lit.

Elle me demande d'organiser tout cela. De chercher le numéro des compagnons d'Emmaüs dans les pages jaunes.

— Pour les vieilles couvertures, pas question de les donner aux gens d'Emmaüs, ils auront déjà bien assez. On les donnera aux nécessiteux, ou bien aux chiens du chenil. Les chiens aussi ont besoin de confort.

Elle me touche le bras.

— Aux chiens en priorité.

Elle veut monter à l'étage. Il faudra aussi voir le grenier. On entre dans une chambre. Elle laisse traîner ses doigts sur les objets, ouvre des tiroirs, soupire, semble soudain incapable de décider ce qu'elle veut garder ou jeter.

— Et toutes ces robes ! elle dit en ouvrant les deux portes d'une immense armoire.

Il lui faut un carton, ou un grand sac. Que j'aille chercher quelque chose. Quand je remonte, elle a changé d'avis.

— Ce sont les vêtements de ma mère, tout de même.

Je m'assois sur le bord du lit.

Ça fait presque trois heures que je suis là. On était convenues que je restais deux heures, et qu'elle me payait entièrement toute heure supplémentaire commencée.

— Vous regardez votre montre, c'est très impoli.

Elle ne s'est pas retournée, elle m'a vue dans le petit miroir.

Je lui demande de m'excuser. Elle balaie l'air avec la main, dit qu'elle a l'habitude, que son fils aussi fait cela.

Elle me fait cependant remarquer que je suis payée aussi pour attendre, et que ce salaire royal que je lui ai extorqué pourrait inclure la délicatesse de ne pas montrer mon impatience.

Elle me précise ensuite que je suis assise sur le lit de mort de sa mère et me prie de me lever.

Juliette ne sort pas. Je ne sais pas si c'est sa mère qui le lui interdit ou si c'est elle qui ne veut pas. On doit se retrouver à 20 heures chez Boucle, afin de poursuivre nos tenues. Je lui téléphone pour lui dire que ce serait bien qu'elle vienne.

— Je peux passer te prendre, si tu veux ?

Elle ne sait pas. C'est un peu compliqué pour elle en ce moment. Elle essaiera de venir, mais rien n'est sûr.

Elle n'a pas vraiment la tête au défilé.

Elle me fait peur.

— Tu ne nous laisses pas tomber, hein ?

Elle jure que non.

Il y a toujours du monde sous sa fenêtre, des gens qui veulent la voir, des garçons surtout, ils entrent dans le couloir. Heureusement qu'il y a Tommy.

— Tu te rends compte, mon père a dû fermer à clé la porte qui donne sur la place à cause du va-et-vient dans l'escalier.

— Et ton job, tu le reprends quand ?

— Chez la Barnes ? Je ne sais pas, Jess.

— Tu avais dit deux jours !

— Je sais ce que j'ai dit. Ça sera peut-être trois. Elle râle parce que je ne suis pas là ?

— Non.

J'entends sa respiration dans le téléphone. Avant de raccrocher, elle me demande si je peux lui acheter quelques magazines.

Le soir, on se retrouve chez Boucle. Juliette ne vient pas. Camille apporte la robe de mariée ! C'est une bonne surprise !

Sa cousine accepte de nous la prêter, mais elle précise bien qu'on prend nos responsabilités quant aux malheurs qui pourraient survenir par la suite.

Des malheurs ? Quels malheurs ?

C'est une robe volumineuse, avec des épaisseurs de jupons, une longue traîne et un voile de pureté retenu par un serre-tête en perles.

Le petit Paul vient toucher la robe.

— Ça donnerait presque envie de se marier, dit Camille.

Qui va la porter ?

Moi, je ne veux pas, et Boucle non plus. Broussaille fait non avec la tête, elle aurait bien aimé, mais avec son ventre, c'est impossible, même si ça ne se voit pas encore.

Elle dit ça d'une voix lourde.

— Ce serait normal que ce soit Camille puisque sans elle il n'y aurait pas de robe.

— D'un autre côté, c'est du 36, exactement la taille de Juliette.

On décidera cela plus tard.

La robe est trop volumineuse pour entrer dans la penderie, alors on la suspend à la porte.

Et on sort nos tenues.

La première est finie. La deuxième bien en cours.

— Vous avez vu à quoi je ressemble ?

Broussaille est assise, jambes écartées, son smoking lui boudine le ventre.

— Le destin des fringues, hein, selon sur qui elles tombent.

Depuis la visite chez le médecin, on n'a pas vraiment reparlé de son état. Et pourtant on y pense.

Elle semble comme avant, mais en plus ralenti.

— Vous imaginez Juliette là-dedans, l'allure qu'elle aurait ?

— Il ne faut pas se comparer à elle.

J'arrange son col. Je lui explique :

— Si on met mille filles sur une place avec Juliette au milieu, tout le monde remarquera Juliette. Même avec deux mille filles, même avec dix mille. Dix mille filles et Juliette, on ne peut pas lutter, c'est comme ça.

Je sors le chapeau à voilette que je compte mettre avec ma deuxième tenue. Je le place sur sa tête.

— Picasso a peint des femmes au nez tordu, elles étaient laides, il les trouvait belles.

La voilette devant son visage. Avec ses lunettes, non, ça ne va pas.

Alors je m'énerve.

— L'idée n'est pas de nous transformer en top model, mais d'être là où on ne nous attend pas. De faire quelque chose de différent. Il faut attirer le regard ailleurs. Ailleurs que sur les défauts. Ou alors accentuer les défauts. On ferait quoi, s'il nous restait seulement un jour ?

— Un jour pour quoi ?

— Un jour à vivre.

Camille dit qu'elle fumerait un max d'herbe pour oublier que c'est le dernier jour. Boucle passerait la journée avec son gamin et son mari, à se serrer très fort.

On pense que Juliette irait à la mer et que son frangin la suivrait.

— Et toi, Jess ?

— Ben moi, je défilerais toute seule sur la place, et je piquerais les cuissardes de Juliette.

Il est tard. Le volet de sa chambre est tiré, pas complètement fermé. Il y a de la lumière. Je jette des petits cailloux. Elle finit par ouvrir.

— Ah, c'est toi !

Je lui montre les magazines. Elle me lance la clé du couloir.

Tommy est dans l'escalier. Il écoute de la musique au walkman en mangeant des pâtes crues dans un bol.

Juliette se démaquille, lait sur coton, un nettoyage soigneux. Je pose les magazines sur sa table. Elle me montre deux lettres sur le lit. Des lettres d'amour qu'elle a reçues. Des inconnus. Elle me demande de les lire. Elle insiste.

Elle me raconte que le téléphone n'arrête pas de sonner et qu'un écrivain veut raconter son histoire, le roman d'une fille qui prend l'orage pour un autre et dont le destin se trouve soudain changé.

— C'est la télé qui fait ça, elle dit. Quand on y passe...

— Tu es célèbre, maintenant.

Elle sourit, elle hausse les épaules comme si elle s'en fichait.
— Tu comprends pourquoi je ne suis pas venue ce soir ?
— Je comprends.

Elle veut savoir ce qu'on a fait, ce qu'on a dit, nos tenues qui avancent, Broussaille qui devient lente, le dernier jour à vivre, et la robe de mariée, Camille a pu l'avoir, ça fera vraiment un beau final !

— Quelle taille, la robe ? elle demande.

Je lui dis que je ne sais pas.

Je lui donne la moitié de ce que j'ai gagné chez Madame Barnes. Alors qu'elle ne me réclame rien. Je sors les billets.

— Tu n'es pas obligée, elle me dit.
— Ça me fait plaisir.

Je pose les billets sur son lit. Elle les ramasse, les glisse dans le tiroir.

Elle s'assoit, le dos à l'oreiller.

— Un jour, je partirai, maintenant j'en ai la certitude, j'irai vivre dans une grande ville, je ne sais pas encore laquelle. Je veux toutes les visiter, toutes les grandes villes, celles dont je ne connais même pas encore les noms et qui sont les plus belles villes du monde.

Elle me regarde.

— Et tu sais quoi ? Tu viendras avec moi.

Le lendemain matin, il y a un petit attroupement sous sa fenêtre. La Contamia veille. Elle garde. Elle a ajouté des chaises dans le salon de coiffure. Quand quelqu'un approche pour regarder la photo dans la vitrine, elle montre le salon. Le père n'a jamais autant coiffé. Il rase aussi, des jeunes hommes surtout, qui doivent espérer que Juliette finira bien par se montrer.

Ma mère passe l'aspirateur à l'étage. Elle a beau faire, elle n'arrive jamais à tout tenir propre. Elle s'en plaint, de cette poussière qui revient, elle ne sait pas d'où, tous les jours il faut en ramasser, tout est si vieux, si usé, il en tombe par les fissures du plafond. De la poussière de salpêtre. De la poussière de plâtre, aussi.
C'est sans fin.
Elle sort respirer l'air frais sur le pas de la porte.
Sur le trottoir d'en face, la Contamia veille. Pour prendre des photos de la robe ou bien de la fenêtre, elle fait payer ou il faut se faire coiffer.
— C'est comme ça qu'on transforme une fille en putain, dit ma mère.
Elle ne rate rien de ce qui se passe.
— Sa propre fille !
Elle grommelle qu'il vaudrait mieux l'envoyer en formation, lui trouver du travail. Que les mères qui font ça, points de suspension, etc.
Et soudain, elle donne de grands coups de pied dans les canettes qui traînent. Elle insulte Moreno et sa bande. C'est tous les jours la même scène, à cause de ce qu'ils laissent devant la porte, les papiers, les bouteilles sur le banc, les cartons de pizzas.
Elle a beau leur crier dessus, ils sont toujours là, été comme hiver.
— Vous ne pouvez pas aller ailleurs, changer d'endroit !
Ils ne quittent pas le banc, celui devant l'hôtel, et ça la met en rogne vu qu'ils dégueulassent tout. Et qu'ils bloquent l'entrée, c'est ce qu'elle dit. Leur présence fait fuir les clients.

Ils se fichent d'elle et de son hôtel, c'est un banc public, elle ne peut rien empêcher, mais ils se méfient quand même, s'écartent d'elle, restent à distance.

Elle envoie les canettes rouler loin, jusqu'au milieu de la place, elle leur crie qu'un jour elle leur fera tout ramasser avec les dents.

Le soir, Juliette me téléphone pour me raconter sa journée.

Ma grand-mère dort encore. Comme chaque matin, je sors lui chercher son journal. Quand je reviens, elle est devant l'évier, à faire sa toilette, aisselles et gorge, avec le gant.

Je me sers un café. Je m'assois à la table.

— Le givre est tombé dans la nuit, je dis. Les trottoirs brillent.

J'ouvre le journal, page de l'horoscope.

— Saturne va légèrement contrarier tes plans, aujourd'hui.

Elle essore le gant, dit qu'elle n'avait pas de plans.

Des fois, quand c'est trop noir, je lui mens, j'adoucis un peu.

Le mien me dit de prendre tout ce qui vient.

J'ai envie de rencontrer quelqu'un. Je me dis que je dois être avant. Juste avant une rencontre. Il faut être patiente. Des fois, les choses arrivent quand on arrête de les attendre. Ou c'est d'autres choses qui nous arrivent, un bonheur, par surprise, et alors nos vies basculent, plus rien n'est comme avant.

Et cela peut m'arriver aujourd'hui, cette joie encore impossible à imaginer.

— On est tous encore juste un peu avant, hein, mémé ?

Elle reboutonne sa chemise.

— De quoi tu parles ?

— Rien…

On entend craquer les marches. Les deux clients, ceux de la 27 et de la 32, descendent l'escalier. Ils passent dans la salle à manger.

Les faits divers, les rubriques courtes, la météo, les naissances, les morts, je lui lis tout pendant qu'elle prépare leur plateau, café noir, croissant, pain, du beurre dans une soucoupe, de la confiture qu'elle dit maison mais qu'elle achète en pot d'un kilo à la supérette.

Une fois qu'ils sont servis, elle vient boire son café avec moi.

Je lui parle de Madame Barnes, de la maison. Je décris l'intérieur, avec les détails. Je parle un peu d'elle, mais sans m'en moquer. Quand j'ai fini, ma grand-mère dit que ce qui est fait est fait, mais que je n'aurais jamais dû accepter de remplacer Juliette.

Après, ma mère descend à son tour, elle veut que je l'aide à plier les draps qui ont séché dans la salle à manger.

Chacune à un bout, le drap entre nous, on plie, on tire, et encore en deux.

Les deux clients sont là, ça ne les gêne pas, c'est un hôtel familial.

Il n'y a personne de tout le matin sous la fenêtre de Juliette.

L'après-midi, je passe à la Maison sociale, j'attends qu'un ordinateur se libère. Je consulte les dernières offres d'emploi : plombier, soudeur, femme de ménage, dactylo, rien pour moi.

Le poste à la maison de retraite est à nouveau vacant, Boucle me conseille de l'accepter. Elle insiste, pas besoin de compétences et c'est près de chez moi, une ligne de bus direct.

Je vais réfléchir.

Le radiateur est chaud. Je me colle contre.

20 heures. On se retrouve chez Boucle.

On sort nos costumes, nos tissus. Juliette ne vient pas. On s'en fout. On peut faire sans elle. Camille a apporté ses deux pantalons, ils sont identiques, elle en enfile un, le deuxième, elle le place sur ses épaules, les jambes en bretelles, devant la poitrine, elle fait tenir l'ensemble avec une ceinture. C'est très drôle, inattendu. Elle dit que ce sera certainement sa deuxième tenue.

Ensuite, elle essaie la robe de mariée. Elle a beau se coucher, rentrer le ventre, impossible de remonter la fermeture. Si c'est elle qui la porte, il faudra élargir d'une taille. Voire de deux.

Le petit Paul rampe dans la pièce, il récupère des fils, des carrés de tissu, des boutons, une bobine de fil vide, il pose tout sur sa tête, il essaie de ne pas bouger mais, immanquablement, tout glisse et retombe. Il rit. Et recommence.

Je me penche.

— Sisyphe, tu connais ?

Je lui raconte.

Broussaille a mis sa chemise à l'envers sous sa veste de smoking. Du décalé qui lui va bien.

On ne lui parle pas du bébé. Juste une allusion, comme quoi avec les chutes des tissus, on va lui faire une layette ultra-moderne.

Elle sourit. On dirait qu'elle se fait à l'idée.

À un moment, je la surprends à regarder le petit Paul qui s'amuse sous la table.

On était convenues, avec Madame Barnes, qu'exceptionnellement je viendrais ce matin pour accueillir les gens d'Emmaüs. Le tapis poussiéreux, les fauteuils crapauds, tout doit partir.

Elle m'attend dans le bureau à l'étage, emmitouflée dans un plaid à carreaux.

— C'est la suite, l'immonde suite, elle dit. La chaudière doit être encrassée, même poussée à fond, elle chauffe au ralenti.

Elle me montre une photo de son père prise dans cette pièce, devant la bibliothèque, une autre où on le voit dans le jardin. Des photos de lui dans les ateliers, dans le réfectoire, dans la salle des machines.

— Un jour, avec Antoine, on est entrés dans l'usine, les vitres étaient cassées, tout était ouvert. On s'est retrouvés dans le bureau de votre...

— C'est interdit d'entrer dans l'usine, il y a des panneaux.

Elle repose les photos.

— J'ai déjà vendu trois maisons, chaque fois avec tout ce qu'il y avait à l'intérieur. Mais cette maison est celle de mes parents, comment voulez-vous que je fasse ? Je ne peux pas tout garder. Mais quoi garder ? Mon fils travaille beaucoup, il n'a pas le temps de s'en occuper.

Elle se cale dans le fond du fauteuil.

— Les maisons changent quand on ne les habite plus. Il suffit d'enlever quelques objets. Celle-ci ressent ce qui se passe, on dirait qu'elle ne sait plus à qui elle appartient, qui l'habite, moi, ou des fantômes, ou personne.

On réussit à remplir trois sacs-poubelles, et puis les gens d'Emmaüs arrivent. Deux gars en salopette bleue, ils emportent les couvertures, les chevets de nuit, le tapis en laine et la longue table.

Madame Barnes regarde le camion disparaître. Elle me demande un verre d'eau fraîche, le boit tranquillement. Elle pensait être bouleversée mais elle ne l'est pas.

— Je vais avoir besoin de vous dans l'après-midi, pourriez-vous revenir ?

— Oui, je peux.

— Vous n'avez pas de petit ami à voir ?

— Non.

— Et pas d'autre travail ?

— Non plus.

Elle sort des billets de sa poche. En ajoute un autre parce qu'elle veut des fleurs pour son vase. Des tulipes, elle précise.

— Si vous pouviez m'en apporter un bouquet en revenant.

— Les tulipes, ça ne dure pas. Vous ne préférez pas plutôt des roses ? Les roses, vous pourrez les garder dix jours. J'ai travaillé chez une fleuriste, elle disait toujours : "Les tulipes, croyez-moi, en cinq jours c'est terminé."

Elle glisse le billet dans ma main.

— Des tulipes, s'il vous plaît.

Je reviens à 15 heures avec un bouquet. Je mets les fleurs dans un vase.

Madame Barnes est à l'étage, dans le bureau. Elle a trié des papiers, vidé des tiroirs.

— Ah vous voilà, c'est bien, vous êtes ponctuelle.

Tout un tas de dossiers qu'elle a sortis, de grands registres, des cahiers de comptes, des diplômes, des stylos plume dans leur boîte en cuir, des marque-pages, un briquet Dupont.

— Ce matin, je vous ai dit que mon fils travaillait beaucoup et vous ne m'avez pas demandé ce qu'il faisait, alors je vous le dis : il est chirurgien à Milan.

Elle fait jaillir la flamme du briquet.

— Moi, je voulais qu'il soit avocat. Un avocat, dans une famille, c'est très utile.

— On ne fait pas des enfants pour qu'ils nous soient utiles.

— Bien sûr que non, mais s'ils le sont… Il s'appelle Pietro. Tenez, regardez !

Elle me tend une carte postale, Isola da Poveglia.

— Cette île obsède mon fils. On ne peut pas avoir une conversation un peu longue avec lui sans qu'à un moment il ne prononce ce nom de Poveglia.

La carte postale montre une petite île avec de vieux bâtiments de briques rouges.

— Qu'est-ce qu'elle a de particulier ?

— Elle est maudite. Mais la vue sur Venise y est magnifique !

Elle reprend la carte.

Elle me raconte comment on y a isolé des malades pendant les grandes épidémies, celles de la peste et aussi de la lèpre.

— On a enfermé des gens que l'on disait fous, on a fait des expériences sur eux, beaucoup en sont morts. Les vaporettos ne desservent pas l'île, même les taxis refusent d'y aller, ou alors à des prix exorbitants et, dans ce cas, ils vous déposent sans couper le moteur, presque ils vous jettent, tellement ils sont effrayés, et ils repartent. Pietro vous racontera, si cela vous intéresse. Pietro aime les déserts, les lieux d'enfermement, je dois certainement y être pour quelque chose.

— Il y a encore des malades sur l'île ?

— Non, juste des fantômes. Des cris la nuit. Vous en parlerez avec lui, il téléphonera bien un jour ou l'autre.

La porte qui donne sur le couloir est fermée. J'appelle Juliette du trottoir. Je dois l'appeler plusieurs fois. Elle finit par entrebâiller le volet.

— Ah, c'est toi !

Elle ne peut pas sortir et elle n'a pas la clé du couloir.

Elle est fâchée contre moi parce que je ne suis pas passée la veille, alors que je le lui avais promis.

Elle me reproche de la laisser tomber.

— Si tu crois que c'est facile pour moi…

Je lui ai acheté des magazines. Je les lui montre, elle se radoucit. J'essaie de les lui lancer mais la fenêtre est trop haute, ils me retombent dessus, avec les billets de Madame Barnes. Ça nous fait rire, l'argent qui vole. Elle attache un sac au bout d'une ceinture, le laisse glisser.

Quand elle remonte le sac, il se coince dans la grille. On rit encore.

— Tu vas rester enfermée jusqu'à quand ?
— Je ne suis pas enfermée.
— Quand même…

Ça fait sept jours.

Sept jours pleins.

Le huitième jour, plus rien. Personne sous sa fenêtre. Pas de clients non plus dans le salon de coiffure.

J'entends marcher dans le couloir, je pense que c'est la cliente du cinquième. Mais non. C'est un type. Pas un client, un inspecteur, il visite les chambres avec ma mère. Veut voir aussi la mienne.

— Qu'est-ce qui se passe ?

L'établissement est classé catégorie "très petit hôtel", donc peu de contraintes, mais peu ne veut pas dire pas du tout et, en ce qui concerne la protection contre l'incendie, on n'est pas dans les normes. Il faut envisager une sortie de secours pour évacuer les étages en cas de feu.

L'inspecteur a noté des défauts : l'installation électrique, la moquette, et puis l'escalier qui n'est pas sécurisé.

Ma mère a un dossier. Elle a fait des choses, elle a mis des alarmes, des extincteurs mais ça ne suffit pas.

— De six, il faudrait passer à cinq. Cinq chambres. Les normes seraient moins sévères si vous en fermiez une.

Ma mère a beau lui dire que la sixième n'est pas louée, que c'est moi qui l'occupe, il ne veut rien savoir, elle est déclarée comme sixième.

Il enverra un rapport.

Le dernier inspecteur avait exigé l'encagement de la cage d'escalier, deux mois après, les règles s'étaient assouplies et plus rien n'était obligatoire.

— Après les ordres, il faut toujours attendre les contrordres, c'est ce que dit ma mère dès qu'il a le dos tourné.

N'empêche, à cause de lui, j'arrive en retard chez Madame Barnes. Je la cherche, dans la cuisine, dans le salon. Je la trouve à l'étage, dans la salle de bains, adossée dans l'angle que fait la fenêtre ouverte avec le mur, elle observe ce qui se passe dans la rue avec une paire de jumelles.

Elle fait la concierge, je n'en reviens pas !

— Vous les voulez ? elle me demande.

Je fais non avec la tête.

— Vous avez tort, c'est très amusant, ce que font les gens. Et parfois instructif.

Elle pose les jumelles sur le rebord du lavabo.

— Vous n'imaginez pas tout ce qu'on apprend en regardant une rue. En me penchant, je balaie jusqu'à votre place. Ne faites pas cette tête, je ne vais pas répandre ce que je vois. À ce propos, il semblerait que votre amie Juliette en ait fini avec son rôle de starlette ?

— Oui... D'ailleurs elle va reprendre son travail, ne vous inquiétez pas.

— Je suis de nature curieuse mais pas inquiète. Je vous laisse refermer la fenêtre.

Elle quitte la pièce, rejoint l'escalier. J'attends qu'elle soit en bas.

Les jumelles sont puissantes, je les plaque à mes yeux, je remonte la rue, en me penchant je vois parfaitement la place. Quand ça devient flou, je tourne un peu la molette. Même à cette distance, je vois nettement l'entrée de l'hôtel, la porte, ma fenêtre et la terrasse sur le toit.

Les tulipes ont les têtes lourdes, elles ploient. Madame Barnes est à la table. Elle a ouvert un paquet de Petit Beurre, elle pioche dedans.

Je change l'eau du vase.

Je coupe les tiges des tulipes. Les tiges coupées sont gluantes et molles.

Elle me suit des yeux.

— Vous avez regardé ?

Je ne réponds pas.

Elle sourit.

Elle pousse le paquet devant moi.

— On ne m'aime pas beaucoup ici, c'est mon côté mondain, les gens pensent que tout a toujours été facile pour moi. Mais mon grand-père a disparu à la guerre, on n'a jamais retrouvé son corps, on n'a pas eu de nouvelles et on ne savait pas s'il était vivant ou mort.

Elle croque les dentelles des biscuits.

— Un jour, mon père a entendu parler d'un vieil homme qui nourrissait les moineaux sur un pont, à Lyon. Il portait le même nom que mon grand-père, Arnaud Barnes de Sétives, alors mon père a pris le train, il a retrouvé le pont et aussi le vieil homme. Cet homme portait bien le nom de son père, mais ce n'était pas son père. Le vieillard s'était nourri de beaucoup d'oiseaux pendant la guerre, il les nourrissait en retour et leur demandait à tous pardon.

Elle sourit à son passé et à l'image de l'homme sur le pont.

— Vous êtes fagotée comme l'as de pique, elle dit en se levant de table. Vous devriez faire davantage attention à vous. Vous êtes jeune, vous pensez que votre jeunesse suffit, que vous devez être aimée seulement pour ce que vous êtes à l'intérieur ?

Elle quitte la cuisine, s'avance dans le couloir.

— Il y a une boutique dans le centre-ville, L'Air du temps, bien sûr ce n'est pas du Cacharel mais ils ont quelques ensembles joliment coupés. Quelle couleur aimez-vous ? Le rouge ? Le bleu ? Le bleu vous irait bien, avec vos yeux.

Elle revient sur ses pas.

— Nous allons appeler Marius, il nous conduira. Quoi ? Qu'y a-t-il ? Pourquoi me regardez-vous ainsi ?

— Je ne veux pas d'autres vêtements, j'aime ceux que je porte.

— Je ne vous empêche pas de les aimer. Nous irons demain. Aujourd'hui, nous allons sortir prendre un thé.

Elle téléphone à ce Marius.

Elle s'enferme dans le salon, réapparaît changée, jupe et veste très rose.

Cinq minutes après, une 4L se gare devant la porte. Au volant, un homme d'une soixantaine d'années, elle m'explique qu'elle le connaît depuis longtemps, ses parents travaillaient au service des siens.

Il n'y a pas de salon de thé, la cafétéria est le seul endroit possible, et à cette heure, beaucoup de tables sont occupées par des lycéens.

Vêtue de rose, avec son chapeau, elle ne passe pas inaperçue quand on entre.

Madame Barnes dit bonjour à une fille qui ramasse les plateaux.

— Je vous ai dit bonjour, mademoiselle, et vous ne m'avez pas répondu.

La fille relève la tête.

— Et alors, combien de fois je dis bonjour et on ne me répond pas ?

Madame Barnes s'éloigne, navrée.

— Cette jeune fille se trompe, il faut toujours bien se comporter, et quelles que soient les circonstances. Dans dix ans, je vous le dis, cette idiote sera au même endroit.

Elle choisit un thé aux fruits rouges et un gâteau crémeux. Coca et quiche pour moi. Elle me donne son porte-monnaie pour que je paie. Me demande de laisser un pourboire.

— Ici, on ne donne pas de pourboire.

— À Paris, on en donne.

— Vous n'êtes pas à Paris.

Elle appuie doucement sa main sur mon bras. Une légère pression. OK. Je laisse la monnaie. On choisit une banquette contre une vitre, avec vue sur le parking.

Deux collégiens s'embrassent à une table voisine. Un baiser long, doux et lent. Elle les regarde. On dirait qu'ils respirent leur vie dans la bouche de l'autre.

— Dieu merci, j'en ai terminé avec tout ça. Vous minaudez, vous ?

— Je quoi ?

Elle chasse l'air avec sa main.

— D'un autre côté, c'est de votre âge, ce serait dommage de ne pas en profiter.

Elle goûte le thé.

— J'ai beaucoup minaudé, moi aussi, en mon temps, j'ai aimé ça, follement, cette vie en dessous de la ceinture. Mais, avec le temps, le corps le réclame moins, et puis il ne réclame plus.

Elle repose la tasse.

Les amoureux se bécotent toujours.

— Cette jeunesse triomphante, c'est un miracle, quand même... Il faudrait leur dire de faire attention à ne rien gâcher, pas une seconde de ce qu'ils vivent, de ce qu'ils ressentent.

Elle se détourne, émue.

— De toute façon, même si nous le leur disons, ils l'abîmeront, c'est ainsi, impossible autrement, quoi qu'ils fassent, quelles que soient les précautions prises pour faire durer leur amour, ce sentiment merveilleux finira en serpillière.

Elle attaque le gâteau. De la crème chantilly reste au coin de sa lèvre. Je tapote ma lèvre avec mon doigt.

Elle essuie sa bouche.

— Je suis contre le mariage, absolument contre, c'est une simple réponse émotionnelle à des pulsions hormonales, on cède à une faiblesse du cœur, ou parfois même à des intérêts financiers, et ce dernier cas n'est pas le pire.

— Pourtant, vous vous êtes mariée.

— Oui, trois fois. Et j'ai divorcé autant. Pour dire que je sais de quoi je parle. À chaque mariage, j'étais sûre que c'était le *grand* amour, je ne voulais aimer qu'à cette condition, et j'ai aimé mes trois maris ainsi, follement !

— Moi, si un jour je me marie et que je divorce, je ne me remarierai jamais.

— Ce qu'on dit à vingt ans...

— Le premier, vous l'avez rencontré comment ?

— Sur un malentendu.

Elle repose sa cuillère.

— C'était à une soirée, on me l'a présenté en tant que directeur, directeur de je ne sais plus quoi... Mais directeur. J'ai cru que c'était quelqu'un d'important, une attirance de classe, si vous voulez, bref je me suis méprise sur le statut exact de sa fonction. En fait il n'était directeur de rien, juste d'une petite association en province.

— Et ça vous a empêchée de l'aimer ?

— Pas au début, non, mais après, indéniablement, oui. La fonction ajoute à la testostérone, c'est connu, c'est peut-être triste et affligeant, mais c'est ainsi. Je suis une snob, mon fils vous le dira. Je n'ai pas supporté notre mésalliance, notre fin a été molle et sans dispute.

— Et le deuxième ?
— Le deuxième, c'est le père de Pietro.
Ses yeux s'enflamment soudain.
— Épousez un Vénitien, vraiment, je vous le conseille ! Le Vénitien vous comble, il vous charme, vous brûle, vous emporte ! Après lui, je me suis juré qu'il n'y aurait plus de mariage possible.
— Mais vous vous êtes mariée encore une fois.
— Et je ne regrette pas. Lui m'a réenchantée. C'est le moins qu'on puisse demander à un homme, vous ne croyez pas ? Qu'il vous réenchante. De corps et d'âme. Ça s'est déglingué par la suite, bien sûr. On a fait semblant un temps, on s'est accommodés de l'usure et de l'ennui, mais on était arrivés à un âge où on n'avait plus envie de tricher alors on a tout arrêté avant de se haïr. On a pris une cuite extraordinaire le soir où on a décidé de se quitter.
— Trois mariages pour vous rendre compte que vous n'étiez pas faite pour.
— Oui.
— Et vous avez gardé votre nom, Barnes.
— Bien sûr. Quelle question !
— Je ne pensais pas que c'était possible.
— Ça l'est. D'ailleurs, je vous le dis, si un jour vous vous mariez, ne prenez surtout pas le nom de votre mari. Dites non. Et s'il insiste, demandez-lui s'il prendrait le vôtre. Et s'il insiste encore, ne vous mariez pas.

Elle savoure les deux dernières cuillerées de chantilly.

— Nous, les femmes, quand on est amoureuses, on est faibles, on dit oui à tout.

Elle tapote ses lèvres avec sa serviette.

— Mon père avait pour habitude de me faire venir dans son bureau et il me parlait comme à un garçon. Il me disait des choses importantes. Un jour, alors que j'avais émis le souhait de poursuivre des études de secrétaire pour rester avec mes copines, il m'a dit que vivre c'est faire des choix, certains sont fondamentaux, d'autres beaucoup moins, mais qu'il s'agit de nous comporter toujours pour être à la hauteur de cette notion de vivre, et ne jamais se laisser aller à subir sa vie comme si on était une feuille au gré de l'eau. Voyez-vous, ce jour-là, cette image de feuille au gré de l'eau s'est imprimée dans mon cerveau et, depuis, elle me rappelle souvent à la vigilance.

— Ma copine Broussaille est enceinte.

Madame Barnes me regarde.

— La rousse ?

— Vous la connaissez ?

— Je vous ai aperçues ensemble dans la rue. Elle est mariée ?

— Non.

— Ce n'est pas très malin. Mon fils dit qu'un jour, on vendra du sperme en capsule et que les femmes pourront alors être mères toutes seules. Et vous, vous n'avez pas d'amoureux ? Cet Antoine avec qui vous êtes entrée dans mon usine ?

— Je n'aime pas parler de lui.

Elle hausse les épaules.

— Moi, je vous dis des choses et vous, vous ne me dites rien. Et de votre premier amour, vous pouvez en parler ?

— C'était un garçon du lycée, un jour il m'a giflée, on était dans le bus, parce que je le regardais, je le regardais trop.

— Qu'avez-vous fait ?

— Je n'ai plus pris le bus.

— Vous avez arrêté le lycée ?

— Non, j'y suis allée en mobylette.

Je lui parle de François qui me tourne autour. De mon cousin qui m'a attirée contre lui un soir de réveillon : "Viens là, toi, faut que je t'apprenne deux trois trucs." Je lui raconte le type que j'ai suivi et qui a cru me faire jouir.

— Il est temps que je rencontre un garçon qui me réenchante.

Madame Barnes hoche la tête. Je vois bien qu'elle est troublée par ce que je lui confie.

On regarde un peu dehors.

Soudain, j'aperçois Camille sur le parking, la supérette est à côté, c'est son raccourci pour rejoindre l'arrêt de bus après le travail. Elle est emmitouflée dans son grand manteau, ses bras sont chargés de sacs, elle a du mal à tout porter. L'un des sacs se déchire, des pommes tombent, elle se baisse, empêtrée, la bretelle de son sac glisse, les pommes roulent, elle en ramasse une, il en tombe d'autres.

Je me lève pour aller l'aider.

Madame Barnes pose sa main sur mon bras.
— S'il vous plaît.
— Mais c'est Camille.
— C'est peut-être Camille mais là, vous avez des obligations.
— C'est-à-dire ?
— Vous êtes avec moi. La prochaine fois, j'aimerais que nous goûtions cela, elle dit, en lorgnant le hamburger que dévore un lycéen.

Elle sort son miroir de poche de son sac, remaquille ses lèvres de rouge. Camille a déjà tout remis dans ses sacs. Elle coupe par le talus, les herbes sont grasses, elle glisse, manque de s'affaler, se récupère.

Le bus arrive. Il l'attend.

Elle monte.

Il reste une pomme sur le bitume.

— Vous m'en voulez, n'est-ce pas ? C'est le problème de tout le monde, dit Madame Barnes. De faire le bon choix.

Elle repousse la soucoupe qui contient les restes de son gâteau.

— Vous avez de la chance, vous avez des amies, moi je n'en ai pas. D'ailleurs, je ne me souviens pas d'en avoir eu. Je n'ai pas le caractère, ou alors je n'ai pas fait correctement les choses.

Elle se cale dans le fond de la banquette.

— Nous avons oublié les bougies ! Nous allons en demander car c'est mon anniversaire aujourd'hui.

Elle obtient quelques bougies qu'elle plante, regroupées, dans le bout de gâteau. Elle les allume.

— Quel âge me donnez-vous ?
— Je ne sais pas…
— Allez ! Osez !
— Soixante-dix ?

Elle rit.

— Vous êtes cruelle. C'est parce que je vous ai obligée à choisir, et que votre choix ne vous a pas plu ?

On devait poursuivre nos tenues mais le petit Paul est malade, dans son lit, fiévreux. Boucle est désolée, on ne peut pas rester.

— On reporte à jeudi ? Jeudi, la fièvre sera tombée, il ira mieux.

On se retrouve sur le palier, toutes les trois, Camille, Broussaille et moi. On fait quoi ? On n'a pas envie de se quitter. On veut se changer les idées.

On décide d'aller au bowling.

Sans Juliette puisqu'elle n'est pas là.

On pourrait passer la prendre. Lui proposer. On ne passe pas. On fera un bowling une autre fois avec elle, mais ce soir, c'est entre nous. En riant, on dit qu'on reste entre moches.

On y va avec le fourgon de Camille. La porte coulissante ferme mal, il faut qu'elle fasse réparer. Il y a des trous de rouille dans le plancher, on voit défiler la route.

On joue à trois. On choisit nos boules. On fait une partie, et une autre. À la fin de la deuxième, on retrouve des copains et on se joint à eux. Camille lance toutes ses boules dans la gouttière, elle a beau faire, elle n'arrive à rien. Broussaille s'en sort plutôt bien. J'ai de la chance, je réussis à renverser les dix quilles du premier coup, je crie "STRIKE !" mais j'ai mordu sur la ligne de faute, alors je recommence et, cette fois, je finis dans la rigole. Ça m'est égal de gagner ou de perdre. J'aime jouer. L'ambiance est bonne, personne n'embrouille personne.

Et puis Broussaille me touche le bras, alors que je suis prête à lancer ma boule, devant la piste, les quilles en place. Juliette est à la caisse. En tee-shirt blanc. Putain, ses cheveux, elle leur a fait quoi ?!

Elle s'est teinte en noir. Un noir corbeau. Le contraste est saisissant entre ce noir nouveau et le clair de sa peau et le blanc du tee-shirt.

Elle est avec un gars, un blond, on ne le connaît pas. Il paie. Elle va sur le banc, elle change de chaussures.

Quand elle nous voit, elle dit quelque chose au gars. Elle s'avance vers nous.

— Salut les filles !

Nous, on est gênées, à cause de ses cheveux et aussi parce qu'on est venues là sans le lui dire, mais elle, pas du tout.

Elle semble aller bien. Elle nous présente le gars. Elle ne dit rien, pas une remarque sur le fait qu'on soit venues sans l'avertir.

Elle nous souhaite une bonne partie.

Camille la retient.

— Tu viens jeudi soir, pour les essayages ?

Elle ne sait pas.

Camille insiste.

— Ça serait bien.

Juliette répond, légèrement agacée :

— Oui, peut-être, sûrement.

Elle sourit. Se détourne pour aller prendre sa piste, et puis elle se ravise, revient sur ses pas.

— Au fait, Camille, je t'avais avancé une entrée au ciné l'autre jour, tu te souviens ?

Camille rougit, va chercher son sac, fouille dedans, sort un billet.

Juliette dit :

— Y avait pas urgence…

Elle prend le billet.

Je ne suis pas une bonniche, encore moins une poupée qu'on habille. Si elle m'en reparle, je vais lui dire ça, à Madame Barnes, que je ne veux pas me rendre dans cette boutique et porter les vêtements qu'elle veut pour moi. Et puis quoi encore ?

Et tant pis si ça ne lui plaît pas !

Je la trouve dans le petit square à l'arrière de sa maison, en train de disposer tout un barda – une veste, un panier, une bouteille – sur le banc qui est accolé à son mur, sous ses fenêtres.

— Ces petites choses m'assurent ce banc sans personne. Les gens pensent qu'il est occupé par un clochard et ils s'en vont plus loin.

— Presque personne ne vient ici et il n'y a pas de clochard.

— Presque personne ne veut pas dire personne. Et détrompez-vous, il y a des clochards, c'est l'époque qui veut ça.

Elle revient dans le couloir, referme la porte à clé.

— Dès les beaux jours, vous n'imaginez pas les bavardages. Il suffit de deux personnes pour donner l'impression que le monde cause à l'intérieur de la maison. Et quand il n'y a personne, je suis toujours à la fenêtre, à surveiller. Si je dois vivre ici quelque temps, je dois prendre des précautions.

Elle entre dans la cuisine. Elle éclaire la pièce. Se sert un verre d'eau.

— Et même si je ne dois pas y vivre. Où que je sois, je veux pouvoir imaginer ce banc sans personne.

— Si c'est les bavardages qui vous gênent, on pourrait le déplacer.

— Le banc ? Il est bétonné.

Elle regarde le vase, les tulipes fanées, les pétales sur la nappe.
— C'est chaque fois la même chose, les tulipes ne tiennent pas.
Je rassemble les pétales dans ma main. Ils sont froids.
— Je vous avais dit de prendre des roses.
— Oui, mais c'est les tulipes que j'aime.
— Les tulipes fanent vite.
— C'est justement pour ça que je les aime.
— Si vous aviez choisi des roses…
— On ne choisit pas une fleur parce qu'elle dure longtemps.
Elle me fixe, amusée. Elle attend.
— Vous êtes si calme. Vous n'explosez donc jamais ?
Elle me parle soudain de deux armoires à l'étage, l'une se trouve dans le bureau de son père, elle veut trier ce qu'il y a dedans.

On monte à l'étage.

Une fois devant l'armoire, elle semble incapable du moindre choix. Elle veut tout garder, ou tout laisser.

Tout laisser ainsi.

— Je ne sais pas par quel bout m'y prendre. Il faudrait fermer la porte à clé et s'en aller.

Elle semble avoir complètement oublié son projet de sortie en ville pour m'habiller à sa façon, en tout cas elle ne m'en reparle pas.

Le jeudi, on se retrouve au salon, on tire les rallonges et on sort nos tissus. Le petit Paul va mieux mais il a maigri. Les enfants maigrissent vite dès qu'ils sont un peu malades.

Juliette avait dit qu'elle viendrait et elle ne vient pas. Il n'y a pourtant plus personne sous sa fenêtre, plus d'attente non plus dans le salon de son père, elle peut ouvrir ses volets et sortir.

— Elle nous prend la tête, dit Camille. On ne va quand même pas la supplier, on fera sans elle.

Camille est passée à la galerie marchande, la vendeuse a retiré la petite robe de la vitrine et l'a remplacée par un pantalon avec une liquette aux couleurs pastel.

— Il paraît qu'un homme a voulu récupérer le collier qu'il avait laissé en cadeau pour Juliette, la Contamia ne s'est pas laissé faire, elle a dit que le collier avait été donné, et que donné c'est donné, et que de toute façon elle l'avait vendu. Il a réclamé l'argent de la vente, je ne crois pas que la Contamia le lui ait donné.

C'était couru.

Fin de l'histoire.

Broussaille ne dit rien, elle nous écoute, elle a l'air fatiguée, avec des poches sous les yeux comme quelqu'un qui manque de sommeil.

Des gens ont commencé à dire que Juliette n'est pas aussi belle que ce qu'on raconte. Ils en veulent au coiffeur et à sa femme d'avoir menti sur sa beauté, ils en veulent à Juliette et à la photo.

La Contamia erre comme une âme en peine, on ne lui fait plus de petits sourires, plus de politesses. Tout redevient comme avant. Moins bien qu'avant. Maintenant les femmes ricanent. Pour qui elle s'est prise, la Contamia ? Qu'est-ce qu'elle a cru ? Elles l'avaient bien vu, elles, les voisines, que cette histoire finirait mal, que cette Juliette à qui on prédisait un grand avenir était en fait de petite envergure.

— N'est pas princesse qui veut, dit ma grand-mère.

Juliette sait ce qu'on raconte. Elle fait bonne figure.
— Ce n'est pas si grave, elle dit, c'est juste que j'y avais cru.
— Cru à quoi ? je demande.
Elle me montre son book-photos sur son lit, des dizaines de clichés d'elle, son visage, un par page. Les derniers, avec des poses de star, devant des vieilles portes, contre un arbre, ou les cheveux dans le vent sur le pont du Bourde.
— Tu pourrais aller à Paris ou envoyer le book.
J'insiste.
— Tu es plus belle que la plupart des autres filles.
On parle d'une chose et d'une autre. Pas un mot sur la soirée au bowling ni sur le type qui l'accompagnait.
On écoute quelques disques.
Je suis fatiguée.
J'ai envie de dormir.

Je vais m'en aller.

Avant de partir, je lui donne quand même l'argent, comme d'habitude, tout ce que je gagne, moitié-moitié.

Juliette me rappelle alors que je suis à la porte.

— Je vais reprendre mon job chez la vieille.

Je me retourne. Elle est sur le lit.

— Tu reprends quand ? Demain ?

— Non, pas demain. Plutôt jeudi, ou en début de semaine.

— OK.

— Tu lui dis ?

— Je lui dis.

Moreno est sur la place, il me regarde sortir. Je m'avance. Je vois bien qu'il a quelque chose de bizarre.

Il s'amuse avec sa langue, il la fait tourner dans sa bouche. Je crois que c'est sa langue mais c'est une lame. Une lame de rasoir. Elle est posée sur sa langue. Sa langue est grise, il la sort, la rentre. La lame passe dessus, dessous. Il ne me lâche pas des yeux.

Il ne me fait pas peur, je le connais depuis qu'on est nés, il fait partie du paysage comme les arbres et le banc.

Avant d'entrer, je vérifie ma tenue, col, lacets, mains, ongles. Comme la veille, je la trouve devant la télévision.

Sur l'écran, une actrice sanglote : "Je pleure parce que je vous aime !"

L'homme embrasse les joues de la fille : "Et c'est donc si triste de m'aimer ?" Alors la fille éclate en sanglots : "Mais vous ne comprenez pas, j'aurais pu ne jamais vous connaître !" Il la serre fort. Baiser. Générique.

Madame Barnes écrase une larme.

— Que c'est beau…

— Elle est quand même un peu nunuche, la fille.

— On ne peut pas comprendre une fin si on n'a pas vu le début. Aidez-moi à me lever, voulez-vous ?

Je lui tends le bras. Elle s'appuie.

On passe dans la cuisine. Il y a des clémentines sur la table.

— Prenez-en une. Elles viennent de Corse. Elles sont bien plus vitaminées que les autres et ont l'avantage de ne pas avoir de pépins.

Elle me parle des paysans corses et de la culture des clémentines.

— Des fruits asexués, sans les paysans elles ne pourraient pas se reproduire.

Elle parle de sa jeunesse, ce temps merveilleux où elle était semblable à ces fruits pleins d'éclat, où elle pouvait se maquiller et porter de magnifiques chapeaux.

— Vous portez encore très bien les chapeaux.

— Oui, mais par nécessité, je perds mes cheveux, c'est une horreur.

Elle penche la tête, me montre les endroits où son crâne se dégarnit.

— Mon médecin dit qu'il faut être optimiste, mais comment peut-on l'être quand tout se délabre ? À ce propos, on ne devrait pas vous voir avec cette bande qui traîne sur la place.

— Je les connais bien, ils ne sont pas méchants.

— Des blaireaux ensemble ne font jamais rien de bon, et vous méritez mieux.

Ça me fait plaisir qu'elle ait dit cela. Que je mérite mieux.

Elle prend une clémentine, l'épluche. On entend du bruit dans la rue. Elle se lève, s'approche de la fenêtre.

— Et ceux-là, que font-ils encore ?

Des employés de mairie accrochent des guirlandes en travers de la rue, d'un pylône à l'autre, juste devant chez elle.

— C'est pour la fête, je dis.

— Une fête ? Quelle fête ?

Elle se penche pour voir.

— La fête de printemps, le dernier week-end du mois.

Je lui énumère la course, le feu...

— Entre nous, s'il suffisait de brûler un pantin en place publique pour que les ennuis du peuple s'envolent, cela se saurait et on en brûlerait un tous les jours. Pourquoi souriez-vous ?

— J'avais un ami, il disait la même chose.

— Un qui ne faisait donc pas partie de la bande des blaireaux.

— Il n'en faisait pas partie, non...

Elle finit sa clémentine. S'avance vers l'évier, se lave les mains.

— Si je mourais, là, brusquement, n'oubliez pas de dire à mon fils que je veux être enterrée à Venise. Pas à Paris ni à Milan, ni ici, surtout pas ici.

Elle peste contre ces jours de fête qui ne vont pas manquer de la déranger. Et puis elle s'excuse, dit qu'elle devient grincheuse.

— Je ne déprimais jamais avant, même quand mon deuxième mari m'a quittée. J'ai été triste, bien sûr, mais ce n'était pas de la dépression.

Elle s'essuie tranquillement les mains tout en observant la rue.

— Connaissez-vous des histoires ? Mon fils en connaît de très drôles, il m'en raconte toujours quand je ne vais pas bien.

Je réfléchis.

— C'est un dépressif qui va voir un psy, il veut des médicaments pour aller mieux. Le psy lui dit qu'il n'y a aucun médicament pour soigner son cas, mais qu'il y a un cirque en ville, avec un clown, il faut qu'il aille voir ce clown. Le dépressif dit qu'il ne peut pas, il exige des médicaments, alors le psy insiste, dit que ce clown a un talent fou, un humour exceptionnel, qu'il l'aidera bien mieux que des médicaments.

Madame Barnes me coupe. Elle termine pour moi.

— Mais le type ne peut pas, car le clown, c'est lui. Je connais l'histoire, elle a sa version en italien. Racontez-m'en une autre.

— Je n'en connais pas d'autre.

— Aucune ?

— Aucune qui me vient.

Pour le tri, elle est dépassée. Elle soulève des objets, les repose. Quoi en faire ? Il vaudrait mieux ne rien avoir, comme Matthieu Ricard, lui ne possède rien, presque pas de vêtements.

— Un jour, il a trouvé une petite figurine dans son tiroir, pourquoi avait-il gardé cela ? Elle ne lui servait à rien, il fallait qu'il la donne à un enfant pour qu'il joue avec.

Elle s'enthousiasme soudain.

— Le dénuement, je vous le dis, c'est la liberté.

Elle prend brusquement une décision : pour tous ces livres, on va demander aux dames de la bibliothèque de venir les chercher. Les archives de l'usine, elle va les léguer à la mairie, avec les échantillons des différents papiers et les articles de journaux, les photos anciennes. On donnera aussi les services de vaisselle, à quoi bon les garder ? Tous ces verres, tous ces meubles !

Elle monte à l'étage. Une fois là-haut, l'enthousiasme retombe. Il ne faut pas s'emporter, n'est pas Matthieu Ricard qui veut.

Elle décide de brûler tout ce qui concerne les comptes, les anciennes factures, relevés bancaires, souches de chèques. Pas question de faire du feu dans la cheminée, elle n'a pas été ramonée depuis des années. Il y a un bidon en fer dans le jardin, on va tout jeter dedans.

Commencer par cela. Le feu.

Pendant que ça brûle, elle se promène dans le jardin, son châle autour des épaules. Elle dit tout ce qu'il faudrait faire, ramasser le bois, nettoyer le bassin, tailler le marronnier centenaire, il faudrait aussi nettoyer, brûler les feuilles mortes, arracher les ronces, les orties qui poussent en touffes le long du mur. Faire livrer de la terre et planter des fleurs, des rosiers, un Ronsard !

— À Paris, j'habite près de la place Blanche, eh bien croyez-moi, mon voisin de palier fait l'amour à sa femme tous les soirs et elle ne s'en lasse pas.

— Comment vous le savez ?

— Il suffit de l'entendre. C'est un vrai Casanova ! Ils sont mariés depuis longtemps et il continue à l'aimer. Le Casanova du roman passait d'une femme à l'autre, il consommait davantage qu'il n'aimait, c'était un très petit joueur à côté de mon voisin.

Elle se baisse pour ramasser une branche morte qu'elle jette dans les flammes.

Elle approche ses mains, les réchauffe au feu.

— À New York, c'est tout nouveau, il paraît qu'on organise des soirées particulières pour faire se rencontrer les gens. Une personne s'assoit en face d'une autre et ils se font un bref résumé d'eux.

Elle m'observe par-dessus le feu.

— Si vous deviez faire un bref résumé de moi, que diriez-vous ?

— Je vous connais peu.

— Essayez.

— Vous êtes quelqu'un qui a conscience de vous.

— Confiance ou conscience ?

— Les deux.

— C'est tout ?

Je la regarde. Le jour tombe. Il n'y a pas de lumière, hormis celle du feu et de ses yeux. On dirait une vieille Indienne.

— J'aimerais vous ressembler un jour.

Elle hoche la tête. Émue.

— Eh bien vous alors...

Elle se secoue.

— Il fait froid, rentrons.

Une fois dans le couloir, elle me prend le bras, s'y appuie plus lourdement qu'à son habitude.

— Nous allons demander à Marius qu'il nous conduise dans le meilleur restaurant de la ville, et nous dînerons ensemble. Il est bien évident que je vous paierai en tarif spécial pour ces heures de nuit.

— Ça ne va pas être possible, je dis.

— Pourquoi ?

J'hésite. J'ai promis à Juliette de passer la voir.

— J'ai des choses à faire.

— Eh bien vous allez faire ces choses qui semblent tant vous tenir à cœur et vous revenez après et nous irons dîner.

— Non, une autre fois. Demain si vous voulez.

Elle remonte le couloir jusqu'à la cuisine, attrape le bottin téléphonique. L'ouvre. Feuillette les pages qui sont fines et qui claquent.

— Pensez-vous que je puisse louer quelqu'un ? À Paris, on peut louer un ami pour un soir, un homme, une femme, même un curé, quelqu'un qui vient et vous accompagne au restaurant.

Je dépose le carton d'archives à la mairie. Le secrétariat est fermé, je laisse le carton dans l'entrée, avec un mot. Après, comme promis, je passe chez Juliette. Sa mère est dans sa cuisine, son visage est sombre, elle ne me dit pas un mot.

Juliette m'attend sur son lit, les genoux ramenés contre elle. Elle essaie de rire mais ses yeux sont rouges.

— Tu ne m'as pas dit comment tu me trouvais ? elle demande en ramenant ses cheveux devant son visage.

— Trop noir.

— C'est le même noir que Jeanne Mas.

— Oui mais à Jeanne Mas, ça lui va, pas à toi.

Elle hausse les épaules.

— Tu ne remarques rien d'autre ?

— À part les cheveux, non.

Elle ouvre un peu la bouche, place son index sur ses deux dents de devant.

— Mes dents ?

— Quoi tes dents ?

— Je les lime. Je veux faire un petit espace entre, pour avoir les dents du bonheur.

Elle me montre les bandelettes de papier abrasif qu'elle utilise.

Et puis elle se lève d'un bond, se tapote les joues. Elle veut sortir, montrer au monde ce petit début de bonheur.

Depuis la photo, c'est la première fois qu'on se retrouve dehors ensemble. On traverse la place, bras dessus, bras dessous. Comme si on était revenues à avant.

Moreno et sa bande sont là, ils ont collé des pièces de cinq et dix centimes sur le trottoir et ils se tordent de rire quand des vieux se baissent pour les ramasser.

Le fils Canfre est là aussi, dans son fauteuil. Il a scotché la photo du journal sur du carton. Le carton, au fauteuil, comme une pancarte. Il sourit à Juliette.

Une fois dans le bistrot, on commande deux bières. On fait un billard. Deux gars veulent jouer contre nous. Juliette accepte. Après, ils nous offrent un verre, on s'assoit à une table. Ils discutent, tous les trois, je ne les écoute pas. Juliette sourit beaucoup.

J'en ai marre. Je perds mon temps.

J'aurais mieux fait d'aller au restaurant avec Madame Barnes.

Madame Barnes dit que si on s'occupe bien d'une dizaine de personnes dans sa vie, ce n'est pas si mal. Dix personnes, ça ne semble pas beaucoup : Camille, Broussaille, Boucle, Juliette, Juliette compte pour deux, plus mon père, ma mère, ma grand-mère. Après réflexion, dix c'est énorme, parce que huit c'est déjà beaucoup.

— Juliette veut reprendre son travail.
— Et ce que veut Juliette a force de loi ?
Elle fait de la place sur la table de la cuisine. Elle a trouvé un jeu de l'oie et veut absolument qu'on joue.
— Je me suis habituée à vous. Ou si vous préférez, c'est de vous que j'ai besoin.
Je rougis un peu.
Elle pose le jeu, on s'assoit. L'une en face de l'autre.
J'insiste quand même.
— Votre engagement, c'était avec Juliette, depuis le début, c'était clair, je suis là seulement pour la remplacer. Qu'elle revienne, c'est dans l'ordre des choses.
— Sous mon toit, si vous le permettez, ma chère petite, c'est moi qui décide de l'ordre des choses.
Elle me tend les pions.
— Quelle couleur voulez-vous ? Moi, d'habitude, je prends le rouge.
— Le jaune, ça ira.
Elle lance les dés.
— Vous êtes de gauche, c'est évident, elle dit en avançant son pion. Les gens de gauche ont de bons sentiments. Moi je suis de droite, c'est pour cela que je vous choque. Je préférerais être de gauche, ce serait plus simple, il y a moins d'obligations.
— Je ne fais pas de politique.
— On en fait tous.
Elle pousse les dés devant moi.
On joue. On avance, on recule, plusieurs fois, case prison.

— On m'a dit que vous aussi, vous aviez joué un rôle, c'était du théâtre n'est-ce pas ?

Je la regarde. Comment sait-elle cela ? Qui ?

— Presque rien, une brève apparition.

— Que disiez-vous ?

— Rien.

— Vous n'aviez pas de texte ?

Elle garde les dés dans sa main.

— Non, je remplaçais une fille. J'étais en ouverture de rideau, je me laissais embrasser par mon mari qui partait pour la guerre.

— Et ?

— Et rien.

— Vous avez aimé ?

— J'ai adoré, comme si je devenais une autre, que je changeais de vie.

— Comme moi avec *Mort à Venise*.

Elle ouvre la main. Lance les dés.

— Quatre et quatre huit ! J'ai gagné ! elle dit gaiement en plaçant son pion sur le centre du plateau. Nous ferons la revanche demain.

Elle a envie d'un thé très chaud.

Je fais chauffer de l'eau dans une casserole. Du thé en sachet. L'eau est très chaude, elle se brûle la lèvre. Elle râle. Je verse de l'eau froide dans la tasse mais elle râle encore à cause du goût qui maintenant, avec ces deux mélanges d'eau, ne va plus ressembler à rien.

Elle repousse la tasse.

— J'ai trouvé une robe qui vous irait bien.

Elle me montre, derrière elle, sur le dossier d'une chaise, une robe bleue, les manches longues, sur le devant deux rangées de boutons dorés.

— J'aimerais beaucoup vous la voir porter. Elle vous plaît ?

— Non.

— Vous avez tort. Elle a un côté doucement habillé qui vous irait parfaitement.

Elle se lève, prend la robe, me fait signe d'approcher. Elle place la robe contre moi.

— Ce col Claudine est ravissant, vous devriez laisser pousser un peu vos cheveux. Et les coiffer aussi. On dirait que vos cheveux ne connaissent pas le peigne.

— Je n'aime pas ce genre de robe, Madame Barnes.

— Bien. Si vous changez d'avis, vous savez où elle se trouve.

Elle repose la robe sur le dossier.

— Donnez-moi votre bras, nous allons sortir prendre l'air dans le jardin.

Une fois sur le perron, elle se ravise, il fait gris et froid et il est déjà tard, elle me demande de monter lui faire couler un bain bien chaud, avec du bicarbonate de soude. Une bonne poignée.

— J'ai encore grossi, je suis devenue un véritable sumo…, elle dit en me rejoignant. Soma, c'est le corps, mais c'est aussi le tombeau, la prison.

Son bain est prêt. De la main, elle vérifie la température de l'eau.

— Parfait. Laissez-moi maintenant. Prenez ce que je vous dois dans mon porte-monnaie, et revenez demain, pour la revanche !

Je sors de la pièce. L'escalier. La rampe. J'entends sa voix.

— Je vous ai fait plaisir tout à l'heure, n'est-ce pas, avec le compliment ? Que je vous dise cela ? Que je vous préfère à Juliette ? Non ?

— Si.

— Alors pourquoi ne le dites-vous pas ?

Je ne lui réponds pas. Je commence à descendre l'escalier.

— Même sans texte, je vous préfère, c'est ainsi, que voulez-vous.

Sa voix me suit.

— Et si vous décidiez de ne pas revenir demain, je prendrais quelqu'un d'autre, mais ce ne serait pas votre Juliette.

Elle continue.

— Dans ce cas, chère petite, cette notion de sacrifice m'échapperait d'autant plus qu'elle serait vaine.

Arrivée à la dernière marche, je lève les yeux, elle est penchée sur la rampe, le corps enveloppé d'une serviette.

— Vous reviendrez, n'est-ce pas ?

Je ris. Elle me préfère. Je suis la préférée ! Je suis la préférée de Madame Barnes ! Je me retrouve à la grille. Pour la première fois de ma vie, on me choisit sur Juliette. Je remonte la rue. Je me sens pousser des ailes. On me regarde. J'ai envie d'embrasser tout le monde, de grimper aux arbres, de renverser les bancs. Il faut que j'avertisse Juliette. Tout de suite. Qu'elle sache. Je dois lui rapporter cette conversation. Que ce soit clair. Qu'elle n'imagine pas.

Je ne vais pas lui dire que je suis la préférée.

Je vais juste lui dire que Madame Barnes préfère continuer avec moi. Qu'elle a pris ses habitudes. Simplement cela. Faire court. Que les choses sont advenues.

Il n'y a pas de clients dans le salon, juste le coiffeur. La Contamia est dans sa cuisine, avec Tommy. Tommy a pris des coups au visage.

Juliette n'est pas là.

Je ne la trouve pas au bistrot. Ni sous la Madone.

Le fils Canfre est dans la cour de l'école. Les deux mains tendues à la verticale, sous la barre qui fait cage pour les jeux de foot. Qu'est-ce qu'il fiche ? Tout le corps est assis dans le fauteuil. Il saisit la barre et il se soulève, se sort de là, à la force des bras, il se hisse jusqu'à ce que ses jambes pendent sous lui, inertes.

— Il s'entraîne tous les jours.

Je sursaute. C'est Moreno. Il s'est approché en silence. Lui aussi regarde.

— Au début, il n'y arrivait pas, maintenant, il en est à dix tractions.

Je ne me rends pas bien compte.

— Dix tractions, c'est beaucoup ?
— C'est énorme.
— Tu les ferais, toi ?
— Non.

François a téléphoné alors que j'étais chez Madame Barnes. Et une deuxième fois pendant que je cherchais Juliette. Il m'agace, à me courir après comme ça.

Il pleut. La pluie tombe sur les graviers de l'allée et dans le bassin de la cour. Je suis en retard. La porte principale est fermée à clé, je fais le tour de la maison, je tape contre la petite porte qui donne sur le square. J'appelle. J'envoie des cailloux contre la vitre.

Madame Barnes finit par ouvrir une fenêtre à l'étage.

— Ah, c'est vous ?

J'ai seulement dix minutes de retard. Dix petites minutes. Elle descend m'ouvrir. Il lui faut un temps infini.

Je suis trempée.

Elle me tend la robe, la bleue au col Claudine.

M'a-t-elle laissée volontairement sous la pluie ? Je ne veux pas le croire. Je n'ai pas le choix, il faut que je me change. J'enfile la robe. Je mets mes vêtements devant un radiateur et puis on sonne à la porte, ce sont ces dames de la bibliothèque, Madame Barnes les a appelées. Quand elles voient les livres, elles déchantent. Des murs de livres, pourtant, mais ce sont de vieux auteurs, de vieilles histoires, plus personne ne lit cela. Elles sont désolées, il aurait fallu des romans plus récents. Elles remercient.

Madame Barnes est déçue. Elle a beaucoup lu. Elle a aimé ces livres. Elle lit moins qu'avant, elle aime les histoires pourtant mais les livres ne lui en racontent plus. Et même s'ils en racontent, il leur manque toujours quelque chose.

— Je ne sais pas si c'est ma faute ou bien celle de ceux qui écrivent, mais je n'arrive plus à croire aux histoires qu'on me raconte, je n'entends plus la voix de ce qui est écrit.

Elle s'assoit au bureau de son père.

— Pour lire vraiment, il faudrait connaître le chemin fait par l'auteur, ce qu'il veut, ce qu'il cherche, ce qu'il nous cache, il faudrait connaître toutes les idées qu'il a abandonnées en cours d'écriture, là où il a hésité, où il a changé de direction, les demi-mots, les brouillons, ce qu'il a vécu pendant qu'il écrivait, quelle était sa vie, l'état de son bureau, a-t-il aimé, s'est-il marié, a-t-il déménagé ? On lirait vraiment si on connaissait tout cela, mais on ne le sait pas, alors souvent on s'ennuie. On nous donne le produit fini et il nous manque l'aventure. Et voyez-vous, je finis par ne plus voir que ça.
— Ce qu'on ne vous dit pas ?
— Exactement.

Il pleut contre les vitres. Par la fenêtre, je vois le bitume qui brille dans les phares des voitures.

Madame Barnes s'est fait livrer un repas pour deux, avec du vin, elle a voulu que je reste pour le partager.

— Un grand vin, que nous allons faire respirer un peu. Et vous avez votre revanche à prendre...

Le jeu de l'oie est sur la table.

Elle ouvre la bouteille.

Le téléphone sonne. Elle me demande de répondre. C'est son fils.

— Faites-le patienter.

Elle prend son temps. Ouvre la barquette qui contient du civet accompagné de pleurotes. Elle tire une casserole du placard, dispose le civet, fait réchauffer à feu doux.

— Madame Barnes, votre fils...

— Un instant.

La sauce est noire. Elle la goûte.

Son fils attend. J'entends sa respiration dans le combiné, des froissements de papier, un bruit de stylo, il doit être à un bureau.

— Elle prépare le repas, je dis, pour l'excuser.

Deux coquilles Saint-Jacques, qu'elle glisse au four.

— Je l'entends... Que dit-elle ?

— Que je dois vous demander de me parler de Poveglia.

— Elle s'en fout, de Poveglia.

Un silence.

— Poveglia est une île désertée. Excusez-moi...

Je l'entends qui parle avec quelqu'un.

Il me reprend un moment après.

— Bon, elle fait quoi ?

— Elle arrive… Ici, on a la piscine municipale, elle est un peu comme votre île. Votre mère dit que ceux qui aiment les lieux abandonnés sont des nostalgiques.

— Ma mère n'aime pas les nostalgiques.

— Elle ressemble à quoi, votre île ?

Il me la décrit. Il décrit d'autres lieux où il est allé, un parc d'attractions fermé au Japon, un hôtel vide au Mexique, la Ca' Dario à Venise, un village ensablé dans le désert de Namibie. Il mêle le français à l'italien, je ne comprends pas tout.

Madame Barnes brandit le dessert, deux babas au rhum avec crème.

Son fils s'impatiente.

— Bon, je la rappellerai plus tard.

— Attendez ! Elle vient. Elle se lave les mains. Hier, elle m'a demandé de lui raconter une histoire et je n'en avais pas. Vous n'en auriez pas une pour la prochaine fois ?

Madame Barnes me fait un clin d'œil.

Son fils soupire.

— Vous êtes une gentille, vous.

Ça me pique qu'il dise cela.

— Non, je fais mon travail, je réponds.

Silence.

Et puis :

— Imaginez que vous conduisez une voiture avec quatre personnes gravement blessées à l'intérieur, vous les emmenez à l'hôpital, chaque minute compte. Alors que vous êtes en route, vous voyez un autre accident, un homme blessé, si vous vous arrêtez pour le secourir, les quatre personnes que vous transportez vont mourir. Mais si vous ne vous arrêtez pas, c'est lui qui mourra. Que faites-vous ?

— À quatre contre un, je ne m'arrête pas.

— La force du nombre, d'accord. Et si les quatre que vous transportez sont des salauds, et que celui qui est sur la route est le meilleur gars que la terre ait porté ?

— Je ne sais pas. Et vous, vous faites quoi ?

— Moi, je continue la route avec les quatre.

— Parce que vous aimez les salauds ?
— Non, parce qu'il faut toujours finir ce qu'on a commencé. Et si je m'arrête, le temps de débarquer les quatre, je perdrai un temps précieux et le meilleur des gars va me claquer dans les bras.
— Quel rapport avec votre mère ?
— Aucun. C'est pour elle, la prochaine fois qu'elle vous demandera une histoire.

Madame Barnes s'approche. Tend la main.
— Qu'est-ce qu'il vous raconte donc ?
Elle me reprend le téléphone. Impatiente. La voix à nouveau, forte, haut perché.
— *Pronto amore, come va ? È la tua mamma.*

Je rentre chez moi crevée. Mes parents ont fini de dîner. Il reste mon assiette sur la table.
Ma mère repasse du linge.
— Tu as dîné là-bas ?
Je fais oui avec la tête.
Elle grimace.

Les insectes broyeurs, les piqueurs, les suceurs, mon père les connaît tous.

Il feuillette un livre. Je m'assois en face de lui. À côté de sa main, il y a une boîte d'allumettes vide avec un insecte à carapace verte.

— Les riches ne sont pas meilleurs que nous, dit ma mère brusquement, comme si on était dans une conversation.

De quelles pensées elle sort ?

Elle tire une chemise du tas de linge, plaque un coup de fer sur le col. Mon père referme le livre. Il vérifie le dégel de l'insecte, il le prend, le tourne, le manipule avec précaution.

Ses mains sont énormes.

L'insecte est parfait.

Il le transperce avec une aiguille en acier. Ensuite, il l'épingle sur un bouchon de liège. À l'aide d'une pince à épiler, il positionne les pattes et les antennes.

— Une chrysomèle, il dit.

Trouvée sur un chantier, elle était sortie à la lumière. Pas de chance pour elle.

— Un vrai bijou sur pattes, mais il ne faut pas s'y fier, c'est une vorace.

S'adresse-t-il à moi ? Ou à lui ? Ou à elle. À cette chrysomèle.

— Te voilà éternelle, il dit.

Il reprend son livre. Il veut tout savoir, où elle vit, ce qu'elle mange, comment elle s'accouple.

Ma mère continue de parler, les dents serrées, sans me regarder, comme quoi dans notre famille on est des gens simples, pas des fiers, et que si ça ne va pas toujours comme on veut, il faut se contenter de ce qu'on a. Et que l'argent, etc. Et les riches, points de suspension.

La nuit, je rêve que mes parents se disputent. Je ne comprends pas ce qu'ils se disent, des mots comme des coups secs, on dirait des balles, les coups se mêlent aux battements de mon cœur, je suis dans une voiture, à un carrefour, une balle me touche en pleine tête, je sais très nettement que c'est une balle, je n'ai pas mal, pas peur, je me dis juste que c'est long de mourir, je rêve de ça, peut-être à cause de la chrysomèle, et j'appelle ma mère.

Elle était venue pour un bref séjour et elle s'attarde.
— Le temps est beau, nous pourrions sortir ? Mais aller où ?
Elle veut que je lui trouve une idée. Je lui propose le cimetière, il est tout près, et bien fleuri, même l'hiver.
— Vous voulez m'emmener au cimetière, alors vous !
Elle réfléchit.
— Une visite aux morts... Au fond, ce n'est pas une si mauvaise idée. Mon chapeau, donc, mon manteau !
On quitte la maison.
Elle ferme la porte à clé. Laisse la clé sous une pierre, près de la porte.
Elle part devant, me laisse fermer la grille. Elle marche d'un bon pas. S'arrête soudain.
— On ne va pas chez les gens les mains vides. Même chez les morts. Il nous faut des fleurs ! Que pensez-vous d'un camélia ? Ma mère les aimait beaucoup. Oui, nous allons faire cela, nous allons acheter un camélia.
Il y a une fleuriste en face du cimetière. Devant les pots, c'est la défaite, pas de camélia. Madame Barnes insiste, qu'on aille voir dans la réserve, elle finit par céder, opte pour un hortensia, surtout pas bleu, elle veut un rose. Ceux en présentation sont encore en boutons, il faut donc lui promette que l'hortensia choisi fera des fleurs roses. Elle viendra vérifier. Ou elle enverra quelqu'un si elle n'est plus là.
Elle se tourne vers moi.
Je fais oui avec la tête.

La tombe de ses parents est dans la troisième travée, tout au fond, sur la droite après le monument aux morts, une plaque en marbre rose, gravée, Régis Barne de Sétives de Savine, Clothilde de Sétives de Savine, née Tilloud.

De là, on voit les toits de l'usine, on devine aussi la maison.

Je pose le bel hortensia sur la dalle. Il n'y a pas d'autres fleurs mais une couronne en céramique, et un cadre avec un double médaillon, le visage de ses parents.

— Mon père a eu un AVC, il est mort en deux jours. Je me suis assise devant sa porte, je voulais empêcher la mort d'entrer, mais la mort se fiche bien des portes.

Je vais chercher un arrosoir d'eau.

Avec Juliette, un jour, on a suivi l'enterrement d'un homme qu'on ne connaissait pas. On se croyait indestructibles, que la mort était seulement pour les autres.

Avec l'eau, je lave la céramique.

Madame Barnes souffle de la buée sur la vitre du médaillon, elle frotte avec son mouchoir.

— Je les ai si peu connus. Je sais comment ils ont vécu mais je ne sais pas ce qu'ils ressentaient. Ai-je été une bonne fille ?

La vitre est propre. Elle repose le cadre.

— Croyez-vous en Dieu ?

— Non, mais ma grand-mère y croit.

— Elle a raison. En vieillissant, sait-on jamais, c'est une petite sécurité. Moi, je parle à mes morts.

— Je vous ai vue à l'église.

— Il m'arrive d'y aller. Je ne sais pas si je prie Dieu ou autre chose, mais j'ai parfois ce besoin de m'agenouiller et de lever les yeux.

Elle arrose l'hortensia. L'eau traverse la terre du pot, emplit la coupe.

— On devrait faire davantage attention, ne pas laisser tant de choses au hasard. On croit toujours qu'on sera plus fort que les autres, qu'on réussira là où la plupart échouent, ce qui fait des vies pas vraiment à la hauteur et un peu brouillonnes.

Elle repose l'arrosoir.

— Je veux être enterrée ici, avec eux.

— Vous m'avez dit que vous vouliez être enterrée à Venise.

— À Venise, avec toute cette eau ! Je n'ai pas pu vous dire ça.
— Si.
— Ça me paraît improbable.
— Je vous assure.
— J'ai dû dire une chose et vous en avez compris une autre. Enfin, ne discutons pas.

Elle fait quelques pas sur l'allée de gravier. Sur une tombe, il y a une coccinelle, elle profite du soleil.

— Mon amie Broussaille a des décalcomanies de coccinelles sur la lunette de ses WC, c'est l'ancien propriétaire qui les a collées, et comme elle aime beaucoup les coccinelles, elle refuse de s'asseoir sur la lunette.
— Elle fait pipi debout ?
— Oui.
— Elle ne pense pas à changer ses toilettes ?
— Non.
— C'est celle qui est enceinte ?
— C'est elle, oui.

Elle marche d'une tombe à l'autre. S'attarde devant certaines. Près du mur nord, quelques croix en fer sont renversées sur les tombes, comme si elles avaient été repoussées de l'intérieur.

— Finalement, Venise, ce serait bien. Ou alors à Paris, au Père-Lachaise ! elle dit brusquement. Bien sûr, le mieux, ce serait les trois endroits à la fois. On doit pouvoir faire cela ? De nos jours, tout est question d'autorisations. Vous pourriez vous renseigner ?
— Pour avoir trois tombes ?
— Vous ne trouvez pas que c'est une idée formidable ?

Elle revient vers la tombe de ses parents.

— De toute façon, il n'est pas encore l'heure de mourir. C'est vous, aussi, quelle idée de m'avoir amenée ici ! Après, vous allez encore dire à mon fils que je suis dépressive.

Deux colombes roucoulent sur l'allée. Les yeux des colombes sont fixés dans le crâne, cela les contraint à ces mouvements de tête.

Madame Barnes les chasse avec sa canne.

On dirait Charlot en femme. Et en gros.

Elle me reprend le bras.

— J'aimerais organiser une petite réunion avec les gens qui ont travaillé pour mon père. Il doit bien y avoir encore des ouvriers qui ont connu les ateliers, qui se souviennent de ce temps, de l'usine. Oh le bel oiseau !

Elle me montre, sur la grande croix, un oiseau posé.

— C'est un rossignol. On compte trois mâles pour une femelle, alors, pour séduire, le mâle chante, c'est le seul moyen qu'il a de plaire. Plus il vieillit, plus il devient gris et terne, et plus il doit soigner son chant.

— Il va manger la coccinelle !

— Certainement pas. Ou alors il va s'en souvenir longtemps... Elles sont belles mais toxiques.

— Vous en savez des choses...

— J'ai vécu quelques mois avec un garçon qui aimait les oiseaux.

Je me mets à réfléchir à tout ce qu'Antoine m'a appris. Par exemple, chez le rouge-gorge c'est le mâle qui pond. Et si les chardonnerets ont la tête rouge, c'est à cause des éclaboussures du sang du Christ, l'un d'eux a voulu retirer les épines de la couronne et forcément... Je sais aussi qu'un ver de terre coupé en deux ne donne pas naissance à deux vers de terre, et que certaines abeilles meurent désorientées, incapables de retrouver leur ruche, à cause des saloperies qu'on met dans la terre.

Je me souviens que le 3 mars 1983, un vol de canards a survolé la ville, un V parfait, et un autre vol a suivi. Le même jour, Antoine m'a aimée pour la première fois. Depuis, je ne peux pas voir un vol de canards sans penser à lui. Depuis aussi, quand je trouve un ver de terre sur du goudron, je ne peux faire autrement que le remettre dans un sol humide. On va me dire qu'il n'y a pas de lien mais il y en a un. Rien ne fonctionne tout seul, tout est lié.

— Vous ne m'écoutez plus !

— Si...

— Qu'est-ce que j'ai dit ?

— Vous aimeriez organiser une réception avec les gens qui ont connu vos parents.

— Après, je vous ai demandé de me parler de ce garçon qui aimait les oiseaux mais vous n'étiez déjà plus avec moi.

Elle attend. Soupire.

— Bien… Cette idée de petite réception, qu'en pensez-vous ? Ce serait généreux, non, que j'offre cela ?

— Oui, sans doute.

— Sans doute ? C'est tout ?

On sort du cimetière. On marche sur le trottoir. C'est l'heure où les enfants sortent de l'école, ils sont partout dans la ville, avec leurs rires, leurs cartables.

Même chemin, à l'envers.

Elle reprend la clé sous la pierre.

Une fois dans le couloir, elle retire son manteau, l'accroche à la patère.

— J'aimerais vraiment beaucoup que nous organisions cela. Il ne faudrait pas que ce soit trop mondain, on pourrait disposer de la nourriture sur des tables, des choses simples, avec du vin. Mais quelles choses ? Et surtout quel vin ?

Elle s'avance dans le couloir.

Une fois dans la cuisine, elle ôte son chapeau, le pose sur la table. Retire ses chaussures de ville.

— J'hésite toujours. Il faut faire très attention avec le vin. Dans notre cas, faudrait-il mettre des bouteilles de bons crus ou des pichets ? Ce sont d'anciens ouvriers, je pense que ce serait mieux en pichets, il ne faut pas gêner les pauvres dans leurs habitudes, qu'en pensez-vous ?

— Ils ne sont pas pauvres. Et c'est bien de changer les habitudes.

Elle hausse les épaules.

— Je sais bien qu'ils ne sont pas pauvres, c'est une façon de parler, d'ailleurs il n'y a plus de pauvres en France maintenant, avec les aides.

Je la regarde. J'ai envie de lui décrire la vie des Labbe, des sœurs Cillon, des autres.

Elle a faim, cette promenade lui a creusé l'estomac. Elle veut du spritz et du jambon, du pata negra. Je dois téléphoner. À la supérette. À la boucherie. On ne trouve pas ça ici, il faudrait aller à Lyon.

— Qu'à cela ne tienne, appelons Marius !

Marius n'est pas chez lui. L'aurait-elle envoyé à Lyon ?

Je sors lui acheter du fromage et du pâté, et du pain, tout du meilleur de ce qu'il est possible de trouver.

Elle veut que je partage avec elle.

Le fromage est un peu amer, mais le pâté est bon.

Je cours. On doit faire nos essayages chez Boucle, on est à la troisième tenue.

Je suis en retard.

— Juliette te cherche.

— Elle veut quoi ?

Ma mère lève la tête de l'évier.

— Je ne sais pas.

Elle doit vouloir reprendre son travail demain. C'est sûrement ça. Et je ne lui ai toujours pas dit. Putain ! Si elle se pointe là-bas, Madame Barnes sera furieuse.

J'ai vraiment l'art de m'enferrer dans des situations pas possibles.

Je n'ai pas le temps de passer la voir maintenant, ni le temps ni l'envie, je passerai en rentrant, ou alors demain.

Je monte dans ma chambre, je me change. Je file.

Broussaille est en queue-de-pie avec pantacourt, Boucle en robe charleston, un serre-tête en perles. Dès que je les vois, j'oublie Juliette. Camille a trouvé une longue robe fendue, elle a aussi un pantalon sombre à fines rayures, trop grand pour elle alors elle met des bretelles, et une chemise au col Mao blanc. Ni fille ni garçon. Pour défiler, elle hésite entre les deux tenues, choisit la robe, elle gardera la tenue Mao pour la vie de tous les jours.

Le petit Paul est assis dans un coin. Des colliers, des chapeaux, des fils, des aiguilles, il y en a partout.

J'essaie mon haut échancré avec le pantalon blanc serré à la cheville, le chapeau à voilette. La voilette est déchirée, je dois faire quelques points.

La porte s'ouvre.

Juliette entre.

Je n'ai pas pensé une seconde qu'elle viendrait. Elle pose son blouson, son bonnet. On la regarde. On n'est pas habituées à ses cheveux noirs. Elle nous embrasse. Même le petit Paul.

Moi, en dernier.

— Je suis passée chez toi cet après-midi.

— Je sais, ma mère m'a dit...

— C'est très chic, ça ! elle dit en touchant ma voilette. Il faudra un rouge à lèvres sang pour mettre avec.

Comme elle ne me parle pas de son travail chez Madame Barnes, je me dis qu'elle est passée à autre chose, et je ne lui en parle pas non plus.

Elle se tourne vers les autres.

— Bon alors, vous en êtes où ?

Elle veut tout voir, qu'on lui raconte tout ce qu'on a fait. La robe charleston, la queue-de-pie ! Elle complimente, s'enthousiasme. Après, elle sort sa chemise et ses cuissardes, sa liquette blanche et ses collants chair. Elle se change. Et d'un coup, ça revient comme avant. On est à nouveau ensemble. Elle semble heureuse de nous retrouver, d'en avoir fini avec tout ça.

On se détend.

La Singer ronfle. Je reprends la voilette, je répare la déchirure. On papote. Une vraie ruche. On est des filles, on est un gang, un gang de cinq, c'est comme ça. Solidaires. Un *groupe*.

— Et la robe ? elle demande.

On lève toutes les yeux en même temps. Juliette est assise, tranquille.

On ne lui demande pas de quelle robe elle parle.

On sait.

Elle veut la voir.

Boucle va la chercher dans la pièce à côté.

— On ne sait pas encore qui va la porter, je dis.

On rentre ensemble, Juliette et moi, dix minutes à pied. Un vent froid descend du nord et balaie les rues. Elle veut savoir ce que j'ai fait pendant ces journées particulières alors je lui raconte, l'inspecteur à l'hôtel, François qui me court après, pas grand-chose en fait.

— Et avec la vieille ?

— Ça va.

Je suis affreusement mal à l'aise. Pour rire, je l'imite :

— "Il n'y a plus de pauvres de nos jours, avec les aides."

Je prends son ton de voix. Juliette rit, alors je continue, les films, son fils, la promenade au cimetière, l'hortensia rose.

Je me moque. Juliette rit. Ses dents sont écartées, les deux de devant, celles qu'elle lime. En me moquant, je choisis le camp de Juliette. J'ai l'impression que je reviens dans son cercle. Alors je continue. Je force le trait. Ses yeux brillent.

Je lui décris le gâteau d'anniversaire, les bougies de la cafétéria.

Le centre-ville est calme. Plus de voitures. Plus personne. Je m'arrête devant L'Air du temps. Les petits tailleurs sombres dans la boutique.

— Tu sais qu'elle a voulu me fringuer là ?
— Et tu as accepté ?
— Bien sûr que non !

On arrive sur la place. Devant le salon de coiffure. Tout est fermé, même le bistrot.

— Tu lui as dit que je reprenais ?

Je fais non avec la tête.

— Pourquoi ?
— Comme tu m'avais dit trois ou quatre jours... Je voulais être sûre.
— Je suis sûre.
— OK, pas de problème. Tu reprends quand ? Demain ?
— Après-demain.
— OK. Je lui dirai.

Juliette me regarde.

Pourquoi je ne lui dis pas la vérité maintenant ? Que Madame Barnes ne veut plus d'elle. Il faudra bien qu'elle le sache. Je lui dirai demain. Je reparlerai aussi à Madame Barnes, peut-être qu'elle aura changé d'idée.

Elle me touche le bras.

— Tu es mon amie, Jess, la meilleure, la seule que j'aie jamais eue et que j'aurai jamais.

Fin de matinée, je conduis mon père au Bois Joli, chez un client, pour un projet de chantier. Juliette déboule comme on sort. Elle peut venir avec nous, histoire de faire une balade ? La voiture est garée impasse des Capucines, elle passe à l'arrière. Une vingtaine de kilomètres. Plusieurs fois, pendant qu'on roule, je la regarde dans le rétroviseur. Elle ne dit rien. Elle a l'air tendue.

Je dépose mon père à côté des engins. Il n'en a pas pour longtemps. On l'attend. Juliette passe sur le siège passager. Elle a un sac, un sac tout neuf, une sorte de besace dans laquelle on fourre tout. On est en bord de route. Des camions roulent à vive allure, ils frôlent la voiture.

Je mets de la musique.

J'essaie de lui parler. Je sens bien que ça ne va pas. Soudain, elle me coupe.

— C'est bon, là !

— C'est bon quoi ?

Elle me fixe. Rien d'encourageant.

— Tu as bien joué, bravo...

C'est plein de sous-entendus. J'ai peur de comprendre. Elle se penche, fouille dans le fond de son sac, sort un paquet, allume une cigarette.

Et elle m'explique.

— Tu as pris *ma* place chez la vieille et tu n'as même pas le cran de me le dire. Tu comptais t'en sortir comment ? Me dire ça quand ?

— Je n'ai pas pris ta place, c'est elle qui.

— Ce n'est pas elle, c'est toi. Pourquoi tu ne dis *jamais* la vérité ? Faut toujours que tu tordes les choses.

— C'est la vérité, Juliette. C'est toi qui m'as demandé d'aller chez elle, j'y suis allée pour te rendre service.

— Je t'ai fait confiance, je suis trop conne.

— Je n'ai pas voulu ça. C'est Madame Barnes...

— Tu l'appelles *madame* !

Je jette un coup d'œil du côté des hangars.

Elle marmonne des trucs pas très gentils.

— Tu lui as dit que je voulais reprendre ? Parce que, si ça se trouve...

— Je lui ai dit, je te jure.

— Pourquoi elle ne veut plus de moi, alors ? Tu lui as raconté quoi ?

— Rien.

— N'y va plus.

— Ce n'est pas si simple.

— Si, c'est simple.

Sa nuque est collée à l'appuie-tête. De l'autre côté du pare-brise il y a la route.

Elle respire vite. Elle attend.

Alors je lui dis ce que j'aurais déjà dû lui dire depuis des jours.

— Même si je n'y vais plus, ça ne changera rien pour toi, elle prendra quelqu'un d'autre.

J'essaie de lui dire ça le plus gentiment possible. Elle fume deux taffes nerveuses.

— Elle t'a dit ça ?

— Oui.

— Qu'est-ce qu'elle me reproche ?

— Rien. Ce n'est pas contre toi. C'est juste que, même si je n'y vais plus, elle ne te reprendra pas.

Elle fait tomber sa cendre par la fenêtre.

— Tu mens. Je suis sûre que si tu n'y vas plus, elle me reprendra.

— Je ne te mens pas.

Voilà, ça, c'est réglé.

Un camion ralentit à notre niveau, il dépasse l'auto, fait demi-tour, une manœuvre en pleine route, vient se garer sur le parking.

Deux filles dans une voiture, le chauffeur doit penser qu'on est des putes.

Elle sourit en regardant le camion.

— En fait, je le savais.

Elle fait rouler sa tête vers moi.

— Je lui ai téléphoné ce matin. Oh, ne fais pas cette tête, je me suis doutée que tu me cachais quelque chose, je voulais l'avertir que je reprenais. Elle a été très cash. Elle m'a dit que vous vous entendiez bien et qu'elle voulait continuer avec toi. On a le droit d'avoir des préférences. Ce qui m'a étonnée, c'est qu'elle dise ça, vu tout ce qu'elle ramasse quand tu parles d'elle.

Elle lâche la suite, l'autre morceau.

— Elle a de l'humour. Enfin, de fil en aiguille, on a causé, et elle a bien rigolé quand je lui ai parlé des imitations que tu fais d'elle : "Chez nous, les Barnes, de mon ancêtre Philippe Barne de Sétives de Savine… Et le vin, comment faisons-nous, en pichet ou en bouteilles ?"

— Tu n'as pas fait ça ?

— Pourquoi ? Ce n'est pas la vérité ? Tu ne l'imites pas ?

— C'était entre nous, je déconnais… Je ne te crois pas.

Elle baisse le pare-soleil, se regarde dans le miroir.

— Tu ne crois pas quoi ?

— Tu ne lui as pas téléphoné. Tu plaisantes.

Le chauffeur est descendu du camion, il s'avance vers nous et il s'arrête, reste à dix mètres.

— Bien sûr que je plaisante, elle dit en repassant du rouge sur ses lèvres.

Elle les fait claquer.

Suit un silence déconcertant.

Je ne suis pas très à l'aise, l'après-midi, quand j'arrive chez Madame Barnes. Juliette lui a-t-elle téléphoné ? Elle m'a juré qu'elle plaisantait, elle voulait juste me faire marcher, mais dois-je la croire ? Elle a du cran, elle est capable de tout.

— Pas facile de bien terminer une histoire, dit Madame Barnes en éteignant la télévision.

Je ne sais pas si elle parle du film ou d'autre chose. Elle se lève. J'échafaude des hypothèses.

Elle va me virer, me montrer la porte, me dire qu'elle sait tout, de mes petites plaisanteries et de mes irrespects.

Un rendez-vous chez la coiffeuse. Je me détends. Elle aura besoin de moi à son retour. Je n'ai qu'à l'attendre. Bien sûr. Quelqu'un doit passer voir le piano.

— Précisez qu'il est désaccordé. Je n'ai aucune idée de son prix mais c'est un Pleyel, quand même, un beau modèle, des années trente, ce serait bien de le vendre.

Le piano est dans l'entrée. Un piano droit, en noyer, avec un soleil gravé au-dessus des touches.

Elle met son chapeau.

— Qu'il fasse une proposition s'il est intéressé.

On klaxonne devant la grille. C'est Marius.

Un coup d'œil au miroir.

Elle s'en va.

J'ai le dos trempé.

Juliette n'a rien dit.

Je passe d'une pièce à l'autre. L'étage. Sa chambre. Petits rideaux blancs. Son lit n'est pas fait. Il y a des vêtements sur un fauteuil, des magazines sur le plancher. Sur la table de nuit, une photo d'elle, dans un cadre. Elle ? Ou peut-être sa mère ? Un verre d'eau à côté, une plaquette de cachets. Une boîte à bijoux recouverte de nacre. Une ballerine en tutu rose se met à tourner quand je l'ouvre. Quelques notes de musique. Dans la boîte, il y a un collier en fausses perles, un bonnet de baptême, une broche.

Le tiroir de la table de nuit est plein de médicaments, la plupart sont périmés. Une bible, un gros réveil, une paire de lunettes, et une bourse en velours noir. Il y a un collier dans la bourse, je le sors, il est en or, en forme de serpent, les mailles sont fines, torsadées, les écailles articulées. La gueule fait office de fermoir. Avec deux diamants pour les yeux.

Je le remets à sa place.

Je referme le tiroir.

La fenêtre donne sur la rue. Je regarde un peu. Le ciel est gris. Quelques voitures passent.

Je redescends dans la cuisine.

Je prends un biscuit dans le paquet entamé. Je fais une réussite avec les cartes. Il reste l'assiette du petit-déjeuner, du pain, de la confiture, des peaux de clémentines. Un flacon de gouttes pour les yeux.

Le courrier. Tout ce courrier ! Des enveloppes en pile, la plupart sont administratives, certaines encore cachetées. Des cartes postales.

Les enveloppes, surtout des factures, des rappels d'impayés. Un courrier des impôts, une facture pour la réparation du toit. Beaucoup de relances. Quelques contraventions aussi, anciennes.

Plus de chapeau ! Elle entre dans un nuage de laque, les cheveux brillants, gonflés. La couleur parfaite.

— Comment me trouvez-vous ?

Je lui tends les enveloppes. Elle jette un rapide coup d'œil.

— Ça date, tout ça. Alors, ma coiffure ? Faites-moi un compliment, quand même ! Comment suis-je ?

— Vous êtes bien.

— Comme mon fils, au minimum.

Elle se sert un verre d'eau.

— Madame Barnes…

Elle se retourne. Je lui montre, j'insiste, les courriers encore cachetés, les impôts. La toiture. Taxe foncière, d'habitation.

Elle hausse les épaules.

— C'était à mon père, tout ça.

Elle prend une cuillère sur l'évier, ouvre un pot de confiture, s'assoit à la table, mange à même le pot.

— Je ne vois pas ce qu'on me réclame.

Elle soupire.

— J'ai eu les mêmes problèmes à Paris. Avant, j'avais quelqu'un, Catherine… Catherine était merveilleuse, elle s'occupait de tout, c'était bien.

Elle repose le pot.

— Venez…

Je la suis. Dans le couloir. Jusqu'à l'entrée. Elle s'arrête devant la porte.

— Je vous explique comment ça se passe. Le facteur glisse le courrier dans cette fente, les enveloppes tombent directement dans la maison, sur le carrelage. Si je suis ici, tout va bien. Mais si je n'y suis pas ? Si je suis à Paris ? On ne peut quand même pas m'obliger à venir toutes les semaines ? Vous êtes absents, vous revenez, les choses s'accumulent, le courrier peut rester là des mois, des années, c'est la vie, c'est ainsi, personne n'y peut rien, ni vous, ni moi, ni eux.

— Alors on fait quoi ?

— Que voulez-vous faire ?

— Les contraventions ? Vous avez une voiture ?

— Mon père en avait une. Elle est dans le garage mais je ne sais pas si elle démarre encore.

On revient dans la cuisine. Elle fouille dans les enveloppes.

— Regardez, les contraventions sont toutes à son nom, J. F. Barnes. Les impôts aussi, J. F. Barnes ! Les factures, tout, J. F. Barnes, J. F. Barnes ! Et vous avez vu où il est ? C'est là-bas, dans son trou, qu'il faudrait glisser ces courriers.

— Quand on hérite de ses parents, on hérite aussi de leurs dettes.

Elle grogne.

— Le règlement ! Dans des temps noirs, on a demandé aux juifs de s'inscrire sur des listes et ils l'ont fait. On leur a demandé de porter une étoile et ils ont obéi.

— Ça n'a rien à voir.
— Tout a à voir quand on se soumet.
Elle ouvre quelques enveloppes. Elle semble incapable de gérer. Même de comprendre. Comme si elle n'était pas concernée.
Elle frappe brusquement le tas de courrier avec sa canne.
— On ne va quand même pas me couper la tête pour si peu.
— Donc on ne fait rien ? Même pour les impôts ?
— C'est du passé, ils ont oublié.
— Ma mère dit que les impôts n'oublient jamais rien.
— Et vous, que dites-vous ?
— Je dis que vous devriez payer ça, sinon vous allez avoir des problèmes.
Elle rit.
— Vous êtes pauvre et les pauvres ont peur. Et c'est avec la peur que les puissants tiennent le monde.
Elle se lève péniblement.
— Vous voulez que je vous dise ? Puisque c'est comme ça, je vais vendre.
— La maison ?
— Oui, comme ça, ils pourront tous se payer dessus, ces vautours, il n'y aura plus de problème. Vous avez une idée de ce qu'elle vaut ?
— Mais, Madame Barnes… C'est exagéré ! Ce n'était pas votre projet, de vendre.
— C'est mon projet maintenant. Alors, que vaut-elle ? Le prix du marché, ici, au mètre carré ?
— Je ne sais pas.
— Eh bien, il faudra vous renseigner.
Elle ramasse son sac, l'ouvre sur ses genoux, sort un carnet de chèques, le pose sur le tas de factures.
— Je vous laisse le soin de régler ce que vous jugez bon. Il faudra aussi que vous fassiez venir quelqu'un pour évaluer la maison. Et voir aussi cette auto, si elle roule encore. Au fait, qu'a dit la personne pour le piano ?
— Elle n'est pas venue.
— On a téléphoné ?
— Non.
Je suis désemparée. Je la suis des yeux. Tout va si vite.

— Vous ne voulez pas qu'on appelle votre fils ?
Elle me regarde.
— Mon fils ? Quelle idée !

La voiture est recouverte d'une bâche. Une sacrée bagnole ! Une Jaguar, couleur crème. Deux pneus sont à plat. À l'intérieur, des fauteuils en cuir, confortables. La clé est sur le contact. Je donne un tour. Je dois insister un peu mais elle démarre.

Juliette, je l'aperçois en rentrant. Elle est devant chez elle. Pas envie de lui parler. Je bifurque dans la ruelle Druon, puis rue Seguin. C'est vrai que je me suis mal comportée, j'aurais dû tout de suite lui dire les choses. Normal qu'elle m'ait traitée de menteuse. Je redescends vers l'école et j'entre chez moi par la porte du local à poubelles.

Le soir, impossible de lui échapper, elle est là, pour les essayages chez Boucle.

Elle me dit bonjour, m'embrasse comme si rien ne s'était passé.

On coud. On repasse les plis avec le fer à vapeur. On discute. On rigole.

À un moment, Juliette se lève et elle va chercher la robe de mariée.

— Juste pour voir ce que ça donne sur moi, elle dit.

On n'a toujours pas décidé de qui allait la porter.

Une fois sur elle, c'est une évidence. Elle marche, légère, d'un bout à l'autre du salon, on dirait qu'elle est en lévitation. On est sous le charme.

— Si on ouvre la fenêtre, tu vas t'envoler comme une fée.

— Merci Camille...

Broussaille n'est pas d'accord, elle s'interpose. Elle s'adresse à Camille.

— C'est quand même grâce à toi qu'on l'a, cette robe, si tu veux la porter tu es prioritaire.

Camille regarde Juliette.

Elle assure qu'elle n'y tient pas plus que ça. Le final en mariée, c'est une grosse responsabilité. Trois tenues, pour elle, ça suffit. Et puis elle a d'autres envies. Elle a fait réparer les trous dans le plancher de son fourgon, et elle doit maintenant aménager l'intérieur, démissionner de la supérette et préparer son diplôme, elle se démène, c'est des soucis. Après, tout ira bien pour elle, elle en est sûre. Alors la robe, elle s'en fiche un peu.

— Si tout le monde est d'accord, dit Juliette, je vais l'emporter chez moi pour la laver.

On se regarde.

On est toutes d'accord.

Il reste à déterminer un ordre de passage.

On se regroupe autour de la table. Boucle va chercher une feuille de papier. Trois tenues chacune, plus la mariée.

Le petit Paul se glisse entre nos pieds. Avec la nappe qui tombe sur les côtés, il est au sombre comme nous dans la grotte de la Madone. Il compte nos genoux en les touchant avec son doigt. Il récite une comptine : "Plouf, ce sera toi qui…" Il cherche à deviner à qui sont les genoux. Il soulève la nappe, sort la tête pour vérifier.

En partant, je donne à Juliette la moitié de ce que j'ai gagné ces trois derniers jours chez Madame Barnes.

Je n'ai plus à partager mais je le fais quand même. Je ne sais pas pourquoi. Pourquoi je continue.

On est dans l'escalier, je sors les billets.

— Tiens…

Je ne lui dois plus rien. Je n'ai pas à me sentir coupable. Maintenant, c'est mon travail, c'est avec moi que Madame Barnes veut continuer.

Je lui tends les billets.

Je les lui donne.

Et elle les prend.

On se retrouve à la cafétéria, nous trois, Camille, Juliette et moi. Camille est très ennuyée, elle ne sait pas où garer son fourgon, elle le met quelque part, on lui dit qu'il gêne. Qu'il prend trop de place. Où qu'elle le gare, il gêne toujours. Si c'est dans sa ruelle, il bloque en largeur. Et dans la Grand-Rue, elle ne peut pas. Ni sur les trottoirs. C'est vraiment un problème. Et la porte du fourgon qui ne ferme toujours pas. Maintenant qu'elle va l'aménager, elle ne veut pas le laisser dans un endroit isolé, prendre le risque qu'on force la porte et qu'on vole ce qu'il y a à l'intérieur. Et puis hier, elle a trouvé un couple qui faisait l'amour sur la banquette.

— C'étaient des jeunes, j'ai pensé qu'ils n'avaient pas de chez eux.

On ne le dit pas mais on a toutes baisé au moins une fois sur la banquette arrière d'une voiture. Comme si ça servait à ça. Ou sur le capot.

Il faudrait qu'elle trouve un abri, elle galère vraiment à cause de ça.

Elle se tourne vers Juliette. Et elle se lance.

— Tu crois que ton père me laisserait le garer derrière chez toi ?

— Sous l'abri ?

— Sous l'abri, oui. Si tu pouvais lui demander... Tu pourrais ?

Juliette fait non avec la tête. Elle est désolée, elle aurait bien aimé, mais elle est certaine, son père ne voudra pas.

— Y a plein de gens qui lui ont déjà demandé, à chaque fois il répond non.

Cet abri est dans l'arrière-cour, un auvent recouvert de tôles, avant il y avait des poules, aujourd'hui plus rien, idéal pour le fourgon.

— Camille, c'est pas *les gens*, je dis. Si c'est pour elle, il dira peut-être oui.

— Il ne voudra pas.

— Tu pourrais quand même essayer de lui en parler. Elle t'a laissé la robe, je dis.

Juliette se pince. Son regard me foudroie.

— Ce n'est pas grave, je me débrouillerai autrement, dit Camille.

Juliette lui touche le bras.

— Il ne faut pas m'en vouloir. Tu connais mon père…

— Je ne t'en veux pas, dit Camille.

— Merci, dit Juliette.

La conversation est close.

On boit nos chocolats.

Camille se repoudre les joues, deux coups de pinceau rapides, un blush diffuseur de lumière.

Juliette arrange ses cheveux.

— À votre avis, ça va comme ça, ou il faudrait que je laisse ma frange un peu plus longue ?

— Je suis *absolument* ravie. Regardez ! Il suffit de composer ce numéro, on dicte ses petites courses et on est livré à la porte, c'est très pratique.

Elle ne pensait pas trouver un tel service ici, et dans sa boîte aux lettres.

Elle m'entraîne dans la cuisine.

— Avez-vous appelé un agent immobilier pour l'évaluation de la maison ?

— Pas encore. Je pensais que vous auriez changé d'avis.

— Je n'ai pas changé d'avis. Comment qualifieriez-vous cette maison ?

— Elle est grande, difficile à chauffer et pleine de courants d'air.

— C'est aussi mon avis. Mais elle est belle.

— Elle est belle, oui.

— Nous allons la présenter ainsi, une maison belle, grande, au gros de l'hiver un peu longue à chauffer et lors de grands vents, nous lui reconnaissons quelques courants d'air.

Elle me montre le téléphone. Il y a une agence en ville. J'appelle. Quelqu'un passera demain à 11 heures.

Pendant qu'on y est, elle me demande de téléphoner au garagiste afin qu'il vienne réparer les pneus de la Jaguar. Et il faut relancer aussi pour le piano.

Maintenant qu'elle a décidé de vendre, elle dit que tout ce qu'elle veut garder doit tenir dans une seule valise.

Une valise et peut-être un sac. Deux valises au maximum.

Et la jolie lampe en verre, le poisson-cendrier, le sablier ? Les peintures aux cadres dorés, dans le bureau, il y en a tout un pan de mur, à touche-touche, veut-elle laisser cela ? Le vendre ? Le donner ? Les deux gravures de chasse à courre ? Les beaux verres dans le vaisselier ?

Prendre, laisser, elle ne parvient pas à décider.

Et puis sa hanche la fait souffrir terriblement, les anti-inflammatoires n'ont plus d'effet, elle a pris un rendez-vous chez le docteur Orbal pour la fin de journée.

Marius la conduira.

Elle n'a plus besoin de moi pour aujourd'hui. Elle me demande d'être présente demain matin, lors du passage de l'agent immobilier.

Je retrouve ma grand-mère dans sa loge. Je m'attarde un moment avec elle. Elle me parle des Barnes, pendant la guerre, quand les Allemands ont réquisitionné leur maison, ça a été un choc pour la ville. Le père Barnes a dû stopper la fabrication du papier pour fabriquer des moufles, de grosses moufles épaisses, en peau, tout le monde au pays en avait. Il a gagné beaucoup d'argent avec, bien plus qu'avec le papier.

Elle me dit que Madame Barnes avait un frère, plus jeune qu'elle, c'est lui qui a hérité de l'usine. Un incompétent, mais c'était lui le fils.

La grille du portillon grince, c'est le responsable de l'agence, complet sombre avec cravate, ponctuel, une sacoche à la main, il s'attarde dans le jardin, jauge la maison.

Il dit que la maison a du style. Il connaît quelqu'un qui pourrait être intéressé.

On commence la visite, rez-de-chaussée puis étage, il note les moulures, les fissures, les cheminées, l'usure des planchers. Il touche tout, il ouvre les placards. Quand on a fait le tour, il demande à voir les combles. Je monte avec lui par un escalier bringuebalant qui se trouve dans la dernière chambre du fond. On est sous le toit. Il y a de vieux meubles, des malles. Dans un carton, je trouve les moufles épaisses dont m'a parlé ma grand-mère. Des dizaines de paires.

Il se fiche des moufles. Il regarde l'état du toit, des poutres. Il mesure. Quand il a fini, on redescend.

On retrouve Madame Barnes dans la cuisine. Il dit qu'il aura peut-être quelqu'un pour le piano et qu'il faudra passer au bureau en fin de semaine pour récupérer le document qui évaluera la maison.

Il s'en va en lui laissant sa carte.

Madame Barnes l'a trouvé grossier. Elle ne l'a pas aimé, il s'est comporté comme s'il était chez lui.

On finit le vin entamé la veille, avec le jambon cru, parce qu'il est midi et qu'on a faim.

— À votre avis, qui va l'acheter ?
— Je n'en sais rien. Certainement pas quelqu'un d'ici.

Elle étire ses yeux avec ses doigts.

— Des Chinois alors ? Mon fils dit qu'ils achètent des palais vénitiens, ils achèteront bien ma maison.

— Ici, ce n'est pas Venise.

— Oui, mais avec le jardin et la grille, le lieu a du charme, et nous ne sommes pas loin de Paris.

Elle lève son verre, me regarde, insiste pour qu'on trinque aux Chinois.

Dans la journée, ils ont mis des numéros à chaque maison. Nous, à l'hôtel, on est côté impair, on a le 313.

Ma mère a astiqué la plaque pour bien la faire briller. Je lui fais remarquer :

— Un numéro qui se lit dans un sens et dans l'autre !

Je trouve ça bien.

L'hôtel, c'est son territoire. Elle en prend soin.

À force de le laver, elle s'use le corps et le dos. Ses mains dans l'eau savonneuse, le dos plié, elle rince la serpillière, la tord, la rince encore, et la retord, c'est un bout de serpillière usée, la lessive lui brûle la peau. Elle transpire du visage. Quand elle se relève, le mouvement lui cisaille les reins.

— Tu en passes du temps là-bas, elle dit en s'essuyant le front d'un revers de bras. Elle te paie bien, au moins ?

— Ça va.

— Elle est comment ?

— Un peu rude.

Elle jette la serpillière qui claque sur les carreaux.

— Si on ne se méfie pas, ces gens-là nous font travailler pour rien.

— Ça va, je te dis.

Je ne lui dis pas que je partage ce que je gagne avec Juliette. Elle me tuerait si elle savait.

Pour ma mère, les choses du monde sont parfaitement claires et bien compartimentées : il y a d'un côté les riches et de l'autre les pauvres, il y a les méchants et les gentils, ceux qui travaillent et les autres. Les autres vivent aux crochets, ils profitent, ou alors ce sont des rentiers, des nantis. Tout cela est bien classé et ne laisse aucune place pour les nuances intermédiaires.

"Les nuances, c'est le luxe", dit ma mère.

Madame Barnes fait partie des nantis, ceux qui possèdent sans faire, qui sont nés avec une cuillère en or dans la bouche.

Elle lessive deux marches, se redresse.

— Paraît qu'elle vend sa villa ?

— Je crois, oui…

— Il y a des jours où j'aimerais bien vendre, moi aussi, ce n'est pas l'envie qui m'en manque. Vendre, et partir au soleil !

Qu'est-ce qu'elles ont toutes avec le soleil ?

Elle reprend son seau.

— Tu crois que je n'aimerais pas hériter, moi aussi, pour pouvoir partir ailleurs ?

— Tu as hérité de l'hôtel, maman…

— Tu ne vas pas comparer, quand même.

Elle lâche la serpillière dans le seau.

— De toute façon, les riches ne sont pas plus heureux que nous.

C'est ce qu'elle dit toujours, ma mère, qu'ils sont plus fiers mais pas plus heureux, que le bonheur ne s'achète pas, comme la santé, etc., pour me faire rester dans mon tiroir, moi, mais aussi mon père, qu'on n'aille surtout pas s'imaginer qu'ailleurs c'est mieux.

Elle sort sur le palier avec son seau, jette l'eau savonneuse, un geste brusque, l'eau vole loin, un arc liquide qui se courbe et retombe au-devant du banc où est assis Moreno.

Il gueule.

Elle se marre. Faut bien diluer la merde des pigeons ! Elle essuie ses mains sur son tablier, s'adosse au mur, tire son paquet. Elle fume des cigarettes sans filtre. Jamais entières. Des demies. Je fumais moi aussi, avant, des Marlboro, à cause du type à cheval qui est en photo sur les paquets. Après, j'ai rencontré Antoine, alors le type à cheval… Pour dire à quoi ça tient, les choses.

— La vie nous met ici ou là, et il faut y rester, elle dit en grillant sa demi-clope.

— Je crois que si on gagnait de l'argent et qu'on devenait riches, eh bien on aimerait les riches parce qu'on serait de leur côté.

Elle hausse les épaules.

Elle dit qu'on ne change pas de côté parce qu'au fond du sang, il y a les origines.

— Quand le père Barnes est mort, sa fille a fait sonner le glas, le double de temps que la normale, pour bien montrer la différence de classe. Ça a sonné, sonné, on avait l'impression que ça n'en finirait jamais.

Elle écrase le mégot contre le mur. Reprend son seau.

— Les riches sont d'un côté et nous on est de l'autre, c'est comme ça.

Elle me pousse du passage parce que je la gêne.

Elle m'envoie ramasser les draps.

L'air est vif sur la terrasse. Ma mère le dit : "Toujours une heure à l'air, les draps, même par temps gris."

Quand elle avait mon âge, elle aussi devait prendre du temps sur la terrasse. Et aussi ma grand-mère. Elles aussi devaient ramasser les draps.

Je m'appuie à la balustrade, je regarde les gens. La bande des Marocains traîne devant le bar, Mehdi en pantalon blanc. Ils écoutent de la musique sur un appareil à cassettes et ils agacent les petits vieux qui passent.

Un escargot rampe sur le mur. Une grosse coquille, de la variété des Bourgogne. Comment est-il arrivé là ? Sur ce toit ? Un oiseau l'a probablement lâché. La chance qu'il a ! Que je sois passée là. Que je l'aie vu ! Je le redescends entre mes mains. Je laisse les draps.

Dans le verger du prieuré, il y a un arbre très ancien, on le dit aussi vieux que la Madone, on dit que son tronc noueux prend racine dans le royaume des morts.

J'emmène l'escargot là-bas. Je le pose dans les herbes, au pied du tronc.

C'est un arbre à prières. Des papiers sont accrochés aux branches. Une fois, j'étais petite, j'ai vu ma mère sortir de l'hôtel, elle avait un papier à la main, je l'ai suivie, je l'ai vue suspendre ce papier à l'une des branches. J'ai attendu qu'elle reparte et j'ai lu ce qu'elle avait écrit. Ma mère m'a frappée quand elle l'a su, elle m'a frappée fort jusqu'à ce que j'oublie ce que j'avais lu.

Et j'ai oublié.
Depuis, j'ai un trou noir de quelques secondes dans ma vie.

Au dîner, je leur dis qu'il y avait un escargot sur le toit, mais ça ne les étonne pas plus que ça.

La fontaine ne coule plus et ça fait un drôle de silence. Presque tragique. La crue du Bourde a bouché les canalisations, tout ce que les femmes ont jeté dedans le jour du gros orage, les têtes des poissons, leurs viscères, leurs écailles.

Je déboule sur la place comme Juliette sort de chez elle. L'argent que j'ai gagné est dans ma poche. C'est mon salaire à présent. Le salaire de mon travail. Je le mérite. Je ne veux plus le partager.

Je me cache. Elle traverse la rue. La place. Elle porte une robe étrange, en dentelle, on dirait du barbelé.

Elle va chez moi. J'attends. Elle ressort. Je la vois. Son visage. Elle est très maquillée. On croit que le maquillage embellit mais ce n'est pas toujours le cas, si on dose fort, c'est autre chose qui se passe.

Et là, c'est autre chose.

— Elle fait putain, c'est ma mère qui le dit quand j'entre dans la cuisine.

Même ceux qui la trouvaient belle le disent. Ceux qui étaient fous de sa beauté. Ceux qui l'aimaient hier démesurément, les mêmes aujourd'hui l'insultent, la traitent de débauchée.

Alors elle leur répond, de sa chambre, penchée à sa fenêtre. Un vocabulaire salace.

La Contamia a cru que les choses de sa vie allaient changer. Que la beauté de sa fille ferait d'elle un personnage reconnu. Que le succès rejaillirait sur elle, la reine mère, que des projets d'actrice se grefferaient sur cette photo et ajouteraient de l'étoffe à son modeste destin.

Il y a toujours un envers aux choses. Toujours un moment où ce qui doit arriver arrive. La Contamia devrait le savoir, elle est d'ici, de cette ville qui cause, comme toutes les autres villes. Au lieu de se taire, elle parle. Par fatigue, par lassitude. Parce qu'elle veut encore y croire. Elle jacasse, sur son bout de trottoir, trop et mal, à tous ceux qui veulent encore l'écouter, aux passantes pressées qu'elle retient par le bras, aux clientes qui attendent pour une coiffure. Elle raconte, exagère, s'énerve, déborde.

Alors forcément.

À l'une d'elles, alors que le père en a fini avec le passage de la laque, qu'il ôte la blouse en petit nylon, la Contamia lâche brusquement que le destin de sa fille magnifique n'est certainement pas de rester vivre ici avec les bouseux.

Elle prononce ces mots exactement, et dans cet ordre-là.

Et à la minute même, son destin est scellé.

La cliente paie ce qu'elle doit.

Et cette phrase dite dans le salon est sortie et emportée sur la place. Elle est répétée. Ce mot *bouseux* que la Contamia a laissé glisser en fin de phrase, pour la clore, presque avec légèreté, blesse violemment ceux qui l'entendent, et ces mêmes qui sont blessés le véhiculent à leur tour, vers d'autres, plus loin. Le mot renvoie à l'histoire, au social, aux terres isolées, que sais-je ? Au haut pays, à la campagne inculte, aux mauvaises odeurs, aux castes, au fumier, il renvoie à ceux qui sont restés au cul des vaches, les ploucs, les arriérés, les attardés, ceux qui n'ont pas su évoluer et sont restés dans la honte et dans le moins.

Les bouseux.

Ceux dont on vient.

Dont on vient tous, ici.

Elle aurait pu tout dire, la Contamia, mais *bouseux* non, il ne fallait pas.

— Mais pour qui elle se prend ? dit froidement ma mère. Ça va lui garder un chien de sa chienne.

Bouseux, c'est l'insulte aux anciens, au passé, au sang profond. Il y a des lois ici, le vocabulaire n'y échappe pas, alors forcément, ceux qui parlent s'emparent de l'insulte comme ils s'étaient emparés de la beauté de Juliette. Pour un seul mot, que la Contamia regrette sûrement d'avoir prononcé, sans doute même qu'elle l'a regretté à peine elle l'avait prononcé, peut-être même alors qu'il était encore dans sa bouche, sur le bout de sa sale langue, mais déjà façonné, roulant, parti et impossible à retenir. Un seul mot donc qui, bien plus que la photo, fait frémir la ville entière.

Le coiffeur s'excuse pour le mot de sa femme. On le voit l'après-midi, sur le trottoir, sur la place, dans le salon, il va, vient, tente des sourires, accorde des rabais sur les coupes, les rasages, les coiffages. Il a beau faire, le sort a donné, il reprend. Et plus il fait, plus ça reprend. Comme l'Hydre de Lerne, Antoine m'avait raconté l'histoire, un monstre qui resserre ses anneaux dès qu'on se débat pour lui échapper.

Pendant ce temps, de la cuisine, ma mère observe.

— L'eau de la fontaine ne coule toujours pas, elle dit.

Pour faire croire que c'est la fontaine qu'elle regarde.

— La grandeur d'un homme, c'est d'être capable de ne jamais humilier personne, réplique mon père dans son dos.

Elle fait celle qui n'entend pas.

Le salon reste ouvert, tout illuminé, avec le coiffeur seul à l'intérieur. Personne ne peut rien pour lui.

— Bientôt, il rasera gratis.

Elle n'a pas tort. C'est possible. Je le vois qui retire la photo de la vitrine.

À 19 heures, il sort, baisse le rideau métallique, la grille s'affaisse dans un bruit de ferraille.

Plus rien à voir.

Ma mère revient à son fourneau.

— On est des gens simples, nous, pas des orgueilleux, on ne veut pas prétendre.

Elle ajoute encore quelques-unes de ses phrases mille fois entendues.

— On n'est peut-être pas très malins, ton père et moi, on n'est peut-être pas beaucoup allés à l'école, mais on se comporte bien.

Mon père lui demande de la fermer, parce qu'elle continue sur ce ton, à bien huiler nos petits tiroirs, le mien surtout, l'air de rien, ajoutant qu'elle l'avait bien cherché. Que ça devait bien finir par arriver. De qui elle parle ? De la Contamia ? Ou de Juliette ? Sans doute des deux ?

Ça se passe seulement sur un petit périmètre, celui de la place et de quelques rues autour.

Les gens se vengent. Ils font payer à la fille la connerie de sa mère. À la mère, la beauté de sa fille. Et au père, d'être mêlé à tout ça.

— Vous ne m'avez pas dit qu'elle était hypothéquée !
Madame Barnes ne me répond pas. Elle commence une réussite, dispose des cartes, quatre rangées de six.
J'insiste.
— Votre maison, Madame Barnes. Je suis passée à l'agence pour récupérer le papier.
— Et alors ?
— Alors ! Une hypothèque, vous savez ce que c'est ?
— Bien sûr que je sais.
Elle soulève une carte, qui l'emmène à une autre.
— C'est l'agent immobilier qui vous a dit ça ?
— Qu'elle est hypothéquée ? Oui.
— Comment il le sait ?
— Petite ville, tam-tam local.
Elle retourne quelques cartes.
— Cette maison m'appartient, j'y suis née, on ne peut quand même pas ignorer ce fait, et me reprocher de ne pas vivre sur place afin d'y régler quelques factures de toute petite importance à l'échelle d'un pays. Je suis parfois un peu négligente, je vous l'accorde, mais, reconnaissez-le, c'est… comment diriez-vous ?
— Futile ?
— Vous ne diriez pas futile.
— Peanuts.
— Peanuts, c'est ça. J'adore ce mot !
Elle le répète. S'en amuse.
— Quoi ? Qu'y a-t-il ? Pourquoi me regardez-vous ainsi ?

— Dans la mesure où votre maison est hypothéquée, il faut l'accord de votre banque pour vendre. Et ils ne donneront leur accord que si vous levez l'hypothèque.

— Qu'à cela ne tienne, levons-la !

— Ce n'est pas si simple. Vous avez des dettes, Madame Barnes.

— Comme tout le monde, ni plus ni moins. En quoi ça vous regarde ?

— D'après ce que j'ai compris, il faut que vous remboursiez vos dettes pour pouvoir lever l'hypothèque.

Elle retourne une carte, une autre. Plusieurs à la suite.

— En clair, vous me signifiez que je ne peux pas vendre ce qui m'appartient ?

À présent, presque toutes les cartes sont retournées, parfaitement rangées par couleur.

— Que puis-je dire… Si on ne peut pas vendre, on ne peut pas vendre, c'est ainsi, nous appellerons cela la part des anges, il y en a bien une pour le cognac… et pour la soupe aussi, d'ailleurs.

Elle pousse un cri. Sa partie est perdue. Il restait deux cartes. Deux cartes seulement. Elle balaie le jeu d'un revers de main.

Elle attrape le paquet de biscuits, le secoue. Il est vide. Elle se lève pour en prendre un dans le placard.

Elle en mange plusieurs à la suite. Les reins à l'évier.

— Connaissez-vous Thérèse d'Avila ?

— C'est une religieuse ?

— C'était. Elle vivait au XVIe siècle. Un soir, alors que sa soupe chauffait, elle est entrée en lévitation, flitttt, au plafond, la petite Thérèse ! Et impossible de redescendre. Pendant ce temps, sa soupe continuait de chauffer, elle la voyait mais elle ne pouvait rien faire, et quand elle a pu redescendre, il n'y avait plus de soupe dans la casserole, tout s'était évaporé. La part des anges.

Elle lève un doigt, tend l'oreille. La grille du jardin vient de s'ouvrir.

— Ce doit être le garagiste, il a appelé ce matin pour dire qu'il passait.

Juliette me fait des signes de sa fenêtre. Cinq minutes plus tard, elle sort avec la robe de mariée dans une grande bassine. Elle l'a lavée, elle ne sait pas où la mettre à sécher, elle voudrait pouvoir l'étendre sur notre fil. Chez elle, il n'y a pas de fils, juste un étendage en plastique, et sa mère refuse qu'elle y dépose la robe.

On monte sur le toit-terrasse.

Il y a du soleil et un peu de vent.

On étend la robe. Le voile à côté. Le poids fait plier le fil. Juliette attache les manches, elle secoue le jupon, tire sur le tissu pour effacer les plis.

Je trouve qu'elle a du cran. Après ce que sa mère a dit. Ce mot de *bouseux* lancé. Et malgré tout, traverser la place.

— Tu as travaillé chez la Barnes aujourd'hui ?

— Oui.

L'argent est dans ma chambre, je ne partage plus.

Je me tends, un peu gênée. Est-ce une façon de me demander sa part ? Ce qui lui revient de droit ou d'habitude. Ou bien c'est moi qui m'imagine. Seulement moi, dans ma tête. Dans ma tête, tout ça.

— Vous avez fait quoi ?

Je lui raconte un peu, le rangement, le garagiste qui est venu pour les pneus de la Jaguar. Je ne dis rien pour l'hypothèque.

Elle n'insiste pas. Ça passe.

On s'appuie à la balustrade. On regarde la ville.

La robe balance au vent.

— Tu penses que j'ai été méchante ?

— À propos de quoi ?
— Pour le fourgon de Camille…
— Méchante, non. Mais pas gentille non plus.
Elle se mord la lèvre.
— Je suis à cran en ce moment.
Elle se rapproche, laisse aller sa tête contre mon épaule. Le synthétique de sa capuche me chatouille la joue.
— Tu as écrit des choses dans le carnet que je t'ai offert ?
— Pas encore.
— Tu attends quoi ?
— Je n'ai rien à dire.
— Rien ? Vraiment ?
Elle se tourne soudain vers moi, prend mon visage entre ses mains. Plonge ses yeux dans les miens, profond, comme s'il y avait urgence, qu'elle voulait lire dans mon crâne.
— Promets-moi de le faire.
— D'accord.
Elle demande encore.
— Promets.
Elle ne détache pas ses yeux des miens. Elle serre fort.
— Je te promets.
Elle lâche mon visage. Pousse un soupir, satisfaite de cette promesse arrachée.
Elle s'appuie à nouveau à la balustrade.
— Un jour, tu seras célèbre, et tu diras partout : "C'est grâce à mon amie Juliette, parce qu'elle m'a offert un carnet et a insisté pour que j'écrive dedans."
— Tu te moques.
— Je ne me moque pas, Jessou. Un jour, tu verras…
Jessou, il n'y a qu'elle qui m'appelle comme ça. Et ça me fait du bien de l'entendre.
Le vent fait voler ses cheveux et sa chemise. Il fait balancer la robe sur le fil.
Elle retire sa doudoune, elle grimpe, en équilibre sur le petit mur qui sépare notre terrasse du toit voisin. Le soleil couchant cuivre sa peau, celle de ses bras et de ses joues. Une fois en haut elle écarte les bras, et elle regarde loin, au bout de la ville, par-dessus les toits.

Dans le contre-jour, le tissu blanc de sa chemise semble en feu. En feu aussi, ses cheveux. Et la robe sur le fil.

On entend crier, c'est la bande à Moreno, ils sont en bas, sur la place. Tommy est avec eux. Et ma grand-mère aussi. Mehdi et les autres Marocains, ils sortent tous.

Ils regardent Juliette.

J'ai mis la robe à finir de sécher sur les chaises de la salle à manger, comme ma mère le fait pour les draps. Le jeudi, je l'apporte chez Boucle.

Juliette n'est pas là, elle a téléphoné pour dire qu'elle ne viendrait pas. Avec un fer doux, je repasse le tulle. Réglage au plus bas, sur vapeur, une serviette humide entre le fer et la robe pour ne pas brûler le tissu.

Camille m'observe.

— Pourquoi tu repasses sa robe ?

— Ça me fait plaisir.

— Tu es trop gentille avec elle.

— C'est mon amie.

Elle se tourne vers Broussaille. Elles se regardent bizarrement, toutes les deux. Broussaille hoche la tête. Camille revient à moi.

— Ton amie, comme tu dis, elle dit des trucs sur toi.

Je ne veux rien savoir. Surtout pas entrer dans cette conversation. Je veux juste repasser la robe. Le tissu est fragile, il faut faire attention. Je glisse délicatement le fer sur les dentelles du col.

— Elle dit que tu es jalouse d'elle.

Je souris.

— Rien que ça…

La vapeur chauffe l'air autour de moi.

— Elle dit aussi que tu as pris sa place chez Madame Barnes, pour vivre *sa* vie, pour être *elle*. Parce qu'elle est belle et pas toi. Elle comprend, et c'est pour ça qu'elle ne t'en veut pas.

— C'est tout ?

— Non, ce n'est pas tout. Elle dit aussi que tu as changé depuis que tu travailles chez la Parisienne.

— Elle aussi, elle a changé, je dis en retournant la robe.

Ce blanc, on dirait de la neige. Avant, les robes des mariées étaient rouges, la couleur de la passion. Celle du diable aussi. Le rouge a donc été interdit par l'Église, c'est Antoine qui m'a appris cela.

Je termine.

Il me reste le voile.

— Elle dit que l'idée du défilé, c'est elle qui l'a eue. Elle, pas toi. Et que tu fais croire que c'est toi. Et qu'elle n'en fait pas toute une histoire.

— Elle dit ça ?

Je repose le fer.

Boucle me fixe.

Broussaille tripote ses lunettes.

Ce n'est pas que Juliette colporte des choses sur moi qui me fait mal. C'est qu'elles parlent. Qu'elles parlent entre elles, toutes les quatre, dans mon dos, quand je ne suis pas là.

— Alors ?

— Alors quoi ?

Qu'est-ce que je peux répondre.

Le petit Paul s'est approché sans bruit, il tend la main, touche le tulle.

— Elle a peut-être eu l'idée, mais une idée toute seule, ça ne sert à rien.

Il frotte le tulle, il le froisse. Soudain, il prend un fou rire. Boucle lui demande de se calmer. Elle lui demande deux fois. Il continue alors elle se lève et elle lui tape la main. Il n'est pas habitué à ce que sa mère le frappe. Il s'arrête de rire. Reste debout, les bras ballants, sa petite figure soudain déformée par l'étonnement.

Sa lèvre tremble. Il cherche à comprendre ce qui se passe, pourquoi sa mère s'est fâchée.

— Je lui ai peut-être pris *son* idée, je dis, mais je l'ai fait exister. Nos fringues, là, tout ce qu'on fait, c'est du concret. Elle, elle n'en aurait rien fait. Ça serait resté une belle idée, mais une idée en l'air.

Ça me fait quand même mal qu'elle ait dit cela.

Je les regarde, toutes les trois.

— J'ai pris son idée, mais elle, elle a pris ma place le jour de la photo et elle ne s'en vante pas.

Je m'entends dire cela, l'énoncer clairement, presque facilement.

— Qu'est-ce que tu veux dire ?

— C'est moi qui avais le parapluie, elle me l'a arraché des mains.

— Jess, il pleuvait, le Canfre était sous la pluie.

Je débranche le fer.

— Elle s'en fichait bien du Canfre ! Juliette ne fait jamais rien pour rien. Elle a eu un temps d'avance. Elle avait vu le photographe et elle s'est doutée qu'il ferait une photo.

— Je ne crois pas que...

— Un temps d'avance, je te dis.

J'abandonne la robe.

J'ai besoin d'air.

Et puis il faut que je la voie.

Je les laisse. Je sors.

Sur le palier, je tombe nez à nez avec Tommy.

— Tu écoutes aux portes toi ?

Il grimace, me fixe dans les yeux, passe son index tranchant sur le blanc de sa gorge.

— Nous y voilà donc.

Elle émet un petit rire sec.

— Eh bien tu vois, quand tu veux, tu sais les dire, les choses.

Elle quitte la fenêtre. Il fait nuit. Sa chambre est éclairée par une petite lampe posée sur la table, à côté du lit.

— Mais qu'est-ce que tu t'imagines ? Tu crois qu'il t'aurait prise en photo, toi ? Tu crois vraiment ça ?

Elle secoue la tête.

— Si je ne t'avais pas arraché le parapluie des mains, comme tu dis, il n'y aurait jamais eu de photo, jamais eu d'histoire, tu aurais juste trempé tes godasses dans l'eau de la pluie. Au mieux, il aurait pris une photo d'une fille qui abrite de la pluie un infirme, oui, il aurait pu. Et après ?

— N'empêche, c'est moi qui aurais dû être sur la photo.

Elle ferme le double rideau.

— Admettons. Je t'ai pris le parapluie des mains, Jess, d'accord, et je ne t'ai pas demandé la permission, et je m'excuse, qu'est-ce que je peux faire d'autre ?

Elle marche, de la fenêtre à son lit.

Je reste le dos à la porte.

— Dans l'article, on dit que tu as été généreuse mais ce n'est pas vrai, tu avais vu le photographe, n'est-ce pas ? Tu savais qu'il te prendrait en photo ?

— Et alors ?

— Alors rien. Ce que je te reproche, c'est de raconter partout que je t'ai pris l'idée du défilé.

Son visage se crispe.

— Parce que ce n'est pas vrai ?!!! Qui est-ce qui l'a eue, l'idée, hein ? C'est toi ? Tu laisses dire que c'est toi, que c'est l'idée de Jess, mais tu sais bien que ce n'est pas vrai.

Une veine bleue pulse à sa tempe.

— L'idée de Jess, elle répète, ironique.

— Tu avais dit que tu t'en foutais.

— D'accord. Mais tu aurais quand même dû le dire aux autres que c'était *mon* idée. Même si je l'ai lancée avec plein d'autres, c'est moi qui l'ai eue. C'est ton problème, Jess, tu te crois gentille, mais tu n'es pas meilleure que les autres.

J'encaisse.

Elle s'assied sur le lit, récupère sa lime à ongles sur l'oreiller.

— C'est *mon* idée contre *ton* parapluie, et on est quittes.

Elle lime ses ongles. Penchée. Des petits coups secs.

Je ressors de chez elle épuisée. Comme si ma vie partait soudain de travers. Je pense à tout ce que j'aurais dû lui dire. Je suis capable d'encaisser beaucoup et je manque cruellement de répartie, c'est bien ça le problème.

La place est déserte.

Le bistrot fermé.

Ça bouge sous le platane, celui qui est bas de branches. C'est le fils Canfre, il a collé son fauteuil au tronc. Je le vois, dans la lumière du lampadaire, il frotte ses mains l'une contre l'autre, enlace le tronc. Qu'est-ce qu'il fiche ? Il tend les bras aux branches et, d'un bond sec, il s'accroche à la plus proche. Il reste un instant suspendu, et puis je le vois, à la force du bassin, il balance ses jambes mortes, il les envoie virevolter.

Il est costaud des bras, alors il peut faire cela, tournoyer dans l'arbre. Avec lui.

J'oublie que c'est le fils Canfre.

Je vois quelqu'un qui danse.

Je trouve mes parents devant la télévision.

Je m'assois avec eux.

Elle m'a quand même bien pris la tête, Juliette.

Madame Barnes déborde d'énergie ! On parvient à vider deux pièces à l'étage. On fait des tas, un pour donner, un pour la vente, et ce qu'elle souhaite garder.

— Toutes ces choses, elle dit.

Plus les jours passent et moins elle semble capable de décision.

Ce qu'elle veut garder, on le met dans sa chambre. Quand elle ne sait pas, elle me demande de décider pour elle. Il lui arrive aussi de changer d'avis, je la vois alors dans le couloir, ramasser en cachette quelque chose qui était à donner, tenir cette chose contre son ventre et l'emporter, pliée comme une bossue, jusque dans sa chambre. L'inverse se produit aussi, des choses qu'elle voulait garder et qu'elle ressort.

Elle repense aux moufles du grenier. Elle m'envoie chercher le carton. Elle m'en donne une paire. Et une paire pour ma mère, une pour ma grand-mère, et aussi une pour mon père. Elle met tout dans mes bras.

— On pourrait offrir celles qui restent à des gens qui ont froid.

Après, on s'attaque au placard bleu du couloir. Sur une étagère, je trouve un manège en carton, quatre balançoires avec des bouchons peints en guise de personnage. Sur chaque bouchon, un cône de papier.

Quand elle le voit, elle geint.

— C'est mon fils qui l'a fait, à son école, quand il était tout petit garçon.

Elle le prend avec précaution. Elle l'emporte dans la cuisine. Je la retrouve assise à la table, les yeux perdus dans le manège.

Avec un doigt, elle fait se balancer les bouchons.

— Quand j'étais à Paris et que je pensais à cette maison, je languissais. Et puis je suis revenue. Les premiers jours, je n'osais toucher à rien. À présent, on dirait que la vie s'est retirée des objets.

Elle me montre le tas des choses à garder sur le plancher dans sa chambre.

— Vous avez remarqué, il y a de moins en moins de choses dans ce tas. Il diminue. Il m'arrive de me lever la nuit pour en retirer. C'est effroyable, je me détache.

Sa voix tremble. Elle tourne entre ses mains une salière rouge en forme de cygne.

— Du vivant de ma mère, j'y tenais énormément.

Elle caresse la petite salière.

— Vous savez ce que je crois ?... Je crois que les objets s'éteignent, qu'ils meurent comme des vivants, cette mort survient quand ceux qui les ont choisis, aimés, ceux qui s'en sont servis, quand ceux-là ne sont plus là, ils redeviennent alors… de la simple matière.

Elle pose la salière sur la table.

— Ce sont les vivants qui font exister les choses. Parce qu'ils les regardent. Parce qu'ils ont établi un lien avec elles. S'il n'y a personne pour regarder cette salière, elle n'existera plus.

— Et nous, si personne ne nous regarde ?

Elle lève les yeux sur moi. Des yeux soudain envahis de larmes.

— J'ai fait une erreur fondamentale dans ma vie, j'ai parfois cru que le bonheur était à demain, et j'ai attendu demain.

Elle écrase une larme qui vient de déborder.

— J'ai perdu tellement de jours à attendre demain. Alors que demain était là, dans mes mains, dans la beauté des fleurs, dans l'air que je respirais.

Elle se sert un verre d'eau du pichet resté sur la table.

Elle me dit qu'elle va s'absenter pour se rendre chez une cousine à Vézelay. Elle restera là-bas trois nuits, ce qui fera une absence de cinq jours, pourrai-je surveiller la maison ?

— Bien sûr, je vous paierai pour ce travail.

Pas question pour elle de prendre le train, cela nécessiterait une correspondance à Lyon, trop compliqué avec sa hanche qui lui fait si mal, Marius l'emmènera.

Elle change brusquement de conversation, me parle d'une vente aux enchères qui aura lieu ce dimanche, à Roanne. Elle a fait venir un commissaire-priseur qui a été très intéressé par un certain nombre de choses, dont quelques tableaux qui sont à l'étage.

Elle me demande d'aller les décrocher. Et de les descendre. Trois natures mortes, un paysage de forêt et deux portraits. Les deux portraits sont dans la chambre bleue.

— Et pour la Jaguar, vous faites quoi ?

— Je ne sais pas. Le garagiste l'a révisée, il a dit que le moteur était bon, il a changé les deux pneus, les plaquettes des freins et d'autres choses… C'est une belle voiture, une MK2, il est acheteur mais je ne suis pas vendeuse.

Je lui fais remarquer qu'avec le prix de la Jaguar, elle pourrait certainement s'acheter trois voitures normales, ou alors une seule voiture et payer tout ce qu'elle doit.

Ou alors pas de voiture du tout, et voir venir.

— Il faudrait que nous donnions des petites choses à cette cousine de Vézelay.

Elle monte à l'étage. Je la suis, jusqu'au bureau de son père.

— Qu'en pensez-vous ? Des photos ? Ou bien ce globe ? Ou alors ce vase ?

Elle s'enthousiasme.

— Nous allons lui donner des livres, ainsi que deux ou trois bibelots. Ce chapelet devrait lui faire plaisir et il n'est pas lourd à transporter. Il est précieux, il vient de la ville d'Ars, là où vivait le célèbre curé. Il doit y avoir un livre sur la vie de ce saint homme, nous le donnerons avec. Et les boutons de manchette de mon père. Elle aimait beaucoup mon père. Et aussi cette boule d'ambre, ainsi que cette lampe et… Non, cela suffit, nous ne pouvons quand même pas tout lui donner.

Elle me demande de trouver un carton et de tout bien envelopper.

— Sauf la lampe ! Finalement, la lampe, nous la gardons.

Pendant qu'elle sera à Vézelay, des gens de la salle des ventes vont venir récupérer tout ce que l'expert a répertorié, la liste précise est dans la cuisine, sur la table, il faudra que je sois présente quand ils vont passer.

Elle regarde autour d'elle. Se met à gémir un peu.

— Bientôt, il y aura d'autres gens dans cette maison, une autre famille, des enfants. Mon Dieu, les enfants, le bruit qu'ils font, dans une maison comme celle-ci, avec un si grand escalier…

Elle a besoin d'une chaise.

— Je crois que je ne vais pas bien.

— Le corps ou la tête ?

Elle hausse les épaules.

— Vous êtes comme mon fils, vous manquez de compassion. Vous savez ce que c'est, la compassion ?

— Bien sûr.

— J'en doute.

Elle se relève, s'approche de la fenêtre, tire le rideau, regarde la rue.

Sur le trottoir, une jeune fille fait la manche, emmitouflée dans des couvertures. Ça fait deux jours qu'elle est là. Une fille jeune. Madame Barnes ne comprend pas, une telle misère, ici ! Elle pensait ne voir cela qu'à Paris. Elle me donne des billets, il faut absolument que j'aille lui acheter des choses, du salé, du sucré, la vendeuse mettra tout dans un sac.

— Vous lui prendrez aussi de l'eau, de la bonne, la meilleure, de l'Évian. Et vous glisserez un petit billet dans sa main. Et demandez-lui, mon Dieu, d'où elle vient, et où sont ses parents et pourquoi ils ne s'occupent pas d'elle.

Les jours rallongent, maintenant il fait tout à fait jour quand Broussaille commence le travail. Je la guette de ma fenêtre. Dès qu'elle débouche, je fixe son vélo, la roue avant, le pédalier, sa chaussure, sa cheville, son mollet, ses genoux ronds, ses cheveux roux qui volent. Il faudra bien que ça arrive un jour. Qu'elle file. C'est peut-être pour aujourd'hui. Ma crainte, c'est que ça arrive un jour et que je ne sois pas là.

Allez ! je dis, c'est le jour, pédale, pédale ! Je pense à l'enfant qu'elle porte. Avec la pensée, je force sur ses cuisses, t'arrête pas, ma Brousse, t'arrête pas ! File, droit devant, va-t'en libre ! Fais ça pour toi, et pour l'enfant de ton ventre. Fais ça pour lui ! L'enfant de son ventre, ça me fait drôle de penser à lui.

Déjà sa main cherche le frein, devant la cabine du téléphone, le guidon tourne, elle freine un peu, encore, se laisse déporter, grimpe sur le trottoir, roule dix mètres, elle ralentit, freine à mort.

Elle met l'antivol, laisse le vélo contre le mur.

Elle enlève les pinces.

Un coup d'œil à ma fenêtre, je suis bien au chaud, elle aussi me guette, comme tous les matins.

Mon père brandit le papier rose. Plus besoin de moi ni de personne, il a *enfin* récupéré son permis.

— On va fêter ça !

Il regarde ma mère.

On ne fêtera pas. Ou alors plus tard. Ma mère est une femme courageuse à cause de cette vie difficile mais, depuis qu'elle a reçu la visite de l'inspecteur, elle doute de la suite, alors elle prend des cachets pour dormir et ça lui donne un drôle de regard.

Pour lui faire plaisir, mon père s'attaque à la tapisserie du couloir. C'était une jolie tapisserie, avec des voitures anciennes. L'orage l'a gorgée d'eau. Il sort sa spatule et il la retire, pas besoin de gratter fort, les autos se décollent en lambeaux.

J'en récupère un morceau en souvenir.

Un insecte sort d'une plinthe. Il fuit la lumière en longeant le mur. J'essaie de le cacher. Trop tard ! Mon père l'a vu. Il s'accroupit, le bloque en douceur.

— Un lépisme argenté, il dit.

Il me demande d'aller chercher une boîte.

Ce lépisme est tellement beau qu'une fois capturé, il l'endort à l'éther. Je déteste le voir faire ça.

Une mort sans souffrance pourtant.

Des voix sortent de l'église, c'est la chorale, ils répètent pour le concours, en crescendo, c'est très beau. On dirait qu'ils ont laissé les portes ouvertes pour que leur chant s'envole dans le ciel, au-dessus des toits. C'est la part des anges, comme la soupe de Thérèse d'Avila.

Je marche vers les arbres, ceux qui poussent en allée et bordent le chemin du Bourde.

Je remonte la rive. Je traverse le pont. Tout devient plus sauvage de ce côté. Comme si le pont faisait frontière.

Il y a des cuvettes d'eau profonde, des gours froids dans lesquels on se glisse l'été, avec des rochers plats qui font office de plage.

Je pense à des choses. À ce que je ferai cet été.

J'entends des scies. Des bûcherons coupent du bois après le pont. Je les aperçois, ils ont une jument avec eux.

Un homme grimpe sur le sentier. Il a un chapeau et une veste en toile. Son pas est lent. Il porte quelque chose de lourd. Quand j'arrive à son niveau, je vois la tête, c'est une bête. Un renard. L'homme m'explique qu'il vient de le trouver sous les saules, après la grotte. Des chasseurs l'ont blessé et il est venu crever là. Lui, il ne supporte pas qu'on tue les bêtes alors il l'emporte sur la colline, tout en haut. Il va le donner aux rapaces afin qu'il serve encore à quelque chose.

La bête a une tache de poils très blancs sur le flanc. Il me montre. Il le couchera du côté opposé afin que les oiseaux voient la tache du ciel. Même s'ils sont hauts. Sa mort n'est pas une fin, ils viendront se nourrir. Le renard deviendra oiseau.

Il reprend sa marche.

C'est long de monter tout en haut avec ce poids. Dans le bois. Sous les arbres. J'entends son pas. Les branches qui craquent. Et puis plus rien. Plus de bruit. Comme si la forêt les avait avalés, lui et sa bête.

Je redescends jusqu'au coin de saules, là où le renard est venu crever. Un tapis de feuilles. Des écorces rouges. Un peu de sang. Hormis ce sang, je pourrais les avoir rêvés.

Et nous, ça part où, ce qu'on est, quand on meurt ? Est-ce que ça disparaît ? Ou alors ça passe à d'autres ?

Je reste avec les arbres tant qu'il y a du jour.

J'observe les gens. J'ai l'impression d'être derrière une vitre. La fille qui dormait sur le trottoir est devant la banque, elle tape frénétiquement sur le clavier du distributeur d'argent. Elle n'a pas de carte. Elle doit penser que ça peut marcher. Qu'on peut tenter le hasard. Peut-être qu'il y a une chance que ça marche ? Une sur un milliard ! Elle repart plus loin, avec son grand sac.

Dans l'après-midi, les employés municipaux ont déposé des planches sur la place, celles qui feront l'estrade de la fête. La fille leur tourne autour. Après, elle fouille dans la poubelle sous l'abribus. Un gamin passe, main dans la main avec sa mère, il mange une brioche. Il se retourne, regarde la fille. Tant qu'il peut, il la regarde.

Je pousse la porte du bistrot. C'est l'heure du soir où traînent ceux qui n'ont pas d'heure pour rentrer. L'atmosphère est moite. Il y a des ouvriers au zinc. Le patron parle avec eux de cet hiver qui n'en finit pas, du soleil qui brille bien sûr mais pas au point de chauffer, et de l'estrade qui va être montée. Il montre dans le journal : à Villeurbanne, un enfant en a tué un autre.

Y en a quatre, des potes, qui se font un baby-foot, avec la lampe carrée au-dessus, penchés, on voit leurs dos, ça cogne fort. Ils disent des choses obscènes quand ils marquent, à cause du sexe à la place du trou, ça fait marrer tout le monde autour.

Juliette est là. Avec Mehdi. Mehdi est sur la banquette en face d'elle. Il boit une bière. Il porte une veste sombre, le col brillant. Ils se regardent en se partageant une cigarette. La même cigarette ! Je n'y crois pas ! Je me fais un chemin dans la fumée, entre les chaises. Je trouve une table libre, près de la caisse. La patronne me dit bonjour. Elle tient son basset contre son ventre, sur ses genoux. C'est un chien long, court sur pattes. Il y a des rangées de bouteilles derrière elle. Au mur, elle a mis une nouvelle ardoise, 0,50 le verre, 1 franc si vous pouvez.

— Je te sers quoi ? Un coca ?

Je fais oui avec la tête.

Ici, on a tous nos habitudes. Pas besoin de demander.

Je les regarde de loin.

Juliette a le dos au radiateur. Elle porte un tee-shirt court, de grosses baskets aux lacets multicolores. Les jambes de Mehdi sont étendues sous la table et enserrent ses jambes. Et Juliette se laisse faire. Elle accepte ça ! Mehdi a eu beaucoup d'histoires, avec des filles, avec des femmes. Des femmes mariées. Et il est violent. Tout le monde le sait, elle aussi.

J'attends qu'il lève le camp. Quand il dégage, je la rejoins.

— Tu fiches quoi, là, avec lui ?
— Bonjour ma Jessou…
Elle a les yeux froids.
— Viens, on s'arrache, je dis.
Elle hésite, soupire. Remet son blouson.
Dès qu'on est dehors, elle a faim. Il y a un restaurant italien, rue de la République. En chemin, elle me jure qu'elle s'en fout de Mehdi, c'est juste qu'il la drague. Et qu'il la drague bien. Qu'il y a le désert dans sa façon de faire.
Elle veut repartir à zéro. Zéro, c'est avant la photo. Elle va brûler toutes les lettres qu'elle a reçues, les lettres d'amour, les cadeaux, tout ce que sa mère a gardé, même la petite robe, elle va la brûler, elle dit que ça ira mieux après. Il faudrait brûler sa mère, aussi.
Elle s'arrête brusquement, au milieu du trottoir.
— Je ne supporte pas quand tu es fâchée, Jessou.
— Je ne suis pas fâchée.
— Je ne peux pas vivre si tu l'es.
— Je te dis que ça va.
— Tu ne m'en veux vraiment pas ?
Une fois au restaurant, on commande des pizzas, une quatre saisons pour moi, une orientale pour elle. Une fois que les pizzas sont devant nous, Juliette lorgne la mienne. Moi, l'une ou l'autre, je m'en fiche.
— On échange, si tu veux.
Elle a envie de la mienne et aussi de celle qu'elle a choisie, alors elle dit :
— Non, on partage.
Et elle fait ça. Elle partage la sienne et je partage la mienne. Et on échange les moitiés, on se les fait passer par-dessus les verres. On noie nos pizzas de harissa. Le piment nous crame la bouche. On rit. On mange en se regardant au fond de nous, dans les yeux, comme si on était après une peur immense, juste après qu'un truc effrayant nous aurait frôlées.

La doyenne Tonia Astré a tiré sa révérence pendant qu'on était au restaurant, un voisin l'a retrouvée dans sa cuisine, assise sur sa chaise, devant sa soupe, emmitouflée dans trois manteaux.

Elle habitait impasse Leduc.

Ma grand-mère est triste.

— On dit qu'elle a attrapé froid le jour de la fameuse pluie et que depuis elle n'était pas bien.

Camille arrive en retard pour les essayages, c'est à cause de son diplôme d'esthéticienne, elle le prépare avec sérieux. C'est beaucoup de travail, des livres à lire, des notions à retenir.

Elle a commencé à isoler le sol de son fourgon, et ça aussi c'est du travail Son rugbyman l'aide, il va lui installer des étagères. Une fois son fourgon aménagé, son diplôme en poche, c'est sûr, elle parcourt les routes. Elle ira dans les villages reculés du haut pays et elle maquillera les femmes. Pas les femmes des villes. C'est son rêve, prendre soin des autres, celles qui ne savent pas qu'elles peuvent être belles.

On l'écoute. On la suit, l'imagine au volant de son van, dans les chemins tortueux, jusque dans les cuisines sombres où elle est attendue comme une fée. Elle est incroyable, Camille !

— C'est bien de vivre ses rêves, dit Boucle d'Or.

Boucle est en bout de table, elle coud, pique son aiguille dans le tissu, la tire.

— Moi, j'ai des rêves courts.

Elle parle à voix basse, comme pour elle.

— J'aimerais bien voir un film de sexe, un jour. Je n'en ai jamais vu.

On dirait qu'elle parle au fil. Qu'elle s'adresse à lui. Qu'elle coud ses pensées au tissu.

— Seins, sexe, bite, toutes les façons qu'il y a de dire ces choses quand on y réfléchit. C'est comme aller à New York, j'aimerais bien, aussi...

Elle tire sur le fil, l'aiguille entre pouce et index, l'auriculaire légèrement levé.

— Fellation, par exemple, il n'y a pas longtemps que je sais…
Enfin, je savais faire, mais pas le nom.

Elle sourit doucement.

Avec Camille et Broussaille, on se regarde.

Boucle continue son étrange monologue. Elle cause, il y a des choses qu'elle aimerait faire, mais elle ne sait pas pourquoi elle ne les avoue pas à Dany, alors que c'est son mari. Elle dit aussi qu'on peut tromper l'autre pour faire ces choses scabreuses auxquelles on pense parfois. Elle n'a pas envie de tromper Dany, mais de faire ces choses, oui.

Trois derniers petits points, elle coupe le fil avec ses dents. Vérifie son travail.

Et puis le volet claque, celui de la cuisine, alors elle se lève.

— Le vent, elle dit.

Elle va l'attacher.

Son fils se colle à elle. Ils se ressemblent, tous les deux, mêmes pommettes, mêmes yeux, mêmes cheveux. La même fragilité.

J'ai lu que quatre-vingts pour cent de ce que l'on est nous est transmis par nos parents. Il reste vingt pour cent. Vingt pour cent qui dépendent essentiellement de nous, ce n'est pas beaucoup mais c'est notre liberté. Avec ces vingt pour cent, on peut aller partout, quand ça nous chante, avec qui on veut.

On se secoue.

— Et avec ta Parisienne, ça se passe comment ? demande Broussaille en démarrant la Singer.

Au lieu de lui répondre simplement, j'imite Madame Barnes, quelques phrases moqueuses :

— "Il n'y a plus de classes sociales de nos jours, ma chère. Et on ne dit jamais bonjour sur un pas de porte, seulement à l'intérieur, et une fois les manteaux posés."

Elles rient.

Moi aussi.

Ça ne m'amuse plus de l'imiter. Je le fais, pourtant. À contrecœur.

— "Bien sûr, à l'achat, une étole de la marque Hermès est peut-être plus chère, mais la qualité fait qu'elle dure plus longtemps."

Du fond de la pièce voisine, le petit Paul parle tout seul.

Il répète ce que je dis.

Lui aussi imite Madame Barnes.

— La Tonia Astré était sans famille. Si on ne prend pas, c'est l'État qui prendra, l'État prend tout.

Ma grand-mère retrouve les autres vieilles dans la rue, elles se regroupent et, ensemble, elles vont chez la morte.

La maison est vide. La morte, on l'a emportée la veille. Alors elles prennent : la vaisselle, le linge, les draps, les rideaux, les chaises. Le maire sait. Il ferme les yeux. Il leur laisse une heure. Un pillage en bonne et due forme, en pleine ville. Les vieilles, toutes en noir, comme une volée de corbeaux, flap, flap, flap.

Quand on arrive, avec Juliette, elles sont parties depuis longtemps. À l'intérieur de la maison, il ne reste que le lit et la grande armoire, une nappe jaune sur le fil à linge et le chien dans la cour.

Juliette décroche la nappe, elle l'enroule en cape autour de ses épaules.

Elle me raconte qu'une Américaine est partie à pied de sa maison, vêtue d'une grande robe avec une capuche sur la tête. Une femme mariée qui marche, elle boit aux fontaines, elle mange ce qu'elle trouve et ce qu'on lui donne, dort dans des granges, parfois des gens lui prêtent un lit. Personne ne sait qui elle est ni où elle va, ni pourquoi elle fait ça, mais des femmes qui ont entendu l'histoire cousent la même grande robe et partent à leur tour. Il paraît qu'on en voit partout, au Mexique, au Pérou, et qu'on vient d'en voir une à Paris.

— Elles ont le visage caché, et on ne sait plus où est la première ni si elle marche encore.

Elle ramène le tissu doré sur sa tête.

— Je suis une de ces femmes.

Une femme, devenue des dizaines de femmes, la première effacée derrière les autres, et toutes ces femmes qui n'en font qu'une.

Elle revient s'asseoir sur la marche à côté de moi.

Elle regarde devant elle, la cour, le chien. Le chien a le poil long, épais et sale. Un gros collier en cuir usé.

Elle se serre contre moi.

— On se voit moins qu'avant, Jessou.

— Madame Barnes va s'absenter quelques jours, j'aurai plus de temps de libre, on ira au cinéma.

— Elle va où ?

— À Vézelay. Elle part dimanche.

Elle hoche la tête.

— Tu as vu, ils ont apporté les planches pour l'estrade.

— J'ai vu, oui.

— Mon père dit qu'elle sera plus grande que celle de l'an dernier.

— Il faudrait se renseigner. Connaître ses dimensions exactes. Pour s'entraîner en grandeur réelle. Un mètre de plus ou de moins, ça change le nombre de pas quand on défile.

On parle de l'ordre de passage qu'on n'a toujours pas défini. Et on met quoi comme musique ? Et le décor ? Il faut bien un décor ? Et où est-ce qu'on va se changer ? Il faudra prévoir un rideau ou un paravent, et des bancs pour poser nos affaires. Avec l'estrade, il y aura un escalier, on devra faire gaffe avec nos talons.

Le chien reste à distance. Il a peur. Il ne comprend pas. Ça doit lui faire une journée particulière, depuis la veille. Il doit se demander ce qu'on fait dans sa cour. Et pourquoi on le regarde. Et où est la Tonia.

Juliette lui lance des graviers pour l'obliger à bouger.

— On pourrait défiler carrément sur la route, dit Juliette.

— On pourrait... mais l'estrade, c'est mieux. Quand tu es en hauteur, tu as plus de force, je dis. C'est comme si... tu étais toi, mais renforcée d'une autre... d'une autre qui n'a pas peur, et ça change tout.

Elle me tapote le genou.

— OK, Jess, ça va, on fera ça sur l'estrade.

Elle se lève. Le soleil derrière elle la découpe en contre-jour, la fait ombre.

— Si on nous laisse choisir, dit Juliette, ce serait bien de défiler à la nuit tombée, on aurait des lumières artificielles, ce serait joli. Il faudrait qu'ils nous mettent une rampe de spots, des rouges, des verts, des bleus.

Je la fixe, soudain ragaillardie.

— Pourquoi "si on nous laisse choisir" ? On va aller leur dire ça tout de suite, que nous, on défile à la nuit. En début de nuit. Et avec les spots en couleur !

La mort de Tonia Astré n'aurait pas eu d'importance s'il n'y avait pas eu ce corniaud, ce chien de cour, sans race particulière.

Elles ont tout pris, les vieilles, elles auraient pu le prendre aussi. Avoir cette pitié.

En fin de journée, je lui prépare à manger, un mélange de pâtes et de viande en boîte. La boîte, je l'ai achetée au Casino. Je lui apporte ça, un peu tiède.

Quand j'arrive au portail, il est assis sur son cul, il fixe la porte. La porte est fermée. Il attend que le loquet bouge, que la Tonia sorte.

Elle ne sortira plus, la Tonia.

Je m'avance vers lui.

Je lui fais sentir les pâtes. Je lui parle. Il tremble. Je lui caresse le cou. Il ferme les yeux. Je mets l'assiette sous son museau.

Il ne veut pas manger.

Il y a un robinet dans la cour, je remplis sa gamelle d'eau. L'assiette à côté.

Je reviens le lendemain matin.

Il n'a pas touché aux pâtes mais il a bu l'eau.

Il fixe le volet de l'étage. Ça doit commencer à arriver à son cerveau, qu'il y a un problème pour lui.

J'ai apporté une nouvelle pâtée, encore un peu tiède. Il lèche le jus.

Le soir, je reviens. Il tourne la tête quand j'entre.

Il renifle l'assiette.

Et il mange.

Je lui promets de revenir demain. Et je reprends gaiement l'impasse Leduc.

Arrivée au bout, je me retourne, le chien est là. Il me suit. Je suis certaine d'avoir bien refermé le portail. Il a dû se glisser sous le grillage du jardin.

Je m'arrête. Il s'arrête. Je lui crie de retourner chez lui. Je n'aurais pas dû le caresser. Lui laisser croire qu'il pouvait compter sur moi. Que j'allais l'aimer. Il fallait juste poser la gamelle dans la cour pour pas qu'il crève.

Je repars. Rue Rouge, rue Poterne. Je cours. Je me planque. Je finis par le semer. J'arrive chez moi, dans le couloir, je ferme la porte, la loge, je monte jusqu'à ma chambre, je jure de ne plus remettre les pieds là-bas.

Le lendemain, le chien est là, à côté de l'abribus. Les gens lui passent à côté, on dirait que personne ne le voit.

Marius est garé devant la grille. Il attend. Madame Barnes me confie ses clés, le trousseau, portail et porte. Elle a laissé sur la table le numéro de téléphone de sa cousine à Vézelay pour le cas où il y aurait un problème.

Je dois venir ouvrir les volets tous les jours. Et ne pas oublier d'être là quand les gens de la salle des ventes viendront récupérer ce qui a été sélectionné. Ne pas hésiter à l'appeler.

Je l'aide à porter son sac et le carton avec les cadeaux pour la cousine.

Je la regarde partir.

Un petit signe de la main.

Il est à peine 10 heures.

Quand je me suis levée, le chien était là. Et il est encore là quand je rentre. Couché, la truffe sur les pattes. Pour l'éviter, je passe par-derrière le local à poubelles.

Moreno pourrait le chasser, faire comme avec les pigeons, mais il lui fout la paix, on dirait qu'il ne le voit pas. Que le chien n'est visible que par moi.

Ma mère a invité sa famille. Ils arrivent à midi, endimanchés, avec fleurs et gâteau. Mon oncle Que-Que est du mouvement, avec sa femme, il me dit bonjour comme il fait toujours, avec sa main chaude sur le creux de ma hanche. Il pince doucement. Et le regard qui va avec. Le tout en quelques secondes. Pendant que sa femme donne les fleurs à ma mère.

Toute la famille. Douze personnes en tout.

Après le dessert, ils sortent pour une courte promenade en ville.

Les assiettes sales, les verres, tout reste sur la table. Les serviettes, la brioche aux pralines, les tasses de café sur la nappe blanche, la mousse au chocolat. On dirait que des gens mangeaient et qu'ils sont partis précipitamment, tous aux abris, comme du temps de la guerre quand il y avait un bombardement.

Il y a de la vaisselle plein l'évier, des assiettes, les plats qui ont contenu la viande, le gratin.

Je débarrasse la table. Je lave. J'essuie. Je range. Les assiettes plates. Celles à dessert. Les verres à vin dans le buffet, porte de droite.

Les agendas de mon père sont là, bien classés dans le fond du placard, derrière les flûtes à champagne. Le dernier, celui de cette année, est posé à plat sur les verres.

Je le sors pour glisser les verres à leur place.

La couverture est cartonnée. L'année, 1985, gravée en doré.

Je pose l'agenda sur la table. Je range les verres. Ce sont des verres anciens, je fais attention à ne pas en casser un. Ni à les fêler.

Je reprends l'agenda. Comment est-ce qu'il a raconté la mort de Daval ? Et a-t-il parlé de la Tonia ?

Je fais tourner les pages. Je m'arrête sur la dernière : "Aujourd'hui, il n'y a pas eu du bien beau temps, il n'y a pas eu de soleil, le ciel est resté couvert toute la journée et par moments il était véritablement noir, on aurait cru qu'il allait tomber de l'eau à foison. Sinon, rien de spécial."

Le jour d'avant : "Rien de spécial aujourd'hui. Le temps reste le même qu'hier, avec du 8 degrés au matin, et 13 quand même l'après-midi."

Page d'avant : "J'en ai bientôt fini avec mon mur mais l'enduit sèche mal, j'ai beau talocher, c'est du mauvais travail. Mort de la Tonia Astré, elle s'est éteinte devant son assiette, sans souffrance, une belle mort."

Je lis d'autres jours : "Je suis toujours avec mon mur. Ça n'avance pas vite. Trouvé un coléoptère rare. Mort du voisin Daval, il s'est jeté dans le puits."

C'est très bizarre, un peu toujours la même chose, beaucoup de lignes sur le ciment et le temps qui influence sa prise.

Je change d'agenda. L'an dernier, le jour où je suis partie de la maison pour aller vivre avec Antoine. Ce jour-là, mon père écrit : "La journée a été assez belle pour la saison, il n'y a pas eu de pluie ni de soleil, le ciel a été gris toute la journée, mais il n'y a pas eu de chaleur non plus, enfin une véritable journée d'automne."

Rien de plus. Pas un mot.

Qu'est-ce que j'attendais ?

"Le chantier du Moulin est fini, je suis bien content du résultat même s'il a fallu raboter sur le tour des fenêtres. On a dîné chez Jacques, il y avait des champignons avec du bon pain. Pour le temps, rien de changé, le ciment sèche bien."

Autre jour : "J'ai commencé à couler un mur chez le médecin. J'ai trouvé un gros insecte, 20 mm environ, une sorte de scarabée à cornes, impossible de savoir ce que c'est."

Trois pages plus loin : "Le médecin m'a donné une encyclopédie des insectes. On a agrandi le salon en prenant la chambre de Jess."

Plus loin : "Grâce à l'encyclopédie du médecin, j'apprends des choses. En ce qui concerne le scarabée à deux cornes trouvé au théâtre, il s'agit d'un *Cryphaeus cornutus*, enfin il me semble. Certainement un mâle."

Je cherche, aux dates importantes, celles des anniversaires, des fêtes. Il écrit presque toujours la même chose : "J'ai commencé à remonter le mur du couvent." "J'ai continué à remonter le mur." "Le mur est fini de remonter."

Dans la monotonie des jours, parfois, une lumière : "On a passé le dimanche à la montagne, on a pique-niqué au bord d'un torrent, l'eau était froide, ça nous a fait du bien."

Dans les agendas plus anciens, le jour de mes vingt ans : "On est allés chez Lepic, on a fait des provisions, on a acheté un gros gâteau et une bouteille d'Orangina car c'est l'anniversaire de Jessica. Elle a trouvé le gâteau très bon. Dans l'après-midi, il y a eu seulement 11 degrés."

25 décembre : "Ce matin, il a neigé un peu, des beaux flocons mais cela n'a pas duré, quant à la température, elle n'a guère varié, il y avait -1, dans la journée -3, et ce soir -1. Je suis toujours après mon mur."

1980. 24 février : "Ce matin, le ciel est légèrement brumeux mais le soleil veut sortir et je crois qu'il va faire une belle journée, quant au grand-père la situation n'est pas brillante il s'en manque. Le docteur va venir, on va voir ce qu'il en pense."

Le 25 : "Il fait encore bien froid aujourd'hui, ce qui ne va pas aider au travail. Le père est passé dans la nuit, il a beaucoup souffert. Le curé est venu. On l'enterre demain. Espérons qu'il ne fera pas trop froid."

Le 26 : "On a enterré le père. La journée a été pénible."

Année 1977. 18 mars : "Ce matin, il a encore fait froid, il a gelé à -7. Dans la journée, il a fait un peu meilleur avec le soleil, mais malgré cela il n'y a pas beaucoup de chaleur car la bise souffle fort, il y a eu +8. Le ciment a fini par sécher."

Les pages.

Les jours.

La vie.

La vie de mon père.

21 mars : "Cette nuit il n'y a pas eu de gelée, ce matin il y avait +1 mais le temps est couvert et à midi la pluie est venue, une petite pluie fine et pas chaude, il y a eu 4 degrés."

10 juin : "Acheté trois sacs de ciment pour 10 francs. Je suis toujours après mon mur mais le temps chaud ne fait pas du bon travail."

Il parle du mur qu'il monte. Mais lequel ? Quel mur ? On dirait qu'il monte toujours le même.

12 juin : "Ce dimanche, il a fait très beau, on a fait une sortie en famille car Thierry s'est marié. Un beau mariage, on a bien mangé."

Je reprends celui de l'année dernière. Le jour où Antoine m'a quittée. Je leur avais téléphoné, en larmes. "Pour aujourd'hui, on ne peut rien dire de nouveau, le temps est humide, le ciment ne sèche pas, il s'en manque. La pelleteuse a creusé la piscine de ville, je vais tirer la chape. J'ai trouvé un beau scarabée doré derrière les poubelles, ça a fait une jolie journée."

Je tourne les pages. Presque tous les agendas sont sur la table.

"Avec la mère, on est allés manger ce dimanche au restaurant de la Cascade. Il a fait beau, quoique un peu frais."

"La mère a remonté de la cave les géraniums de l'an dernier et les a mis à fleurir sur les balcons."

17 octobre : "La mère a redescendu les géraniums à la cave."

Mars de l'année suivante : "Il pleut. Heureusement, les géraniums fleurissent, ça fait de la couleur."

Il dit les jours. Et les jours sont balayés. Il en vient d'autres, presque identiques, qui sont emportés aussi, se fondent à leur tour dans une impressionnante et vertigineuse monotonie.

Comme si le même jour recommençait.

Qu'est-ce que j'attendais ? Qu'est-ce que j'imaginais ?

Je lis d'autres pages. Un as du quotidien, mon père. Le pro de la répétition. Et pourtant c'est beau, va comprendre, comme un long texte qu'on te murmure à l'oreille, qui finit par ne plus avoir de sens mais que tu veux écouter encore.

J'entends des voix dans l'escalier, je ramasse les agendas, je les remets tous à leur place, dans le buffet et dans le bon ordre, le dernier à plat sur les verres.

— Ça ne va pas ? On dirait une revenante, dit ma mère en poussant la porte.
Et tout de suite après, en s'adressant aux autres :
— On pourrait faire une belote, vu qu'on est huit ?
Déjà, mon père sort les cartes avec les jetons, les tapis.

Un client rentre au milieu de la nuit, celui de la 27, il monte l'escalier, les marches craquent, ça me réveille. Impossible de me rendormir. Je tourne dans mon lit. Je finis par me lever. Je me mets à la fenêtre. Le ciel est noir avec beaucoup d'étoiles. La place est vide. Les platanes se découpent, leurs troncs clairs, leurs branches encore nues. On dirait des statues.

Et puis je le vois, le chien. Celui de la Tonia. Il est là, sous l'abribus, assis, dans cette nuit immobile.

Dans la lumière de lune.

Une lune vive, brillante, dans un ciel froid. Avec des étoiles partout. Et la ville dessous.

Et le chien.

Mon père part au travail.
Ma mère s'attarde au lit.
Le jour se lève.
Le chien est là.
Ça fait deux jours.

Le troisième matin, il a disparu.
Je le guette. Je descends. Je l'attends. Je le cherche. Partout. Je retourne dans sa cour, je demande aux voisins : "Vous l'avez vu, le chien ?"
Je lui laisse de la viande.
Je lui remets de l'eau.
Dans sa cour. Pour s'il revient.

Je pars dans les ruelles. Dans les jardins. Partout où, si j'étais un chien, il me semble que j'irais. Dans le verger du prieuré. Je demande au garde municipal, quelqu'un l'a peut-être récupéré. Ou alors la fourrière ?

Les chiens, ça ne peut pas vivre seul, ça a besoin de quelqu'un.

Je passe chez le vétérinaire. Je vais même au cimetière, sur la tombe de la Tonia. Quelquefois, les chiens peuvent faire ça, retrouver leur maître après leur mort.

Un jour, ici, c'est l'inverse qui s'est produit, un homme est mort de douleur trois jours après son chien.

La clé est sous la pierre.

J'ouvre la porte.

Les employés de la salle des ventes vont passer. Je les attends. La maison est silencieuse sans Madame Barnes. Elle est étrange. Je me fais un café.

Je me promène dans la maison.

Il y a des tickets de loterie sur la table, ils sont grattés.

Le camion arrive, avec un gros ventru et un petit maigre. Le commissaire-priseur est avec eux, il est déçu, il pensait voir Madame Barnes, en avoir le plaisir. Ils vont emporter tout ce qui est convenu et qui est écrit sur la liste, le piano, les draps en lin, la lourde table du salon, la commode, une série de photos de l'usine, le service d'assiettes de porcelaine et les tableaux que Madame Barnes a pris soin d'emballer.

Ils commencent par le piano. Je fais attention à ce qu'ils ne cassent rien. Ils mettent tout dans des cartons, enveloppent dans des couvertures.

La table est très longue et très lourde, ils ont des difficultés pour la faire sortir et aussi pour la hisser dans le camion. Je les suis jusqu'à la route.

J'entends grincer la grille, c'est Juliette, elle remonte la petite allée. Qu'est-ce qu'elle fiche ?

Je la rattrape sur le palier.

— Madame Barnes ne veut personne dans sa maison.

— S'il te plaît…

Elle s'est engueulée avec ses parents, des dingues, elle tape du doigt contre sa tempe. Me raconte leur dispute. Elle insiste. Qu'on se voie. Qu'on se parle un peu.

— Tu avais dit que tu prendrais du temps…
Je cède.
— Cinq minutes.
Une fois dans le couloir, elle fait comme chez elle, elle veut prendre une douche, elle connaît la maison. Elle porte des chaussures à semelles compensées, elle les fait sauter dans le salon, monte à l'étage.

J'entends couler l'eau. Je n'aime pas ça. Qu'elle fasse ça. Qu'elle soit là, nue, à l'aise. Les gars ont fini de tout charger, ils m'appellent, je les rejoins au camion, je leur signe un reçu, au revoir messieurs, ils gardent un double.

Quand je reviens, Juliette est devant la télé, le corps enveloppé dans un drap de bain.

— Tu ne peux pas rester, je dis.
— J'ai faim. T'aurais pas un truc ?
Je lui propose la cafétéria, mais elle ne veut pas bouger.
— On est trop bien, ici.
Elle passe dans la cuisine. Il reste du jambon dans le frigidaire et du pain de mie dans le placard. Elle engloutit tout.

Elle revient dans le salon. Se remet sur le canapé. Les pieds sur le coussin. Elle les masse. Le dos courbé.

Elle parle de Camille. Elle dit que Camille se leurre si elle croit que son fourgon va lui apporter la liberté, qu'elle se met le doigt dans l'œil.

— Moi, je pense que c'est un beau projet.
Elle glisse du coton entre ses orteils pour les tenir écartés. Elle a pris le flacon de vernis rouge vif de Madame Barnes.
— Faut pas te gêner.
— Je ne vais pas le vider…
Elle passe le pinceau sur l'ongle de son gros orteil.
— Tu veux que je te dise… Je n'ai pas trop aimé la façon dont elle a insisté pour avoir l'abri de jardin de mon père.
— Elle n'a pas insisté, elle te l'a juste demandé.
— Devant vous toutes, pour m'obliger à dire oui, ou que je passe pour la mauvaise copine.

Elle vernit l'ongle suivant, lentement, en faisant attention à ne pas déborder. Ses cheveux brillent, ils sont vraiment très noirs.

— Et Broussaille, son môme, elle vous a dit qui c'est le père ?
— Non.
— Si tu savais, tu me le dirais ?
— Je te le dirais, oui.

Elle souffle sur le vernis. Change de pied. Je n'aime pas du tout la tournure que prend sa visite.

— Fais gaffe au divan…
— Et toi, fais gaffe avec la Barnes.
— Pourquoi tu dis ça ?
— Parce que tu es naïve. Elle te manipule. Elle s'en fiche, de nous, toi ou moi, pour elle c'est pareil, elle veut juste des bonniches à son service.
— Je ne fais pas la bonniche.
— Un p'tit peu quand même.

Elle glisse le pinceau dans le flacon.

— Broussaille dit que tu es fascinée par l'argent.

Ça me fait bien rire.

— Je ne crois pas, non !

Elle me regarde, avec ses cheveux qui font rideau.

— Tu t'occuperais d'elle comme ça si tu ne la savais pas blindée de tunes ?
— Elle n'est pas blindée de tunes.
— Je formule autrement : est-ce que tu te serais occupée de la Tonia Astré de la même façon si elle avait eu besoin ? Hein ? Tu ne réponds pas ? Donc Brousse a raison.

Elle souffle sur ses ongles.

— C'est quoi, cette bague ? je demande.

Elle écarte les doigts.

— C'est du diamant ! Un solitaire exceptionnel. C'est Mehdi qui me l'a offert. Il veut m'épouser. Tu penses que je devrais dire oui ?
— Tu n'es pas sérieuse ?
— Pourquoi pas ?

Elle approche la bague de mon visage pour bien me la montrer. L'éclat brille dans la lumière de la lampe.

— Ce n'est pas du diamant, je dis.

Elle retire sa main.

— Tu dis ça parce que tu es jalouse.

— Je ne suis pas jalouse. Ta bague, c'est de la pacotille.
— Comment tu peux savoir ?
— Ce n'est pas ça, l'éclat du diamant.

Elle éclate de rire.

— Parce que tu t'y connais, toi, en éclat de diamant ?! Dis-moi comment c'est, alors, miss princière ?
— C'est vivant, comme la lumière d'un regard quand quelqu'un qui t'aime vraiment pose ses yeux sur toi.

Elle siffle.

— Ben dis-moi... Pour quelqu'un qui n'en a jamais vu, tu en causes bien.

Ça me vexe qu'elle se moque de moi.

— Bouge pas.

Je monte à l'étage, dans la chambre de Madame Barnes, j'ouvre le tiroir, je glisse la main, je sens la bourse. Je la sors. Je l'ouvre.

Juliette m'a suivie. Quand je me retourne, elle est là, dans l'encadrement de la porte.

Elle regarde le collier, elle tend la main.

— Bas les pattes, je dis.

Je lui montre le serpent.

— Ça, les yeux, c'est du diamant, tu la saisis, la différence ?

Elle hoche la tête. C'est une évidence, sa bague est terne à côté.

— Ton Marocain, pour voir ta culotte, il t'a offert du toc.

Le mot "toc" lui fait mal. Elle relève le menton. Fait une petite moue.

— On dirait que ça te fait plaisir ?
— Non, même pas.

Le téléphone sonne. Je remets le collier dans la bourse. La bourse dans le tiroir. Je redescends. C'est le commissaire-priseur, il veut savoir si Madame Barnes sera présente à la vente. Qu'est-ce que je peux lui répondre ? Non, sans doute pas. Parce qu'il connaît quelqu'un d'intéressé pour la Jaguar, si elle décidait de la vendre.

— Je lui dirai.

Juliette est revenue dans le salon, elle regarde les trophées de chasse au mur.

— Des barbares, ces Barnes.

Elle a branché le transistor, tourne la molette, cherche les ondes, de la variété. Quand elle trouve, elle monte le son.

J'ai envie qu'elle s'en aille.

Elle se sert un whisky, passe dans la cuisine, met des glaçons dans une coupe. Revient dans le salon. La coupe sur la table. Elle boit une gorgée. Me tend son verre.

— Tu veux goûter ?

Je fais non avec la tête.

Et je me fige.

Je m'approche.

— Tu enlèves ça.

Ça jette un froid. À cause du collier, elle l'a repris dans le tiroir, elle le porte autour de son cou.

Elle repousse ma main.

— Hé, doucement, mademoiselle !

Elle s'échappe. Dit qu'elle ne va pas l'user. Me nargue. Du bout du doigt, elle soulève la queue du serpent.

— Regarde plutôt comme il rend bien, sur moi ! Bien mieux que sur elle.

— Retire-le.

— Tu fais les gros yeux, j'ai peur.

La tête reste sur son doigt. L'œil de diamant brille dans la lumière.

— Juliette, s'il te plaît, sois gentille.

Elle se laisse tomber sur le divan.

— La gentillesse, c'est comme d'arroser dans le désert, pschitt, ça ne sert à rien, l'eau fout le camp.

Elle me regarde. Elle me sourit, se radoucit.

— Laisse-le-moi, s'il te plaît. Cinq minutes. Juste pour l'impression. OK ? Tu me dois bien ça.

— Je te dois quoi ? Je ne te dois rien.

Elle prend un glaçon dans la soucoupe, le pose sur la table, elle le promène avec son doigt.

— Si, tu me dois. Parce que c'est moi qui devrais être là, à ta place.

Le glaçon fond sur la table, laisse une trace mouillée.

— Combien elle a de baraques, la Barnes ? Deux ? Trois ? On pourrait lui prendre un peu de fric, lui voler sa bagnole…

— On pourrait, oui, et finir en taule, aussi.
— Tu vois tout en noir.
Elle a un drôle de sourire.
Je n'aime pas la tournure que prennent les choses.
Elle continue, d'une voix tranquille, me reproche d'être vaniteuse, d'écraser les autres, de l'écraser elle. Parce que ce job, c'était le sien à la base. Elle revient là-dessus. Elle recommence.
— C'était mon job et tu me l'as pris.
— Tu m'as demandé de te remplacer.
— Mais c'était *mon* job. Bon, je m'en fous, maintenant, mais c'est la vérité des choses.
Elle regarde autour d'elle.
— Il suffirait qu'elle nous donne un peu de fric, ou qu'elle nous en prête, on irait à Paris et on tenterait notre chance. Tu ne pourrais pas lui demander ça, qu'elle nous prête un peu de tunes ? Tu lui signes un papier, une reconnaissance de dette, elle t'aime bien, toi, elle ne te le refusera pas.
— C'est Mehdi qui te met ces idées dans la tête ?
— Je n'ai pas besoin de Mehdi pour penser.
Elle se gratte le bras avec ses ongles.
— Tu dors là, cette nuit ?
— Non.
— Tu me laisserais y dormir ?
— Certainement pas.
Elle remet ses chaussures, se penche, attache les lanières.
— Tu fais ta gentille devant les autres, comme ça, toujours, pour qu'on dise de bonnes choses sur toi. Broussaille, oui, Boucle aussi, elle est gentille, mais pas toi. Toi, tu n'es pas une gentille, tu veux juste qu'on t'aime parce que tu as peur d'être seule, ça te terrifie, c'est ça ton problème.
Elle énumère des reproches anciens, des petits trucs qu'elle a gardés en mémoire, elle en fait presque une liste.
— Tout le monde peut faire ce genre de liste, je lui dis.
Je perds soudain le sens de qui on est. Du lien qui nous unit. Cette amitié profonde, indestructible.
Même s'il y a du vrai dans ce qu'elle dit.
Je la regarde.
— Va-t'en.

Elle hoche la tête. Elle ramasse son sac, s'avance vers le couloir. Je la rattrape quand elle arrive à la porte.

Je tends la main, la paume ouverte. Elle ricane.

Elle décroche le collier de son cou, le tient entre pouce et index, elle le fait danser devant mon visage, au-dessus de ma paume, et elle le décale juste avant de le lâcher, le collier tombe par terre devant moi.

En sortant, je donne des coups de pied dans les feuilles.

Je n'aurais pas dû la laisser dire que je lui devais bien ça, non, je n'aurais pas dû. Dans le classement des gens, je suis quelqu'un qui se tait. Mon éducation m'a enseigné des règles simples, l'une d'elles est de ne jamais faire de vagues, du coup mes colères restent incrustées.

Je croise monsieur Perruchon, il me cause de ses chats.

Je l'écoute poliment.

C'est vrai que je suis une fausse gentille ? Sur ce point, peut-être que Juliette n'a pas tort.

Mais je ne suis pas sûre que Madame Barnes soit tant blindée de tunes qu'elle le dit.

Camille a commencé à peindre un côté extérieur du fourgon. C'est Tommy qui lui a trouvé la peinture, un rose bonbon, spécial fer, antirouille et à haut pouvoir couvrant. Idéal pour un camion d'esthéticienne.

Elle me montre.

Je trouve ça un peu rose.

À l'intérieur, elle fera tout, manucure, maquillage, soins du visage, épilation. Elle veut peindre les mots ESTHÉTIQUE À DOMICILE, sur le rose, en grandes lettres bleues, en travers de la tôle. Elle doit aussi prévoir un chauffage pour l'hiver. Elle s'y voit déjà, au volant, à parcourir les chemins étroits du haut pays. Au début, elle fera un peu de publicité et après, les gens parleront d'elle, il y aura un bouche à oreille.

Je l'écoute.

Je la regarde. Elle a déjà acheté un guéridon et deux tabourets. Il lui faut une table spéciale pour les épilations, et des crèmes pour tous les types de peau, et des vernis, du maquillage. Elle a des économies, mais ce n'est pas suffisant. Heureusement, son rugbyman l'aide.

L'espace est petit, il faut donc que tout soit beau et confortable. Une fois à l'intérieur, on devra oublier qu'on est dans un fourgon.

En rentrant, je pense encore un peu au chien.

Ma mère m'a appris qu'il existe seulement deux couleurs, le noir et le blanc : si je suis sage, j'obtiens des récompenses et le père Noël m'apporte des cadeaux, c'est *blanc*, et si je suis méchante le Bon Dieu me punit, *noir*. Si je travaille bien à l'école, j'ai un métier, *blanc*, sinon, etc.

Pas d'entre-deux. Depuis ma naissance, je vis dans ce monde bien défini où les gens de ma famille sont les bons, quelques voisins sont respectables, les clients de l'hôtel sont hors jugement et le reste n'existe pas.

Les méchants sont les ombres, on n'en parle pas.

Et Juliette ?

Juliette est la préférée. Depuis toujours. Depuis qu'elle est née.

Contre toute attente, elle revient le lendemain chez Madame Barnes. Elle est gonflée ! Je viens d'ouvrir les volets. Pas question qu'elle entre. Après ce qu'elle a fait hier, la façon dont elle s'est comportée avec le vernis, le collier,

Dès que je la vois à la grille, je sors. Elle est toute chamboulée. Tout de suite, elle s'excuse. Elle est désolée. Vraiment. Elle n'a pas dormi de la nuit. Elle regrette. Cette histoire, la photo, ses parents, tout ça ! C'est sa mère qui lui a monté la tête. Monté, ou démonté ? Même Mehdi. D'ailleurs, c'est fini avec Mehdi, elle lui a rendu sa bague en toc. Elle n'a pas couché avec lui, elle me le jure. Elle s'en veut tellement de s'être laissée embarquer dans toutes ces histoires. Elle a l'air sincère. Je finis par la laisser entrer. Une fois à l'intérieur, elle se tient tranquille.

Elle se pelotonne en bout du divan, comme en visite.

On parle de la maison, de qui va pouvoir l'acheter. Du chien de la Tonia Astré, elle l'a aperçu en venant, dans une rue.

Il y a un livre posé sur la table basse, *Pauvre et saint curé d'Ars*, Madame Barnes devait le donner à sa cousine.

Juliette l'ouvre. Un marque-page, "Souvenir de communion".

Une phrase est soulignée de deux traits. Elle la lit à haute voix :

— "Il viendra un temps où les hommes seront si las des hommes, qu'on ne pourra plus leur parler de Dieu sans les faire pleurer."

Elle soupire.

— Ça a dû lui faire bizarre à cette nana, quand même, elle dit en montrant le marque-page.

— Pourquoi tu dis ça ?

— La Vierge Marie… Imagine, tu es peinarde chez toi, à lire un bouquin, un ange atterrit sur ta terrasse et te demande si tu es OK pour porter l'enfant de Dieu, et toi, pas méfiante, tu dis oui. Et après… Elle aurait pu en parler à ses copines, hein ? Leur demander leur avis. Les copines, c'est quand même plus important que les anges.

Elle remet l'image à sa place.

— Si ça se trouve, Broussaille, c'est pareil, elle a reçu *la* visite et elle porte le deuxième enfant de Dieu. Ça fera un frangin à qui, alors ?… Au Christ ? Un demi-frangin, vu qu'ils n'ont pas la même mère. Un frangin ou une frangine, on ne sait pas encore.

Elle referme le livre. Le repose sur la table.

Elle s'allonge, sa tête sur mes genoux. Je regarde son visage.

Elle veut qu'on parte ensemble. Qu'on s'en aille de là. Toutes les deux. Maintenant, tout de suite. Ou bientôt. Elle ne sait pas où.

Parce que c'est dangereux de rester.

— On pourrait aller à Paris ? Au soleil ? Tenter notre chance.

— Paris, ce n'est pas le soleil.

— Je dis Paris mais il n'y a pas que Paris.

Elle parle de cette vie qu'on pourrait avoir ailleurs.

— On prendra un train.

Elle dit *on*. Pas *je*. Elle m'inclut à son destin. Du coup, elle fait de son avenir le mien. Comme quand il nous fallait longer le mur terrifiant du pensionnat, je bloquais, elle me prenait la main, elle disait : "Viens, on n'a rien à craindre tant qu'on reste ensemble."

Elle parle de nous, de tout ce qu'on a encore à partager, nos trente ans et la suite, tous ces jours à vivre, d'aujourd'hui jusqu'à quand on sera vieilles.

Juliette a toujours eu un temps d'avance sur moi. Elle m'a tout appris, comment on fait les enfants, le corps, tout ça.

Aujourd'hui, elle m'apprend l'idée de partir.

— Jess, si on reste, on va finir comme nos mères, par dépendre d'un homme.

— Ma mère ne dépend de personne.

— Ta mère, oui.

Je caresse ses cheveux, depuis qu'elle les a teints, ils sont brillants, mais la teinture épaisse les gaine de noir, les rend poisseux.

— Peut-être que, quelque part, il y a une fille qui parle aussi de partir et qui pense qu'ici, c'est un bon endroit où aller.

— Ici, chez nous ?

— Oui.

Elle rit.

— Tu penses vraiment qu'une fille peut rêver d'ici ?

— Pourquoi pas.

J'écarte ses mèches. Je caresse son visage, ses lèvres, son menton, ses joues bombées, ses paupières si fines. Sa peau est fraîche. Juliette est imprévisible, c'est une peste mais moi, je l'aime.

— J'aimerais être belle comme toi.

— Je ne suis pas belle.

— Si, tu es belle.

— Non, je suis sexy, je plais aux hommes, ils veulent me baiser, c'est tout.

— J'aimerais être toi, deux ou trois jours, pour voir ce que ça fait, que des inconnus se retournent sur moi, me sifflent dans la rue…

— On te siffle !

— Moreno, oui… Et le balayeur des rues, le vieux vicieux, il arrête de balayer quand je passe et il murmure : "Chaleur…"

Elle répète le mot "chaleur", plusieurs fois, en riant.

Je la regarde rire.

— Tu te souviens, un jour, des gars sur un chantier, ils ont arrêté de travailler et ils t'ont tous sifflée, même ceux qui étaient sur la grue.

— Non, je ne me souviens pas… Et pour tout te dire, ces mecs qui sifflent, ça m'agace.

— Parce que ça t'arrive souvent.

Elle me regarde, très sérieuse.

— Tu voudrais qu'on te siffle ?

— De temps en temps oui, j'aimerais bien.

— Jessou…

— Quoi ?

Elle secoue la tête, de gauche à droite, plusieurs fois, comme le fait Madame Barnes quand je la désole de quelque chose.

— Eh bien moi, j'aimerais être toi.

Elle me fixe dans les yeux en disant ça.

Ça me fait rire.

Pas elle.

— Je t'envie vraiment, elle dit.

Sa tête est toujours posée sur mes genoux.

— Qu'est-ce que tu peux bien envier chez moi ?

Elle fait danser ses doigts.

— Celle que tu vas devenir, Jess.

Elle parle avec tellement de gravité.

Elle continue.

— Toi, tu voudrais juste prendre mon apparence pour deux ou trois jours.

Elle se redresse, me regarde.

— Tu as un truc particulier, Jess, quand tu l'auras trouvé, fonce, et jusqu'au bout de ta vie, ça ira pour toi.

Elle reprend sa place.

Je caresse son front, ses cheveux, je sens les battements de son cœur sous ses tempes.

— Tu ne voudrais pas qu'on les lave, qu'on enlève tout ce noir ?

— Ça te ferait plaisir ?

— Oui.

Elle se lève d'un bond. Grimpe à l'escalier.

Au même moment, le téléphone sonne, c'est Madame Barnes, elle veut savoir si tout va bien. Je lui réponds que oui, absolument, rien d'anormal. Deux-trois autres questions. Après, je retrouve Juliette à l'étage. Dans la chambre de Madame Barnes.

— Tu fais quoi, là ?

— Je regarde la rue.

Elle passe dans la salle de bains, retire son pull, place une serviette sur les épaules. Elle me tend le shampooing et elle se penche sur le lavabo, la tête sous le robinet.

Je lave. Je rince. Plusieurs lavages à la suite. La teinture laisse des traces noires sur la faïence. Je frotte fort et je rince tant que ça coule sombre. Après quelques lavages, l'eau devient plus claire.

Je ne parviens pas à faire revenir sa blondeur naturelle. Il faudrait frotter encore mais Juliette a mal au dos.

Elle enroule la serviette autour de sa tête. Elle ramasse son pull et elle redescend.

Je nettoie les traces noires sur le rebord du lavabo. Après, j'entre dans la chambre de Madame Barnes et j'ouvre le tiroir, je vérifie que le collier est toujours au fond, dans sa bourse de velours. Je glisse la main.

Je m'en veux de faire ça. De douter. Mais disons que je suis un peu obligée.

Le collier est bien là. Elle ne l'a pas pris.

Je referme le tiroir.

Et je me ravise. Je prends la bourse, le collier à l'intérieur. Je cherche un endroit où la cacher.

J'ouvre l'armoire. Elle est pleine de vêtements.

Je la glisse sous les écharpes.

Je retrouve Juliette dans le salon. Elle s'est endormie sur le divan. Elle dort profondément. Je dois la secouer.

— Allez, on y va.

Je ferme la porte à clé.

La clé sous la pierre.

Aux informations du soir, on parle encore de l'affaire Grégory, de l'enquête qui continue. Juste après, on nous montre Lady Diana toute souriante qui inaugure une école en Afrique.

Je dis ce qu'il ne faut pas, comme quoi, si j'étais princesse, j'ouvrirais une réserve pour soigner les bêtes.

Ma mère me regarde.

— Les enfants, c'est bien plus important que les bêtes.

— C'est pareil, je réponds.

— Ah oui, tu crois ça !

Alors elle développe :

— Les bêtes ça n'aide en rien, ni à faire la vaisselle, ni à plier les draps. Et quand tu seras vieille, tu peux rire, ça viendra, tu verras bien, tes bêtes...

Je ne discute pas.

Je touche son épaule. Elle s'écarte un peu.

Avant, pour moi, c'était important qu'elle comprenne ce que je ressentais. J'essayais de lui parler, de lui expliquer, par petites touches, pas longtemps.

Je la regarde, son dos maigre sous la blouse de nylon. Et pour la première fois, je renonce.

Elle en a assez des informations, elle change de chaîne. Un film. Mon père est dans la chambre du dessus, avec ses insectes.

Le film se passe en montagne, des randonneurs se promènent, ils arrivent à un lac d'altitude, l'un d'eux a chaud, il court se baigner. Il fait quelques brasses et il fait semblant de couler. Ses copains se marrent. Sauf qu'il se noie pour de bon.

C'est une histoire vraie.
Le film raconte la suite, comment chacun peut vivre après.

Un rai de lumière jaune filtre sous la porte de la chambre 12. J'entends les petits bruits, la loupe, la pince. La respiration lente de mon père.

La nuit, je rêve, je suis chez Madame Barnes, j'entends de la musique à l'étage. Dans le bureau, il y a Moreno, il joue au dé avec une fille. Un garçon obscène est déguisé en poupon, couche et culotte rose. La fille assise se lève, elle me fixe, c'est Juliette, elle relève sa jupe et elle pisse sur le plancher. Son urine m'éclabousse les jambes et ça me réveille.

Le matin. Le jour, la lumière. À peine arrivée chez Madame Barnes, je monte à l'étage, le bureau, je regarde le sol, les lattes claires de bois sur lesquelles, dans mon rêve, Juliette a uriné.

— On a téléphoné pour toi. La Parisienne. Il faut que tu la rappelles. Ou que tu ailles chez elle.
— Que je la rappelle ou que j'y aille ?
— Je ne sais plus. Elle parlait vite.

Ça me tracasse. J'y vais. On est dimanche. Milieu d'après-midi. Ça doit être à cause de Juliette, elle a dû trouver des traces de teinture sur le lavabo. La situation est délicate. Comment je vais me sortir de là ? Quelles explications je vais donner ? Mon cerveau bouillonne pendant que je marche. Je vais dire que c'est moi, moi qui me suis lavé les cheveux. Je déteste mentir. Ce n'est pas que je déteste, je ne sais pas.

Tout de suite, elle m'entraîne. Sans même me dire bonjour. Juste qu'elle est revenue de Vézelay la veille. Elle monte à l'étage. Je la suis.

La salle de bains. Comment je vais faire face ? Mais non, elle ne s'arrête pas. Va un peu plus loin.
— J'ai perdu un tableau, elle dit. Un petit format, 20 par 15. Il était exactement là, sur ce mur.

Elle me montre l'emplacement. Dit qu'elle a cherché partout.
— Une vache à l'heure de la traite.

Ce n'est pas une question. Juste un constat. Elle s'énerve parce que je ne me souviens pas.
— Ce tableau était là, et il n'y est plus. Il a disparu !
— Il a dû partir avec le lot.

J'ai bien surveillé le chargement du piano, celui de la table, mais pas celui des tableaux.

— Vous avez signé un reçu ? On vous a donné un double ?
— Oui.
Elle veut le voir.
On redescend.
Le reçu est sur la table, dans une enveloppe. Elle le déplie.
Elle lit :
— Trois natures mortes, un paysage de forêt, deux portraits.
Elle est furieuse parce que plusieurs choses ont été ajoutées à la main par le commissaire-priseur. Parmi elles, le lot de fusils de son père, deux boîtes à chapeaux. Et le tableau qui lui manque.
— Il l'a pris ! Et vous l'avez laissé !
— Vous lui aviez dit que tout dans la maison était à vendre, et vous l'avez autorisé à prendre d'autres choses.
Elle me coupe.
— Tout était à prendre, sauf ce qu'il y avait dans *ma* chambre.
— Mais ce tableau n'était pas dans votre chambre, Madame Barnes.
Elle lève le menton.
— Oui, et alors ? Je ne l'ai jamais autorisé à prendre *ce* tableau ! C'est un professionnel, il aurait dû savoir.
— Il avait de la valeur ?
— Absolument aucune. Sauf à mon cœur. Et je tiens à le récupérer. Trouvez-moi le numéro de l'expert.
On est dimanche. C'est le jour de la vente. Elle téléphone mais ça sonne toujours occupé. Et Marius qui est injoignable.
— Dans ce cas…
Elle attrape son sac et son chapeau, me demande d'ouvrir les deux grilles du portail ainsi que les portes du garage et de retirer la bâche qui recouvre la Jaguar.
— On va où ?
— Où voulez-vous qu'on aille ? À la vente, bien sûr ! Si je veux récupérer ce tableau, il n'y a pas de temps à perdre.
Elle s'assoit côté passager.
— Allez, montez ! Vous attendez quoi ? Vous avez bien le permis ?
— J'ai l'habitude de conduire la 4L de mon père.
— Une voiture, c'est un peu toujours la même chose, un volant et quelques pédales.

Sortir l'auto du garage n'est pas simple. La pédale de l'accélérateur est terriblement sensible, j'ai peur d'emboutir, plusieurs fois je cale.

— Vous êtes assurée ?
— Probablement.

Une fois sur la route, curieusement, ça se passe plutôt bien. Heureusement, il n'y a pas grand monde. Après quelques kilomètres, je m'habitue, je me décontracte. Je trouve même ça agréable.

Elle ronchonne pendant tout le trajet. C'est très pénible.

— Ce tableau… Comment avez-vous pu le laisser voler !

On met à peine trente minutes pour arriver, mais on tourne un moment dans la ville pour trouver la salle et quand on arrive, il est trop tard, le tableau a été vendu. Vendu avec les autres. En lot. Il n'y a rien à faire, rien à réclamer, il a été adjugé, la vente est validée, le tableau appartient à quelqu'un d'autre, impossible de savoir à qui. Je cherche dans les travées, une vache à l'heure de la traite ? Dans les mains de ceux qui s'en vont.

C'est un antiquaire de Mâcon qui l'a acheté, Sauvier, Boutique des Trois Siècles.

Madame Barnes ramasse ses affaires. Elle se lève de sa chaise.

— Parfois les choses arrivent, on ne les veut pas, on ne les choisit pas, mais elles arrivent.

— On pourrait aller le voir et le lui racheter ?

Elle fait non avec la tête.

— C'est inutile. On rentre.

Une fois dans la voiture :

— Mais comment avez-vous pu laisser faire cela ?

Moreno est tout seul à sa table, il a bu une bière. Il lit le journal. Je donne des petits coups dans sa chaussure pour lui faire relever la tête.

— Hein, tu ne voudrais pas m'emmener à Mâcon ? Mon père a besoin de sa 4L et j'ai un objet à récupérer.

Je m'attends à ce qu'il me toise, me balance un truc à lui, du style : OK mais si tu me suces, ma grosse.

Mais non, il demande simplement si je veux y aller maintenant. Je dois rêver. Il faut que je me réveille. Je ferme les yeux, je les rouvre, Moreno est là, il attend.

— Alors, princesse ?
— Maintenant, oui, s'il te plaît.

Il ramasse ses clés. Sa voiture est garée ruelle du Mont-Dieu. Il s'excuse à cause de l'intérieur crasseux.

On n'a pas grand-chose à se dire alors il met la radio et on écoute la musique à fond pendant tout le trajet.

Il se gare de l'autre côté de la Saône. Juste le pont à traverser. Je n'en ai pas pour longtemps, il m'attendra en regardant couler l'eau.

C'est jour de marché. Un type vend des poulets vivants dans des cages. Il vend des dindes, des poules toutes seules, et des poussins dans d'autres cages.

La galerie est dans le centre, près de l'hôtel de ville.

Je pousse la porte. Le galeriste est à son bureau. Il lève le nez. Je regarde les tableaux. Celui que je cherche est posé par terre, contre le mur.

La vache est peinte au milieu de la toile. Une bonne grosse laitière au poil sombre, sauf la tête qui est blanche et le devant de son poitrail. Une femme est en train de la traire, on la voit de dos, elle porte un gilet rouge, sur la tête un foulard blanc. Un homme les regarde, elle et la vache. Il tient un bol entre ses mains.

Sur le sol, une bassine semble contenir de l'eau.

Le tableau me coûte trois mois de chômage.

En sortant, j'achète un sandwich, un jambon-beurre-gruyère, avec une canette de bière.

Moreno prend le sandwich et la bière. Il regarde le paquet que j'ai sous le bras.

Il ne me pose pas de question. De tout le trajet du retour, on met de la musique.

Il me lâche près de la gare, parce que je ne veux pas qu'on me voie avec lui.

Avant de descendre, je déballe le tableau.

Je lui montre.

C'est le premier tableau qu'il voit de sa vie.

Il me demande si c'est une vache du pays et si les gens sont d'ici. Si ce sont des vraies gens, ou bien des gens imaginés.

— Je n'en sais rien. On s'en fout, c'est un tableau ancien, ils sont tous morts, l'homme, la femme, la vache aussi.

Il regarde la toile de près.

— Elle est bien peinte, la vache. Même les gens, on dirait qu'ils sont vivants. La fermière, on ne voit pas son visage, et pourtant on dirait qu'on le voit.

Il scrute le tableau. Il me montre, sur la gauche, il y a une table au plateau épais, avec une soupière dessus.

— Tu veux que je te dise… C'est pas une écurie, ça. Ces gens, ils devaient être tellement pauvres qu'ils vivaient avec les bêtes. Ils devaient beaucoup y faire attention, à leur vache. Devaient pas la battre. Et bien la nourrir. Avec de la bonne eau. Et elle, en échange, elle leur donne son lait. C'est bien, d'avoir peint ça… Si ça se trouve, ils ont un chien mais qui était dehors, peut-être à garder les chèvres.

Il se raconte l'histoire.

— C'est où ?

— Je ne sais pas.
— Ç'aurait été bien de savoir, on aurait pu aller voir la ferme en vrai. Pourquoi tu me regardes comme ça ?
— Pour rien...

Ma mère est couchée, elle a mal au crâne. Mon père est dans la cuisine. La lumière du néon éclaire ses mains, il a du plâtre blanc sous les ongles, dans les plis de la peau.

Je lui raconte la vente aux enchères et ma petite virée à Mâcon.

Je lui montre le tableau.

Il trouve bizarre que l'homme ait peint la vache plus importante que la femme.

Je lui explique : le peintre a sans doute dû vouloir montrer le lien simple et vital entre ce couple de pauvres et cette vache qui leur donne son lait.

Il hoche la tête.

Il n'a pas encore dîné. Il reste deux parts de quiche, je les fais réchauffer. Une fois dans nos assiettes, il me semble que ma portion est plus grosse alors je change les assiettes. J'ai beau faire, poser tour à tour devant moi une assiette et puis l'autre, il me semble que c'est toujours moi qui ai la plus grosse part. Je constate le fait sans parvenir à me l'expliquer.

Je change encore jusqu'à ce que mon père pose sa main sur mon bras.

— Tout va bien, Jess, te bile pas.

Après le repas, il sort son agenda.

Peut-être qu'il écrit "Jessica a dîné avec moi, il y avait de la quiche, elle a pris une part", etc.

Je dis :

— Au fait, ils ont installé des lampadaires neufs dans la rue et sur la place, et la fontaine coule à nouveau.

Je fixe la bille du stylo, comme des fois je fixe le vélo de Broussaille, avec la même intensité, comme si ma pensée furieuse pouvait agir, vas-y continue, écris, fonce, ne t'arrête pas !

Je ne lis pas.

Je le regarde écrire.

— Moreno est peut-être moins bête qu'il n'y paraît.
— Quoi ?
Une mouche se pose sur mes cils. Elle pèse un poids énorme.

Je suis dans le couloir, j'entends les dés qui roulent.

— Regardez ! J'avance, j'avance, et puis…

Madame Barnes joue toute seule. Je la vois de profil, son cou mou, ses chairs molles.

— Mon oie n'arrive pas à finir, elle était pourtant proche de la ligne d'arrivée mais les dés l'ont fait reculer, la voilà au puits, et j'ai bien peur que l'oie jaune ne la coiffe au poteau.

Elle lève les yeux.

— Qu'avez-vous là ?

— C'est pour vous.

Je lui donne le paquet.

Elle abandonne les dés, pas plus étonnée que ça. Elle déchire le kraft.

— Ah ! Le revoilà ! Eh bien vous, alors…

Elle sourit, une brève seconde. Repose le tableau au milieu du bazar, en équilibre sur la pile des vieux journaux.

Elle reprend sa partie, ramasse les dés, les lance. De nouveau, son oie remonte la spirale, tombe dans la case 42, le labyrinthe, elle recule donc, et ce qu'elle craignait arrive, l'oie jaune remonte, la double, évite la case prison, et franchit allégrement la ligne, arrive dans le jardin et c'est gagné !

Elle râle.

— Les jeux de hasard sont des jeux idiots !

Elle jette un coup d'œil au tableau.

— J'ai bien connu le garçon qui l'a peint. Il était ouvrier à l'usine de mon père.

Elle repousse le jeu, dégage de la place.

— Il s'appelait Jean, on s'aimait bien. Mon père m'interdisait de le voir. Un été, il m'a envoyée dans notre famille en Normandie, quand je suis revenue Jean n'était plus là. Mon père l'avait renvoyé. Il était parti et personne n'a pu me dire où. Jean n'était pas un grand amour, je suis passée à autre chose mais j'ai gardé le tableau. Je n'ai pas pardonné cela à mon père, pourtant je lui ai beaucoup pardonné.

— Ma mère n'aimait pas Antoine non plus. Elle n'aime aucun garçon avec qui je sors.

Elle pose un pot de confiture et du pain sur la table.

— Ah oui ? Il y a des sentiments qui sont communs à toutes les mères, elle dit.

Elle regarde autour d'elle.

— Et si nous disions aux gens de la ville de venir prendre ce qui reste ? Qu'en pensez-vous ? On nous viderait ainsi la maison ?

Son regard se promène sur la déco.

Elle veut aussi écrire une lettre au maire pour lui proposer d'acheter l'usine.

— Il pourrait la transformer en musée, ce serait un atout pour la ville.

Elle me donne une feuille et un stylo. J'écris sous sa dictée. Quand j'ai tout écrit, elle relit. Corrige deux fautes d'orthographe, et elle signe.

— En post-scriptum, ajoutez que je lui ferai un bon prix.

Elle me paie, pour l'heure entamée et aussi pour porter la lettre à la mairie.

— Essayez de voir le maire, si vous pouviez lui remettre la lettre en personne.

Alors que je vais sortir, elle me rappelle.

— Je voulais vous demander, pendant mon séjour à Vézelay, avez-vous reçu quelqu'un ?

C'est brutal. Un petit vent froid sur la nuque. Je ne m'y attendais pas. Je bâille. Je bâille toujours quand je suis gênée. Je réponds :

— Non, vraiment pas, personne, je vous assure, pourquoi ?

Quelque chose m'oppresse. Une fois dans la rue, je m'efforce de respirer lentement, des inspirations longues et régulières. Je suis sûre, elle sait que je lui ai menti. D'un autre côté, pouvais-je lui dire que Juliette est venue, a pris une douche, s'est vautrée sur le divan, a mangé son jambon, utilisé son vernis, et que je n'ai pas empêché ça ?

Il faut que je lui dise. Que j'y retourne. Demi-tour. Il est encore temps. Dire la vérité toute simple, oui Juliette est passée et, etc.

Au lieu de ça, direction la mairie. Puis la Maison sociale. Un ordinateur est libre.

Une heure plus tard, je suis encore au clavier, à enchaîner les réussites, jusqu'à la fermeture.

J'arrive en avance, Boucle fait manger le petit Paul.

— Ce soir, c'est la fête, haricots verts pour tout le monde, elle dit en poussant une assiette devant moi.

Il faut motiver le petit, qui refuse légumes et fruits. Elle me fait un clin d'œil. Je n'ai pas faim. Je mange quand même.

Camille arrive, affolée, elle a trouvé un hérisson *dans* son fourgon, elle n'ose pas le toucher. Impossible de comprendre comment il est entré. Un hérisson, ça pique et ça donne des maladies. Elle ne sait vraiment pas quoi en faire. Pour la calmer, je lui promets d'aller voir demain. On le capturera et on ira le lâcher en bord de forêt, ou vers les jardins ouvriers, on lui trouvera un joli coin où on aimerait bien vivre si on était un hérisson.

— Je le toucherai pas...

— Je le toucherai, moi. On lui fera un abri avec du carton et un cageot retourné, on mettra dessus des branches et des feuilles pour qu'il soit bien. On lui mettra aussi de l'eau dans une coupe. Tu apporteras une pomme, on lui en donnera la moitié. On se posera sur une souche et on se partagera le reste de la pomme.

Elle se calme.

Elle dit qu'elle n'a jamais eu d'animal à elle. Et puis elle rectifie :

— Si, j'ai eu un chat, il y a longtemps, enfin c'était chez mes parents, il était malade, il s'est suicidé en se jetant du balcon.

On se raconte deux-trois choses sur les bêtes, comme quoi aussi mon père collectionne les insectes morts et que ça fait une jolie collection.

On parle de Lady Di parce qu'on l'a vue à la télé qui inaugurait la petite école en Afrique.

— Je l'ai vue aussi.
— Elle était belle, hein ?
— Très.

En bout de table, le petit Paul a fini son assiette. Plus un seul haricot sur la porcelaine. Boucle sourit.

— J'aurais besoin de vous demain soir.
Je fais non avec la tête.
— Même pour dîner ?
— Impossible. On répète notre défilé et il ne nous reste pas beaucoup de jours.

Elle prend un biscuit dans le paquet. Pousse le paquet devant moi.

— Votre mère vous a-t-elle nourrie ? Au sein, je veux dire ? Elle vous a donné le sein ou pas ?

Je rougis.
Elle insiste.
— C'est important de savoir ça.

Le docteur Orbal dit qu'il y a un mot pour quand on rougit en excès, du front, du torse, du cou, du cou surtout, par plaques brûlantes. La réaction est inconsciente, incontrôlable.

Il paraît que j'accorde trop d'importance au regard de l'autre, que je crois toujours que tout le monde me regarde, me juge, tout le temps, que c'est dû à une hyper-conscience de moi, et que j'en aurai fini à quarante ans.

— Vous êtes comme mon premier mari, coincée de partout. Quand on est ainsi, on n'a pas le choix, il faut faire confiance et prendre des risques. N'oubliez jamais que nous sommes issues de deux mille ans de civilisations durant lesquels les hommes étaient les dominants.

Elle me montre un portrait dans un cadre rond.

— Ma mère. Je ne voulais pas lui ressembler. Je voulais ressembler seulement à mon père. Quand j'étais adolescente, je traquais sur mon visage les traits que j'avais d'elle et je me maquillais en fonction pour gommer nos ressemblances. Aujourd'hui, je sais que je lui ressemble, il n'y a rien à faire.

Elle dit cela d'un ton las.

Insiste pour que je prenne un biscuit.

— Les hommes, les femmes, vous avez remarqué ? On vit ensemble, dans l'évitement des explications franches, et on adoucit tout par peur de l'affrontement. Le drame, c'est que nous parlons beaucoup mais que nous ne disons rien. La peur est un empêchement. L'amour aussi. Si je n'avais pas tant aimé mon père, j'aurais peut-être fui avec Jean.

On discute.

Enfin, pas vraiment.

Elle parle et je l'écoute.

— J'aurais été heureuse avec Jean, pendant quelque temps, probablement. Surtout, je serais allée au bout. Il faut aller au bout des choses. Vous, qu'aimez-vous le plus dans la vie ?

Je ne sais pas. Je réfléchis. Plus je réfléchis, moins je trouve.

— Les arbres, je finis par lâcher.

— Les arbres, oui… Moi, à votre âge, j'aimais l'océan. L'océan, on peut tout lui dire. J'aimais le cinéma aussi, et l'opéra.

— Je suis née ici, alors l'opéra, ce n'est pas mon monde.

— On apprend, on ne désapprend pas. Avec du travail et de la curiosité, vous pouvez changer de monde et venir dans le mien. Moi je ne peux pas aller dans le vôtre. Pour aller dans le vôtre, il me faudrait désapprendre, oublier tout ce que je sais, les livres lus, les voix entendues.

— Il faut de l'argent pour vivre dans le vôtre.

— Tout n'est pas qu'une question d'argent. Les gens le croient parce que ça les arrange, ils pensent que leurs malheurs seraient effacés si on leur en donnait, que la réponse est là. C'est rassurant, de savoir où est la réponse. Mais si on leur donnait de l'argent, suffisamment pour qu'ils n'en aient plus besoin, ils feraient quoi ? Ils iraient au restaurant, s'offriraient des voyages, des voitures, des pierres précieuses, et après ? La difficulté de vivre ne disparaîtrait pas pour autant.

Elle croque un biscuit.

Je l'écoute d'une oreille, je pense au défilé, à tout ce qui nous reste à faire si on ne veut pas être ridicules.

— Nous menons des vies immobiles, incapables de nous en tenir à l'essentiel, et c'est de cela que nous souffrons.

Elle me touche le bras.

— Au lieu de penser argent, commencez déjà par relever la tête. Tenez-vous droite et soyez toujours d'une politesse impeccable, dans vos paroles et dans vos gestes. Soyez curieuse et apprenez, en toute circonstance, et cessez de penser que les autres sont meilleurs que vous, cela serait un excellent début.

La fenêtre est ouverte. Le soleil est doux, presque un soleil de printemps.

Elle veut sortir, profiter que sa hanche ne la fait pas trop souffrir. Elle doit aller à la banque et à la pharmacie. Elle met son chapeau. Pas de canne aujourd'hui, elle prend mon bras, direction le centre.

En chemin, elle me raconte que le frère de son père était atteint d'une maladie qui l'empêchait de ressentir la douleur. Un jour, il a été tabassé par des voyous et il n'a pas pu réagir, il voyait les coups arriver, il savait qu'on le frappait, mais il n'avait pas mal, pas la moindre douleur.

Elle entre à la banque.

Je l'attends sur le trottoir. Je regarde les revues dans la vitrine de la Maison de la presse, la beauté à soixante-dix ans, une femme aux cheveux blancs en couverture, on voit bien qu'elle n'a pas soixante-dix ans, quarante tout au plus.

Après la banque, la pharmacie, elle achète un tube de crème de massage et des gouttes pour ses yeux.

J'aperçois Broussaille derrière son comptoir, je lui fais un petit signe.

Une fois dans la cuisine, Madame Barnes doit s'asseoir. La douleur revient, irradie le dos. Je l'aide à retirer son manteau. Elle se voûte, la tête entre les bras, le front sur la table. Me tend le tube de pommade.

Je me lave les mains.

Je remonte son chemisier, son dos est blanc, la chair un peu grasse, vulnérable.

Elle râle parce que la crème est froide. Et tout de suite après, parce que ça brûle. Et puis elle se détend, ça lui fait du bien.

Pour le rangement, je vois bien qu'on n'y arrivera pas. On avait mis des choses dans un carton, à donner, elle les a ressorties, je les ai retrouvées dans l'armoire.

— On va s'offrir un petit extra à présent, elle dit en boutonnant sa chemise, nous l'avons bien mérité.

Elle me montre le placard.

— Deuxième étagère gauche.

J'ouvre.

— Une petite boîte plate et ronde.

Elle ôte le couvercle de la boîte.

— Du caviar. Du vrai, pas des œufs de lump. Donnez-moi votre main.

Elle dépose une cuillerée d'œufs brillants et sombres sur le dos de ma peau.

— Il faut patienter un peu. La peau doit chauffer les œufs. À présent, prenez-en sur votre langue. Attendez ! Il ne faut pas avaler si vite ! Vous avez léché cela comme si c'était du petit pâté.

Elle est outrée.

— Ce caviar n'est pas le meilleur mais il mérite tout de même un peu d'attention.

On recommence, la cuillerée, les œufs qui chauffent, j'en prends sur ma langue, je les garde dans ma bouche.

Madame Barnes me fixe.

— Très bien. Buvez cela par-dessus, maintenant, et dites-moi ce que vous ressentez.

Elle me tend un petit verre.

Je bois.

— Difficile à dire. C'est fort, mais c'est bon.

— C'est de la vodka. Est-ce que ça vous fait penser à quelque chose ? À quelqu'un ? Un paysage ? Reprenez-en, et laissez venir les images.

J'en reprends.

Pas d'image.

Elle pose des œufs sur le dos de sa main. Elle lèche les œufs.

— Moi, je vois la mer, une mer froide, avec des rochers, une plage, et du vent, et des petites maisons serrées.

Elle vide son verre de vodka. Sous le choc, elle ferme les yeux. Elle me reprend la main.

— Avec le caviar, on regarde les choses de la vie avec une simplicité déconcertante.

— Ma grand-mère regarde les gens dans la rue et ça me fait peur.

— Tout le monde regarde les gens.

— Elle, c'est différent. Elle marche, et elle s'arrête brusquement, reconnaît des inconnus. Et inversement, elle oublie des choses. Ça ne dure pas et ce n'est pas tous les jours, mais elle fait ça.

— Qu'est-ce qu'elle a ?

— On ne sait pas. Le docteur Orbal dit qu'il ne peut pas la guérir et que ça ne sert à rien de savoir.

Je commence à avoir le cerveau embrumé. Madame Barnes aussi. Elle va se mettre à la fenêtre pour respirer l'air du dehors.

— Qu'est-ce que tu regardes ?
Ma mère s'approche.
Je lui montre. Le fils Canfre, il est sur la place, dans le soir qui tombe, pas dedans mais à côté de son fauteuil. En appui sur ses mains, il marche, sur l'une et puis l'autre, il bascule son poids, virevolte sur ses bras, léger, envoie danser ses jambes.
— On dirait un papillon.
— Et avec une bougie dans le cul, ça ferait une luciole.
On éclate de rire.
Elle retourne à ses fourneaux. Casse des œufs, les fouette dans un saladier.
— Au fait, tu m'as nourrie comment ? je lui demande.
— Comment ça, comment je t'ai nourrie ?
Je me retourne.
Elle est derrière la table. Debout.
— Quand j'étais bébé ?
— Au sein, bien sûr, quelle question ! C'est pour ça que tu es si belle !
— Et toi ?
— Quoi moi ?
— Comment mémé t'a nourrie ?
— Je ne sais pas… Je ne lui ai jamais demandé.
— C'est important de savoir.
Elle me regarde bizarrement.
Sur la place, le Canfre tourne toujours autour du platane et les lampadaires se sont allumés.

— J'ai fait un petit tri dans la penderie, vous pouvez donner tout ceci à votre mère.

Elle me montre un tas posé sur le lit de la chambre bleue.

— Ma mère était coquette, acheter des robes était son grand plaisir. Regardez comme celle-ci est élégante. J'aurais adoré la porter, mais je n'ai pas la taille assez fine. Et ce tailleur, de la laine chinée…

— Non.

— Quoi non ?

— Ma mère ne porte pas les affaires des autres.

Elle me regarde, étonnée.

— Je voulais juste lui donner…

— Elle n'a pas besoin, ce n'est pas une mendiante.

Elle hausse les sourcils comme si j'étais une idiote, ou que quelque chose dans mon explication lui échappait.

— Vous êtes pleine de préjugés, ma chère petite. Vous pourriez peut-être lui demander son avis ?

— Je le connais, son avis.

— Comme vous voulez.

Elle repose le tailleur. Elle sort dans le couloir.

— Vous savez, à Paris, il y a des magasins de seconde main, on y trouve des vêtements griffés très chics, je vous assure, et des femmes de la bonne société s'y habillent sans aucune gêne, au contraire.

Elle rejoint sa chambre, ouvre la porte droite de l'armoire. Quatre rayonnages pleins. Des pulls, des chemisiers. Elle soupire, retire un foulard, un autre. Sous le dessous de cette pile de tissus légers, elle trouve la bourse. Quand je la vois, je me souviens, je l'ai cachée le jour de la visite de Juliette. Cachée, parce que j'avais peur que Juliette la prenne, et j'ai oublié de la remettre à sa place.

Madame Barnes fronce les sourcils.

— Qu'est-ce que ça fiche là ?

Elle ouvre la bourse, le collier est à l'intérieur. Le serpent magnifique. Elle regarde du côté du lit, la table de chevet, le tiroir. À ses mouvements de visage, je la vois qui s'interroge, quelque chose lui échappe.

Si elle me regarde, je vais rougir, m'effondrer. Il suffirait que son regard glisse. Mais non, elle referme la bourse, hésite, et elle la remet là où elle l'a trouvée, tout au fond de l'armoire, sous la pile d'écharpes.

17 heures. Il y a de la musique sous la fenêtre, côté square. Elle tire le rideau, colle son front à la vitre.

— Ce sont vos amis, ils se sont installés sur mon banc, avec leur transistor.

Elle avait pourtant mis la veste et le panier, toutes ces choses qui signifient que le banc est occupé, mais Moreno n'est pas complètement idiot.

Elle râle à cause du bruit qu'ils font, de leur musique qu'ils lui imposent.

Elle revient dans le salon.

Éteint la télévision.

Elle vient de regarder un film d'amour, *César et Rosalie*. Un des plus beaux films, elle en a les larmes aux yeux.

— Je vais vous confier quelque chose qui n'a rien à voir avec eux, ni avec votre mère, ni avec la mienne, ni avec ces habits, rien à voir avec la mémoire, mais qui a à voir avec les lois auxquelles notre éducation nous plie : mes maris n'ont jamais été aussi amoureux que quand je les ai trompés.

Elle sèche ses larmes.

— Cette Romy était absolument merveilleuse...

Les larmes coulent à nouveau. À cause du suicide de l'actrice. Le dernier plan, elle veut me le montrer, retour sur cassette, Romy est dans la rue, elle les regarde, lui et son amant.

— Elle les aime de la même manière tous les deux alors elle les laisse, elle s'en va, elle ne se montre pas.

Je lui passe un mouchoir.

Elle se tamponne les yeux.

— L'infidélité donne une chance au bonheur. Si j'avais vécu dans un pays où on punit les femmes adultères, j'aurais eu la tête tranchée.

Elle mime le couteau. Tout de suite après, on entend crier, et rire, c'est la bande à Moreno, ils se chopent avec d'autres.

Elle soupire.

— Mon père n'aurait jamais dû donner ce square à la ville, il appartiendrait encore à la maison et je n'aurais pas tout ce dérangement.

Elle veut se rafraîchir.

Elle monte à l'étage.

J'entends l'eau couler.

Un moment après, j'entends crier.

Je monte.

La fenêtre est ouverte. Les cris viennent de dehors. Madame Barnes est tapie dans l'angle du mur, elle me fait des signes, surtout que je ne fasse pas de bruit.

Elle chuchote.

— Si je les laisse, ils vont prendre l'habitude. Dès qu'il fera beau, ils viendront s'asseoir là.

Elle rit derrière ses mains. Tout le corps secoué. On dirait une gamine. Elle me fait signe de m'approcher, de regarder, sans me montrer.

Je tends le cou, j'essaie de voir en bas. La bande à Moreno s'est échappée du banc, comme une volée de moineaux, elle leur a balancé une bassine pleine d'eau, et elle ne les a pas ratés.

Ma mère prépare le dîner, des oignons qu'elle fait roussir dans le fond de la marmite, ça sent merveilleusement bon.

— Tu étais encore là-bas ? elle demande sans se retourner. Il est tard. Qu'est-ce que tu fiches avec elle ?

— Je travaille.

— Il y a à faire ici, aussi.

Mon père a fini sa journée, il lit le journal, il veut être un peu tranquille alors il lui gueule de la fermer. Mais elle continue, comme quoi on ne mélange pas les serviettes et les torchons, qu'il faut savoir où est sa place, y rester et ne pas renier les siens.

— Je ne renie pas.

— Je ne suis pas éternelle, dit ma mère.

Mon père lui redit de se taire.

Les oignons sont cuits. Elle ajoute des lentilles, du lard, une carotte en petits dés.

Le gros sel est sur la table, je prends des grains que je laisse fondre sur ma langue.

Je vois son dos. Seulement son dos. Ma mère a un corps qui parle. Je devine, à sa façon brutale de couper la carotte, qu'elle est à cran, qu'il faut se méfier, surtout pas la chercher. Tchac tchac la carotte. Tout est tapi en elle, la colère, prête à bondir.

Et tout d'un coup, ça repart. Elle dit des trucs, comme quoi elle a tout sacrifié, sa vie, ses envies, jamais un voyage, et qu'elle, à mon âge.

Mais qu'est-ce qu'elle veut que je fasse ? Que je vive comme elle ? C'est ça qu'elle veut pour moi ? Du matin au soir, les mains dans la lessive ? Il est où, son amour de mère ?

— Tu m'as donc mise au monde pour ça ? Pour que je t'aide plus tard, pour que je prenne la suite et que je fasse une fille aussi, ensuite, pour continuer après moi ? Que je mette une fille au monde et l'obliger à ça ? T'es-tu demandé une seule fois ce que je voulais vraiment faire plus tard ? Ce qui était bon pour moi ? Madame Barnes me l'a demandé, je n'ai pas su quoi lui répondre, mais elle, elle me l'a demandé.

Je ferme les yeux. Je suis épuisée.

Quand je les rouvre, mon père a quitté la pièce.

Ma mère n'a pas bougé.

On a viré le hérisson dans un endroit idéal. Camille est contente, son père lui permet d'utiliser l'arrière-cour de sa boucherie, c'est minuscule, souvent elle gêne mais ils se débrouillent.

— Comment tu trouves ? elle demande en me montrant l'arrière du fourgon qu'elle vient de terminer de peindre.

— C'est rose…

— Rose, oui.

— Tu vas tout le peindre comme ça ?

— Oui. C'est bien, pour de l'esthétique, non ?

Je regarde à l'intérieur. Les bâches qui vont servir au décor du défilé sont pliées en quatre sur le siège avant. Elle les garde en attendant.

Elle nettoie son pinceau avec un produit qui sent fort. J'aime l'odeur. On parle du bal des pompiers, il a lieu demain soir. Cette année, elle ne viendra pas, avec son rugbyman ils seront à l'anniversaire d'un copain.

— Avant-hier, à midi, avec Juliette et Brousse, on est allées à la cafétéria, elle dit. On t'a téléphoné mais tu n'y étais pas.

— Je travaillais.

— Chez la Barnes ?

— Oui.

Elle sèche son pinceau avec un chiffon. Deux moucherons se sont collés dans la peinture encore fraîche. Elle les détache à la pointe du couteau.

— Juliette raconte que tu sors avec Moreno.

— N'importe quoi !

— Nous, on sait que ce n'est pas vrai, mais elle dit qu'elle t'a vue en voiture avec lui. Elle donne des détails, que tu avais ton pull bleu, et ton sac à rayures, qu'il t'a déposée à la gare et que vous êtes restés un moment sans descendre.

Elle retire ses gants.

Son père arrive avec la camionnette, il sort une carcasse lourde du coffre. C'est un homme obèse, avec des joues très rouges. Il porte le poids sur son dos.

— C'est quoi, comme bête ? je demande.

— Du veau.

Il entre dans l'arrière-boutique.

— Il est gentil, ton père.

— Oui.

Elle me touche le bras.

— Ce n'est pas vrai ? Tu ne sors pas avec lui, hein, Jess ? Jess ?

— Non, je ne sors pas, il m'a juste emmenée à Mâcon, j'avais un truc à faire. Une toile à récupérer, si tu veux tout savoir. Pour Madame Barnes. Et je ne vois pas où est le problème.

J'arrive devant l'immeuble de Boucle en même temps que Broussaille. On monte ensemble, par l'escalier.

Elle est fatiguée, elle non plus ne viendra pas pour le bal demain.

Avant, on sortait toujours à cinq, c'était bien.

Les choses changent.

Je m'arrête. Je la regarde. Elle porte un pull moutarde très vif, avec une jupe dans les tons verts.

Je regarde son ventre.

— Tu te rends compte qu'il aura quatre marraines, je dis.

Je me sens soudain bizarre, envahie par la tendresse, un sentiment très doux et débordant.

— Quatre marraines, ça fait quatre fois plus de chances.

On est dans la cage d'escalier, la minuterie s'arrête. J'appuie sur le bouton.

— Tu sais ce que j'aimerais ?... J'aimerais être la marraine principale.

Je dis ça dans un souffle. Des mots qui sont pris dans ma respiration. Alors qu'elle a la main sur le loquet, prête à entrer chez Boucle.

Derrière elle, le mur est jaune. Ses cheveux orange paraissent rouges. Elle sourit doucement. Ses lunettes se couvrent de buée. Elle les retire.

— Mais je comprendrais parfaitement que tu refuses.

Ses yeux de myope battent un peu.

— Je ne refuse pas, Jess, mais elles m'ont toutes demandé la même chose, Boucle, Camille et Juliette, elles veulent toutes être marraine principale.

Alors au bal, on y va donc seulement toutes les deux, Juliette et moi. La bande à Moreno est déjà là, celle des Marocains aussi, avec Mehdi. Pas du côté piste, du côté buvette. On les repère quand on arrive. L'orchestre joue du rock. Juliette est invitée tout de suite. Je ne sais pas danser le rock. Le jerk, oui. J'attends les slows. C'est au bal que j'ai rencontré Antoine. Ne pas penser à Antoine. Ouste. Out of Antoine. Je le cherche un peu quand même.

Après la série de rock, ils attaquent les slows. Ils commencent avec *A Whiter Shade of Pale*. Juliette est invitée aussi, aux premières notes, elle veut danser, mais toute seule. Et c'est ce qu'elle fait. Sur cette musique, les yeux fermés, elle ondule, ses jambes sont nues sous sa jupe courte, du tissu à frou-frou qui flotte.

Au-dessus d'elle, il y a la grosse boule d'argent qui tourne et scintille sur elle et sur le sol. Elle suit les notes, le rythme lent. Avec ces lumières, on la dirait kaléidoscopique, de corps et de visage.

Les hommes la matent. Les Marocains. Mehdi. Ceux au bar. Même les filles.

Elle ne provoque pas.

Est-ce qu'elle se rend compte ?

Deux hommes viennent danser autour d'elle, ils la frôlent. Elle ne fait pas attention à eux. Elle danse. Juste ça. Pour le plaisir. La sueur colle ses cheveux. Les deux hommes l'encagent avec leurs bras tendus. Ils veulent la toucher. L'atmosphère change. Un des types l'enlace, elle le repousse, il insiste, il revient. Ça fuse, électrique, alors Mehdi y va, suivi de sa bande, lui en caïd, avec ses chaussures bicolores. La bande à Moreno suit. Tout le monde s'écarte. On laisse la place.

Ils vont se battre. Moreno contre les deux types. Et contre d'autres. Contre tous ceux qui veulent. Contre les Marocains aussi, qui n'attendaient que ça. C'est parti. Le premier coup. À chaque bal, c'est pareil, il faut que ça castagne.

Ceux qui ne se battent pas font un cercle, ils frappent dans leurs mains, tapent le sol avec leur talon.

La piste devient un ring. Les musiciens ne jouent plus. Ils attendent. Les videurs viennent sortir ceux qui se battent. Avant d'être balancé dehors, Mehdi crie des mots à Juliette, je les entends : "Tes yeux ont la couleur de la mer." Ou de la mort ?

La mer, je me souviens, je l'ai vue, il y a longtemps, mon père nous avait emmenés, quatre cents kilomètres en 4L. Sur la plage, j'avais pris des coups de soleil, la peau en cloques.

La musique reprend. Là où ils l'ont arrêtée. Ils rejouent *A Whiter Shade of Pale*.

Je reste au bord de la piste.

Dans le mouvement, j'aperçois François, il est en face, de l'autre côté. Je me tasse. Deux pas en arrière, contre le mur. Depuis Antoine, je suis dans le désert et j'attends que quelqu'un me donne à boire. Quelqu'un, mais pas lui. Et puis je ne crois pas qu'on quitte pour toujours. Juliette dit que je devrais aimer à rebours, commencer une histoire pépère, et qui monterait en puissance pour finir en grande passion d'amour.

Une fille seule contre le mur. Je fais celle qui attend quelqu'un. Si Juliette était là ? Où est Juliette ? Je n'ai pas envie de danser. Je ne sais pas faire.

— Tu danses ?

Il a traversé. Il est devant moi. Sa main sur mon bras. Cette musique, c'est la plus belle au monde. Elle s'adresse directement au corps. François, c'est un doux, plus gentil y a pas. Il m'enveloppe de son regard. Je me décroche du mur avec lenteur, Juste une alors, pour faire plaisir. Parce que j'étais bien, là, contre mon mur. Je le suis. Plutôt que rester les bras ballants, à faire semblant de m'intéresser au pas de danse de ceux qui ont la chance d'être sur la piste. En même temps, je pense, Ne fais pas ça. De toute façon, une danse n'engage à rien. Mais deux ? Deux slows à la suite. À la fin du deuxième, il frôle ma nuque. Je frissonne. C'est une chose stupide de le laisser glisser ses doigts, de lui laisser croire. Sa bouche chaude sur mon cou. Je pense au chien de la Tonia Astré.

Son col sent la lavande. Il est un peu rouquin. Il embrasse bien. Elle a raison, Juliette, si je ne fais pas gaffe, je vais finir avec lui. C'est ça que je veux ? Ma vie avec François ?

Le bal continue.

Il me prend la main.

On sort s'embrasser dehors.

Sur le parking, les Marocains ont défoncé l'auto de Moreno. Ils ont fait ça avec des pierres et des bâtons.

Moreno est sur un banc, complètement abruti. Mehdi aussi, un peu plus loin, un de sa bande lui passe la main devant les yeux, mais impossible de le faire réagir, il semble ne plus recevoir de signal.

Presque midi. Je me réveille, les pensées en miettes. Qu'est-ce que j'ai fait hier ? Impossible de me souvenir. J'ai mal au crâne. Il me faut deux aspirines dans un peu d'eau. Je trouve ma mère dans la cuisine, la radio à fond.

— Ton François a téléphoné…

D'un coup, tout me revient, la bagarre, les slows, le parking.

— Tu lui as dit quoi ?

— Que tu le rappellerais.

Je suis à quelques centimètres de son dos.

— C'est quoi, ça ?

— Ça quoi ?

— Ça ?

Je tire sur le châle qu'elle porte sur les épaules.

— C'est la Parisienne, elle en a fait apporter deux pleins sacs, avec mémé on s'est tout partagé.

Elle me désigne les vêtements soigneusement pliés sur une chaise. Sur le dossier, le tailleur en laine chinée.

— Et tu as accepté ?

— Bien sûr ! Pourquoi ?

— Fallait pas…

— Ce n'est pas toujours qu'on me donne. Au moins j'aurai chaud l'hiver prochain.

C'est du bon sens. Mais je suis furieuse. Elle l'a fait. Alors que je lui avais dit non.

J'ai honte aussi.

Ma mère sort une bouteille de vin du placard, elle arrache le bouchon avec les dents, se sert un verre.

— Il est gentil, François.

— Sûrement.

— Tu ne le rappelles pas ?

— Non.

Je descends. Ma grand-mère est dans sa loge. Elle trie des lentilles. Malgré toutes ses précautions, il y en a des dizaines sur le sol.

Je vois les vêtements sur le banc. Un manteau.

— Il est chaud et léger, je serai bien dedans, c'est de la bonne qualité, dit ma grand-mère sans lever les yeux de ses lentilles.

Elle ajoute :

— J'ai aussi pris une robe, et deux-trois petites choses.

Le soir, mon père me prend à part, il me dit :

— Fous-lui un peu la paix, à ta mère, s'il te plaît, Jess.

Je ne remets pas les pieds chez Madame Barnes. Je ne lui donne aucun signe de vie. Ni l'après-midi ni le lendemain. Ni plus jamais ! Tout ne lui est pas dû. Mais pour qui elle se prend ? Elle n'a qu'à se débrouiller. Qu'elle reprenne Juliette, ou qu'elle embauche quelqu'un d'autre, ça m'est égal. Je regarde à l'autre bout de la place, le fond de la rue au loin, là où il y a sa maison. Si ça se trouve, elle nous espionne avec sa paire de jumelles.

Il est presque 16 heures quand le téléphone sonne. Ma mère répond.

— Jess, c'est pour toi.

Je crois que c'est elle.

Ou alors François.

C'est Boucle. Elle a une nouvelle, une bonne nouvelle ! La serveuse du bar de la fontaine a lâché son boulot.

— C'est une chance pour toi. À côté de ta maison !

Je sens le piège.

La serveuse, je la connais. Tous les matins, elle sort ses petites tables et elle les pose sur le trottoir. Un placement précis, qui procède toujours de la même manière. Un cendrier par table.

J'ai suffisamment d'imagination pour voir la suite. Ce qui m'attend.

Le regard de la patronne. Les gars en fin de journée. La gnole dans les verres. L'haleine des bouches. Dans ma tête, j'entends le vlan, vlan de la porte-saloon.

— C'est pour ma pomme alors, maintenant ?

— Jess...

Elle tente de me convaincre.

Le battant, vlan ! c'est mon tour. Si j'accepte ça, j'accepterai tout : François, l'hôtel, la vie ici, le job. C'est limpide. Peut-être pas pire qu'autre chose.

Je raccroche.

— C'était Boucle ?

— Oui.

— Elle voulait quoi ?

— Rien.

Avec son couperet de boucher, elle découpe un lapin en morceaux. Elle brise, elle tranche. La tête. Les deux pattes arrière, elle les sépare du corps, les muscles roses, ceux qui servaient à courir dans les prés, bondir, rejoindre le terrier.

C'est le troisième boulot que je refuse.

Ma mère ne dit rien, mais je sais ce qu'elle pense. Vais-je refuser celui-là aussi ? Je pense à quoi ? J'envisage quoi ? Quel avenir ? Quand est-ce que je vais m'y mettre ? On élève un enfant, à dix-huit ans il devient autonome, il s'en va, c'est comme ça que les choses se passent. J'ai vingt-trois ans.

Broussaille travaille depuis ses seize ans. Et Camille aussi.

Dès que ma grand-mère va faiblir, on fera les chaises musicales. J'apporterai du sang neuf. De l'énergie.

Et mémé vieillit.

Et ce François qui traîne sur la place. Ma mère me ramène dans mon petit tiroir, le mien, tout semblable au sien. Quand est-ce que je me marie ? La fille du garde-chasse qui a épousé son professeur de collège, il paraît qu'elle veut déjà un enfant. Il faut avoir des enfants, il est vite trop tard, surtout pour une femme.

Elle y revient, un moment plus tard, à cette conversation sur l'avenir.

— T'as bien un petit copain, hein ?

Elle fait allusion à l'enveloppe de François que le facteur a déposée, avec l'odeur de lavande qui traverse le papier et qui lui fait tirer des plans sur ma comète.

— Ce n'est pas la première lettre qu'il t'envoie. C'est bien que tu fréquentes.

Elle ajoute que les filles ont des petits soldats en elles qui exigent qu'elles soient mères.

Moi, ces soldats, je ne les ai pas, ou alors ils dorment encore, des roupilleurs bien planqués, des soldats déserteurs. Ou des fusillés, pan, les soldats ! Comme le Dormeur du Val, l'éclat rouge sur le cou de Juliette.

Comment je peux lui expliquer ? Dans quelle langue ? Que Broussaille est enceinte et qu'elle ne filera jamais plus loin que son bout de trottoir, que même si elle a des envies, des fureurs, elle reviendra toujours à la boulangerie, j'aurai beau fixer ses pédales, maintenir son guidon droit, j'aurai beau vouloir fort pour elle, ma pensée ne fera jamais bifurquer sa trajectoire : Broussaille s'arrêtera chaque matin, comme elle l'a toujours fait, au même endroit, contre le même mur, à son habitude, son réel, son pré connu, sa prison sans gardien.

— Et alors ?

— Je ne veux pas cela pour moi.

— Ce n'est pas si mal.

— Ça me terrifie.

— Tu n'es pas la plus à plaindre, conclut ma mère.

Elle enfile la veste donnée par Madame Barnes. Prend son sac, elle a une petite course à faire, si je peux brasser le lapin de temps en temps. Avec la cuillère en bois.

— Si ça brûle, tu rajoutes du vin.

Je regarde le lapin dans la coquelle.

Ce sentiment d'être une étrangère que je ressens parfois, comme si je m'étais trompée de maison, de famille, excusez-moi, je n'habite pas là, où avais-je la tête ? Je suis d'à côté. Au revoir madame et bonne journée.

Et si les liens du sang n'avaient pas tant d'importance ? Ou alors s'ils avaient seulement l'importance qu'on leur donne ?

J'entends le pas de ma mère.

Elle descend l'escalier. Ouvre la porte qui donne sur la place. S'arrête. Revient sur ses pas, devant la loge.

Je l'entends qui parle à ma grand-mère.

— Au fait, tu m'as nourrie comment ?

— Comment ça, comment je t'ai nourrie ?

— Au biberon ou au sein ?

Il y a un petit flou de silence.

— Au sein, pardi ! C'est pour ça que tu es si belle. Pourquoi tu me demandes ça ?

Je souris.

Je regarde par la fenêtre. Ma mère traverse la place. Je la suis des yeux. Son petit pas serré.

De loin, elle ressemble déjà un peu à mémé.

C'est un peu avant midi. Elle débouche à l'angle de la place, tirée à quatre épingles, en tailleur rose, avec sa canne et son bibi. Elle traverse la rue. La Maison de la presse, elle passe devant. Ne s'arrête pas. Idem pour la pharmacie. La banque. Le passage clouté. Elle vient droit chez nous !

Franchit le palier, disparaît dans le couloir. Elle doit me vouloir quelque chose, avoir besoin de moi. J'ouvre la porte de ma chambre. J'écoute. Elle parle avec ma grand-mère. Pas longtemps.

Je descends sans bruit. Une petite porte permet d'entrer dans la loge sans être vu. Madame Barnes est dans la salle à manger.

— Elle veut quoi ? je demande à ma grand-mère quand elle revient.

— Un complet.

Entrée, plat, dessert.

Elle prépare l'entrée, pâté-cornichons.

— Tu lui apportes ?

— Non.

Sans réservation, pour la suite, c'est omelette aux pommes de terre. Je bats les œufs.

Entre deux battements de fouet, j'entends Madame Barnes dire qu'il n'y a rien de plus triste que de déjeuner seule, et qu'elle reviendra probablement demain, bien qu'elle ne soit pas cliente de l'hôtel et si bien sûr ça ne dérange pas.

Elle fait ce qu'elle a dit. Elle revient. À midi pétante. Je suis dans la loge. Un client occupe la table ronde à côté de la cheminée, elle prend la même que la veille, celle près de la fenêtre.

Aujourd'hui, c'est du lapin, vu qu'il en restait, revenu au vin blanc et avec du gratin, bien meilleur qu'hier car elle avait réservé.

— Pour la glace, je lui ai récité tous les parfums, dit ma grand-mère, mais elle est comme toi, elle veut seulement vanille.

Au café, ma grand-mère s'attarde près de sa table. Elles causent d'un film qui est passé à la télévision et qu'elles ont vu toutes les deux, avec Jean Gabin.

Ma grand-mère confie qu'elle était folle de lui, et qu'elle l'est encore un peu.

Je les entends rire.

Madame Barnes dit qu'elle a croisé Tino Rossi, une fois, c'était à Paris, au bord des quais. Elle raconte. Un homme qui a tout eu, tout connu, les plus beaux hôtels, le luxe, il avait des tas d'amis, des belles maisons, il a fait des voyages exceptionnels, et la seule chose qui lui faisait regretter de devoir mourir, c'était de ne plus aller se promener avec son chien.

Elle retient sa table pour demain.

Le rapport de l'inspecteur est posé sur la table, avec la liste des travaux à faire, les urgents et les autres. Arrivé ce matin, au courrier.

Il avait prévenu.

— Elle est où, maman ?

Mon père montre la porte de la salle de bains.

Je tape contre.

— C'est moi… Ouvre. S'il te plaît, allez maman, ouvre !

Elle ouvre la porte brusquement.

— On ne l'a pas, l'argent pour ces travaux.

— Elle en dit quoi, mémé ?

Ma mère hausse les épaules.

— Qu'est-ce que tu veux qu'elle en dise ?

— Et toi, papa ?

— Il aurait fallu commencer les travaux bien avant, anticiper, emprunter. Maintenant, il y a tout à faire.

"Tout peut attendre", avait dit ma mère quand l'inspecteur était venu. Elle avait ajouté que les ordres appellent toujours des contrordres.

— Une porte coupe-feu, ils savent ce que ça coûte ?

Elle a fait des comptes sur un papier. Les prix sont exorbitants. Un vrai chemin de croix.

Elle se terre un moment dans son silence. Et puis elle relève le front. Elle va mieux, soudain.

— On va téléphoner.

Après une conversation courte, l'inspecteur lui accorde une dérogation pour l'accès handicapé, il rabote un peu les mises aux normes, sauf pour la rampe et l'escalier de secours, et elle doit absolument éradiquer les cafards.

Il passera en fin de mois pour voir un peu où elle en est.

Ma mère est comme ça, une forte, une endurante, elle peut filer longtemps, droit devant, fière, robuste. Mais quand elle s'effondre, elle descend bas.

Le jour de mes premières règles, elle a dit : "Celles qui traînent finissent mal, tôt ou tard il leur arrive *des choses*." Elle a dit ça, *des choses*, en me donnant une culotte spéciale, en plastique, sans préciser exactement de quelles choses il s'agissait vraiment. Elle m'a ensuite donné une liste avec les bonnes et les mauvaises conduites, m'a demandé de lire cette liste à haute voix pour qu'elle s'imprime bien dans ma tête. Elle m'a ensuite enfermée un jour entier avec la liste.

À partir de ce jour, dès que je partais au collège, elle vérifiait ma tenue, mes odeurs, aisselles, cou, pieds, pubis. J'avais honte. Elle me disait de porter des pulls à col montant, à cause des odeurs nouvelles qui s'imposaient. J'ai souvent raté le bus à cause de sa folie.

Elle m'a tenue ainsi à l'œil pendant quelques semaines. Et puis plus rien, elle a tout laissé filer.

Je l'ai dit, elle est comme ça.

Pour l'hôtel, c'est elle qui décide.

— À cinq chambres, les exigences sont moindres, on n'a qu'à en fermer une. On peut faire la rampe. L'escalier de secours, on verra.

Elle est ragaillardie. Peut-être aussi qu'elle pourra toucher une aide, elle ira demander à la mairie, elle est décidée, c'est dans l'intérêt de la ville de garder un hôtel dans le centre. Elle connaît bien le maire, elle a été à l'école avec lui. Elle connaît sa femme aussi. Et le premier adjoint.

En attendant, elle nous donne des boîtes, une à chacun, et on va ramasser les cafards.

On se répartit les pièces.

C'est vrai qu'il y en a beaucoup. Ce n'est pas la saleté, c'est le Bourde, il crée une humidité parfaite. Avec les coins, les recoins. Il y a toutes sortes d'insectes. Pas que des cafards.

On vide nos boîtes dans un seau plein d'eau. Il y en a qui flottent, qui nagent. Ça fait une pellicule noire et épaisse.

Mon père fait le tri. On l'entend gueuler quand il trouve un beau spécimen.
Dehors, il fait doux.
Ma mère le dit : "C'est le printemps !" Elle veut remonter le grand laurier-rose qui a hiverné dans la cave, remonter aussi à la lumière quelques pots de géraniums.

Le matin, elle y va, 10 heures précises, elle enfile sa veste et elle traverse la place, elle grimpe les marches de la mairie et pénètre à l'intérieur.
Elle en ressort un quart d'heure après.
Elle marche beaucoup moins vite.
Pour les aides, ça ne va pas être possible. Il y a un projet de construction, un grand hôtel moderne dans la zone marchande, avec télé dans toutes les chambres et ascenseur. On n'y peut rien, c'est la modernité. La petite épicerie aussi s'est modernisée l'an dernier, elle a fait des travaux, doublé sa superficie, ils ont remplacé la fenêtre par une baie vitrée, quand on est dehors maintenant on voit dedans, et on se promène dans les rayons, on se sert tout seul, l'épicière reste derrière sa caisse à côté de la machine à découper le jambon.
L'hôtel, c'est une histoire de famille, depuis trois générations, plus même si on me compte, et si j'ai des enfants.
D'un long moment, elle ne dit plus rien. Mon père lui sert un café. Elle fixe la tasse.
Et puis elle se ressaisit. Elle reprend pied, elle revient. Elle s'appuie des deux mains sur la table.
— Il faudra bien faire avec, elle dit.
C'est une expression à elle. Pour dire qu'on doit accepter.
Elle nous regarde, tour à tour, mon père, ma grand-mère et moi.
— Mais nous aussi, on va moderniser. Pour commencer, on va retapisser le couloir et après on repeindra les chambres.
Elle continue.
Parce qu'accepter ne veut pas dire se soumettre.

Aujourd'hui encore, à midi pétante, la Barnes arrive dans son tailleur impeccable.

Ça fait quatre jours.

Ma grand-mère lui branche un radiateur électrique pour bien chauffer l'air autour de sa table.

— Un temps à neige, dit Madame Barnes en ôtant ses gants. À cause du ciel qui est bas et blanc.

Ma grand-mère dit que c'est un bref retour d'hiver.

Au menu, il y a du pot-au-feu. Ma grand-mère offre le verre, du vin de pays.

Elle s'attarde au dessert. Finit par tirer une chaise près de la table. Elles prennent le café ensemble.

Je les écoute de la loge. Elles parlent de leur enfance, de leurs écoles, celle des religieuses et la communale.

— Vous vous souvenez, en 43, le sabotage de la voie ferrée ? Il faisait froid aussi, dit Madame Barnes.

— J'avais trente ans, dit ma grand-mère.

— Et moi, vingt-trois.

— Vingt-trois ans, c'est l'âge de ma petite-fille.

Je tends l'oreille. Madame Barnes va peut-être prendre de mes nouvelles, ça fait plusieurs jours qu'elle ne me voit pas. Mais non, rien. Pas un mot.

Elles se remémorent la ville pendant la guerre, les résistants arrêtés et emmenés à Lyon après le sabotage.

— Je les ai vus passer par les fentes de ce volet, dit ma grand-mère. On les poussait avec les crosses des fusils, on les a fait monter dans un camion.

Elles mêlent leurs souvenirs.

— J'allais me marier, dit Madame Barnes, quand les Allemands ont réquisitionné notre maison.

Elles se confient à voix basse. On dirait deux vieilles amies. J'entends le bruit des tasses. Et puis ma grand-mère se lève. Elle va ouvrir un placard. Elle revient.

— C'est pour vous, elle dit.

Des petits mots sont échangés. J'entends le froissement d'un papier qu'on déchire. Et puis le grand rire clair de Madame Barnes.

— Vous ne pouviez pas me faire plus plaisir ! Ah, vraiment !

— C'est parce que vous déjeunez avec vos chaussures de ville, ce n'est pas bon pour la digestion.

— Je ne sais pas comment vous remercier...

Elle rit encore.

Une chaise bouge.

Je finis par me lever pour voir.

Madame Barnes a fait sauter ses escarpins.

Sur la table, il y a une boîte, et dans ses mains, deux pantoufles à tête de Mickey. Des pantoufles avec des oreilles énormes, rouge, blanc et noir.

Elle les met à ses pieds.

— Ah vraiment... elle répète.

Et je ne sais pas si elle est sincère ou si elle se moque.

Le vent fait voler son bibi quand elle sort. Une rafale qui soulève le chapeau par l'arrière, le détache de la tête et l'envoie rouler dans la poussière. Elle est maintenant tête nue, désarmée, avec son sac à main, et la canne, et aussi l'autre sac, celui qui contient les pantoufles.

Elle court, essaie de rattraper le chapeau mais dès qu'elle se penche, le vent l'envoie plus loin. Moreno sort du bistrot. Le chapeau roule. Il le bloque avec son pied. Madame Barnes s'avance. Je connais Moreno, ça ne va pas bien se passer.

Il ramasse le chapeau. Il le lui tend.

Elle tend la main. Il le reprend. Il rit, la fait danser, brandit le bibi au-dessus d'elle, hors de sa portée.

Les autres sortent, ceux de sa bande, il leur lance le chapeau. Le chapeau devient un ballon.

Tommy est devant chez lui.

Juliette aussi.

Personne ne bronche.

L'ennui produit de la connerie, c'est connu, et en bonne épaisseur. Je regarde faire.

Et puis je sors.

Quand il me voit, Moreno garde le chapeau. Il essaie de jouer un peu avec moi comme il a joué avec Madame Barnes. Agite le chapeau devant mon visage.

Je ne bouge pas. Je reste les bras ballants.

— C'est un peu lâche, tu ne crois pas ?

Il hésite.

Il arrête.

Sur la place, tout le monde nous observe.

Alors il crâne.

— C'est chacun son tour de rire.

Il dresse le menton.

— Elle s'est bien marrée, hein, l'autre jour quand elle nous a balancé de l'eau dessus ! Et de l'eau bien glacée !

Ceux de sa bande sont derrière lui. Ils l'excitent. Même les Marocains, avec Mehdi.

— Arrête…

— Pourquoi ! Elle ne l'a pas fait ?

— Si. Mais tu vaux mieux qu'eux, Manuel.

Il se trouble. Parce que je l'ai appelé Manuel. Pas Moreno. Pas Manu. Manuel. Son prénom.

Il frime encore, mais c'est fêlé.

Il la regarde. Un reste d'arrogance.

— Elle s'excuse un peu, la dame ?

— Oui. Je le fais pour elle.

— Bon…

Il tourne le chapeau dans ses mains. Le bibi est sale de poussière. Il frotte et il me le rend.

Alors j'y retourne. L'après-midi. Je suis à sa porte à 15 heures précises.

Je la trouve dans la cuisine, penchée sur le transistor, elle déplace le curseur, cherche des ondes.

— Vous l'avez touché…

Elle veut retrouver ses fréquences, les sérieuses, celles de l'art et de la musique.

— Je captais bien, avant de partir à Vézelay.

Je sais, c'est Juliette, elle avait mis RTL.

— C'est malheureux, je dis.

Elle me regarde bizarrement. Et puis se décale. Me laisse faire. Elle ne me reproche pas d'avoir écouté la radio, mais de ne pas avoir replacé le curseur comme il était.

Et c'est comme s'il ne s'était rien passé. Comme si j'étais venue hier.

Comme si elle savait que je reviendrais.

Elle me demande de retrouver sa canne, impossible de savoir où elle l'a posée. Et ses cachets, ils ont dû tomber quelque part.

On ne parle pas de ces quelques jours particuliers où je ne suis pas venue. Ni des vêtements qu'elle a donnés. Aucune allusion non plus à ses déjeuners chez ma grand-mère.

Ses cachets sont entre deux piles de journaux. Je mets un moment à retrouver la canne, parce que je la cherche dans le salon alors qu'elle est à l'étage.

Quand je redescends, elle est debout, avec ses pantoufles Mickey aux pieds. Ça me fait sourire.

— Vous avez tort de vous moquer, elles sont très confortables et c'est votre grand-mère qui me les a offertes.

Je hoche la tête.

Je ris, je ne peux pas m'empêcher. Ces pantoufles, avec le tailleur parfait.

Elle se laisse gagner, finit par rire aussi.

— Elles sont ridicules, et du made in China, du cent pour cent synthétique, mais tellement chaudes et confortables…

Je fais à son rythme. Dans les chambres. Celle du fond, la plus petite, la chambre verte. Un lit, un coffre. Des étagères, des livres illustrés, pour enfants, des bibelots. Elle feuillette les livres, *Ivanhoé*, la comtesse de Ségur, du vieux papier, elle en respire les odeurs. Le coffre est plein de laine, de tombées d'étoffes, un grand plaid, un dessus-de-lit, des rideaux. Je sors un coupon effiloché, mêlé au reste, un velours jaune or et soie, trois mètres sur un. Une fois lavé et repassé, il me ferait une belle étole pour le défilé.

— Je peux le prendre ?

— De quoi parlez-vous ?

— Ce bout de tissu ?

Elle se retourne, regarde ce que je lui montre. Pince un peu ses lèvres.

— Si vous voulez.

Elle referme le livre, le remet à sa place.

— Ce petit bout de tissu, comme vous dites, c'est du Fortuny, il faut quand même le savoir.

— Du Fortuny ?

Elle balaie l'air avec sa main.

— Dites-moi, où en êtes-vous de vos tenues ?

— On a presque fini, manquent les détails, les colliers, les accessoires et la musique.

— Comment sont habillées les autres ?

Je lui décris les tenues de Camille et celles de Boucle.

— Et vous ?

Je lui décris les miennes.

Elle hoche la tête.

— Vous viendrez nous voir ? je demande.

— Certainement pas. L'idée d'être assise pendant une heure, au froid et sur une chaise inconfortable… Vous pensez avoir des chances pour la coupe ?

— Je ne sais pas. On s'en fiche.

— Vous avez tort, il ne faut jamais envisager l'échec.

Elle s'assoit dans le fauteuil près de la fenêtre.

Elle veut savoir où habitent ces filles qui sont mes amies et ce qu'elles font dans la vie. Je lui parle de Boucle, de Camille.

— Camille a fini de peindre son fourgon. Elle a acheté un bout de moquette, dans les tons roses, comme sa peinture, elle l'a posée à l'intérieur, une vraie boîte à bonbons.

Je dis que mes parents ont acheté des rouleaux de papier peint pour le couloir, dix rouleaux, des motifs modernes, géométriques.

Elle ne m'écoute plus. Elle regarde par la fenêtre. Elle me demande si je ne connaîtrais pas quelqu'un qui pourrait venir tailler l'arbre et remettre en état le jardin.

Et puis elle ferme les yeux. La tête calée. Son visage est paisible. Je lui parle, elle ne répond pas. Je crois qu'elle dort un peu.

Quand elle rouvre les yeux, elle dit :

— Je suis comme vous, très attachée à cette ville.

Elle prend sa canne, se relève.

— C'est pour ça que nous pouvons partir, vous et moi, parce que nous avons un lieu.

Elle sort de la chambre, longe le couloir.

— Où que vous alliez, vous pourrez revenir, même si vous allez très loin, même si vous êtes au bout du monde.

Elle arrive à l'escalier.

— Si un jour ça ne va pas, par votre corps ou par la pensée, par la mémoire ou par le souvenir, parce que vous avez un chez-vous, vous aurez toujours cette possibilité de retour.

Elle redescend, une main à la rampe.

J'éteins les lumières derrière elle, dans les chambres, dans la salle de bains, je referme les portes.

On a empli un énième carton avec des objets pris dans un des grands placards du couloir. Des réveils, des vases, des soupières... Ces placards sont creusés dans le mur, ils sont tellement hauts que je dois monter sur l'escabeau pour atteindre les dernières étagères. Je retire des objets qui sont pleins de poussière mais qu'elle veut absolument voir. Je les lui passe. Elle les pose par terre, dans le couloir, ou elle les emporte dans la cuisine, les mêle au reste. Elle m'en rend certains afin que je les remette à leur place.

Il faut se rendre à l'évidence, on n'arrivera jamais à bout du rangement. Je ne suis pas certaine qu'elle le souhaite.

Plus on enlève, et plus il y a. Elle est fatiguée. Elle veut qu'on plie cet escabeau. Nous allons boire du vin. Du bon vin. Elle a acheté un grand cru. Un Saint-Joseph. Que j'aille chercher deux verres.

— Des Murano, vous les trouverez dans le vaisselier du salon.

Le vaisselier est plein de verres. Tous plus beaux les uns que les autres. Lesquels sont de Murano ? J'opte pour deux verres épais, à pied, un jaune, un bleu. Je les ramène dans la cuisine. Je les lave.

Elle est à la table, elle a trouvé un livre de photos sur Venise l'hiver, les gondoles avec la neige.

— Quand on vieillit, Venise devient un baume car le temps n'y passe pas aussi vite qu'ailleurs.

Elle soupire.

— Dommage qu'il y ait tous ces touristes. Il faudrait Venise seulement pour nous, les Vénitiens.

— Vous n'êtes pas vénitienne, je dis en essuyant les verres.

— J'y ai une adresse, ce qui m'autorise à le prétendre.

Elle me décrit son appartement sur l'île de la Giudecca, une des plus belles vues, juste après l'arrêt de Palanca. Un quartier tranquille avec des petits commerces de proximité, quelques cafés et des restaurants délicieux, et en face, les Zattere, le Dorsoduro, le campo San Vio où elle a des amis avec lesquels elle va souvent prendre un chocolat au Florian.

Elle parle de la beauté des lieux qui mord à la gorge, quand on arrive pour la première fois, de l'émotion inoubliable.

Elle écrase une larme.

— Une partie de mon âme est restée là-bas.

Elle referme le livre. Le garde sur les genoux. Ses deux mains croisées sur la couverture. Elle me regarde. Elle attend.

— Sortez-vous suffisamment ? elle finit par demander.

— Je sors, oui.

— Je veux dire, voyagez-vous ? Votre défilé, c'est bien mignon, mais il faut voir du pays, rencontrer des gens.

Elle verse du vin dans les verres.

Elle le goûte. Hoche la tête.

Elle me parle du père de son fils, le Vénitien. Son grand amour. Elle m'assure que les Italiens sont de très bons amants, leur sang est fou, ils sont merveilleux de fantaisie. Elle me décrit les îles qui entourent Venise, Torcello est la plus émouvante.

Elle nous ressert du vin. Je n'ai pas l'habitude.

Elle parle de Venise comme d'une ville qui ressemble au paradis avec des enfants qui jouent librement.

— Un jour, l'un d'eux a volé un vaporetto. Pendant des semaines il avait observé un conducteur, les manettes, les vitesses, pour savoir comment s'y prendre. Et une nuit, il a remonté le Grand Canal, seul, à la barre du bateau. On devrait tous être capables de telles audaces. Si vous le pouvez, je vous le dis, épousez un Italien !

Elle me parle d'une chanteuse, connue, la plus belle voix du siècle ! Maria Callas. Je ne connais pas… Elle me raconte l'amour de cette femme avec un type très riche, Onassis. Et la rupture après. La trahison. La souffrance. Elle fredonne un air, me dit que c'est *Casta Diva* ! La *Norma* de Bellini ! Elle s'enflamme. Et soudain, elle veut retourner là-bas, à Venise, dans son appartement de la Giudecca, elle veut aller à l'opéra, celui de la Fenice.

Elle se lève, téléphone à son fils. Je l'entends lui annoncer cela, enthousiaste : "Marius m'emmènera à l'aéroport, je passerai par Milan, je rejoindrai ensuite Venise en train."

Elle raccroche.

Revient à la table.

Elle boite un peu.

Elle boit une gorgée de vin.

— Le Saint-Joseph ne déçoit jamais. Bien sûr, servi dans les verres de Murano, il aurait été encore meilleur…

Juliette m'attend sur le trottoir, près de la grille. Son frangin est avec elle. Elle avait dit qu'elle viendrait, j'avais oublié.

Elle me prend le bras.

— Tu finis tard, tu fichais quoi ?

— Je travaille.

— Tu travailles et on ne se voit plus.

— On se voit aux essayages.

— Aux essayages, y a les autres. Ça, c'est quoi ?

— Du tissu. Du Fortuny. Ça vient d'Italie.

Elle le regarde avec envie.

Son frangin marche dix mètres devant nous. On croise quelques passants qui rentrent chez eux.

— Tu sais ce qu'il dit, Antoine ? Que la fille parfaite, c'est toi et moi réunies.

Quoi ? Pourquoi elle parle d'Antoine ? Mon cœur se pince. Je m'arrête. Elle marche, quelques mètres toute seule sur le trottoir, les mains dans les poches. J'ai la gorge sèche, ma langue, mes dents.

— Il dit que tu sais des choses, bien plus que moi, et il a raison. Mais que j'ai d'autres atouts.

Elle se retourne, me regarde.

— D'où la fille parfaite : toi et moi.

Qu'est-ce que je dis ? Rien ! Penser à autre chose. Ne pas parler d'Antoine.

— Tu l'as vu ?

Je m'entends articuler cela.

Je veux savoir où ? Quand ? Il était en ville, ou c'était ailleurs ?

Elle dit qu'ils ont juste pris un café à Lyon, le jour de son entretien chez Air France, ils se sont croisés place des Terreaux, par hasard.

— Pourquoi tu ne me l'as pas dit ?

— Tu ne voulais plus qu'on prononce son nom.

— Et pourquoi tu me le dis maintenant ?

Elle hausse les épaules.

— Il était comment ? je demande. Il allait bien ? Il était seul ?

— Il était seul, oui. Et il allait bien.

— Vous avez fait quoi ?

— Je te dis, on a pris un café ensemble.

Je n'aime pas ce mot, "ensemble".

Je reste plantée sur le trottoir, j'ai le crâne qui lance.

Elle revient vers moi.

Elle secoue la tête, doucement.

— Ce que tu es, Jessou…

— Quoi, ce que je suis ?

— Ce que tu es, ça va grandir, ça ne demande que ça. Alors que moi, regarde, fffuittt, je ne suis que du vent.

Elle veut quoi ? Que je m'apitoie ?

— Tu es belle, je dis.

Elle sourit bizarrement.

— Oui…

Elle me reprend le bras. Se serre contre moi. Et elle pousse un petit cri, se met à rire, pas très naturelle.

— Au fait, je ne t'ai pas dit ! J'ai fait ce que tu m'as conseillé, j'ai envoyé des photos à une agence de mannequinat, à Paris, on verra bien !

Pendant la nuit, les températures ont chuté. Les toits sont blancs. Je respire près de la vitre, mon souffle fait des ronds de buée. Difficile de chauffer la grande salle. Exceptionnellement, ma grand-mère sert les petits-déjeuners dans sa loge.

Madame Barnes téléphone, les trottoirs sont glissants, elle ne viendra pas déjeuner. Mais si Jessica pouvait livrer le repas, ce serait vraiment parfait. Entrée-plat, pas de dessert. Elle paiera cependant avec dessert pour le service.

Ma grand-mère me regarde.

Je fais oui avec la tête.

Mon père a commencé à tapisser le couloir avec le nouveau papier peint. Avec ma mère, ils ont choisi un imprimé en pochoir, la même forme répétée, noir, jaune et vert. J'aimais mieux avant, les tacots d'autrefois, mais ma mère voulait de l'imprimé moderne contre ses murs.

— L'éclairage est faiblard, il faudra le changer aussi.

Depuis qu'elle a reçu la liste des travaux, elle relève le front, bien décidée à se battre. On va se bricoler des solutions, comme on l'a toujours fait, c'est ce qu'elle dit, courber le dos, se faufiler entre les points de la réglementation, et continuer. Sans regarder derrière.

Derrière, c'est l'angle mort.

Mon père s'en fiche, de la modernité, mais il veut lui faire plaisir alors il dit oui à tout. Comme il est bien disposé, elle en profite pour lui demander s'il serait possible de placer un auvent pour protéger le seuil de la pluie.

Une nouvelle famille s'est installée dans l'appartement des Daval, on les voit, de notre cuisine, sur leur balcon, un couple avec deux enfants. On ne les connaît pas. Mes parents ne veulent pas savoir qui ils sont, ces nouveaux de la place, des arrivants qui nous sont imposés. Ce sont ces gens qui viennent habiter dans des maisons où vivaient des gens qu'on connaissait avant, et ils font que *maintenant* est différent.

Le bref coup de froid a suffi à geler le grand laurier que ma mère avait sorti devant la porte et qu'elle n'a pas pensé à couvrir. Gelés aussi, les géraniums.

Mon père l'avait prévenue, c'était trop tôt, il fallait attendre, mais elle avait senti le soleil et l'idée de fleurir les balcons lui avait fait envie.

Quand elle voit les dégâts, elle se lamente, du gel bleu à ce moment de l'année, décidément, elle n'est pas gâtée par la vie.

C'est une femme résistante, ma mère, quand elle était petite elle a pris des coups, elle sait que pour vivre il faut du courage, elle jettera donc les géraniums gelés et elle en plantera d'autres. Même si elle n'aime pas leur odeur.

Elle monte les marches en tirant l'aspirateur derrière elle. Le fil, le tuyau. Elle dit qu'elle songe à changer le nom de l'hôtel, pour se libérer. Fini, l'Hôtel des Géraniums ! Mais remplacer par quoi ?

Je ne veux pas qu'elle nettoie ma chambre.

À midi, elle prépare des carottes Vichy avec des belles tranches de viande. Pendant qu'on mange, on regarde la télé, un jeu de rencontres amoureuses qui se passe sur un manège, avec trois filles d'un côté et trois garçons de l'autre, ils ne se voient pas, un couple doit se former alors pour se choisir ils se posent des questions, et à la fin il y a toujours une question sexe qui nous fait rigoler. À la fin aussi, ils tirent le rideau et ceux qui se sont choisis se découvrent.

"Rigoleront moins quand ils seront cocus", c'est ce qu'elle dit toujours, ma mère.

Après le jeu, c'est les informations. Elle coupe le son. Elle se tourne vers moi.

— Pourquoi tu n'irais pas, toi, au manège ? Tu pourrais peut-être trouver un mari ?

Voilà, ça recommence.

Fini le manège. Sur l'écran, il y a une femme, dans une grande robe, elle chante. Elle semble souffrir. Son visage est impressionnant. Elle a de l'eye-liner noir autour des yeux. Après le chant, elle parle. Je me fige. C'est elle, la Callas ! Je remets le son. Elle est filmée à l'Opéra de Milan. Elle explique qu'elle a été célèbre par hasard, parce qu'on lui a demandé de remplacer une chanteuse qui était malade, il fallait une remplaçante, elle a saisi sa chance, au pied levé, et malgré sa peur elle y est allée. Elle a pris ce risque.

Ma mère débarrasse la table, fait couler l'eau dans la cuvette. Ça fait du bruit. Je monte le son.

La Callas explique que les choses n'ont pas été faciles pour elle, qu'elle n'était pas jolie mais qu'elle a travaillé beaucoup, son image autant que sa voix.

Ma mère ouvre la fenêtre, elle fume une cigarette, parle avec une voisine en bas.

— Maman, s'il te plaît...

Elle se retourne, jette un coup d'œil à l'écran.

— Quoi ?

Je ne réponds pas.

La Callas raconte que, quand elle était petite, elle était grosse, elle portait des lunettes et sa mère ne l'aimait pas et elle en souffrait beaucoup. Après, bien sûr, elle est devenue une des femmes les plus belles du monde, des plus célèbres aussi, mais elle est restée triste.

La caméra montre son visage, ses yeux.

Ma mère referme la fenêtre.

— Qu'est-ce que tu regardes de si intéressant ?

— Rien...

— Je vois bien que c'est pas rien... C'est qui ?

— La Callas.

— Et elle dit quoi ?

— Elle chante l'histoire de deux amies, qui se sont juré une amitié éternelle, et qui aiment le même homme. À la fin, Norma meurt sur un bûcher, et son amant la rejoint parce qu'il est touché par elle.

Sur l'écran, on la voit à Paris, c'est l'hiver, elle porte un manteau en fourrure et elle a un petit chien dans les bras.

— Elle voulait des enfants mais aucun des hommes qu'elle a aimés n'a voulu lui en faire un. Elle est tombée amoureuse d'un homme très riche, mais il l'a trahie, il en a épousé une autre.

— Et elle est devenue célèbre ?
— Oui, très.

Ma mère s'approche de la télé.

— Elle a une belle voix…
— Oui.

Elle écoute un moment sans bouger.

— Elle pourrait venir chanter ici, comme Balavoine.
— Elle est morte, maman, je dis en riant.

Sur l'écran, la Callas monte sur le yacht d'Onassis. Elle est belle, mince, porte une robe blanche. Lui aussi est en blanc. Il est vieux.

— Il paraît qu'elle s'est suicidée, mais Madame Barnes n'y croit pas du tout.

— Suicidée ? Mais pourquoi ?

Elle reprend son balai.

— On ne se suicide pas quand on a tout.

Nos tenues sont prêtes, il nous manque des colliers, du maquillage, mais dans l'ensemble, on est toutes les cinq au point.

On pousse la grande table du salon. Ce soir, on répète, on l'a dit, avec nos trois tenues et on va voir ce que ça donne.

Dany est là. Avec le petit Paul, ils feront le public. On se changera dans la chambre. On chronométrera la durée.

Juliette n'est pas encore arrivée. On l'avait pourtant précisé, tout le monde à l'heure ! On s'était bien mises d'accord, elle avait promis.

On l'attend. C'est comme ça.

Broussaille dit qu'elle l'a vue en début d'après-midi avec un photographe, elle posait sur le pont du Bourde. Et après, elle les a revus près du mur du couvent.

— Elle joue la star.

D'un autre côté, elle n'a pas autant besoin de s'entraîner que nous.

On l'attend cinq minutes encore et on y va. Sans elle. On défile à quatre. Les unes après les autres. On enchaîne. Avec nos talons. Il faut se changer vite. On va être regardées. Ce qu'on fait sans y penser, marcher, sourire, devient soudain effroyablement compliqué.

Le plus difficile, c'est de savoir comment être avec son corps, comment bouger, marcher.

Pour s'aider, on met de la musique.

Même avec de la musique, on manque de naturel. Même laisser aller ses mains, on n'y parvient pas. On en parle. Plus on en parle, moins on y arrive. Bien sûr, Dany nous trouve magnifiques, et ça ne nous aide pas.

— C'est à l'intérieur de nous que ça ne va pas. On n'a pas confiance.

Madame Barnes hoche la tête. Elle comprend. Être sous le regard, elle a ressenti cela aussi lors du tournage de *Mort à Venise*.

— Je n'étais qu'un détail, une figurante, mais quand le voyant rouge de la caméra s'allumait, je ne parvenais pas à marcher normalement. Tout le monde dit qu'il faut oublier la caméra mais ce n'est pas si facile.

Elle me parle du tournage et des années qui ont suivi. Pas des années terribles.

— Une main pauvre, comme aux cartes.

Sur la table, il y a des jeux pour enfant, mikado, sept familles. Un Rubik's Cube, j'essaie d'en agencer les faces.

— Et les vôtres, vos dernières années, comment ont-elles été ?

— Un peu big bang.

— Que voulez-vous dire ?

— Comme une bille de flipper, d'une paroi à l'autre, vite au début, et puis après…

Je réponds sans la regarder. Je me bats avec les couleurs. Mes mains, mes doigts. Je tourne le cube dans tous les sens, je parviens à réussir deux faces, ça me rend dingue car pour continuer, je dois détruire ce qui a été réussi.

— Et votre Juliette, vous n'en dites rien ? Elle n'est plus votre amie ?

— Si…

— C'est quoi alors ? Elle change ? Elle change plus vite que vous ? Peut-être aussi vous étiez-vous fait une autre idée d'elle ?

J'ai la face bleue et la rouge. Je les détruis. Je reprends.

— A-t-elle un Roméo ?

— Non…

— Une Juliette sans Roméo, alors ?

Elle bloque ma main.

— Gardez ce Rubik's Cube si ça vous amuse tant, mais cessez ! Ce maudit jeu est insupportable !

Je m'excuse. Je glisse le cube dans ma poche.

Elle soupire, ferme les yeux.

— D'une paroi à l'autre, disiez-vous, et on glisse inéluctablement. Et on perd à la fin. On perd toujours. Avez-vous déjà jonglé avec des pierres brûlantes ? Parce que le flipper, c'est comme ça !

Son visage s'éclaire soudain.

— Y en a-t-il un dans la ville ? Un flipper !

Ses vêtements, son allure, son chapeau, elle ne passe pas inaperçue quand on entre. Il y a des gars au zinc, des trognes particulières, un peu plates. Ils commencent à rire. La patronne est derrière sa caisse, elle les calme d'un regard.

— Mon père travaillait pour le vôtre, elle dit respectueusement en souriant à Madame Barnes.

Madame Barnes remercie brièvement.

On commande deux bières, des blanches. On récupère de la monnaie en pièce de 1. Le flipper est dans le fond du café, à côté du vieil escalier. Au-dessus, il y a des chambres. Avant, c'étaient des chambres à l'heure, des piaules de putes, de passes.

On joue. Elle commence, envoie valdinguer la bille. Elle joue bien, cogne la bille, la rattrape, un coup de bumper, avant que la gravité l'avale. Elle rit. Elle crie. S'esclaffe ! On est à deux tables des Marocains.

— Vous voyez, c'est le mouvement qui relance, elle leur dit, comme si elle les connaissait de toujours.

Ses joues sont roses, rondes, brillantes. Ses yeux suivent la bille. Quoi qu'on fasse, on le sait, on va perdre. On perd tous à ce jeu. Même les plus forts. Même les champions. Même ceux qui font exploser le compteur des points. Dès qu'on commence à jouer, la partie est perdue, la bille finira par être avalée. On joue pourtant. Pour ce moment exaltant où on tient la bille dans les hauteurs, quelques minutes où on la garde dans les lumières, et on a l'illusion qu'elle y restera. Rester dans les lumières, c'est l'enjeu.

Madame Barnes joue bien. Elle marque des points. Mais soudain, ça se tend, ça ne rigole plus, la bille redescend dangereusement, en plein dans le vide, le bumper la frôle, à peine mais suffisamment pour la faire repartir, une récupération in extremis, juste avant le gouffre, Madame Barnes crie ! Il s'en est fallu d'un rien, elle me regarde, triomphante, la bille vole à nouveau, tout en haut, pour un tour encore. Un tour. Combien de temps ? Ses doigts sont sur les bumpers, le ventre contre la machine. La bille rebondit toute seule, de son propre mouvement, tac tac tac, les coups allument les lumières, ajoutent au compteur.

Madame Barnes se détend.

— Sans mouvement, je vous le dis, on est mort.

Et puis c'est à nouveau la chute. Le balancier ralentit, tac, tac... tac. Ça bat moins vite. La bille redescend. Elle glisse. Fini de rire, maintenant c'est tout droit, par ici la sortie. Ses mains se crispent. Les doigts, les bumpers. On le savait que ça finirait mais on n'y croyait pas. Une remontée, encore ! Encore une fois les hauteurs ! Elle parvient à renvoyer la bille dans les cimes, mais il n'y a pas assez d'allant, pas assez de force.

Alors en dernier recours, par impuissance, elle cogne fort, du plat de la main, sur le côté de la machine, elle cogne, une fois encore, un peu trop fort. Le coup de trop. La machine tilte. Le tilt, c'est la plus triste des fins. Tout s'éteint. Plus rien à faire. La bille reste suspendue dans le vide, livrée à son propre mouvement. On assiste, impuissantes, à la descente, dans un silence complet de sons et de lumière, une fin loupée, une mort sans lutte. On ne peut plus rien faire, le score est éteint. La bille ricoche contre les parois, des rebonds impuissants, de plus en plus lents.

Madame Barnes fixe la bille. Elle ne crie plus, elle sait qu'elle a perdu et de la plus médiocre des manières.

Quand la bille disparaît, elle lâche la machine. Les bras ballants. Elle va s'asseoir avec les Marocains.

— La fin, elle leur dit. Depuis le début, on le sait. Comment ça finit. Ce qui importe, ce n'est pas la fin, c'est ce qui se passe entre.
Elle rit.
— Cette folie ! Cette énergie !

Je ne sais pas comment je le comprends. Que Broussaille ne l'a pas gardé, son môme. Je ne sais pas quand ça s'est passé. Ni où. Ni comment.

Elle était en train de coudre tranquillement les deux derniers pompons sur son caraco.

Je l'ai regardée.

Et j'ai su.

Je n'en parle pas. Ni à elle ni aux autres. Pas parce que je ne suis pas sûre. Je suis sûre.

Est-ce qu'elles ont deviné aussi, les autres ? Ont-elles deviné, chacune de leur côté ? Ou alors ensemble ?

Peut-être qu'elles en ont parlé ?

Je suis molle. Abattue.

Tout allait si bien. Il me semblait.

Camille marche gaiement à ma rencontre. C'est le soir, on va chez Boucle pour répéter. Elle a pu avoir des places pour le concert de Balavoine. Balavoine, on l'adore ! Depuis le temps qu'on voulait le voir en vrai ! Entendre sa voix !

Elle jacasse à mon bras et on remonte la rue. Je la laisse causer. Je n'arrive pas à m'enthousiasmer aussi fort.

— Et toi, quoi de neuf ? elle finit par me demander.

Je pense au ventre de Broussaille. Je lui parle du nouvel hôtel qui va être construit, d'un orang-outan que j'ai vu pleurer à la télé parce que le chaton dont il prenait soin s'était fait écraser. Je lui parle aussi d'un nageur qui vient de traverser la Manche.

Je lui explique :

— Il avait calculé la distance, une ligne bien droite, mais les courants l'ont déporté, et au final, il a doublé son temps de traversée et il n'est pas arrivé sur la bonne plage mais c'était quand même une plage.

Je lui parle de *Mort à Venise*, à cause de la plage, et des bumpers qui remettent nos vies dans la lumière.

Je ne lui parle pas du ventre. Je vais loin du ventre.

Je sors le Rubik's Cube.

— Tu as déjà réussi les six faces, toi ?

Et soudain, plus rien. Le vide.

Je me tais.

Elle me regarde.

— T'es pas un peu bizarre, toi, aujourd'hui ?

Une fois dans le salon, on se regroupe autour de la table. Il faut qu'on se lâche, qu'on ose.

On fait le compte, deux minutes par tenue, plus le temps de battement entre deux passages, plus la mariée et le final, ça fera une quarantaine de minutes.

Tommy rapplique. Non, il ne sait pas où est sa sœur mais il nous a trouvé des perruques, en synthétique, il les jette sur la table : une jaune, une bleue, une verte, très flashy.

Le petit Paul met la bleue, elle lui tombe sur les yeux. On rit. Broussaille aussi. Je ne peux pas m'empêcher de la regarder.

On va mettre nos tenues. On demande à Tommy de rester, qu'il nous donne son avis. On insiste. Il pourra dire ce qu'il pense, exactement. Être franc, on ne le frappera pas.

Il cède.

Première tenue.

Deuxième.

Troisième.

— Vous avez encore du boulot, c'est ce qu'il lâche quand on a terminé.

On sait que c'est vrai.

Boucle offre des biscuits.

On boit des sodas.

Camille nous remotive, comme quoi les beaux vêtements donnent du pouvoir à celles qui les portent, et comme quoi aussi toutes les filles peuvent être belles, même si elles ne le sont pas.

On liste ce qui nous manque. Broussaille veut un chapeau pour mettre avec sa veste queue-de-pie. On retournera au magasin de fripes.

Les premières cigarettes, le corps qui se transforme, les poils, les seins, on a tout traversé ensemble. On s'est raconté nos premières fois, le collège, les boums, les bals, les premiers baisers, quand on s'enlace, on touche un autre que soi, le cœur qui s'emballe.

Et maintenant ?

Le petit Paul s'est glissé sous la table. Il caresse nos chevilles, nos mollets, il essaie de deviner à qui ils sont.

Quand il devine, il sort la tête pour vérifier.

S'il a réussi, il sourit, sinon il replonge.

À un moment, il est fatigué, il va se pelotonner dans le fauteuil bas, tire un plaid sur lui. Il s'endort.

Broussaille le regarde.

Je croise les yeux de Camille. Quelques secondes.

Dehors, sur le trottoir. Après, dans la rue. La nuit.

Camille allume une cigarette.

— Tu en veux une ?

— Non.

Elle tire une taffe. On marche. On redescend la rue. Tout est calme, silencieux. Les gens sont chez eux, dans leur maison. On voit les lumières derrière les fentes des volets. On entend le son des télés. Et un peu le bruit de nos chaussures.

Camille souffle la fumée.

— Tu penses qu'elle l'a gardé ?

Je frissonne.

— Je ne sais pas.

— Mais tu penses quoi ?

— Je pense comme toi.

On marche sur la route.

— Il n'y avait rien d'autre à faire, je dis.

— Je sais. Mais ça fait drôle.

— Ça fait drôle, oui. Des fois, je revois les images en noir et blanc sur l'écran du médecin.

— Il ne faut pas penser à ça, Jess.

— Je sais.

— Tu crois qu'il faut qu'on lui en parle ?

— Je ne sais pas.

On arrive sur la place.

Avant de me quitter, elle me fait une petite bise sur la joue, très légère.

— Au fait, c'est le combien, Balavoine, déjà ? je demande.

— En juin. Le 22.

Mon père les a reçues, les invitations pour l'inauguration du théâtre, quatre bristols dans une enveloppe, à cause des murs qu'il a réparés bénévolement. Un apéritif sera offert, et la troupe rejouera *Le Village des femmes*. Il a envie d'y aller mais ma mère n'aime pas sortir le soir, mémé non plus.

Lui et moi, donc. Les deux invitations qui restent, il les donne à Tommy quand il le voit sur la place.

— Tu pourras les revendre, il lui dit.

Ma mère nous regarde partir. Elle a honte parce que mon père s'habille sans goût, même pour sortir, jean sans forme, chemise à carreaux et sa veste en velours, et des chaussettes avec des nu-pieds. Qu'est-ce que les gens doivent dire ?

On arrive un peu avant 20 heures. Il y a déjà du monde dans la cour. On offre de la limonade pour faire patienter. Ceux qui ont un carton peuvent passer par le côté.

C'est très beau, maintenant, à l'intérieur. Ils ont installé trois rangées de fauteuils, et des chaises, et des bancs. Le grand lustre de cristal éclaire la salle. Le rideau rouge brille. De la cure, ils ont laissé un tableau avec des anges. C'est devenu un joli petit théâtre, d'ailleurs ils vont l'appeler comme ça : le Petit Théâtre.

Des gens appellent mon père, ils le félicitent pour son travail, ce mélange de ciment et de pigments roses, qui ne s'effrite pas, comment a-t-il réussi cela ? Parce qu'avec l'hiver, l'humidité, la variabilité de l'air, le ciment, la pierre, etc.

Les gens l'écoutent. Ils vont toucher le mur, grattent un peu avec l'ongle.

Je me dis que si ma mère...
— Jess !
Je me retourne.
C'est Victor, mon baiser de scène, celui pour qui je comptais 1, 2, 3. Assiette, vaisselier, les pas, le baiser, les secondes, je n'ai rien oublié.
— C'est super que tu sois venue, il dit. On a besoin d'un coup de main, tu pourrais ?
Ça recommence ? Cosette ? Même si je n'ai pas mon seau. Mon cœur s'emballe. Parce que je connais tout le rôle. L'autre les a plaqués.
— Je dois jouer la fille du début ?
Il fait non avec la tête.
— On cherche quelqu'un pour les entrées.
Il m'entraîne à côté de la caisse, me passe un tampon avec encreur, me prend la main, la retourne.
— Tu tamponnes là.
Et il tamponne, des fois que je n'aie pas compris.
Il s'éloigne, m'abandonne avec le petit matériel, il faut qu'il retrouve les autres.
— On prend un verre après, hein ?
Parce qu'on l'appelle déjà, là-haut, sur scène.
Il se fout de moi ? Je regarde le tampon. Je me trouve un peu gourde. Et puis je tamponne une main parce qu'on me la tend. Et puis une autre.

Juliette ne me tend pas la sienne, elle ne veut pas de ça sur sa peau. Elle s'avance dans la travée, se laisse tomber dans l'un des sièges au deuxième rang. Rapidement, on s'en rend compte, il n'y a pas assez de places. Même avec les bancs ajoutés. Même serrés. Les derniers doivent rester debout, qu'est-ce que j'y peux ?
Quand tout le monde est à l'intérieur, les portes se ferment.
Les trois coups.
Le rideau se lève.
La fille est sur scène, elle fait tout ce que j'ai fait, les mêmes gestes, les assiettes, et puis elle ôte sa veste, je compte les secondes, le châle, je peux la remplacer, au pied levé, si elle venait à mourir là, subitement, j'assure, comme la Callas, le spectacle

continue, on ne doit pas s'arrêter. Victor entre sur scène, il la prend dans ses bras, elle est sa femme, il l'embrasse, 1, 2, 3, il part pour la guerre, c'est une déchirure. Qu'est-ce qu'ils font ? C'est mou. Le baiser est sans passion, il ne dure même pas toutes les secondes accordées. "Fougueux", c'était pourtant écrit dans le scénario. J'ai envie d'y aller, de leur montrer.

Après, ça va : il arrive dans le village, les femmes le gardent, elles sont en mal d'enfant, en manque d'amour, il doit leur faire un gosse à toutes, ensuite il est libéré.

Juliette part avant la fin. Elle dérange tout le monde.
Je la retrouve dans la cour, elle fume avec une fille en jupe qui a une phrase tatouée à l'intérieur de la cuisse. Je reconnais la fille, c'est celle qui faisait la manche sur le trottoir et que j'avais vue pianoter sur le distributeur automatique.

— Tu aurais pu faire un effort, je lui dis.
— C'était chiant.
— Au moins sortir discrètement.
— Tu me fais la morale ?
— Ce n'est pas de la morale.
— C'est quoi alors ?
Je ne sais pas. Qu'est-ce que je peux lui dire ?
— Tu veux qu'on t'aime mais toi, tu n'aimes personne.
Elle grimace.
— Si c'est ce que tu penses…
Elle me regarde calmement.
Elle me dit qu'elle va avoir des choses importantes à faire dans les semaines à venir et qu'on se verra moins. Quelles choses, elle ne précise pas.
— Je m'en fiche.
Elle hoche la tête.
— Pour le défilé, il faudra sans doute vous débrouiller sans moi.
Je ne trouve rien à lui dire.
Elle tourne les talons.
Elle me fatigue, qu'elle aille au diable !
Elle s'arrête, revient vers moi. Elle me touche le bras.
— Au fait, tu sais que Broussaille l'a fait passer, son gamin ?

Elle dit ça tel quel. Sans détour.
— Je sais, oui.
— Tu le sais parce qu'elle te l'a dit ?
— Non, j'ai deviné.
Elle redresse la tête, plante ses yeux fiers dans les miens.
— À moi, elle me l'a dit.

Des choses à faire ? On les connaît, ses choses. Madame Barnes a tort, ce n'est pas Juliette qui change, c'est moi.

Camille, Broussaille, Boucle et moi, c'est simple, il n'y a jamais eu d'embrouilles, une confiance totale, un socle solide, quand l'une a besoin de quelque chose, l'autre lui donne, depuis qu'on se connaît, jamais l'une ne laisserait l'autre dans le pétrin, jamais. Une vraie amitié.

Juliette est mon amie mais elle peut être blessante. Elle a toujours été comme ça, à suivre sa vie comme elle veut. À se faire du mal dans ses choix de colère.

Là, elle nous laisse tomber. Et au pire moment. En me rendant responsable. Et pour rien. Comme si elle m'en voulait de quelque chose.

Je suis furieuse.

— Et si elle nous lâche vraiment ?

— On fera sans elle, dit Camille.

— C'est la mariée !

— Je suis sûre qu'elle regrette déjà. Elle ne va pas tenir deux jours.

Broussaille nous écoute. Soudain, elle se redresse.

— Et alors ?

Elle semble une montagne.

— Juliette nous lâche ? Et puis quoi ? Quoi, Juliette ? C'est la fin du monde ? Tu sais ce qu'elle dit, ma mère ? "T'approche pas des autres, tu vas choper leur misère." Eh bien moi je dis qu'elle ne s'approche pas de nous, sinon c'est nos rêves qu'elle va choper ! Nos rêves ! Et s'ils ne sont pas assez bien pour elle, qu'elle aille voir ailleurs. Nous, on continue, on va au bout !

— On va défiler à quatre ?
— C'est pas ce qu'on avait dit au début, qu'on défilait ?
Elle commence par dire ça, Broussaille. Quand on est un peu remontées, elle va chercher la robe. La robe de mariée.
Elle la pose devant Camille.
— Maintenant, c'est toi !
— Moi ?
— Toi, oui.
Camille fait non avec la tête.
— Pourquoi non ?
— C'est Juliette...
— C'était.
— C'est sa robe. Elle va revenir. Et puis tu as vu la taille ? C'est du 36, comment tu veux que je rentre là-dedans ?
— On n'a qu'à découdre. Il faut gagner deux centimètres, peut-être trois... Tu en penses quoi, Jess ? Il suffit de faire sauter les petites coutures, là et là, sur les côtés, jusqu'aux emmanchures.
Déjà, elle prend les ciseaux.
— Oh ! Jess ! Tu penses quoi ?
— On n'attend pas un jour ou deux ?
— Attendre quoi ? Il nous reste seulement quinze jours. Tu crois qu'on a le temps ?
Elle a raison.
Je m'avance vers la robe.
— Si on déchire comme tu dis, on n'a qu'à prendre un bout de tulle sur la traîne et on le coud par-dessous pour que ça bouche l'espace.

On y va. On découd sur les deux côtés, sans déchirer, on fait sauter les fils et on ajoute six bons centimètres de taille.
Camille enfile la robe pour qu'on vérifie.
On retire deux bandes de tulle au bout de la traîne et on les coud à l'intérieur, pour boucher, à petits points. Du blanc sur blanc, avec du fil blanc. Le tulle, c'est fin. Ça se déchire.
Camille remet la robe. Ce n'est pas collé au corps comme une peau mais c'est pas mal.
— Sous les bras, on voit le travail, mais de loin, pour la vue d'ensemble, ça ira.

— Et ma cousine, elle va dire quoi ? demande soudain Camille.
La cousine ?
On se regarde, un peu gênées.
La cousine, on n'y avait pas pensé.

Avec tout ça, on ne s'est pas entraînées et on devait décider pour les musiques.

On commence à stresser à cause de la date qui approche. Le jeudi, on va à la friperie, on achète ce qui nous manque, de la fausse cotte de mailles, un serre-tête en perles, des bracelets au kilo, Broussaille trouve un joli chapeau.

On revient direct chez Boucle. On arrive comme Dany s'en va. "Bonne soirée, les filles !" il dit.

C'est un chic gars. Vraiment chic.

Le petit Paul a récupéré des bouts de tulle, il les a collés sur une feuille. Jupe, jambes. Les deux bras. Avec des fils, il lui ajoute une longue chevelure.

— C'est ta copine ?

Il hausse les épaules, murmure que c'est sa sœur.

Boucle soupire, ce n'est pas la première fois qu'il fait allusion à ça. Alors on lui passe d'autres lambeaux de tissu pour qu'il se crée d'autres sœurs, sur plein de feuilles, une ribambelle, une vraie tribu !

Boucle nous dit aussi qu'ils vont sûrement acheter une maison. Avec un jardin, oui ! Et Dany arrêtera le travail de nuit.

On s'entraîne à défiler. Sans les chaussures, on doit les faire sauter car la dame du dessous est montée nous voir à cause du bruit des talons sur le plancher.

Il est déjà tard. On boit une grenadine. On rassemble nos affaires. Broussaille est un peu gênée.

— Jess… Il faut qu'on te dise quelque chose.

Ses yeux sont comme du marécage, je vois bien que ce n'est pas bon pour moi.

Elles se regardent toutes les trois.

Broussaille se lance :

— Juliette dit que tu l'accuses d'avoir pris ta place le jour de la photo.

— C'est vrai qu'elle a pris ma place.

— Elle dit que tu racontes partout qu'elle t'a arraché le parapluie des mains pour être photographiée, que tu lui reproches ça parce que tu aurais voulu être dans le journal, toi, et que ça a mis une embrouille entre vous, elle est mal à l'aise, c'est pour ça qu'elle ne veut plus défiler.

— Je ne raconte pas ça partout.

— On le sait, Jess.

— Elle dit autre chose ?

— Oui.

Broussaille hésite.

— Elle dit que tu as manigancé en disant du mal d'elle à la Parisienne, comme quoi elle aurait mauvaise réputation, avec Mehdi, tout ça…

— Et pourquoi j'aurais dit ça ?

— Pour lui piquer son job, et que la Barnes te préfère à elle.

Ça me fait bien rire.

Et puis pas tant que ça.

Je sais qu'on peut mal se comporter, sans s'en rendre compte, ou en s'en rendant tout à fait compte, je sais que parfois je me comporte mal, et que je peux mal faire les choses, parce que c'est facile de mal faire, parfois on n'y pense pas, on ne pense pas à tout, ou alors à un seul aspect des choses, et on comprend après.

— Je n'ai jamais dit du mal de Juliette, ni à Madame Barnes ni à personne. Pas une seule fois.

Je me lève.

Je les regarde toutes les trois.

— Je n'ai pas mal agi, j'ai juste fait mon travail et je me suis bien comportée.

Avant que je sorte, le petit Paul me tend son collage. Sa sœur imaginée. Il me la donne. Sans un mot. Il me montre juste les tissus qu'il a dans la main, me fait comprendre qu'il s'en fera une autre.

Je dors mal à cause de ce que raconte Juliette. Il faut que je la voie.

Dix heures du matin. Les employés de la mairie placardent des affiches partout en ville, avec le programme de la fête, la course du feu, le bal, le concours. Notre défilé est annoncé. Sous le préau de l'école, des enfants fabriquent un pantin géant, ils bourrent son corps de paille, lui font une tête énorme, en papier mâché. Le pantin sera brûlé le premier soir de la fête.

La Contamia est postée devant chez elle, sur le trottoir, emmitouflée dans plusieurs couches de vêtements, presque empaquetée, un bonnet et turban, et une écharpe autour du cou. Elle boit du rhum en fumant un cigare. Je sais que c'est du rhum à cause de la bouteille à ses pieds. Elle porte une grosse bague au doigt, celui qui tient le cigare. On dit qu'elle a du sang russe, ou polonais.

Elle ne me répond pas quand je lui demande si je peux entrer.

Tommy est dans la cuisine. Quand il me voit, il bondit. Je sors le Rubik's Cube, je lui montre. Il hésite. Pas longtemps.

— Tu vendrais ton père et ta mère, toi...

Il sourit.

Il me laisse passer.

Juliette est sur son lit. Elle fume. La fenêtre est fermée. Elle épile à la pince les rares poils qu'elle a sur les jambes.

— Tu reviens me voir ? elle dit en levant à peine les yeux de ses cuisses.

— C'est ta déco, elle me manquait.

Elle arrache un poil.

— Comment vous allez faire, pour le final ?
— Comment ça ?
— Sans moi.
— Il y aura un final. Camille mettra la robe.
— Camille ? Elle ne l'enfilera pas.
— On a fait le nécessaire.
— Et ça donne quoi ?
— Qu'est-ce que tu veux dire ?
— Sur elle ? La robe ?

Elle écarte les mains plusieurs fois, des allers-retours pour montrer la différence de taille.

— Tu crains, là, Juliette.
— C'est toi qui crains. C'était *ma* robe !
— Tu m'as dit que tu nous lâchais.
— Tu ne m'as pas répondu, Camille donne quoi ?

Son sourire me blesse. La chambre pue la cigarette. J'étouffe.

— Elle est jolie, je dis.
— Plus que moi ?
— Plus que toi.
— Non, elle est plus naturelle, mais pas plus jolie.
— Elle est plus jolie.

Elle tire un poil. Grimace.

— Et c'est pour me dire que Camille est jolie que tu es venue me voir ?

Je m'approche du mur. Elle a punaisé des photos d'elle, des dizaines de photos magnifiques, prises récemment, en pose sur le pont et d'autres dans les ruelles.

Je me retourne.

Je la regarde.

— Je sais que tu racontes partout que je suis jalouse, mais ce n'est pas vrai. Et je n'ai jamais dit un seul mot de méchant sur toi à Madame Barnes.
— Pas un seul ?
— Pas un seul.
— Tu jures ?
— Je jure.

Elle sourit.

— Tu ne devrais pas.

Elle tire un ballon de baudruche d'un sachet. Elle le gonfle. Quand il est gonflé, elle fait un nœud, le tient entre ses mains.

— Comment tu expliques alors que la Barnes dise que je t'ai déçue et que j'ai de mauvaises fréquentations.

Je rougis d'un coup. Violemment. La peau soudain en feu.

Elle caresse tranquillement le ballon du plat de la main, fait crisser le plastique.

— Est-ce que tu lui as vraiment dit cela ?
— Oui.
— Donc tu lui as parlé de moi.
— Mais c'était après, bien après qu'elle m'a demandé de te remplacer. Et parce que je t'avais vue traîner avec Mehdi. Ça n'a rien à voir avec le fait qu'elle n'ait pas voulu continuer avec toi.

J'entrouvre la fenêtre, il faut que je respire.

Je sursaute. Elle a fait éclater le ballon. Avec son mégot.

Elle se moque.

— T'es pas un peu tendue, toi, en ce moment ?

Parce que j'ai poussé un cri.

La porte s'ouvre sur Tommy.

Il voit le ballon entre les doigts de sa sœur.

Il la regarde.

— Ben alors, ça te fait pas rire ? elle demande.

Il ne répond pas.

Il s'avance vers moi, me tend le Rubik's Cube. Toutes les faces sont réussies.

— C'est toi ?

Il fait oui avec la tête.

— Je ne te crois pas.

Je brise les faces, je mélange les couleurs.

Il recommence. Debout. Devant moi.

— En fait, dit Juliette en récupérant sa pince, je suis contente que tu aies pris mon job chez la Barnes, moi, être bonniche, je n'aurais pas supporté.

Je m'en fiche de ce qu'elle dit.

Je regarde son frère, ses mains, ses doigts. Son visage concentré.

Il a encore réussi !

Je sors.

Une fois dehors, je respire l'air froid.

— Ta tante Nicole divorce, dit ma mère quand j'arrive.

Elle est venue leur annoncer cela, dans l'après-midi, elle était euphorique, elle n'avait jamais été aussi heureuse de toute sa vie, aussi libre, tout était à nouveau possible, c'est ce qu'elle leur a dit.

— Sa voix était bizarre, très haut perchée, elle ne peut pas être aussi heureuse qu'elle le prétend.

Elle recoiffe ses cheveux devant le petit miroir.

— Elle va venir te voir défiler.

Elle ajoute :

— C'est le premier divorce dans notre famille.

Et c'est de son côté. De sa famille à elle. Du côté de mon père, ça ne l'aurait pas surprise, presque elle en aurait rigolé.

Elle n'aime pas beaucoup la famille de mon père. Quand elle est en colère contre moi, elle liste tous les fous de cette branche et conclut que, si je ne me ressaisis pas rapidement, j'en ferai probablement et très vite partie.

Le voisin Perruchon est complètement hagard, il ne sait plus quoi faire de ses chats, il en a de plus en plus, et deux *migrettes* vont encore faire des petits !

Il fait les quatre cents pas. Il a l'air franchement paumé sur la place.

— Vous devriez leur ouvrir la porte.

Il sait que ça se finira comme ça. La porte. Et après ? Pour l'instant, il ne peut pas. Il a trop peur pour eux. Au printemps, peut-être, quand il fera moins froid.

Il insiste, faut que je vienne voir. Pousse sa porte. Je n'avance pas. Des chats, il y en a partout, comme chez nous les cafards.

Il me montre les *migrettes*, dans la pièce à côté, il leur a fait des cabanes, c'est tellement joli, les petits.

— Y a pas le choix, faudra les tuer.

— Les tuer !!!

Il ne peut quand même pas faire ça !

— Les tuer, je redis.

Je lui glisse un billet pour ses croquettes.

Ça ne doit pas toujours être la fête chez lui pour qu'il aime ses chats comme ça.

À cause de lui, j'arrive en retard chez Boucle.

Boucle, d'habitude si discrète, est affalée dans un fauteuil, dans sa robe lamée.

— Ce n'est pas trop sexe ? elle demande.

— Pas du tout…

Elle rit. Ça doit aller bien mieux pour elle avec Dany.

Broussaille dit que la mercière, celle des Petits Points, peut nous donner deux mannequins en plastique, il suffit qu'on passe les récupérer.

— Sur l'estrade, avec les bâches des montgolfières, ça ferait un beau décor.

Il nous reste une dizaine de jours. La tension monte. Même en ville.

Les bâches, pas sûr qu'on les mette.

La mariée, c'est le final, il faudra que ce soit parfait. Camille passe dans la chambre. Elle veut mettre la robe, elle doit s'entraîner à marcher avec tout ce poids de tulle.

Boucle nous sert de l'eau.

On commence à douter.

— Et si on rit de nous ?

— On ne va pas renoncer avant de commencer, tout ça parce qu'on a peur qu'on nous juge.

On parle des villes pleines de gens qui n'osent pas, et des choses qu'il faut faire comme on les sent et du mieux qu'on peut. On se rassure. On se réconforte.

— Si on fait quelque chose et si on le fait du mieux qu'on peut, on ne doit pas avoir peur, et les gens qui vont venir nous voir sont tous nos amis.

Elles me regardent.

Elles sourient.

— On avance ensemble. L'important, c'est de faire. C'est peut-être la dernière chose que l'on fait ensemble, la dernière chose commune. Il s'agit juste de ça.

Soudain, Juliette est là. On ne l'a pas entendue entrer.

Les cuisses moulées dans un pantalon jaune pétard, des bretelles énormes et du même jaune, avec une chemise épaisse. Son frangin sur ses talons.

Qu'est-ce qu'elle veut ? Qu'est-ce qu'elle fiche ? Elle avait dit qu'elle ne participait plus.

Elle est sacrément gonflée.

Tommy reste le dos à la porte.

— J'ai été désagréable, je vous demande pardon.

Il y a un drôle de silence.

— Tu reviens ? finit par demander Boucle.
— Si vous voulez encore de moi, oui.
— Pour de bon ?
— Pour de bon.
— Ça me va, dit Boucle. Toi Brousse ?
— On sera plus fortes à cinq.
Elles se tournent vers moi.
— Jess ?

Juliette est mon amie, depuis toujours, notre amitié est une position imprenable, indétrônable, un socle bétonné. Je n'ai jamais eu besoin de lui pardonner parce que je ne lui en ai jamais voulu de rien.

— OK, je dis.

Elle sourit, embrasse Boucle et puis Broussaille. Soudain, la porte s'ouvre, celle de la chambre, et Camille apparaît en mariée. Elle a les yeux baissés, regarde où elle met les pieds, tient le bas de la robe dans sa main.

— Marcher sans regarder par terre, c'est pas gagné…

Elle sort de la chambre.

— Pour le demi-tour, avec la traîne, faudra que je parte à gauche…

Elle relève la tête.

Son sourire s'efface.

Elle lâche la traîne.

Camille ne se défendra jamais face à Juliette. Elle se soumet avant même de se battre. La hiérarchie est en place depuis longtemps. Elle n'envisage pas cela une seule seconde, qu'un simple mouvement de menton, une reprise naturelle de la traîne pourrait inverser l'ordre établi des choses.

Au lieu de ça, Camille se brise. Elle s'inférioirse. Et Juliette s'avance. Elle glisse sa main le long du bras nu de Camille, légère pression, elle caresse le tulle de la robe, découvre les retouches. Pas un mot. Tout en geste. Elle roule l'étoffe dans sa main, s'attarde sur le jupon qu'on a dû déchirer pour agrandir la taille.

Elle voit tout, en quelques secondes.

Elle juge. Elle jauge. Tout se joue avec cette caresse appuyée de la main sur les retouches de la taille.

Camille sait que le geste lit les retouches. Qu'il appuie la différence de taille, de poids. Un instant, elles sont toutes les deux, l'une face à l'autre.

Dans le pantalon jaune, le ventre de Juliette est plat et musclé, ses cuisses parfaites.

— Je te la rends si tu veux.

"Je te la rends" ! Comme si la robe était à Juliette ! Elle dit ça. Alors que Juliette ne demande rien.

Broussaille fait non avec la tête.

Juliette réagit, chope la balle au bond.

— Je veux bien, oui.

Un silence.

— Tout le monde est d'accord ?

Camille me fixe comme si c'était à moi de décider. Boucle ne bouge pas.

Broussaille non plus.

Juliette se retourne. Maintenant, c'est elle qui m'interroge. Elle m'inclut dans ce mauvais jeu. Moi seule. Juste avec son regard. Tout d'un coup, elle m'embrouille. Je ne sais plus quoi penser. Arbitre, je ne sais pas. J'ai toujours pris le parti de Juliette, j'ai toujours été de son côté, elle est ma meilleure amie, je l'aime depuis toujours, je l'ai dit, et je l'aimerai toujours, elle est une matière vive à l'intérieur de moi.

Mon hésitation vaut réponse, Camille baisse la tête, elle cède. Ses mains attrapent l'ourlet. Elle fait deux pas vers la chambre.

Un sourire affleure sur le visage de Juliette. Un sourire de victoire. Elle laisse la traîne glisser entre ses doigts.

— La mariée, c'est Camille, je dis.

Une grimace remplace le sourire.

— Tu veux ça ?

— Oui.

— Pas de problème.

Les doigts laissent retomber la traîne. Juliette se tourne vers Broussaille. On dirait que Broussaille est en apnée.

— Et toi ?

— Pareil.

— Pareil pour moi, dit Boucle, soulagée.

— OK. Mais si je ne suis pas la mariée, je ne défile pas.

— La mariée, c'est Camille, je répète.

Plus personne ne bouge. On se regarde. Toutes les cinq immobiles, la fille trop jolie, la fausse mariée, la femme rangée, la rousse et moi. Le silence semble interminable.

Et soudain, Juliette éclate de rire.

— Ah ! Vos têtes ! Mais je plaisantais !!! Bien sûr que c'est Camille, la mariée, vous ne pensiez quand même pas que…

Juliette reprend la traîne.

— En plus, elle te va bien ! Jess a raison, elle te va même mieux qu'à moi.

Elle se met à genoux, soulève le bas de la robe, ourle de quelques centimètres pour découvrir le pied.

— Tu as des chevilles de reine, il ne faut pas les cacher. Tu permets ?

Elle fait tenir avec des petites aiguilles, plusieurs à la suite. Enjouée.

— On relève juste un peu le devant et on laisse l'arrière en traîne. Comment vous trouvez ? C'est élégant, non ?

Elle se tourne vers nous.

Le petit Paul est calé, le dos au canapé, il bat des mains.

En rentrant, je croise le voisin, à croire qu'il m'attendait.

— T'aurais pas vu un chat ? Un chat qui est à moi ? Un rouquin !

Il le cherche dans les rues comme s'il n'en avait qu'un. Un beau, un qui ressemble à un lion, les yeux verts ! Il me retient par le bras, il faut que je l'écoute. Que je le cherche.

Il a un mégot dans la bouche, son corps flotte dans son pull trop grand, il mâche en même temps qu'il fume, en même temps qu'il parle, en même temps qu'il se souvient.

Pour le calmer, je lui dis :

— Il vous en reste vingt-neuf, monsieur Perruchon.

Comme si les vingt-neuf autres pouvaient le consoler de la perte de celui-là.

Ça ne le calme pas. Le voilà qui s'en va. En direction du couvent. Je l'entends qui appelle. Un grand pull de laine dans la ruelle vide.

On passe chez la mercière récupérer les deux mannequins en plastique. Pas besoin de les rendre, elle nous les donne. J'en porte un avec Juliette, une la tête, l'autre les pieds. Camille porte le sien avec Boucle. Des corps roses, lisses et nus, qu'on ramène au fourgon. Les gens s'arrêtent, ça les fait sourire.

On s'arrête devant la boulangerie. On fait des signes à Broussaille. On lui montre les mannequins.

Rue Paille, on croise notre ancienne institutrice, mademoiselle Chambron, une petite dame discrète, elle avait toujours des canaris dans sa classe. Quand il en mourait un, elle le remplaçait. À la retraite, elle a mis la cage sur son balcon. On lui dit bonjour. Elle nous répond. Elle demande ce qu'on fait, on lui explique, elle promet de venir nous voir, oui, elle sera là !

On couche les mannequins, côte à côte, sur le plancher du fourgon.

Camille a installé un chauffage d'appoint, il chauffe au pétrole. Ça sent fort. Elle a mis de la fourrure sur les banquettes. On s'assoit. On est quand même bien. On cause un peu.

Juliette a préparé sa deuxième tenue, elle ne veut rien nous dire, ce sera une surprise. Une ado à piercings vient cogner à la porte, elle nous a vues passer, elle nous demande s'il ne nous manquerait pas une fille. Une fille pour défiler ? Elle a entendu parler de nous en ville. Elle a vu les affiches.

On lui dit qu'on est déjà cinq et que ça suffit.

Broussaille déboule, elle est furieuse, sa patronne est vraiment la reine des salopes, elle voulait venir avec nous chercher les mannequins, elle voulait, tu parles, mais au dernier moment elle a dû rester pour garder le magasin, l'autre, elle devait… et puis… etc.

Elle ôte son manteau.

— Pourquoi je travaille, hein ? Travailler plutôt que vivre ? C'est quoi, mon problème ?

Ses joues sont roses, ses yeux brillent. Elle porte un pull très vert, presque jaune. Elle continue, comme quoi elle ne peut plus laisser son vélo sur le trottoir, la patronne dit que ça gêne les clients, faut qu'elle le rentre dans le couloir, mais comme il n'y a pas de lois écrites pour ça, elle va continuer à le laisser sur le trottoir.

Soudain, plus un mot.

Elle fixe les mannequins à nos pieds.

— Putain…

— Quoi ?

— On dirait des morts.

Et tout de suite après, elle se secoue.

— Vous ne trouvez pas que ça pue l'essence, là-dedans ?

Quand je rentre, ma grand-mère dort devant la télé, elle est en kimono. Je trouve ça bizarre, je n'ai jamais vu de kimono ici, c'était sûrement à Madame Barnes, dans le tas des choses données, mais je n'ai pas le courage de le lui demander.

Je me réveille plus tard que d'habitude. Ma grand-mère est déjà debout.

Je lui dis que le kimono lui allait bien mais elle ne comprend pas de quoi je parle. Du coup, je ne sais plus si j'ai rêvé ou pas. Et je n'ai pas envie de fouiller dans son armoire pour voir si c'est elle qui est folle, ou si c'est moi qui ai imaginé.

On cause de nous en page locale du journal. Pas uniquement de nous, mais de nous quand même. Je lis : "Pour couronner le tout, cinq filles de la ville vont présenter un défilé de mode, avec des tenues spécialement créées, parmi elles la fille du coiffeur et celle de l'hôtel."

Ma grand-mère est fière, elle découpe l'article.

— Il va falloir la gagner, la coupe !

Du doigt, elle tape sur la table.

— L'horoscope, il dit quoi ?

— Le tien ou le mien ?
— Le tien.
— "C'est dans la tempête que vous saurez où est le soleil."
Elle dodeline de la tête.
— Et le mien ?
— "Sachez accueillir l'inconnu, il pourrait vous surprendre agréablement."

Je livre son déjeuner à Madame Barnes, entrée et plat, dans des boîtes en plastique bien fermées.

La Contamia est devant sa porte quand je passe. Elle qui avait répété à l'infini que sa fille serait célèbre, mannequin, actrice... Maintenant, plus personne ne lui parle. Les gens lui font payer son mot de *bouseux*, son arrogance.

Madame Barnes ne veut rien qu'on range aujourd'hui, simplement que je m'assoie à la table, en face d'elle, le temps qu'elle prenne son repas.

Et que je lui fasse la conversation. Je ne sais pas faire la conversation. Elle insiste. Elle me paiera davantage, vu que c'est un art difficile. Bien plus difficile que le rangement.

Et puis elle dit que le repas dans la cuisine ne lui convient pas. Il fait beau. Nous allons manger dehors. Se faire ce plaisir. Elle propose de sortir une table, la petite carrée du salon, et de la mettre dans le jardin. Avec deux chaises.

Elle enfile son manteau, son chapeau.

Je sors la table, je la place sous l'arbre, à côté du bassin. Elle insiste pour qu'on partage le repas.

Que je lui parle des gens d'ici.

Je lui raconte mademoiselle Chambron : l'an dernier, elle est allée à la mairie pour se plaindre de Moreno et de sa bande, à cause du bruit qu'ils faisaient sous sa fenêtre. Depuis, ils lui mènent la vie impossible.

— Ils ont menacé de tuer ses canaris et elle a dû rentrer la cage dans le salon.
— Vous aimait-elle ?
— Elle disait que j'avais quelques prédispositions à la calligraphie et aux dessins de poésie.
— Mais vous aimait-elle ?

— Je ne me souviens pas... ni d'avoir été aimée par elle, ni d'avoir été rejetée, c'était plutôt une indifférence tranquille. Elle disait que j'étais sage et réservée, et ces compliments faisaient plaisir à ma mère. Par la suite, j'ai cru que la timidité était une qualité, la réserve, rougir, toutes ces choses.

— Et alors ?

Je la regarde. Ses yeux sont petits et sombres, un peu mouillés.

— Des conneries..., je réponds.

On mange absolument tout ce que ma grand-mère a préparé. Pour faire le dessert, on pioche dans les biscuits avec confiture. Des passants sur les trottoirs, ils nous regardent.

L'air est doux. On est bien. Je lui parle du défilé, de nos concurrents, du fait qu'on manque d'assurance, et de la course au feu qui aura lieu le vendredi. Côté fringues, on a fini, il faut qu'on règle les derniers détails.

Je lui dis qu'on a parlé de nous dans le journal.

Quand je lui raconte les misères de la Contamia, elle dit qu'on est souvent puni à trop d'orgueil.

L'estrade, cinq mètres par quatre, les gars de la mairie nous l'ont dit.

On pousse la table et on délimite la surface dans le salon de Boucle.

Qu'on parle de nous dans le journal, c'est plutôt une bonne nouvelle, mais pour la coupe, on n'a aucune chance.

Camille la veut pourtant, il faut qu'on se batte, elle dit que si on la gagne, ça lui fera de la publicité, une petite notoriété dont elle pourra se servir quand elle ouvrira son salon d'esthétique.

Il faudrait des flyers. Elle insiste.

— Sinon on sera un groupe parmi les autres, cinq filles mêlées au mouvement.

— Les flyers, ça coûte cher, on n'a pas les moyens.

— En Afrique non plus, ils ne les ont pas et ils font des puits.

— Ça n'a rien à voir.

— Non, mais quand même un peu.

— On pourrait faire des affiches nous-mêmes, méthode artisanale, papier crayon ?

Un souci après l'autre. On n'a toujours pas choisi les musiques sur lesquelles on va défiler.

Juliette rapplique. Avec son frère. Il a des trucs pour nous. Il déballe. Un protège-oreilles recouvert de fourrure, un collier énorme, comme une chaîne de cadenas, entouré d'un plastique transparent bleu, et un petit sac à main jaune, un de ceux qu'on appelle des baise-en-ville. J'aime bien le sac. Il exagère sur le prix. Je ne marchande pas. Depuis le Rubik's Cube, je le respecte.

On ne lui demande jamais où il trouve ces choses qu'il nous rapporte, de toute façon, ce n'est pas méchant, ce sont toujours des petites choses.

En riant, on dit que maintenant, il nous faut du maquillage spécial, des paillettes et des couleurs pour nos lèvres et nos ongles : "On compte sur toi, Tommy !" On lui tourne la tête avec nos rires. Il s'en va, sur ses jambes maigres, flageolant, on le dirait ivre.

Le mental, c'est important. Ce n'est pas en se comparant aux faibles qu'on va réussir. Pour en imposer, il faut se mettre dans la peau d'un top, mais lequel ?

Boucle se voit en Elle Macpherson ! Macpherson ! Rien que ça ! Elle se redresse, scotche son regard sur un point au loin, main gauche à la taille, et elle y va, elle marche droit, jusqu'à la limite invisible, comme habitée de l'intérieur par la belle Australienne. Deux allers-retours. Camille suit, en Lady Di, bien sûr ! Et Broussaille, en Whitney Houston, bien choisie. Son départ est un peu tremblant et puis l'assurance vient.

Et moi ? Inès de La Fressange, évident.

— Regardez, même silhouette, même coupe, même regard ! Le port d'une reine.

Juliette hésite. Elle ne sait pas.

On lui dit qu'elle est Bardot, et on se met à chanter, à tue-tête, qu'elle n'a besoin de perSONNE dans sa Harley DavidSON. On fait tout, paroles et musique, en rythme, sur des motos imaginaires. On se déchaîne jusqu'à ce que les voisins du dessous cognent au plafond parce qu'on fait vraiment du bruit.

Inès, la ressemblance, tu parles... De retour chez moi, je m'assois sur le lit, je me regarde dans le miroir.

J'aurais voulu être un garçon, il me semble que ç'aurait été plus facile. Et que ma mère m'aurait aimée davantage.

Pas de flyers mais on prépare une affiche, "Défilé de mode" écrit en lettres creuses, des gros caractères, le contour noir et blanc, avec nos cinq prénoms dessous, par ordre alphabétique.

Camille la photocopie en cinquante exemplaires, format A7, elle fait ça en cachette, dans les bureaux de sa supérette.

Nos affiches, il faut qu'on les voie de loin alors on colorie l'intérieur des lettres avec des feutres. On dessine des fleurs, des soleils, des arcs-en-ciel. Après, on va les placarder en ville, partout, dans le hall de la gare, à la Maison sociale, sur le tronc des arbres, sur la porte de l'église, sur celle du théâtre, à la cafétéria.

Quand on n'en a plus une, on redescend la Grand-Rue, toutes les cinq, bras dessus bras dessous.

Les enfants de l'école sont sous le préau, ils ont presque fini leur pantin. Ils lui ont mis une grande chemise à carreaux. Ils lui ont peint la tête en rose, les yeux sont énormes, du papier mâché, et la bouche aussi, démesurée.

Il est beau.

Ils vont le sacrifier.

Il est fabriqué pour. Un bouc émissaire. La fête commencera par ce feu. Ça me fait de la peine, surtout maintenant qu'il nous regarde avec ses bons yeux de pantin, mais c'est comme ça, tout est de sa faute, les malheurs de l'année, il attire le mal, les mauvaises destinées, il faut bien que quelqu'un paie pour nos erreurs, pour nos morts, alors on le bourre bien de pétards et de paille et le dernier week-end de mars on le brûle pour se laver.

— Qu'est-ce qui se passe ?
— J'en sais rien, dit Juliette.
Les flics sont là, avec Tommy, sur la place. Ils nous font signe d'approcher.
Ils nous demandent si on n'a rien remarqué, des trucs qui disparaissent. Ou qui apparaissent.
— Comme des ovnis ?
C'est Broussaille qui demande. Pour se marrer. Ils sont quatre et ils n'ont pas l'air de vouloir rigoler.
— Non, on n'a rien remarqué, pourquoi ?
Il paraît que Tommy est entré au collège, il aurait chapardé dans les blousons, fait les couloirs, piqué des fringues, des stylos. Il paraît aussi qu'il aurait pris le bus jusqu'à Roanne, il aurait visité des gymnases, des vestiaires de piscine.
— Tommy ? Non…
On se regarde, un peu gênées.
Tommy, on ne sait pas exactement toutes les conneries qu'il fait mais on sait qu'il en fait. Il en fait mais pas plus que ça, et pas plus que d'autres. Ce n'est pas notre frangin, c'est celui de Juliette. Moi, je n'ai pas de frangin. Si j'en avais un… Mais je n'en ai pas.
Comme ils n'ont pas de preuve, ils laissent partir Tommy.

Juliette lui met une bonne dérouillée, après, dans le sombre du couloir, elle y va, de toutes ses forces. Lui, il se protège comme il peut, avec ses mains, ses bras, il se plie, mais il a beau faire, les torgnoles lui tombent dessus, il pourrait s'échapper par la porte, mais il ne le fait pas, elles doivent lui sembler bien méritées, ces baffes.
Mais ça non plus, ça ne prouve pas.

Une fois dans ma chambre, je planque quand même le baise-en-ville.
Je m'endors. Je suis réveillée par des petits bruits. Ça gratte sur le plancher. Je pense à une souris. Je me lève. Ça vient de l'armoire. Je regarde à l'intérieur. Et puis dessous. J'éclaire à la lampe. Il y a de la poussière. Au milieu, tellement perdue que j'ai failli ne pas la voir, il y a une carapace noire. Un cafard.
Quand il me voit, il se dresse sur ses pattes, il fait face, il ne fuit pas.

Il faut la journée entière aux employés de mairie pour monter l'estrade sur la place. L'estrade, sans l'escalier, on ne peut pas encore grimper dessus.

On lui tourne autour. On dirait un échafaud. On se fait la courte échelle. Juliette est la plus légère, elle monte la dernière, on la tire par les bras.

— Maintenant, c'est pour de vrai, dit Broussaille.

Elle est impressionnée. Mais on n'a plus le choix.

Moreno vient voir. Le fils Canfre aussi.

La chorale répète dans l'église, on dirait que ça chante partout dans la ville. Que ça chante aussi, par résonance puissante et joyeuse, à l'intérieur de nous.

Ne pas penser à ce que font les autres.

Tout le monde sait marcher, mais marcher dans la vraie vie ce n'est pas pareil que le faire devant un public. Une fois qu'on sera là-haut, on sera sans défense, on recevra tout de plein fouet.

Je regarde Juliette.

— Ton frangin, si on lui écrit le texte, il pourrait les présenter, nos tenues ?

— Je pense, oui.

— Il sait lire ?

Elle hausse les épaules.

On discute de l'ordre des passages. On n'a pas encore décidé, on sait juste que Camille terminera puisqu'elle est la mariée. Après, on la rejoindra sur scène pour le final.

On a la fin, il nous faut le début.

Le début, c'est qui commence.

Pour le décor, on renonce aux bâches de montgolfière, sur le plancher c'est trop risqué, on va se prendre les talons dans les plis. On est allées les récupérer pour rien. On mettra juste les mannequins.

Camille propose de faire un mur de fond en cageots, elle peut en récupérer à la supérette, ça donnerait un côté moderne. Un décor vite installé mais fragile, avec des risques que tout s'écroule.

On s'assoit au bord de l'estrade. Les pieds dans le vide.

Pour les changements de tenue, il faudra de la rigueur, surtout ne pas se mélanger. On aura du temps entre deux passages, mais pas tant que ça. Et prévoir des épingles à nourrice si quelque chose se déchire. Ça peut vite être la catastrophe.

On se changera derrière l'estrade. Il nous faut un rideau pour être à l'abri des regards. Et des bancs pour poser nos tenues.

Dans la nuit, je me lève, je vais à la fenêtre pour regarder l'estrade. Elle est plantée sur la place vide, les lampadaires l'éclairent.

Il nous faut les jambes lisses. C'est pour la confiance. J'achète des rasoirs spécial filles. J'en donne un à chacune. Avec un réservoir de crème. Je fais la distribution à la Maison sociale. Boucle est derrière son guichet, je lui montre le sien.

La différence avec les rasoirs des garçons, c'est la lame qui est plus douce. Le rasoir dépose du gel et rase en même temps. Je remonte le bas de mon pantalon, un pied sur le radiateur, et je leur montre.

Elles n'avaient jamais vu ça.

Broussaille veut essayer, elle lève sa robe, baisse son bas. Après, on touche, c'est doux.

Boucle nous fait les gros yeux parce qu'on exagère, avec nos mollets sur les bancs.

Camille regarde à peine, elle refuse de discuter, aucun argument ne tient ! Ça rase peut-être mais le poil va repousser, et vite, et dru, et noir, alors que la cire arrache le bulbe et évite la repousse rapide.

Pour la musique, on n'a toujours pas décidé. Camille voudrait du Voulzy, Boucle du Vartan. On finit par se mettre d'accord, on va choisir trois titres chacune, un titre par tenue, on s'engage à trouver nos disques. Pour le final, on passera *Vive la mariée* de Sardou. Et s'il y a un temps mort entre deux passages, on laissera la musique, le public pourra toujours chanter.

Pour ça, il faudra un tourne-disque. Et quelqu'un pour passer les disques. Si on place l'appareil sur la scène, on prend le risque que ça saute.

— Le mieux, ce serait de les enregistrer sur cassette, dans l'ordre de nos passages, dit Broussaille. On lance la cassette et on appuie sur Pause en cas de besoin.

J'ai un appareil.

— Dès que j'ai vos disques, j'enregistre.

Juliette dit qu'elle a parlé à Tommy, il est d'accord pour lire le texte de nos tenues.

Mon père est juché sur un escabeau, il cloue un rideau coupe-vent devant la porte qui donne sur l'arrière-cour. Le rideau est vraiment très lourd, mais j'exagère souvent, sans doute que j'exagère aussi cette lourdeur du rideau.

— Il vaudrait peut-être mieux mettre une tringle, on pourrait le retirer l'été.

Il ne répond pas.

Il continue à clouer.

Je m'affale dans le divan. Et puis je me relève. Je monte dans ma chambre, je fouille dans mes 45 tours à la recherche des trois titres sur lesquels je veux défiler.

De la cuisine, ma mère me crie d'aller ramasser le linge avant que le soir tombe, l'humidité.

Le toit-terrasse.

Une fin de journée, j'avais voulu montrer la ville à Antoine et on était montés jusqu'ici. On avait regardé les toits. Avant de redescendre, il m'avait placée le dos au couchant. Il m'avait demandé de regarder le soleil, en tournant la tête, par-dessus mon épaule, la gauche. Tu sens ? Il avait dû insister. Sous tes pieds ? Insister encore. Et attendre. Il me troublait trop, je n'avais rien compris de ce qu'il voulait me faire ressentir et il avait ri.

Ce soir, c'est presque le même soleil. Alors je fais comme Antoine m'a appris, je tourne le dos au soleil et je regarde le couchant par-dessus mon épaule. Je me détends, et après un moment assez court, je sens nettement la Terre qui tourne.

Elle tourne sous mes pieds.

Et je me sens soudain appartenir à cet univers tellement plus grand que moi.

Un jour, on rencontre quelqu'un, il vous prend la main, il vous emmène un peu plus loin. Après, il y en a un autre. Et un autre encore.

Et parfois, c'est nous qui emmenons.

C'est ce qu'Antoine avait voulu me donner, partager, c'est ce qu'il avait voulu me faire éprouver, cette appartenance troublante à l'univers qui bouge sous nos pieds.

Madame Barnes éteint le poste.

— On croit toujours qu'on est plus fort que les autres, que nos enfants ne grandiront pas, que nos parents ne vieilliront pas. Mais les enfants grandissent et les parents vieillissent.

Elle s'arrache un pauvre sourire.

— Je vous préviens, je ne suis pas particulièrement optimiste aujourd'hui. Si vous préférez ne pas rester…

— Ça ira.

Elle se secoue.

— Dans ce cas… Que faisons-nous à propos de ces gens ? Leur dit-on de venir ?

— Quels gens ?

— Vous savez bien, je vous en ai parlé.

— Ceux qui ont travaillé pour votre père ?

— Non, les autres. Pour vider la maison. Votre grand-mère doit bien avoir des amies, une dizaine de personnes devraient parvenir à nous débarrasser de tout ce qui m'encombre.

Elle soulève des objets, les repose. Sa main est parfaitement manucurée, ses ongles rouges.

— Quelle utilité de garder tout cela ? Toutes ces boîtes, ces médailles, ces tampons… Mon Dieu, comment peut-on entasser à ce point ?

Elle regarde autour d'elle, hésite, revient s'asseoir dans le fauteuil. Elle pose sa canne en travers de ses cuisses.

— Ne dites encore rien à votre grand-mère, pas de décision rapide.

Elle soupire.

— J'ai parfois un côté saint-bernard, je donne, je donne, et après mon petit tonneau est vide.

Pour nous, c'est la course, il semble qu'on n'y arrivera pas. Il faut qu'on trouve absolument un rideau ou des paravents afin de se changer à l'abri des regards.

Camille a récupéré des cageots, on fait un essai, on les empile sur l'estrade et on se rend vite compte que ce n'est pas une bonne idée. Au moindre pas un peu brusque, tout s'effondre.

Que font les autres ? Les autres inscrits, ils en sont où ?

Les clientes causent en achetant le pain. Broussaille a entendu dire que la chorale était prête et que le char était magnifique. Il est caché. Personne ne peut le voir. Le jour J, il fera le tour de la ville, tiré par un tracteur, avec des gamins dessus et une grosse boule qui représente la Terre. La Terre est peinte en bleu. Il y aura une banderole : "Enfants de tous pays".

Le doute s'installe. Je me tends.

— On aurait dû partir sur autre chose, on n'a pas assez réfléchi.

— Et si on avait plus réfléchi, on aurait fait quoi ?

— On aurait dû faire un char.

— Un char ? Il y en a déjà un. Un deuxième char ?

Je leur prends la tête, comme quoi on aurait dû choisir une unité, un thème, par exemple les femmes du désert, ou les années trente, ou la couleur rouge. Ou alors se déguiser *à la façon de*, prendre une photo d'actrice et se coudre les mêmes habits, se faire la même coiffure. Ou se grimer comme une des filles sur un tableau de peintre, celles qu'on voit sur les boîtes de chocolats, avec les ombrelles. On aurait dû faire un tableau vivant, ça oui, ç'aurait été une idée formidable ! Des idées, il y en avait ! Il suffisait de réfléchir un peu. Au lieu de ça, on est parties bille en tête.

— Arrête, Jess.

— On a fouillé dans les bacs et on a cru que quelques tissus feraient l'affaire.

— Jess...

— Quand je suis en ville, il me semble que tout le monde me regarde.

— Il te semble.

— C'est ça, ton problème, coupe Juliette. Tu crois toujours que les gens parlent de toi.

— Parce que ce n'est pas vrai ?

— Non, en tout cas pas autant que tu le penses. Ils ont leur vie, les gens.

— De toute façon, dit Broussaille, c'est trop tard pour changer quoi que ce soit.

Elle se redresse.

— Primo, il ne faut plus penser aux autres, juste du coin de l'œil, pour vérifier leur avancée.

— Et secundo ?

— Quoi secundo ? Il n'y a pas de secundo. De quoi tu parles ?

On se regarde.

On rit un peu.

— Moi, j'aime bien ce qu'on fait, dit Boucle. Et je n'aurais pas envie de faire autre chose. Nos costumes sont très beaux, et si Camille pouvait garer son fourgon à côté de l'estrade, on n'aurait plus besoin de paravent, on pourrait se changer à l'intérieur, ce serait parfait.

Elle a lancé ça calmement. Et un sourire passe sur nos visages.

Camille est d'accord. Il faut quand même demander l'autorisation à la mairie.

Pour l'ordre des passages, on le décide sur la lancée, ce sera Broussaille, puis Juliette, Boucle, Camille et moi. Et on recommence.

Sauf pour le dernier passage, Boucle passera après Camille, ce qui laissera à Camille le temps d'enfiler la robe, avec voile et traîne. Broussaille et Juliette pourront l'aider puisqu'elles auront fini.

Il faut écrire la description de chacune des tenues pour Tommy. Description courte. On s'y colle.

Broussaille et Juliette me donnent leurs disques. J'ai les miens. Manquent Camille et Boucle. Quand je les aurai tous, je les enregistrerai dans le bon ordre. Après, on sera au point sur tout.

Et puis Camille veut tout arrêter. Elle vient me voir. Chez moi, dans ma chambre. Elle nous lâche alors que tout va bien, on a presque fini, le défilé, c'est dans un peu plus d'une semaine ! Il manque juste d'aller au bout, de passer la ligne.

Je ne comprends pas, elle semblait bien.

Elle arpente ma chambre de long en large.

Ce n'est pas la trouille, elle finit par m'avouer. C'est son petit copain, le rugbyman, ils se sont engueulés à cause du lamé fendu qu'elle veut porter. Il refuse qu'elle se montre en public comme ça, ses jambes et ses cuisses, au vu et au su de tous, des garçons, des hommes, de la ville.

Ça me sidère.

— Il ne les montre pas, ses jambes, lui, quand il joue au ballon ?

— Lui, ce n'est pas pareil.

— Et en quoi ce n'est pas pareil ?

— Jess…

— Je te demande en quoi ?

— Jess, s'il te plaît, ne commence pas…

— Dis-moi en quoi ce n'est pas pareil ?

Elle baisse les yeux.

— Parce que c'est un garçon, Jess.

Et ça me fait mal. De l'entendre dire ça, et parce qu'elle a les yeux baissés.

Elle marche jusqu'à la porte. Elle pose la main sur le loquet. Elle va s'en aller. Je n'aime pas me mêler de la vie des autres et elle le sait.

— Madame Barnes dit qu'il ne faut jamais laisser personne éteindre votre lumière.

Sa main appuie sur le loquet.

Elle sort dans le couloir.

Je la suis.

— Elle dit qu'il ne faut jamais laisser personne vous prendre ce que vous êtes, même le rogner de rien, même de quelques millimètres.

Je la rattrape.

— Elle dit que si quelqu'un fait cela, si quelqu'un tente de lisser ce que vous êtes, il faut le quitter, et vite, et tant pis pour la solitude, tant pis pour les larmes, parce qu'après c'est trop tard...

Elle descend l'escalier.

— Elle dit même si c'est l'autre, celui que vous aimez !

Je lui crie ça.

Qu'il ne faut pas faiblir. Que si on faiblit une fois... !

On se retrouve chez Boucle, mais sans Camille. J'avais espoir qu'elle change d'avis. Il nous reste huit jours. On est toutes au point avec nos tenues. Juliette aussi, et sans avoir presque rien fait. Elle a mis la perruque argentée sur sa tête, la frange au ras des yeux, elle fait l'imbécile, imite Madame Barnes.

— "Soyez gentille, ma petite Jessica, appelez-moi un taxi. Comment, il n'y a aucun taxi ici ! Quand je pense qu'à Pââris..."

Le petit Paul rit.

Elle se lève, s'appuie sur une canne imaginaire.

— "Vous avez bien une aide pour le ménâââge ? Non ? Mon Dieu, mais comment faites-vous ?"

Boucle et Broussaille rient à leur tour, alors Juliette en rajoute. Elle écrase, prend le pouvoir. C'est agressif. La moquerie est facile. Je ne ris pas. Je n'ai pas envie. Le climat se tend.

Tout d'un coup, j'en ai assez.

— Arrête !

— Quoi ?

— Ce n'est pas drôle.

Elle écarquille les yeux.

— Tu l'imitais bien, toi aussi, pourtant, avant.

— Avant, je ne la connaissais pas.

— Et ?
— Elle ne mérite pas qu'on se fiche d'elle comme...
Elle me coupe la parole.
— Notre petite Jessica s'attache !
Ça devient désagréable.
Heureusement, Camille arrive. Alors que je ne savais pas comment me sortir de là. Alors aussi que je ne l'attendais plus.
Pas de bonjour. Rien. Elle balance trois 45 tours sur la table. Pose son sac. Retire son manteau.
Son pantalon.
Son chemisier.
Elle va chercher sa robe, celle en lamé, dans la penderie en plastique, elle la sort, l'enfile, l'ajuste. Sous le regard émerveillé du petit Paul !
Un lamé parfait, qui colle à ses hanches.
Elle remonte la fermeture qui zippe.
Le tissu est fendu de la cheville jusqu'à mi-cuisse.
Elle se regarde dans le miroir, elle attrape les deux bords de cette fente, tire sur le tissu, en agrandit la déchirure. Maintenant, c'est dix centimètres de cuisse supplémentaires qui sont mis à nu. Et elle tire encore, exagérément, jusqu'au ras de sa culotte.
— C'est mieux comme ça, non ?
Elle lâche le tissu qui retombe.
Elle lève les yeux sur nous.
— C'est mieux, on dit.
— Parce que je peux encore...
— C'est bon.
— Sûres ?
— Sûres.
Elle pousse un soupir de soulagement, se laisse tomber dans le fauteuil.
Ils se sont encore pas mal engueulés, avec son rugbyman, c'est pour ça.
— Pour les années à venir, elle dit, pour lui apprendre à ne plus me faire chier. Parce que si on doit vivre ensemble... Il ne faut pas qu'il voile ma lumière.
Elle dit voile ou vole ?
Elle croise ses jambes.

— Il ne faut jamais laisser personne...
Ses cuisses sont nues.
Elle finit :
— Même si c'est l'autre, celui que vous aimez.
Elle se tourne vers moi, me fait un clin d'œil.

On lui avait dit ça pour rire, mais Tommy nous a trouvé du maquillage, des rouges à lèvres, des fards à paupières, des poudres, du mascara… Déjà utilisés. Il vide le sac. Il dit qu'il a tout récupéré au rayon cosmétique des Galeries Lafayette, que ce sont des échantillons testeurs. Le fard, ça va. La poudre aussi. Mais les rouges à lèvres, c'est dégueulasse. Broussaille les nettoie en les frottant avec un mouchoir en papier.

Le petit Paul nous tourne autour.

Camille l'embrasse. Sur le front. Avec ses lèvres maquillées de rouge. Elle lui plaque sa bouche. Il va se regarder devant le miroir. Il fixe la trace, la touche du doigt sur son reflet. Il sourit à cette bouche de couleur ajoutée à son visage.

Il reste une pochette à maquillage au fond du sac. Elle est vide. Je m'apprête à la donner au petit Paul pour qu'il range ses bouts de tissu, mais une étiquette attire mon attention. Elle est cousue sous le rabat : "Élodie Bouchet 6ᵉ B".

Une fois chez moi, je cherche dans l'annuaire. Bouchet, il y en a plusieurs. J'appelle au hasard. Une fille me répond. Serait-elle Élodie ? Élodie Bouchet ? Élodie, oui. Parce que j'ai trouvé une pochette avec son nom.

— On me l'a volée ! elle crie.

Non, elle ne l'a pas perdue ! Elle est vraiment furieuse, à cause du maquillage qui lui avait coûté un bras, et des sous aussi qu'elle avait dedans ! Ça s'est passé au gymnase, pendant le cours de gym, quelqu'un est entré dans les vestiaires et a fouillé tous les sacs.

Je raccroche.

Mon père est dans la cuisine, à la table, il fait dégeler des insectes sur un carton. Il est prudent, s'il fait dégeler trop vite, les corps se brisent en poussière.

À la pince, il arrange les ailes, les pattes.

— Y a un problème ? il demande, à cause de la conversation.

Je fais non avec la tête.

Il n'insiste pas.

Des insectes, devant lui, il y en a de différentes grosseurs, un bourdon poilu et d'autres dont je ne connais pas les noms.

C'est lundi.

On défile dans cinq jours. Cinq nuits. Le samedi. Comme j'ai tous les disques, et qu'on a déterminé l'ordre de passage, je commence les enregistrements.

Après, j'aide ma mère à faire les chambres, elle a mal au dos et on a eu quatre clients. J'ouvre les fenêtres. J'aère. J'enlève la poussière. Je regarde dehors. Sur la place, c'est le branle-bas de combat. Des gars sont en train de recouvrir l'estrade d'une bâche pour le cas où il pleuvrait, d'autres accrochent des fanions et des ampoules en ribambelles, dans les platanes, et d'un platane à l'autre. Une camionnette arrive, avec des planches, des bancs, des tréteaux.

Je fais tout bien, je tape les oreillers, je change les draps, celui du matelas, en le tirant pour qu'il n'y ait pas de plis. Des draps très blancs à l'origine. Ma mère a beau laver à haute température, et avec javel, le blanc a perdu son éclat, il est gris comme les voilages.

Les serviettes sont usées et râpeuses ; même sèches, elles sentent l'humide.

Dans l'une des douches, sur la faïence blanche, je trouve un bout de savon mou. Des poils collés. Ça me dégoûte. Je le décolle au pommeau, je le ramasse du bout des doigts, sans le toucher, avec un morceau de papier-toilette.

Quand je me relève, ma mère est là, sur le pas de la porte. Elle m'observe.

— Les draps sont bien tirés, elle dit.

Je croise ses yeux.

Et je vois qu'elle y croit. À la suite. Que je vais continuer. Avec elle. Après elle. Que ça finira par se faire. Que je finirai inéluctablement ainsi. Depuis le temps qu'elle me prépare à ça. Mémé, elle et maintenant moi. Il faut que ça pénètre dans mon cerveau. Elle, elle le voit, les chambres, les clients, les petits-déjeuners, et par le fait seul que j'ai bien tiré les draps.

J'ai le savon mou entre les doigts, le papier humide, un peu chaud.

Je ne veux pas qu'elle pense ça. Je ne peux pas le lui laisser croire. Comme au chien de la Tonia Astré, je l'avais caressé, je lui ai laissé penser que j'allais l'aimer, m'occuper de lui, le sortir de sa misère, qu'il pouvait avoir confiance en moi. Qu'il pouvait compter. Et quoi ?

Il ne faut jamais laisser croire qu'on va être là si on sait qu'on n'y sera pas.

Mais les gens, ils sont comme les chiens, ils ont envie d'y croire, à nous, à notre force, que notre force sera la leur, alors ils se collent à nous avec leur regard d'abandon.

Je fais non avec la tête.

J'essaie de dire quelques mots.

C'est alors qu'elle me sourit, un sourire d'une douceur extrême, comme pour me dire qu'elle est *ma* mère, elle m'a portée dans son ventre, elle sait donc tout ce que je ne sais pas encore, que je n'ai pas encore réalisé, à savoir que j'ai déjà commencé à hériter d'elle, du passé, du présent, de l'hôtel et des gestes, de la vie indissociable qui va avec. Que c'est mon chemin.

Et que de cet héritage, je ferai mon avenir.

Elle me reprend le savon des mains, le détache parce qu'il a collé.

— Moi aussi, avant, ça me dégoûtait, mais tu verras, on s'habitue.

Et d'un coup, avec ce "tu verras", je comprends qu'en me regardant c'est elle que ma mère voit, elle à ses débuts, avec les mêmes répulsions, la même impossibilité de continuer, la même insupportable perspective, le même réflexe de furieuse cabrure. Elle, elle a tout surmonté, un jour après l'autre, elle s'est pliée, elle s'est soumise.

Et elle attend cela de moi.

— Je ne prendrai pas la suite.
— Tu dis ça, mais…
— Jamais, je te dis. Je t'aide aujourd'hui parce que t'as mal au dos, c'est tout.

Je parviens à articuler cela. Au prix d'un gros effort.
Et pour que ce soit bien clair.

Et avant qu'il soit trop tard.

La responsable de l'agence immobilière téléphone alors qu'on est dans le salon. Je réponds. Un couple de clients est intéressé par la maison, ils habitent Lyon, ils voudraient visiter, dimanche en fin de matinée, ce serait possible ?

Elle hésite.

Elle a le front à la vitre. Elle regarde la rue.

J'insiste.

— Ça vous va ? Madame Barnes ? Ce dimanche, à 11 heures ?

— Quel jour sommes-nous ?

— Mardi.

— Qu'ils soient ponctuels. Passée l'heure, je ne leur ouvrirai pas. Vous serez là, n'est-ce pas ?

Je promets d'être là.

Même si ça ne m'arrange pas. La veille, on défile. Il y aura le bal, on va se coucher tard.

— Il faudra penser à régler vos soucis d'hypothèque, je dis.

Elle hoche la tête.

Elle râle parce que les employés de mairie ont tiré des fils avec des haut-parleurs, ils en ont mis tout le long de la rue, l'un d'eux est juste là, elle me montre, et depuis le matin la musique résonne dans toutes les pièces.

— Jusque dans ma tête, elle dit.

— C'est pour la fête.

Elle se fiche de la fête.

Elle veut que je coupe le fil.

Elle sort sur la route. Le haut-parleur est accroché en hauteur, au poteau. Un fil noir.

Elle me tend une cisaille qu'elle a récupérée dans le garage. Comme je refuse de le faire, elle s'accroche à la grille. Le fil est un peu haut, il lui faut se hisser sur le muret.

Je lui prends la cisaille des mains. Je grimpe, je coupe.

Au même moment, le tracteur des Coindre passe, le père au volant, les fils dans la charrette, avec le vieux. Ils ont un cochon contre eux, un cochon familier qu'ils caressent avec leurs mains. Ils tournent tous la tête. Le tracteur nous dépasse.

On entend encore la musique, mais dans les haut-parleurs plus loin.

Je vais ranger la cisaille.

Elle m'attend dans la cour. Regarde la maison, le jardin. Le petit bassin est plein d'eau de pluie. Elle s'attarde.

— Vous êtes sûre de vouloir vendre ?

Elle se secoue.

— Quand je suis ici, je retombe dans le passé, ce n'est pas bon.

Elle avance jusqu'au perron.

Elle appuie sa main sur mon bras.

— Je vais vous donner un conseil : Partez, quittez vos parents et faites ce que vous avez envie, surtout si on vous dit que vous n'y arriverez pas.

— J'aime mes parents.

— Raison de plus.

— J'ai essayé de partir une fois et je n'y suis pas arrivée.

— La deuxième fois sera la bonne. Ou peut-être qu'il vous faudra trois essais. À présent, j'ai envie d'être seule, rentrez chez vous.

Elle dénoue l'écharpe qu'elle porte autour du cou, une soie bleue avec des oiseaux. Elle me la donne, pour me remercier d'avoir coupé le maudit fil, et aussi parce que le vent recommence à souffler, qu'il est chargé d'humidité, un temps à angine.

— Nouez-la bien autour de votre gorge.

Elle grimpe les marches.

— Ne me remerciez pas, je déteste ça.

C'est le cri qui me réveille. Un long cri de terreur, de douleur. Le jour est à peine levé. C'est le cochon des Coindre, ils sont en train de l'égorger. Ça se passe là, tout près, au couteau et à vif, et dans l'arrière-cour du boucher. Pendant de longues minutes, j'appuie mes mains sur mes oreilles mais le cri est à l'intérieur de mon crâne.

Je descends prendre mon petit-déjeuner.

— T'as entendu le cochon ? Ils l'ont caressé. Et ils l'ont tué. Que des gens puissent faire ça…

Ma mère lève la tête de son bol.

— Tu seras bien contente d'en manger, samedi.

— Je n'en mangerai pas.

— T'en mangeras. Ils vont le faire rôtir à la broche.

— Je n'en mangerai pas, je te dis.

On se regarde. Hostiles.

Deux mondes, soudain.

À midi, les cloches sonnent et ils embarquent la Madone sur la colline. C'est comme ça depuis les origines : le jeudi, la fête commence par un cortège, la Madone sort de l'église, elle est dans une corbeille en osier, on attache la corbeille au flanc d'un cheval, elle s'en va, hue, dia, elle quitte la ville, direction le haut de la colline.

Tout le monde sort pour la regarder partir, on l'applaudit quand elle passe. Par les rues de la ville. De l'église jusqu'à la chapelle des cimes. On entend les sabots du cheval sur les pavés. Elle restera là-haut huit jours.

Des hommes préparent un grand tas de branches, de palettes et de fagots au milieu de la place. Chacun apporte ce qu'il peut, du bois, des bûches, des cageots.

Des gens de la bibliothèque vont lire durant toute la première nuit, celle du jeudi, et aussi la nuit suivante, à tour de rôle et à haute voix. La lecture commencera à la tombée du jour et finira au lever du suivant. Les lecteurs se sont inscrits. Si l'un d'eux fait faux bond, celui qui lit devra continuer jusqu'à la relève, afin qu'il y ait toujours une voix. Une voix qui sera comme une luciole dans la nuit.

Le vendredi, il y aura la course au feu.

Le samedi, il y aura le concours et ensuite le bal.

J'ai prévenu Madame Barnes que je ne viendrai ni vendredi ni samedi, mais que je serai là comme promis dimanche, pour la visite de la maison.

L'après-midi, ils installent l'escalier, un cinq marches, un peu raide. On grimpe sur l'estrade. On s'entraîne, sans nos tenues, un, deux, trois, quatre, arrivées au bout de l'estrade, petit déhanché, on bascule le poids, il faudra faire gaffe avec nos talons. Faire gaffe aussi au bord, le vide, au moindre faux pas, c'est la chute. Penser à toujours garder un œil dessus. Broussaille panique soudain comme si elle réalisait seulement maintenant qu'elle allait devoir se montrer, montrer ce qu'elle est à ceux qu'elle connaît, qu'elle voit tous les jours, les clientes à qui elle vend son pain.

Elle tourne son regard vers la boulangerie, le café, la rue.

— Je vais défiler sans mes lunettes, elle dit brusquement.

C'est une myope, sans lunettes, elle navigue dans le brouillard, elle ne voit même pas ses pieds.

— Si tu les enlèves, tu vas te valdinguer.

Elle n'en démord pas.

Ce sera sans.

Alors avec des craies, on lui trace deux lignes parallèles sur le plancher. Un chemin qui fera ses repères. Aller et retour, huit pas. Elle suivra les rails.

Elle n'y voit vraiment rien, mais elle voit les lignes de craie.

Elle fait le trajet avec ses lunettes et puis sans.

Elle s'entraîne, plusieurs fois.

— C'est parfait, elle dit.

On placera un des mannequins au bout du chemin, on l'habillera en blanc, ce sera un repère, elle marchera vers lui.

L'absence de lunettes lui change le visage. C'est aussi à cause de ses sourcils, elle les a épilés à l'adolescence, pour suivre la mode qui voulait qu'on en laisse un seul trait, et à force d'avoir été arrachés ils ne repoussent plus.

Camille a eu l'autorisation de garer le fourgon derrière l'estrade, on décide donc que les lunettes seront rangées dans une petite boîte, à l'entrée du fourgon, et qu'on devra toutes y faire très attention.

Le soir, on répète une dernière fois, à l'appartement, toutes les cinq, presque en conditions réelles, avec chansons et perruques.

Tommy passe, il veut la feuille, l'ordre des passages avec la description des tenues. On se cale avec lui là-dessus. Où il devra se placer. À quel moment il devra parler. Il aura un micro. On lui lit chaque ligne, avec le ton : "Juliette, jupe cuir ultra-courte avec gilet brodé sans manches et chemise, cuissardes lacées en croix", et les autres.

Après, il s'isole, le dos au radiateur, il s'entraîne à lire.

En bout de table, Boucle colle des gommettes de couleur sur ses escarpins blancs.

— Et après, on en fera quoi, de nos tenues ?

C'est elle qui demande.

— On les donnera à Tommy, il les revendra. Il vendrait tout, même son père et sa mère. Pas vrai, Tom ?

Tommy ne répond pas. Il garde le nez dans sa feuille.

— Après le défilé, on pourrait les suspendre au camion, dit Camille, les gens viendraient les regarder, les membres du jury, ça serait bon pour la coupe ! Et puis je pourrais parler de mon salon.

— Ou bien dans les branches…

— Quoi, les branches ?

Elles se tournent vers moi.

— Les platanes de la place, je dis. On met nos fringues sur des cintres et on accroche les cintres aux branches, avec les lumières des petites lampes, ça serait joli.

— Il faut juste trouver des esclaves consentants pour grimper dans les arbres, dit Juliette.

— On demandera à Tommy ! Hein Tommy, il nous faut des esclaves, tu peux nous avoir ça pour samedi ?

Pour les changements de tenues, il faudra faire vite, ne rien déchirer, et ne surtout pas tout mélanger. On gardera la même paire de chaussures pour les trois passages, sauf Juliette qui mettra ses cuissardes.

On parvient à faire entrer deux bancs dans le fourgon. Avec les banquettes, on a chacune un coin, Broussaille à l'entrée, avec sa boîte à lunettes, et nous quatre.

On installe tout à l'intérieur : nos tenues, les accessoires, la robe de mariée.

— Et eux, comment on les habille ?

On regarde les deux mannequins sur le plancher.

On n'y avait pas pensé.

On ne leur mettra presque rien. On leur laissera les jambes nues. À ras du cul. Ce sont des mecs. Juste en chemise et cravate, et un chapeau sur la tête.

Un employé municipal vient toquer au fourgon, un apéritif sera offert ce soir, pour l'inauguration, et un autre demain, pour la remise de la coupe, on a droit à des boissons. Il nous donne aussi des tickets pour deux repas gratuits. Il mate dans le fourgon, les robes, les cuissardes, il nous demande si on a besoin de quelque chose, alors on en profite, on lui parle de cette idée de nos habits accrochés dans les arbres et il note ça dans son carnet, nous assure qu'il fera tout ce qu'il peut.

Le bûcher est prêt.

Ils apportent le pantin. Il a les yeux grands ouverts, de la laine en guise de cheveux.

Il est empalé sur une croix.

C'est parti !

En fin d'après-midi, des gens montent sur la colline, ils font le chemin à pied, du centre de la ville jusqu'à la Madone, je les vois du toit-terrasse, une vraie procession. Ceux qui vont participer à la course ont une torche encore éteinte à la main.

Une fois là-haut, ils se regroupent autour de la chapelle, là où se trouve la Madone.

Ils attendent.

Le jour baisse.

La nuit tombe.

Déjà, je ne vois plus le chemin, plus la colline. Seules les lumières des lampes de poche des derniers à monter. Au-dessus, dans un ciel noir, les premières étoiles.

Les étoiles, certaines sont mortes et on les voit encore, j'ai mis du temps à comprendre. Antoine me l'a expliqué. D'autres, qui sont petites comme un point, sont pourtant plus vastes que le soleil. Certaines scintillent quand d'autres sont ternes, à peine si on les voit. Toutes s'éloignent les unes des autres à une vitesse vertigineuse. Le vide est infini. L'infini, Antoine avait essayé de me l'expliquer. Un jour, c'est l'inverse qui se produira, les étoiles reviendront les unes vers les autres, elles s'écraseront avec tout le reste, avec les planètes, les maisons, les montagnes, les océans, les oiseaux et les gens, ça finira comme ça a commencé.

Une clameur de joie, des cris tout de suite après, qui semblent monter de la terre, sortir d'elle, du haut de la colline. Une boule de feu éclate. Ceux qui participent à la course prennent le feu avec leur torche et ils se massent derrière la ligne. Je ne les vois pas mais je sais, j'y étais l'an dernier, là-haut, avec Antoine.

Celui qui a gagné la course l'an dernier donne le départ. J'entends claquer le coup. Les plus rapides prennent de l'avance, je les suis du toit, grâce aux torches qu'ils portent. Ils courent, ils sautent, on dirait des feux follets, les premiers ont le pied sûr, ils connaissent le terrain, savent courir la nuit, même dans ce chemin de pierres. Ils bondissent, se rattrapent. Les coureurs s'affrontent au coude à coude. Le chemin est caillouteux, raviné par les pluies. Certains tombent, perdent le feu. Déjà, les premiers entrent dans le bois.

L'espace grandit entre le premier et le dernier.

Les plus rapides ressortent par les vignes. Après les vignes, il y a une longue courbe, un terrain plat et la plongée sur la ville.

Sur la place, on les attend. Des enfants, des couples, des familles, il en arrive de partout. Les yeux fixent le bout de la rue.

On attend celui qui surgira en premier. Celui-là gagnera la course, il mettra le feu au pantin et il apportera à la ville tout entière, à chacun de nous, la fin des ennuis et la promesse d'une année meilleure.

Les coureurs veulent tous être celui-là.

Dès qu'on voit la torche, on crie tous. D'un même ventre. D'une même voix. On cherche à reconnaître le visage. Est-ce un ami ? Un voisin ? Quelqu'un de la famille ? On est soudain vainqueur avec lui, comme si on avait couru aussi, comme si on était le porteur de la torche.

C'est un garçon du quartier des Combes, dès qu'il apparaît il se retourne, s'assure qu'aucun coureur ne le suit. Il est bien seul, personne ne lui volera la place, alors il ralentit, il marche, la flamme tenue haut devant lui.

Le pantin est planté au milieu du bûcher. On dit que tout est de sa faute, qu'il est responsable de tous les malheurs survenus dans l'année. Son corps de maudit est bourré de paille, avec des pétards à l'intérieur. Tout ce qu'on reproche à la vie, tout ce qui a fait souffrance cette année, le froid, la mort, les ennuis, les maladies, les mauvais comportements, les abandons, les trahisons, tout. Tout. Tout est de *sa* faute. La mort de Tonia Astré. L'abandon du chien. Le cocufiage de Daval, sa mort dans le puits. Et le départ d'Antoine.

Avec le printemps qui arrive, la vie doit gagner sur le froid, sur la tristesse, sur le chagrin, sur la mort.

C'est ce que promet le feu.

C'est pour cela qu'on doit sacrifier.

Après on passera à autre chose.

Sur la place, il n'y a plus de bruit. Même les enfants se taisent. Le deuxième coureur arrive, suivi d'un autre. Pas question de se faire voler la victoire.

Le gagnant des Combes lève la torche devant lui, il la brandit, s'approche des fagots. Il dit quelques mots, comme quoi il faut la paix, il faut la vie.

Il entend des pas derrière lui, alors il abaisse la flamme.

Les enfants crient, ils lancent des confettis et des serpentins, des confettis qu'ils prennent dans les sacs et puis qu'ils ramassent dans le gravier pour les jeter encore.

Le pantin brûle.

La fanfare joue. Il y a des lumières partout. On achète des lampions qu'on accroche au bout d'un bâton. Les familles, les enfants, on fait tous ça. Et on allume la bougie au feu du pantin. Le papier des lampions est fin, une fois qu'on a le feu, on doit faire attention, il suffit qu'une flamme lèche un peu.

Les coureurs de la colline sont tous redescendus. Il y a des roulements de tambour, la fanfare, les pétards.

On fait le tour de la ville pour montrer le feu de nos flambeaux. Pour le partager. En partager la chaleur. Je marche avec eux. Dans les rues. Des gens sont aux fenêtres.

J'aperçois Boucle et son mari, ils marchent aussi, un peu plus devant, le petit Paul avec son lampion sur les épaules de son père. Je vois Camille et son rugbyman.

L'an dernier, j'étais avec Antoine.

Le matin, je sors. La Grand-Rue est fermée, plus aucune voiture ne passe.

Tous ceux qui participent au concours sont en train de s'installer, la potière, le vendeur de miel, de jambon, les tricoteuses, la tatoueuse, le ventriloque et sa marionnette.

Le bar est ouvert, avec des tables en terrasse.

Camille a garé son fourgon à l'arrière de l'estrade, au plus près de l'escalier. On est convenues de se retrouver toutes les cinq en milieu d'après-midi.

La pression monte. Et si ça se retourne contre nous, hein ? Est-ce qu'on ne va pas tout perdre à faire ça ? Mais tout, c'est quoi ?

La coupe du vainqueur est en bonne place dans le hall de la mairie. On dit que c'est le char fleuri qui l'aura, ou alors la chorale.

Le deuxième prix, c'est le panier garni.

Le deuxième prix, c'est le pire, autant ne rien avoir.

On défile à 19 heures, j'ai du temps à tuer. Les nerfs à fleur de peau. J'entre au bistrot. Le flipper est libre. J'enchaîne des parties. Il faut que je batte mon score précédent. Je ne lâche pas la bille des yeux.

— Tu rêves, princesse.

Je ne l'ai pas vu arriver, mais Moreno est là, dans mon dos.

— Tu rêves, il répète.

Parce que ma bille descend dangereusement et qu'elle va se faire avaler. Je ne cogne pas assez fort, alors il me coince par-derrière, il m'enserre, prend mes mains, les bumpers, se colle à mes reins, ses cuisses contre les miennes, mon ventre à la machine, et de quelques coups rapides, il tape dans ma bille, l'envoie valdinguer dans les cimes, dans la lumière.

Il la sauve.

— Il est à combien, ton super score ?

Je lui dis.

Il joue jusqu'à ce que ça dépasse.

— Voilà, princesse.

Et il me rend la machine.

Je frotte l'ivoire de mes dents au citron pour les blanchir. Pendant que je frotte, je regarde le ciel... pourvu qu'il ne pleuve pas !

Quand je sors, ma grand-mère me glisse cinq pistaches dans la poche, elle insiste pour que je les garde, ça porte bonheur, comme le muguet, sauf que du muguet on en a seulement en mai.

Camille est déjà dans le fourgon. On gonfle des ballons de baudruche et on les accroche à la porte. On tend un grand rideau de protection entre la sortie du fourgon et l'estrade, ainsi on peut se cacher derrière, voir sans être vues.

Juliette arrive.

Et Broussaille.

Le char est devant la mairie, avec le tracteur et les guirlandes. Il y a des fleurs partout. Ils vont mettre les enfants dessus, tous ceux du quartier. Ils ont cloué des gradins sur le char, avec la Terre bleue tout en haut.

Les gens s'agglutinent autour, un char aussi beau !

À 16 heures, les enfants de l'école montent sur l'estrade, ils dansent, des chorégraphies enseignées par leur maîtresse, ils passent une classe après l'autre, devant leurs parents émerveillés.

Ma grand-mère a sorti une chaise pliante et regarde tout ce petit monde.

Devant la fontaine, il y a des vendeurs de bonbons et de saucisses. Des stands proposent des jeux de force ou d'adresse. Les Coindre sont là, à viser des boîtes de conserve avec des balles en chiffon.

Derrière eux, leur cochon empalé cuit doucement à la broche.

— Tu fais quoi ?
Broussaille est assise dans un coin du fourgon et elle découpe minutieusement deux bandes dans du ruban adhésif noir.
— Hein, tu fais quoi ?
— Des sourcils.
Des faux. Pour remplacer ceux qu'elle n'a plus.
Quand elle en a deux absolument identiques, elle me demande de lui tenir le miroir et elle les colle.
De loin, ça fait illusion.

17 heures. Non, presque 18. Le magicien va passer, puis il y aura la chorale, après un entracte, et ce sera à nous.
Je me maquille. Un œil maquillé et l'autre pas. La moitié du visage. Et l'autre sans rien. Idem pour la bouche.
Une face A et l'autre B.
Boucle nous rejoint. Elle apporte des bonbons en vrac pleins de colorants concentrés et des oursons en guimauve. Elle est survoltée.
— Le père Fange vient d'arriver avec son cheval, un comtois magnifique, la crinière brossée, bien blanche, lui dans son costume à rayures avec un chapeau haut-de-forme, il a verni la calèche, les roues sont peintes en noir. Il a ses chances.
On entrouvre la porte. On regarde. Le toiletteur pour chien, la chorale, la fanfare, le vendeur de jambon avec sa machine à découpe. Eux aussi ont leur chance.
— Et nous ?
Camille plaque du carton contre le pare-brise pour qu'on ne nous voie pas de l'extérieur.
On vérifie que nos tenues sont bien en place.
À l'entracte, on placera les mannequins et je dessinerai les rails de craie.
Boucle regarde le visage de Broussaille :
— Tu as changé quelque chose ?
Et Juliette, elle est où ? Ah ! Elle arrive. Elle est furieuse, sa mère a sorti une table sur le trottoir, devant le salon, elle a mis

la photo du journal et elle vend les cadeaux, les colliers, les foulards, même les lettres d'amour, à la pièce ou en lot.

Même la petite robe, elle la vend.

Soudain, on entend la voix de Tommy, il parle au micro. Il dit qu'il va se passer quelque chose d'extraordinaire ici, cinq filles superbes vont défiler, il faut absolument venir les applaudir !

Il répète ça plusieurs fois, jusqu'à ce qu'il se fasse virer.

Un journaliste local veut nous prendre en photo. On n'est pas encore en tenue, on lui demande de revenir quand on sera changées, mais il dit qu'il ne reviendra pas, il a tout le monde à voir, ça en fait, des photos. On râle mais on pose quand même, dehors, contre le fourgon.

Tommy vient récupérer la feuille avec le déroulé des tenues.

Je ne sais pas si mes parents vont venir. À midi, je leur ai bien dit qu'on défilait vers 19 heures, ma mère a répondu que l'hôtel était plein et elle ne m'a rien promis.

Camille cherche son mec. Il a dit qu'il ne viendrait pas à cause de sa robe fendue. Il ne faut pas qu'elle pense à lui mais elle n'arrête pas.

Je lui prends la main.

— Tu la connais, l'histoire du nain qui rencontre un génie ?

Elle ne connaît pas, alors je lui raconte.

— Le génie accepte d'accomplir trois de ses vœux mais à une condition : pendant quinze minutes, le nain ne devra pas penser à un éléphant rose. Personne ne pense jamais à un éléphant rose. À un éléphant, oui, mais pas rose ! Sauf si quelqu'un nous demande de ne pas y penser. Le nain se concentre, c'est important pour lui, il se récite des poèmes, tout ce qui peut occuper sa pensée, il s'interdit de voir le début d'une oreille d'un éléphant rose, un éléphant, oui, mais il doit chasser le rose, il doit empêcher le rose d'arriver. Il lutte, il résiste, il voit l'éléphant, il lui faut ces trois vœux à tout prix, surtout un, parce qu'il est nain et il veut être GRAND ! Et que c'est son premier vœu, être grand !

— Et il a réussi ? demande Camille.

— Je ne sais pas.

— Comment ça, tu ne sais pas ?!!!

Elle secoue la tête. Et puis elle rit, elle se détend.

La nuit tombe. Les petites lampes s'allument, en guirlandes, partout, sur l'estrade, au bar et dans les platanes.

On laisse la porte entrouverte pour regarder dehors.

Le magicien se prépare. Il a disposé sur scène une malle et un rideau. On dit qu'il est très fort.

Le public s'installe. Le jury aussi, au premier rang, ils sont trois, chacun avec un carnet.

À cinq dans le fourgon, avec les habits et les deux bancs, on est serrées.

— On va être les meilleures, dit Broussaille.

Et je la vois, Madame Barnes, elle est devant l'hôtel, avec ma grand-mère, elles discutent tranquillement.

Je ne pensais pas qu'elle viendrait. Après tout ce qu'elle avait dit !

Ça me fait bien plaisir qu'elle soit venue.

Tous les bancs sont occupés. Et il y a beaucoup de gens debout. Ils sont là pour le magicien.

Madame Barnes ne passe pas inaperçue tandis qu'elle s'avance sur la place. Elle est très élégante, tout en noir, pantalon, chaussures, chemisier échancré et veste, et un collier de perles, triple tour, à ras de cou. Avec sa canne et son chapeau. Elle salue d'un petit mouvement de tête ceux qui la regardent. Elle se fait apporter une chaise et elle s'installe sur le côté, son sac sur les genoux.

Je regarde le premier tour du magicien. Un tour avec des fleurs et des rubans. Il est fort, vraiment fort. J'ai mal à l'estomac, je n'arrête pas de bâiller. Je reviens dans le fourgon, je m'assois sur mon banc avec les autres. Les yeux dans les yeux, toutes les quatre, Boucle, Camille, Broussaille et moi.

Où est passée Juliette ? Ses fringues sont sur son banc.

Et Tommy ? Même Tommy a disparu ? Ils ne sont pas sérieux, ces deux-là !

Il disait quoi, mon horoscope, déjà ?

La chorale se regroupe derrière l'estrade, on les entend qui se chauffent la voix.

Tommy déboule enfin, les joues toutes rouges.

— T'étais passé où ? Et ta frangine ?
— … pissé… il dit.
Je lui réexplique tout, il doit commencer à lire quand celle qui passe pose le pied sur la première marche de l'escalier. Et lire lentement. Bien articuler. Tout est écrit. Il sait. Il est OK. Il ne doit plus s'éloigner. On lui fait jurer. Et s'il a encore envie de pisser, il fait contre la roue du fourgon.
Et Juliette ??? On a pourtant dit qu'il fallait de la rigueur, tout bien rangé, calé.

On entend applaudir à tour de bras, une vraie ovation. Le magicien a terminé.
— Il fait quoi ?
— Il débarrasse son bazar.
— Et là ?
— La chorale se met en place.
— Tommy ?
— Il est dehors, sur son tabouret.
Moreno et sa bande attendent, calés à la buvette, une bière à la main.
La chorale commence à chanter. Ça se passe mal pour eux. En milieu ouvert, leurs voix montent et se perdent.
Vingt minutes de battement et ce sera à nous.
Dès qu'ils ont vidé la scène, on sort, on place les deux mannequins l'un à côté de l'autre, le premier, on le laisse nu, juste l'écharpe aux oiseaux sur les épaules, et il paraît encore plus nu. Le deuxième, presque rien, veste et perruque bleue.
Et on dessine le chemin de craie pour Broussaille.

Huit mètres à parcourir, dans un sens et dans l'autre. Deux fois. Trente-deux pas en tout, c'est deux fois le tour de ma chambre, une fois celui de la cuisine, la distance de la porte de l'hôtel au banc des Moreno, de la pharmacie à la boulangerie, c'est rien, trois fois rien !
Le cousin de Boucle va nous filmer. Boucle a tracé les lettres FR3, en gros, sur une feuille A4, elle l'a scotchée sur la caméra pour faire croire qu'on avait la télé.
Le fourgon, c'est nos coulisses.

On ne dit plus un mot. On se change.

Première tenue. Chacune dans son coin, concentrées. Broussaille, Boucle, Camille et moi.

Et Juliette ?

Elle n'est toujours pas là.

J'entrouvre la porte.

Je reviens m'asseoir. Je mange des oursons en guimauve, plusieurs à la suite. Le sucre concentré me fait du bien. Je ressors. Des gamins courent, jouent, font rouler des cerceaux, lancent des cailloux qui crèvent les ballons.

— Te bile pas, dit Camille.

Parce que je stresse.

Juliette, on le sait, il faut toujours l'attendre.

Je reviens au miroir. Une moitié de mon visage est maquillée et l'autre pas. Je laisse comme ça. Deux visages. Deux faces. Fard et mascara.

J'ai passé une mauvaise nuit, j'ai les yeux fatigués, des poches mauves.

Broussaille me tend son rouge à lèvres.

— Force sur la bouche, on ne verra pas tes yeux.

Et puis Juliette est là, je ne sais pas comment mais à un moment, elle est avec nous, dans le fourgon, sur son banc.

— T'étais passée où ?

Elle hausse les épaules.

Elle fait sauter ses chaussures et elle sort son vernis.

Je n'y crois pas ! Elle se passe du vernis ! Sur ses ongles de pieds ! Alors qu'elle porte des chaussures fermées, et qu'elle n'a presque rien sur le visage, pas de maquillage.

— On passe dans dix minutes, je te signale !

— Séchage ultra-rapide, elle dit calmement en me montrant le flacon.

Boucle entrouvre la porte.

— Jess, viens voir ! Y a ta mémé !

Elle s'écarte.

Ma grand-mère est assise au deuxième rang. Devant, il y a le mari de Boucle avec le petit Paul sur les genoux. Les Coindre sont là, au cinquième, leur mère entre eux.

Moreno et sa bande s'avancent avec leurs bières. Mehdi, à l'opposé, avec sa bande aussi.

François est là, adossé à un platane. Il me voit. Il me fait un petit sourire. Je n'ai pas envie qu'il soit là. Je ne suis pas faite pour les poètes. Je lui rends quand même son sourire, faut être gentil quand on peut, et je reviens dans le fourgon.

Camille pousse un cri ! Elle pensait que son mec ne viendrait pas et il se pointe, là, regardez ! Avec ses belles épaules de sportif.

— Et Tommy ?

— Quoi, Tommy ?

C'est Boucle qui demande. Parce qu'il n'est plus dehors, sur son tabouret, près de la roue. Et que sur le tabouret, il y a le micro et la feuille.

— C'est le stress, il a encore dû aller pisser.

Quand ce n'est pas l'un, c'est l'autre, ils vont nous rendre folles. On lui a pourtant bien dit de rester dans les parages.

Juliette enfile sa chemise.

À part elle, on est toutes en tenue.

— Il est passé où, ton frangin ?

Tommy ne revient pas. On ne pisse pas si longtemps. Peut-être qu'il a pris le trac ! Il aurait pu nous le dire.

On lui laisse deux minutes encore. Il n'y en aura pas une de plus.

On l'avait prévenu. C'est tant pis pour lui !

J'enfile mon manteau pour dissimuler ma tenue.

Madame Barnes me regarde approcher.

— On a besoin de vous.

Je lui tends le micro et la feuille. Je lui explique. Elle parcourt rapidement les lignes à lire. Du doigt, elle cherche le poussoir du micro, fait un essai de voix.

Elle me dit qu'elle a prévu de rester dîner après, avec tout le monde, sur les tables à tréteaux.

— Votre grand-mère va me garder une place à côté d'elle.

Elle me montre son ticket acheté, et nominatif : Madame Barnes.

— Ça ira, pour vous ? je demande.

— Ce ne sont que quelques lignes...

Elle pointe son doigt sur l'estrade.

— Vous, n'oubliez pas, quand vous serez là-haut, là-haut et ailleurs, toujours, le front haut et le regard droit.

Je lui promets.

Je reviens vers le fourgon.

Juliette parle avec Camille, elles discutent à voix basse, dissimulées derrière le rideau de protection. Je m'avance.

Camille sursaute quand elle me voit. Qu'est-ce qu'elles trament ?

— Y a un problème ? je demande.

— Non, répond Juliette, c'est rien, on peaufine un détail.

Juliette rentre dans le fourgon. Je la suis. Des gens qui discutent en tête à tête, y en a plein, il ne faut pas que je me bile. Je flaire quand même un truc.

Elle rejoint son banc.

— Antoine est là, elle dit en enfilant ses cuissardes.

Ah, c'est donc ça !

— Là où ?

— Là.

— Tu lui as parlé ?

Elle se penche, lace une botte.

— Ben oui, c'est pour ça que j'étais en retard, tu as râlé…

— Comment il va ?

— Bien.

— Il t'a parlé de moi ?

— Non, mais tu sais, on n'est pas restés longtemps ensemble…

Elle lace la deuxième botte. Se relève.

Antoine, c'est le rose de l'éléphant, je ne dois pas penser à lui, si je pense à lui je vais m'émouvoir.

— Mais… il était seul ?

— Seul, oui.

Juliette met sa microjupe, en referme une à une les pressions.

Le présentateur vient nous avertir que c'est notre tour dans deux minutes, il va nous annoncer. On se regarde, toutes les cinq. Des semaines qu'on se prépare, qu'on attend ce moment, et il est là. On est là où on a décidé d'aller. On se serre les mains, les doigts noués, tête contre tête, dans le fourgon qui est bas de plafond. On est accrochées à ce qu'on s'est dit. Tout dépend de nous. On a aussi besoin de chance.

On ajoute du rouge à nos lèvres. Quelques paillettes à nos joues.

Quand on voit Juliette en tenue, on décide de changer l'ordre de passage, d'un commun accord et au dernier moment. Revenir à ce qu'on avait dit au début… Juliette *doit* passer la première, c'est une évidence. Elle dégage. C'est du sauvage. Du très sexuel. Sa tenue va taper fort, d'entrée, elle va choquer. Donc Juliette en 1 et Broussaille en 2. OK ?

Tout le monde est OK.

Il faut rectifier l'ordre sur la feuille.

— On a le temps ?

— On le prend.

J'y vais. J'enlève ma casquette, ma perruque, je mets mon manteau sur la tenue. Je sors. Sur l'estrade, le présentateur parle de nous, il invite tout le monde à revenir s'asseoir, les enfants doivent arrêter de courir, les gens de parler, parce qu'ils vont avoir la chance d'assister à un moment unique, cinq filles extraordinaires vont défiler.

— Petit changement, je dis à Madame Barnes en lui prenant la feuille des mains.

Elle râle.

— Encore !

Je ne sais pas pourquoi elle dit cela. Je n'ai pas le temps de le lui demander.

Je remonte dans le fourgon, je replace ma perruque, ma casquette. Je transpire. Boucle arrange ma cravate, elle rectifie mon maquillage. Elle dit que je pue. Elle rit.

Après, on fera quoi ? Il n'y a pas d'après.

Après, on verra.

Après, c'est une autre vie. Pour l'heure, on est là et on va se faire plaisir. Il n'y en aura peut-être jamais d'autres, des moments comme celui-là.

Mon cœur cogne, du cent vingt de pulsations.

La cassette est dans le lecteur. Pour l'ordre des chansons aussi, il faut inverser ! Je fais vite défiler la bande, jusqu'au titre de Juliette, je lance, touche Play, juste à temps, *Harley Davidson*.

Et c'est parti !

Juliette monte sur scène.

Madame Barnes attaque.

— Première tenue, Juliette, en jupe cuir ultra-courte, avec gilet sans manches et chemise, cuissardes lacées en croix, sur un titre de Bardot.

Wouahou ! Un murmure parcourt le public. Ça siffle au fond. Juliette fait un aller-retour, parfaitement à l'aise. On la regarde par la porte du fourgon. Elle est quand même incroyable.

Elle a même trouvé un motard pour faire ronfler une moto à la fin.

Tout le monde tape des pieds. Ça fait vibrer l'estrade, heureusement qu'on n'a pas mis les cageots, sinon ils auraient tous valdingué.

Broussaille ôte ses lunettes, ses joues sont en feu. Elle appuie sur ses sourcils en adhésif. Je fais revenir la bande en arrière, chanson 1, et elle y va. En smoking, et avec cravate, chemise, etc.

Elle suit la ligne blanche, une main sur la hanche, sac en bandoulière. Sans lunettes, elle oublie son trac et elle s'en sort bien. Elle repart. Revient. Chaloupe. Elle assure comme une pro, sans rien y voir pourtant.

Boucle attend son tour dans sa robe léopard. Elle s'avance derrière le rideau, tremble un peu sur ses talons.

Broussaille redescend et elle y va. Elle fait sensation dès le premier pas. Boucle, d'habitude si discrète, à peine si on la reconnaît.

Camille sort du fourgon, dans sa robe en nappe transparente, avec une ceinture large et rouge. Sous le plastique, ses seins sont nus. Elle s'est scotché des ronds de couleur sur les tétons, pour les cacher. Juste sur les tétons. Elle a fait ça au dernier moment. "On n'est pas nue quand les tétons sont cachés, hein ?" Je trouve que de les avoir cachés, on les voit encore plus qu'avant.

C'est son tour. Elle y va, la poitrine triomphante, sous les yeux fous de son rugbyman.

Après elle, c'est à moi.

Deux minutes, ça passe vite. Déjà Camille revient. Tout le monde l'applaudit. Je suis faite comme un rat. Un rat en manteau de cuir, avec casquette et cravate. Mais un rat quand même. Piégée. Avec l'envie de disparaître. Je ne bouge pas. J'en suis incapable. Si je n'y vais pas, à ce stade des choses, ce ne sera pas si grave, on repasse à Juliette, les gens n'y verront que du feu. Je vais me dégonfler ? Après tout ce que je leur ai dit ?

Camille me fixe. Alors quoi ? Tu fais quoi ? Sa chanson est finie. Il faut que je mette sur Pause.

Mon père est sur la gauche, un peu à l'écart. Ma mère, à côté. Je croise les yeux de Moreno, qu'est-ce qu'il fiche ? Il s'avance, se détache de sa bande. Il lève sa bière pour me saluer.

J'entends les premières notes de mon disque, j'ai choisi les Poppys, *Non, non, rien n'a changé*.

Je n'ai pas mis sur Pause.

Je souffle tout l'air que j'ai dans les poumons. Je sors du rideau. Je me redresse. Au même moment, j'entends la voix de Madame Barnes, elle lit le texte : "La jolie Jessica, en costume Gavroche, nous entraîne à présent dans *Les Misérables* de Hugo", etc.

Ce n'était pas écrit comme ça. Elle invente, elle brode.

Une fois sur scène, je fixe les deux mannequins. C'est vers eux que je dois aller. Les autres l'ont fait, ce ne doit pas être si compliqué. Alors j'y vais. D'un premier pas. Ma colonne vertébrale trouve un nouvel axe. Plus rien à faire de ce qu'ils penseront, de ce que les autres font, en mieux ou en pire, plus rien à faire de rien, c'est mon heure, mon moment, je mets les mains dans mes poches, "Non, non, rien n'a changé, tout, tout a continué, yé yé !!!" J'enfonce mes mains, je trouve les pistaches.

Je souris, bravache.

Et je me jette.

Dans le bain.

Le grand.

Le plongeon absolu. Pour le meilleur ou pour le pire. Je ne vois rien. Je n'entends rien. Je ne pense à rien. Je fais mes deux allers-retours comme un automate, en mode téléguidé. Même les Poppys, je ne les entends plus.

À partir de là, on enchaîne. Parce qu'on est toutes passées une fois. On reprend l'ordre des passages, Broussaille en premier, elle y va, juste après moi, caraco à pompons et jupe en satin, un grand collier de perles en fausse nacre, triple tour, sur *Mon manège à moi* de Piaf.

Je reste derrière le rideau. Je la regarde un peu.

Tout se passe bien, elle arrive au bout de la piste, fait son demi-tour, hanche cassée, mais alors qu'elle revient le collier se prend à son coude, comme dans un ralenti de film, le fil se tend et il se brise, les perles volent, il y en a beaucoup, un triple tour, elles rebondissent et roulent sur le plancher. Sans ses lunettes, Broussaille ne les voit pas. J'ai peur qu'elle glisse. Elle ne glisse pas. Pas de panique, aucune crispation sur le visage, elle garde le même sourire tranquille comme si cette brisure du collier avait été voulue par elle, décidée depuis le début. Elle salue avec panache. Des perles pendent encore au fil, les dernières s'échappent comme des larmes, on peut alors penser que le collier cassé fait partie de la tenue, du spectacle.

Elle a vraiment assuré.

Je rentre vite dans le fourgon pour me changer.

C'est au tour de Juliette. On se croise. Je me fige. Elle nous avait promis une surprise pour sa deuxième tenue. C'est plus qu'une surprise. Elle est en combinaison de peintre en bâtiment, la capuche relevée sur sa tête, trois bandes de tissu barrent son visage, cousues à l'horizontale sur le devant de la capuche, elles griffent son visage, le rayent, le balafrent. Sa bouche est écrasée par l'une des bandes. Après la tenue Bardot, c'est extrêmement brutal. Un œil est caché, l'autre est libre, on dirait une lucarne. Elle me sourit de son regard de borgne.

Elle a voulu sa beauté violentée.

Une fois sur scène, elle assure dans un va-et-vient tranquille.

Boucle est magnifique en robe et cape, perruque jaune métal. Au premier rang, Dany tient le petit Paul droit sur ses genoux. Camille se lance après, dans ses deux pantalons tête-bêche, le ventre nu. Son rugbyman ne la lâche pas des yeux.

Je me change, tee-shirt avec le dessus en cotte de mailles. J'entends Broussaille râler, elle ne retrouve pas ses lunettes, elle les avait bien rangées pourtant, elle tâtonne, sur le banc, dessous. Ça va être mon tour. Est-elle certaine de bien les avoir mises dans leur boîte ? Elles sont peut-être tombées ? Un coup de pied malencontreux les aura envoyées valdinguer et les aura déplacées plus loin… Soudain, elle se redresse ! Non, les lunettes sont là, dans cette poche, elle se souvient, elle les y avait glissées.

Je sors.

La voix de Madame Barnes :

— Deuxième tenue, avec la belle Jessica qui revient, pantalon doré, haut en cotte de mailles, chapeau plat...

Maintenant, on est parfaitement à l'aise, on est portées, soulevées. On se fait plaisir. Une fois sur l'estrade, c'est magique, on oublie nos jambes trop courtes, nos ventres, nos complexes.

Broussaille, turban de soie, veste queue-de-pie et pantacourt. Je la suis des yeux. Elle a gardé ses lunettes ! Je l'appelle ! Trop tard. Elle a dû les mettre pour se changer et elle a oublié de les enlever. Une fois là-haut, elle prend son temps, s'amuse, regarde les gens, fait des courbettes. Elle les regarde et elle les voit !

Juliette suit, tenue simple, pantalon, tee-shirt et veste. La classe !

Camille se lance, dans sa robe fendue, le fameux déchiré de lamé fait planer un silence dans le public. Tous les regards se fixent sur ce rectangle de peau, de la mi-cuisse au bas de la culotte, et ce bout de dentelle dévoilé. Par la porte entrouverte, je vois son rugbyman qui se fige. Camille marche d'un bout à l'autre de la scène. Arrivée aux mannequins, elle s'arrête, fait face au public, une main sur la hanche, ses cheveux sont noués, elle les libère. Elle revient et elle repart. On l'applaudit.

Même son rugbyman, au début hésitant, maintenant il la dévore des yeux. On voit bien qu'il est fou d'elle. Encore plus qu'avant. Mais il n'ose pas. Il regarde autour de lui comme s'il demandait la permission d'aimer cette femme. Parce que c'est de cela qu'il s'agit, il attend une permission. A-t-il besoin de l'aval des gens, de la ville, de l'aval du monde ? Il scrute les visages. Vont-ils crier que c'est une pute, à cause de ce rail de peau qu'elle montre et qui monte jusqu'à la culotte ? Vont-ils dire qu'elle provoque ? Et dans ce cas, que va-t-il faire ? La peau de la cuisse est blanche, laiteuse. Autour de lui, les gens ne crient pas, ils n'insultent pas, ils applaudissent. Les applaudissements nourris lui donnent cette permission attendue, celle d'applaudir à son tour, alors le rugbyman se ragaillardit, il est fier, soudain transfiguré, il lui murmure des je t'aime, les mots se dessinent sur ses lèvres, je t'aime, je t'aime, je t'aime ! Les gens se tournent vers lui, alors il y va, cette fois, il ose à fond, il crie : "Je t'aime, je t'aime, je t'aime !"

Boucle suit, très calme, très élégante, en robe charleston frangée de fines perles, un bandeau de velours dans les cheveux, très rétro, les mains gantées. Elle en a assez de ses talons vertigineux, alors, pour cette dernière tenue, elle les ôte, marche pieds nus, les chaussures à la main, tenues par la lanière, sur l'épaule, comme une veste. Le petit Paul est debout sur les genoux de son père, il saute des deux pieds, hurle des bravos !

C'est mon tour. La der. Madame Barnes : "Pantalon blanc, cocardes en toile de montgolfière, haut échancré et petite voilette, Jessica termine avec ce demi-classique. Notez, discrètement portée, une magnifique étole vénitienne de la marque Fortuny, le célèbre tissage…", etc.

Elle sort du texte et ça me fait rire.

Je prends mon temps. Je n'ai plus peur. Je n'ai pas envie que ça finisse. Qu'on se sépare. Je termine mon deuxième retour.

Après moi, ce sera Camille en mariée. Elle n'est pas encore là. La porte du fourgon est fermée. La robe, la traîne, elle doit avoir besoin de temps pour se changer. On s'est mises d'accord, il ne faut pas laisser l'estrade vide, tant qu'on ne voit pas la suivante, on reste et on meuble. Je fais une troisième traversée. Les mannequins. Je regarde les gens. Sourire. Menton, ventre, épaules, jambes, chevilles, pieds. Demi-tour. Ah, le tulle est à la porte du fourgon. Un halo de lumière ! Parfait. Je finis mon demi-tour. Je reviens.

Je me sens bien.

Je descends le petit escalier. Déjà, la main gantée enserre le tulle, tout un pan que les doigts froissent et soulèvent pour pouvoir monter à son tour. La traîne mi-longue.

Le voile transparent qui recouvre le visage. Avec les spots, c'est une robe de lumière qui s'apprête à prendre ma place.

Le disque de Sardou, *Vive la mariée…*

Je souris.

Et puis mon sourire s'efface. Ce n'est pas Camille, dans la robe ! C'est Juliette. Juliette, pas Camille ! Je ne comprends plus rien. Quelque chose m'a échappé ? J'ai dormi ? La voix de Madame Barnes résonne.

— C'est du haut de son mètre soixante-quinze que Juliette clôture pour vous ce défilé, un final en mariée dans la plus pure tradition des défilés. La robe en magnifique dentelle...

Juliette tire derrière elle la longue traîne. Les bruits se mêlent, la voix, la musique.

Broussaille et Boucle d'Or attendent derrière le rideau. Camille évite mon regard.

— Tu m'expliques ?
— Il n'y a rien à expliquer.
— Tu lui as laissé la robe ?

Il y a forcément une raison.

Camille est gênée.

— Au dernier moment, je ne me suis pas sentie. Si elle n'avait pas été là, je l'aurais portée. Mais elle était là.
— Vous auriez pu me le dire !
— Tu n'aurais pas voulu.

Je n'y crois pas ! Elles ont comploté dans mon dos.

Sur scène, Juliette est radieuse, solaire. Elle n'en fait pas des tonnes, c'est juste bien. Vu que la robe était trop large, elle a noué une ceinture de tulle autour de sa taille.

— Vous avez décidé ça quand ?
— Là, maintenant.

C'était donc ça leur messe basse... Un changement de dernière minute. Maintenant, tout s'éclaire. C'est à ce changement qu'a fait allusion Madame Barnes.

— Et vous deux, vous le saviez ?

Broussaille détourne la tête.

— On a compris quand Juliette a mis la robe, répond Boucle.

Que Camille ait cédé, ça me révolte. Est-elle à ce point bête ?

— Après tout, qui porte la robe, on s'en fout, l'important, c'est que ce soit beau ! Regarde !

En bout de scène, Juliette tire la traîne, la ramène élégamment sur le côté. Ses mains frôlent le tissu, on dirait des oiseaux.

Tout s'est passé vite et c'est déjà le final. On sort du fourgon et on remonte sur scène avec nos derniers costumes. On fait un aller-retour, toutes les cinq, et on se place au bord de l'estrade, face au public. Juliette au milieu. On se tient par les mains. On a réussi ! Chacune va reprendre sa vie, mais on a réussi quelque chose d'extraordinaire. Tout le monde nous applaudit, mes parents, mémé, les autres. La bande à Moreno, Mehdi, François. Même les membres du jury. On nous prend en photo, des gens avec des polaroïds. Je montre Madame Barnes avec son micro pour qu'elle soit applaudie aussi. Je croise son regard, elle lève la main.

Voilà, c'est fini !

Broussaille tient ma main, elle la serre fort. Juliette se penche, me regarde, ses yeux étincellent.

— Merci !

Elle articule, répète plusieurs fois, pendant qu'on salue.

— Merci, merci !

Les autres me le disent aussi, Broussaille, Boucle et Camille. "Parce que sans toi !…"

Le petit Paul est droit, en équilibre sur les cuisses de Dany, il applaudit comme un fou, et soudain il se libère, court, grimpe sur l'estrade, arrive sur la scène et se jette contre sa mère.

On reste sur l'estrade tant qu'on nous applaudit. Ça dure un moment. On se serre les mains à se les écraser. Elles font partie de moi, Camille, Broussaille, Boucle, Juliette, ainsi que tous les gens d'ici, ceux qui me connaissent et que je connais. Si on analysait mon code génétique, on les trouverait tous, mes parents, ma grand-mère, Tommy, le cheval comtois, le fils Canfre, les arbres, le clocher, on peut se moquer, on trouverait tout, même Moreno et cet abruti de Mehdi et la belle Madone. Même le chien de la Tonia Astré et le pauvre cochon des Coindre.

Je ressens cela fortement et dans mon sang, que je suis faite d'elles et de tout cela.

— Pourquoi tu chiales ?

— Pour rien.

Ça applaudit encore.

Et puis on se lâche.

La fanfare se met à jouer.

Juliette vient vers moi.

— J'étais bien, hein ?

Elle attend une réponse. Alors que tout le monde le lui a dit. Tout le monde, ça ne lui suffit pas ? Il faut aussi que moi… ?

— Tu étais bien, oui.
On redescend de l'estrade.
Une fois en bas, je la retiens.
— Mais c'est Camille qui devait porter la robe.
— Elle s'est dégonflée…
— Et tu en as profité.
— Elle trouvait que j'étais mieux.
— On avait dit qu'on ne se comparait pas les unes aux autres.
— Je lui ai dit.
— Quoi ?
— Qu'elle pouvait le faire, qu'elle n'était pas si mal.
— Tu lui as dit ça !?
Ça me fait presque rire.
Elle semble toute petite soudain, perdue dans tous ses tulles. Petite, et triste. Et seule.
— Je voulais juste qu'on dise waouh, elle murmure.
— Waouh ?
— Oui, waouh. J'avais envie de l'entendre. Tu ne peux pas comprendre.
— Parce que je suis moche ?
— Arrête ! Tu n'es pas moche, Jess. Mais tu n'as pas besoin de ça.
— Je n'ai pas besoin de quoi ? D'entendre waouh ? Non, je n'ai pas besoin de ça, non.
— Tu vois…
— Et tu l'as entendu ?
Elle sourit doucement.
— Je l'ai entendu, oui…

Je veux la suivre, continuer cette conversation absurde, mais des gamins sont en train de jouer autour de Madame Barnes, ils se courent après en se servant d'elle, de sa chaise, ils jouent à s'attraper, ils lui tournent autour, se tiennent au dossier. Elle tente d'en rire mais je vois bien que ces bousculades ne l'amusent pas.

— Vous avez été parfaite, Madame Barnes, je lui dis après avoir chassé les gamins.
Je la remercie, au nom de toutes, elle nous a sauvé la mise. Elle joue la modeste, mais je vois que ça lui fait plaisir.

— C'était bien, vraiment. Ah ! cette Juliette en Bardot, il fallait oser, tout de même ! Elle aurait cependant dû le faire sur du Gréco, *Déshabillez-moi*... Ç'aurait été plus audacieux, davantage même... Enfin, toutes, vous étiez très bien.

Elle s'appuie sur sa canne, se lève.

— Auriez-vous la gentillesse de prendre à présent un peu de votre temps pour me raccompagner ?

— Maintenant !?

— Tout ce bruit... Je suis fatiguée.

— Mais vous deviez rester dîner ! Vous avez votre ticket...

— Mes gouttes, elle dit en me montrant ses yeux.

— Ça ne peut pas attendre ?

Elle fait non avec la tête.

— 20 heures précises.

Broussaille s'avance, elle me touche le bras :

— Tu viens ? Un journaliste veut une photo de nous cinq encore costumées, et avant que Juliette ne retire sa robe.

Elle insiste, il attend.

— OK, j'arrive.

— Vous m'abandonnez donc...

Je regarde Madame Barnes. Elle a l'air tellement triste soudain, tellement seule.

Je pose ma main sur la sienne.

— Cinq minutes. Et je ne vous abandonne pas. Je vais faire cette photo, je me change et je vous raccompagne chez vous tout de suite après. Je fais vite. Vous m'attendez, hein ?

— Je vous attends, oui, mais de grâce, surveillez votre langage, ce *hein* est déplorable.

Elle me retient.

— Sur la photo, pensez-y, le regard droit.

— Et le front haut.

— Toujours, oui.

Elle sourit et se rassoit, son petit sac sur les genoux.

Le journaliste nous prend en photo devant les ballons. Il nous entraîne vers l'église, en haut des marches, il veut un effet de contre-plongée, avec toutes les lumières.

Camille lui parle de son fourgon et de ses projets d'institut à domicile, s'il pouvait en dire un mot dans son journal. Bien sûr qu'il peut ! Le fils Canfre nous suit partout dans son fauteuil. On voit que ça lui fait envie, une photo, il y a goûté le jour de l'orage. À un moment, il se cale sous le platane bas. Dès qu'on le regarde, il rassemble ses forces et il se hisse, d'un coup, il quitte son fauteuil, ses jambes mortes derrière lui, ça lui demande un effort énorme, et il se balance.

Il sourit au photographe.

Le photographe dit : "Un costaud des bras celui-là…"

C'est tout.

Et il nous regroupe devant le fourgon, pour une dernière de nous cinq contre le rose.

Après, on se change.

On suspend nos costumes à des cintres et on les donne aux employés de mairie qui attendent à la porte pour les accrocher dans les arbres.

Les tissus sont traversés par les lumières des ampoules, on dirait des lampions, c'est très joli, un peu fantomatique, tout le monde vient regarder.

Une brise douce les fait bouger.

— On a assuré, dit Broussaille.

— Tu diras merci à ta cousine, sa robe de mariée, finalement, elle nous aura porté chance.

— Même Madame Barnes a été parfaite, dit Boucle.

Madame Barnes !!! Je l'ai complètement oubliée ! Je me précipite, bien sûr trop tard, elle n'est plus là. Sa chaise est vide. Je ne la vois nulle part. Elle a dû m'attendre, se lasser, et rentrer chez elle. Quelle gourde je suis ! Peut-être qu'elle a trouvé quelqu'un pour la raccompagner.

Le micro et la feuille des passages sont restés sur sa chaise, avec le ticket du repas.

Je récupère le micro.

La feuille, je la déplie. Et je vois. Sur la dernière ligne, la présentation de la mariée a été rectifiée, le prénom de Camille est barré et remplacé par celui de Juliette : "C'est du haut de son mètre soixante-quinze que la très jolie Juliette clôture pour vous, etc." C'est une écriture ronde, avec les gros points sur les *i*, l'écriture de Camille. Elle l'a dit, elle ne se sentait pas. Et c'est elle qui a barré son nom.

Je suis toute seule.
Je ne vois pas Broussaille.
Je cherche Juliette.
Les musiciens montent sur l'estrade, ils accordent deux-trois trucs. Ils ont un chanteur qui fait des essais de voix : "1, 2, 3."
J'aperçois François, tout seul, qui traîne. Il doit me chercher. Je n'aurais *jamais* dû me laisser embrasser. Je me planque un peu. On m'attrape par la manche, c'est le voisin aux chats, monsieur Perruchon, qu'est-ce qu'il me veut ? Il a rêvé de son *migre*, le rouquin, celui qui a disparu. Il l'a vu, avec d'autres, au bord d'un étang, il ne connaît pas cet endroit, et son chat était là, sur le talus, au soleil, avec trois ou quatre autres, et c'était vraiment lui, son *migre*, pas un *migre* de rêves, et il allait très bien, il n'avait pas mal, il était heureux, c'était bien lui. Il me raconte tout ça, que c'était bien ses yeux, et qu'il allait bien, sur ce pré en pente, avec le soleil et l'herbe douce.
On avait pensé que la chorale gagnerait, ou le char, ou le vendeur de jambon, mais c'est le cheval comtois qui emporte la coupe, on l'annonce au micro.
J'aperçois Camille, elle me fait un petit signe de la main, ce n'est pas nous, ce n'est pas grave ! Elle est dans les bras de son rugbyman. Boucle se promène main dans la main avec son mari et le petit Paul.
François a disparu.
Le panier garni va au magicien.

Après la remise des prix, on lâche tous un ballon avec nom et adresse sur une étiquette, en espérant que le ballon ira dans un pays très loin et que quelqu'un nous écrira de là-bas.
Une fois, un des ballons est arrivé jusqu'à Pise.
Il y a deux ans, Antoine s'était approché de moi, il n'était encore personne pour moi. On s'était juste regardés. Il semblait tomber du ciel, il tenait un ballon dans la main, j'en tenais un

aussi, le sien était bleu, le mien blanc, on avait discuté un peu et on avait noué leurs fils et on les avait lâchés ensemble, comme ça, comme on fait les choses parfois.

— Tu voudrais qu'il aille où, ton ballon, toi ? je lui ai demandé.

— À Katmandou. À cause du livre, les *Chemins*...

J'ai hoché la tête, l'air de celle qui avait tout lu. Bien sûr, je ne connaissais pas. J'ai senti que c'était une chance formidable, ce garçon. Une rencontre exceptionnelle.

Le lendemain, j'étais passée à la bibliothèque et j'avais emprunté *Les Chemins de Katmandou*.

Le bal commence. Des couples s'enlacent. Camille danse avec son rugbyman. Toujours pas de Juliette. À la buvette, ils font boire le père Fange. Ils font boire son cheval aussi, dans la coupe. Pour se marrer. Les cons.

Des gamins courent dans tous les sens, ils mangent des barbes à papa et des grosses sucettes rondes. Mon père dîne sous le chapiteau, avec ma mère et ma grand-mère, et des voisins, et d'autres gens que je ne connais pas.

François est avec Broussaille, ils sont près de la buvette, il doit sans doute encore me chercher, parce que Broussaille lui désigne le fourgon.

S'il me trouve, qu'est-ce que je vais lui dire ? Excuse-moi, je n'aurais pas dû... Au bal des pompiers... Je t'ai laissé croire... Mes baisers, ma bouche, mes lèvres... Écoute, François, tu es un bon gars, tu mérites mieux que moi... J'espère que tu comprends...

Je suis fébrile.

Je l'attends.

Soudain c'est Tommy qui se cogne à moi, il a l'air désemparé, égaré. Il doit chercher sa sœur. On cherche tous Juliette. Toujours. Ça va nous rendre fous, un jour.

Je le chope par la manche, parce qu'il nous a plantées et que je veux savoir pourquoi il nous a fait ça.

— Hein, pourquoi ?

Il me fixe. Il transpire. Je ne le lâche pas.

— Vous étiez bien sapées, ce soir...
Je me retourne, c'est Moreno.
— Merci, je dis.
Le compliment me fait relâcher les doigts, comme le bec dans la fable du *Corbeau*, pour montrer sa belle voix, il laisse tomber sa proie.
Tommy en profite, il s'échappe.
Moreno se redresse, pantalon noir, chemise blanche, et son gros ceinturon brillant.
— Et moi, tu me trouves comment ?
— Peut-être moins ridicule que d'habitude.
Il hoche la tête, satisfait.
— C'est bien alors, je progresse.
— Y a encore du chemin, je dis en cherchant Tommy des yeux.
— Le chemin, c'est l'intérêt.
— Pas faux...

Mon père danse avec ma mère. Camille, avec son rugbyman dingue d'amour. Ma grand-mère sourit à tout le monde.
Devant le bistrot, ça titube.
Je ne sais pas où est Juliette.
Et François est encore en conversation avec Broussaille. Qu'est-ce qu'il peut lui raconter ? Elle a l'air de bien rire.
Et Antoine ? J'ai envie de le voir. On a peut-être une autre chance ? Je marche, tête baissée. Une fille pressée qui ne cherche personne, qui a à faire. S'il est là, à un moment, je vais tomber sur lui, le heurter, je ferai la fille étonnée : Oh Antoine, c'est toi ? Belle soirée... Deux fois le tour de la place. J'en ai heurté, du monde.

Le feu d'artifice va être tiré de la colline. Je monte sur le toit-terrasse. Je regarde les étoiles. La lumière de l'étoile la plus proche met plus de quatre ans pour arriver jusqu'à nous.
Alors quand on regarde une étoile, on voit le passé.
Si Antoine est là, il lèvera les yeux et il me verra. Il arrivera sans bruit, je sentirai sa présence, je ne me retournerai pas, ses mains se poseront sur mes épaules, ses bras forts m'enlaceront, il me ramènera doucement contre lui.

Ça éclate, entre les étoiles, l'immensité noire, une première fusée, suivie d'une autre. Et d'une autre encore. Les fusées explosent sur fond de musique, elles ébranlent la ville, elles brillent et glissent et retombent comme de la pluie.

Sur la place, ils ont tous les yeux levés.

Des lumières, qui effacent la lumière de toutes les vraies étoiles.

S'il y a un début à l'univers, il y aura aussi une fin. Avant le début, c'est un mystère, un mur empêche d'aller voir derrière, on l'appelle le mur de Planck. Après le lâcher de ballons, Antoine m'avait parlé de ce mur, parce qu'on était montés sur le toit-terrasse, une fois là-haut il m'avait expliqué que la lumière naît de la lumière, comme la mort est dans la vie, que tout est fini, les arbres, les vivants, les univers. Il avait dit cela tranquillement, qu'on était des constellations éphémères, appuyé à la balustrade et en regardant les toits. Comme il aurait dit une chose sans importance.

C'était juste parfait comme rencontre.

On voudrait que toujours la fin soit pour les autres.

Après le feu, le bal reprend. Boucle danse avec son mari et leur petit Paul.

Broussaille est toujours avec François.

Et soudain Juliette est là. Elle est seule. Elle longe la piste. Elle semble chercher quelqu'un. Sûrement moi. Je la vois qui parle avec Camille. Je descends vite de mon toit.

Quand j'arrive en bas, je la cherche partout, elle n'est plus là.

Un slow. *Les Mots bleus*. Je reconnais les notes. François invite Broussaille. Il l'entraîne sur la piste. Lui devant, elle le suit. Ils dansent ensemble sur ce slow quand même particulier. Je ne suis pas jalouse. Étonnée, c'est tout.

À mi-slow, il lui retire ses lunettes. Il avance ses mains vers son visage, et il décolle ses sourcils en adhésif. Elle les avait gardés. Il en détache un, et puis l'autre, en partant de la tempe et en tirant doucement. Après il lui remet ses lunettes, il lui dit quelque chose et ils reprennent leurs mots bleus.

C'est le bruit des petits cailloux contre ma vitre qui me réveille. Je pense à des ivrognes, ou bien Juliette, ça lui arrive de cogner mes carreaux quand elle veut me parler. Mon réveil marque à peine 6 heures, je ne bouge pas.

D'autres cailloux viennent buter.

Je finis par me lever. Je regarde par la fenêtre. Ce ne sont pas des ivrognes, ni Juliette.

C'est Camille.

— Qu'est-ce que tu veux ?

Monter. Me voir. Ça n'a pas l'air d'aller fort. Elle a encore dû s'embrouiller avec son rugbyman. Je lui lance la clé du couloir. Elle est emmitouflée, avec écharpe et manteau. Je ne vois pas ses yeux.

— Qu'est-ce qui se passe ?

Elle est paniquée. Elle s'assoit au bord du lit. Elle n'arrive pas à dire un mot.

— C'est ton mec ?

Elle fait non avec la tête.

— Alors quoi ?

Elle a le poing crispé. Du menton, elle me montre ce poing, ses doigts serrés comme des grilles.

— Tu m'expliques ?

Elle ne peut pas.

Elle desserre ses doigts.

Des fois, je voudrais être loin.

Les tunnels, c'est sombre, c'est noir, on ne voit pas ce qu'il y a au fond.

— Tu m'expliques ?
— Prends-le…
— Non, je ne prends pas…
Le serpent en or de Madame Barnes est dans le creux de sa main. Elle veut que je le prenne.
— S'il te plaît…
Elle m'attrape le poignet, comme si le collier la brûlait, elle essaie de le mettre de force dans ma main.
Je l'oblige à me regarder.
— Qu'est-ce qu'il fait là ?
Elle regarde le bijou comme si elle ne savait pas.
— Camille, qu'est-ce que tu as fait ?
— Rien.
— Tu n'as rien fait ?!!! Et il est arrivé dans ta main comment ? Par magie ? Camille !
— Ne crie pas !
— Je sais d'où il vient !
— Je sais que tu sais. Je voudrais juste que tu ailles le remettre là-bas, s'il te plaît…
J'appréhende la suite, comme si on venait d'ouvrir une trappe. Je connais Camille, si je lui crie dessus, elle va s'en aller. Je ferme les yeux, Reste calme Jess, reste calme. Une respiration du ventre, sur quatre temps.
— OK… Raconte-moi ce qui s'est passé.
— Tu vas te fâcher.
— Non, je ne me fâcherai pas.
— Promets.
— Je te promets.
— Je te raconte, mais… prends-le, je t'en prie.
Elle a la paume ouverte, le bijou dedans.
Une mendiante qui veut donner.
Comme je ne le prends pas, elle le lâche sur le lit.

Elle *lui* a laissé porter la robe en échange du collier. Voilà. Milieu du tunnel. C'est ce qu'elle m'explique. Et que je comprends. Elles ont fait ce deal ensemble. Une chose pareille. Qu'est-ce qui leur est passé par la tête ?
— Tu as dit que tu ne te fâcherais pas.

— Eh bien je t'ai menti, je me fâche ! Je suppose que tu avais une envie folle de ce collier ?

— Je pensais le vendre. Et je m'en fichais de défiler avec la robe. Je veux juste finir mon fourgon, acheter du matériel, passer mon diplôme…

Elle se tord les doigts. Elle a peur. Qu'on vienne l'arrêter, qu'on dise que c'est elle qui a volé. Si on la fouille, qu'on le trouve, elle imagine la suite, les gendarmes, les menottes, la prison.

— Je n'en veux plus. Je ne pensais pas que… Il est trop beau. Juliette m'a dit qu'il était juste un peu précieux.

— Un peu précieux !!! Des yeux en diamants, Camille ! Et tu pensais le vendre comment ? À qui ?

— Ne crie pas, Jess, s'il te plaît. Je regrette. Je ne voulais pas…

— Tu ne voulais pas ? Rassure-moi, tu lui as bien dit oui quand Juliette t'a proposé l'échange ? Hein, tu étais d'accord ? Elle ne t'a pas forcée ?

Elle panique complètement.

Je suis abasourdie.

— Vous avez décidé ça quand ?

— Quand on a vu que Madame Barnes était à la fête. Juliette a dit que ce serait facile, son frangin allait y aller, elle lui a expliqué où était le collier… Le champ était libre, tu comprends…

Si je comprends ? C'est pour ça que Tommy nous a fait faux bond. Il était là-bas. Et c'est ce qu'elles manigançaient toutes les deux, leur petite messe basse gênée avant le défilé.

Je n'en reviens pas Que Juliette ait pu faire ça ! Envoyer son frangin chez Madame Barnes pour la voler ! Et pour quoi ? Pour pouvoir porter une robe ! Elle en est donc là ?

Camille avance sa main, je ne veux pas qu'elle me touche. Elle caresse le couvre-lit. Pousse le collier de quelques centimètres vers moi, du bout du doigt.

— Tu peux le remettre à sa place, hein, Jess, tu pourrais faire ça ?

Elle me demande ça timidement.

— Pourquoi tu me demandes ça à moi ? Va chez Juliette, débrouillez-vous toutes les deux, je ne veux pas être mêlée, c'est votre problème, pas le mien.

— Je lui ai jeté des petits cailloux, elle ne répond pas.
— Eh bien, jette-lui-en des gros ! Pète-lui sa fenêtre ! Pète-lui la gueule aussi, comme ça elle aura moins de problème après.
— Jess...
— Ah non, chiale pas ! Tu lui rends le collier, si son frangin a su le prendre, il saura le remettre.
Elle fait non avec la tête.
— Madame Barnes est chez elle, maintenant. Y a que toi qui peux, Jess.
Elle insiste.
— Ce serait facile pour toi de le remettre. Comme tu y vas tous les jours, j'ai pensé que...
— Tu ne devrais pas tant penser.
— Tu le remets juste là où il était.
Voilà, le tunnel, sans lumière. Je vais jusqu'à la fenêtre. Je regarde la place vide. Nos robes sont encore dans les arbres.
— Et si elle me chope pendant que je le remets, je lui dis quoi ? Comment je lui explique ? Et si elle a déjà porté plainte, que les flics viennent fouiller ma chambre, tu y penses à ça ? Non, tu n'y penses pas.
Je ramasse le collier, je veux le lui remettre dans la main mais elle serre les poings.
Elle est très pâle.
— Je vais le jeter alors, elle dit.
— Parfait ! On fait comme ça, tu le prends et tu vas le jeter dans les égouts ou dans le Bourde, ou dans une poubelle, où tu veux, mais tu le sors de là.
Elle reste debout, les bras ballants.
Elle est terrifiée.
— Jess... Jess... S'il te plaît, oh s'il te plaît Jess... Jess...
Elle semble perdue.
L'agent immobilier doit venir voir la maison ce matin à 11 heures, avec ses clients de Lyon, et il est convenu que je serai là.
— OK, je m'entends dire.
Elle lève prudemment ses yeux sur moi.
— OK, quoi ?

— Je vais le remettre à sa place.
Elle n'ose pas y croire. Alors je précise :
— Je vais le remettre, tu t'en vas.

J'irai le rendre en fin de matinée, comme prévu. Pas question d'y aller plus tôt, Madame Barnes pourrait s'étonner, poser des questions. Et puis en fin de matinée, il y aura la responsable de l'agence, sa présence me facilitera les choses, elle fera visiter la maison et j'en profiterai pour monter dans la chambre et remettre le collier à sa place. Ni vu ni connu. Ce sera facile. Sauf si Madame Barnes a déjà découvert le vol. Cela paraît très improbable, mais dans ce cas, je ferai semblant de le chercher, je lui dirai : Vous le dites souvent, vous posez des choses ici ou là, et vous ne vous souvenez plus où. Regardez, il est là ! Je ferai semblant de le ramasser, il aurait glissé dans le coin sombre, près de son lit, le sol en moquette. Que fait-il là ? Qu'est-ce que j'en sais, je ne suis pas dans votre tête. Et tout rentrera dans l'ordre.

Bientôt 8 heures. Pas de précipitation. Tout faire comme d'habitude.

Je prends une douche. Le collier est resté sur le lit, je le glisse dans ma poche.

Je descends prendre mon petit-déjeuner. Ma grand-mère est ravie de sa soirée. Elle s'est couchée tard, elle a peu dormi. Elle a même dansé ! Mais elle est très déçue, on aurait dû avoir la coupe, nous ! et pas ce taré de Fange. Pour un cheval qui boite et dont la crinière est terne. Tout le monde l'a dit, la coupe est pour les filles !

Ma mère descend prendre un café avec nous. Elle a des cernes sous les yeux. Elle aussi s'est couchée tard.

Elle me prépare une tartine beurrée, il faut que je mange, je suis pâlichonne. Je mets un sucre dans ma cuillère, je fais glisser la cuillère dans le café, je regarde le sucre qui fond.

Je veux y aller tranquillement. J'attrape mon manteau. Il n'est pas encore 11 heures.

— Il a dû encore y avoir un accident sur la grande route, dit mon père en regardant par la fenêtre.

Une ambulance passe à pleine sirène.

— Ça roule de plus en plus vite. Les gens sont fous, dit ma mère.

Elle me regarde.

— Tu sors ?

— Pas longtemps.

Elle sourit. Je suis sûre qu'elle pense à François.

— Tu m'aideras à faire les chambres cet après-midi ?

— Oui.

L'estrade, les bancs, les stands, tout est encore en place, nos robes, avec les confettis, les tables, les lampions.

Je remonte la rue qui mène chez Madame Barnes.

L'épicier est sur son pas de porte. Je croise le cafetier et le marchand de journaux, la coiffeuse avec ses mômes, monsieur le curé, et mademoiselle Chambron qui revient de faire ses courses et qui me crie : "Bravo, vous étiez magnifiques !!!"

Je glisse ma main dans ma poche.

Je sens le collier.

Il fait beau.

Cet après-midi, j'irai marcher au bord du Bourde. J'ai envie de monter sur le plateau, en haut de la forêt, là où l'homme a déposé le renard.

Un petit mur de pierres sèches entoure la maison. D'un coup, j'ai les jambes en coton. Un énorme vide dans le corps.

Une ambulance est garée devant la grille. Le gyrophare allumé. La 4L des gendarmes.

Je m'arrête. Fébrile. Il y a des badauds sur le trottoir.

La porte d'entrée est ouverte.

J'ai les mains moites.

Soit je fais vite demi-tour.

Soit ?

Une boule lourde grossit soudain dans mon estomac. J'ai envie de m'en aller loin. Plaquer un doigt sur ma tempe, j'ai oublié quelque chose, un rendez-vous, faites sans moi. Le maire est dans le jardin. Son adjoint sur le pas de la porte, avec le garde municipal.

Et l'agent immobilier, plus le couple venu pour visiter la maison.

Ils me regardent.

La boule, à l'intérieur de moi, se met à rouler. Les sons résonnent dans ma tête. Confusion extrême. Blocage total.

Le maire s'approche. Il sait que je travaillais un peu pour elle. Madame Barnes a été retrouvée morte. On parle d'une chute. La tête aurait buté sur une marche. C'est l'agent immobilier qui l'a trouvée. J'intègre doucement ce que j'entends.

Un gendarme vient me demander si elle avait des étourdissements, si elle prenait des médicaments. Je réponds comme dans un brouillard.

— Des médicaments, oui, je crois. Il y avait des boîtes sur la table. Des malaises, je ne sais pas, mais elle devait souvent s'asseoir à cause de sa hanche qui lui faisait mal.

On l'a retrouvée au bas de l'escalier. Sa chambre est à l'étage. Elle a été vue à la fête. Un malaise, peut-être, ou une perte d'équilibre due à la fatigue, elle n'avait pas l'habitude de se coucher tard.

Mes doigts sont glacés. J'ai le collier dans la poche, il pèse une tonne.

Le gendarme me demande de le suivre. Il veut voir les boîtes de médicaments, les gouttes qu'elle devait mettre dans ses yeux. C'est pour ses gouttes qu'elle avait voulu rentrer.

Il y avait un monde et je viens de le quitter. D'un coup, c'est une autre réalité. J'entre dans la maison.

Mes oreilles bourdonnent. J'ai peur. Une peur terrible. J'ai le cœur qui bat tellement vite que j'ai l'impression qu'il est démesurément grand et qu'il va exploser.

J'entends dire qu'elle est tombée de face, sans doute du haut des escaliers, sa canne est restée là-haut. Le front a cogné. Ce qui laisse penser qu'elle descendait. C'est tellement rapide de chuter. Mais pourquoi redescendre de sa chambre alors que c'était la nuit, et que monter à l'étage lui demandait un effort ?

La porte d'entrée était ouverte, ils ont trouvé la clé à l'intérieur, elle avait oublié de fermer. Est-ce qu'elle s'est souvenue qu'elle avait oublié ? Est-ce qu'elle en a eu le doute ? Elle serait alors redescendue pour vérifier.

Un pied dépasse de la couverture. La couverture, le plaid à carreaux qu'elle mettait sur ses jambes. Elle est dessous. Mon estomac se retourne quand je la vois, au bas de l'escalier, un pied un peu tordu. Avec le soulier à côté. Le pied nu. Le soulier noir, parfaitement ciré. Un pied ne peut pas avoir l'air étonné, et pourtant il a l'air de l'être. Étonné d'être là, dans cette attitude.

Il y a du sang sur une marche, un peu plus haut.

Plusieurs suppositions. Le téléphone a peut-être sonné ? S'il sonne, elle doit descendre. Il y a bien un téléphone à l'étage, dans le bureau, mais il est détraqué, genre je sonne une fois sur deux. Il fallait le faire réparer. Si elle l'avait fait réparer, elle n'aurait pas eu besoin de descendre. Mais qui lui téléphonerait la nuit ? Sans doute avait-elle oublié de prendre son médicament ? Ou bien c'était une erreur, le téléphone qui sonne pour rien, avec personne au bout.

Le gendarme regarde autour de lui.

Je lui montre les médicaments.

J'écoute tout ce qui se dit. Elle n'était pas en chemise de nuit, elle portait encore la tenue qu'elle avait pour la fête, pantalon, chemisier et veste, avec le collier de perles et les petits souliers vernis. Il est possible que quelqu'un l'ait suivie, c'est l'hypothèse qu'avance le gendarme. Rien ne semble avoir été volé, mais comment savoir, c'est un tel capharnaüm ici ! Ils vont faire leur petite enquête. Le docteur Orbal a été appelé d'urgence, il déterminera tout et aussi l'heure exacte de la mort.

Le maire opine de la tête. Le gendarme revient vers moi. Est-ce que je remarque quelque chose d'inhabituel ? Manque-t-il des objets ? Lui a-t-on pris de l'argent ? Puis-je faire un effort ? Réfléchir ? Il insiste pour que je fasse le tour des pièces, le salon et aussi l'étage, pour vérifier s'il manque quelque chose.

Les voix, les visages.

Il me regarde bizarrement, je dois être pâle comme un linge.

Je suis prête aux aveux. Si on me demande de vider mes poches, j'obéirai bravement.

Le docteur Orbal est grand et mince, il a une peau très sèche, surtout celle des mains, et des petites lunettes qu'il porte sur le bout du nez. Dès qu'il s'avance, plus personne ne parle.

Il se baisse, pose sa sacoche à côté de lui, soulève le drap, pas côté tête, côté pieds, comme si les pieds devaient lui dire davantage. Il en prend un entre ses mains, tâte les chevilles lourdes. En même temps, il explique qu'il a reçu Madame Barnes il y a deux jours, elle avait le cœur fatigué, rien de grave mais tout de même. Elle avait aussi des douleurs sévères sur la hanche droite, il a prescrit des anti-inflammatoires. Elle devait aussi mettre des gouttes impérativement tous les soirs pour contenir un glaucome sévère.

Il se relève, fait signe qu'on apporte la civière.

Je monte à l'étage.

Une fois là-haut, je suis seule. Il faut être quelque part et je suis ici. Dans la chambre. Demain, je serai ailleurs. Je ferai autre chose.

J'ouvre la porte de l'armoire, je glisse la main, la bourse vide est là, sous les foulards.

Tommy a dû la chercher. La chercher comme un fou. Regarder en premier dans le tiroir de la table de nuit, là où Juliette lui avait dit que le collier se trouvait : Tu verras, un chevet sur la gauche du lit, tu ne peux pas le rater ! Et ne pas comprendre. Il a dû chercher ensuite ailleurs, partout, fouiller dans les autres tiroirs, jusqu'à ce qu'il le trouve dans l'armoire, sous une pile, là où on planque tous les choses qu'on a à planquer, et le prenne, et l'emporte.

Le collier seulement.
Remettant la bourse à sa place.

Des choses nous arrivent.
Elles pourraient arriver à d'autres.
Mais c'est à nous.
Le collier est dans ma main.
Je pourrais le garder à présent, ça n'aurait plus d'importance. Qui le saurait ? Le rendre à Camille, ça l'aiderait pour la suite, ainsi il serait utile, il servirait encore, comme le renard mort aux oiseaux du ciel. Madame Barnes disait qu'il y a une vie dans les objets, et qu'ils perdent cette vie quand plus personne ne les regarde. Elle disait aussi qu'il faut toujours bien se comporter, quelles que soient les circonstances, comme si on avait un ange posé sur l'épaule.
Je le remets dans la bourse. Je fais ça à toute vitesse. Ça y est.
C'est fait.
Je range la bourse au fond sombre du tiroir, dans la table de nuit, comme elle était au début.
Je repousse le tiroir.
Je ressors de la chambre. J'ai le cœur qui bat vite. Les choses ont repris leur place.
Maintenant, il n'y a plus d'urgence.
Mais je viens de vieillir d'un coup.
La douleur me bloque la poitrine, m'empêche de respirer.
L'air froid de la salle de bains me fait du bien. Je m'appuie des deux mains au lavabo. Mon visage est blême. Soudain, mes jambes ne me portent plus, elles se plient, la pièce tourne, je n'ai plus de force, je sens que je tombe. Je m'assois sur le rebord de la baignoire et je reste là.
— Il manque quelque chose ?
Je lève les yeux. Un gendarme est sur le pas de la porte.
— Absolument rien, tout est là.
Il hoche la tête.
— Est-ce qu'elle avait de la famille ?
— Un fils à Milan… Pietro.
— Vous le connaissez ?

— Non, mais il y a un numéro de téléphone…
— Il faut l'avertir. Vous pouvez vous en charger ?

Le numéro est punaisé dans la cuisine, contre le mur.
— *Pronto, chi è ? Mamma ? Mamma, sei tu ? cosa c'è ? Non è il momento, sono al lavoro, lo sai ! Mamma ? C'è un problema ? Mamma…*
Je fixe le mur.
Je gagne du temps.
Après, je ferme les yeux.

Pietro Barnes arrivera par l'avion du soir. Je serai là. Il me l'a demandé au téléphone.

— *È possibile per Lei ?*

Cette pensée d'arriver dans la maison vide lui est insupportable.

Marius ira le chercher à l'aéroport.

Dehors, rien n'a changé. Les gens, la rue, la place. Le ciel est blanc, lumineux. Il y a encore des confettis sur le trottoir, des lampions, les guirlandes de la fête.

Je voudrais être hier.

Hier, elle était là.

Elle m'avait demandé de la raccompagner chez elle. *Auriez-vous la gentillesse, s'il vous plaît, de prendre un peu sur votre temps ?*

Je n'ai pas eu cette gentillesse.

On ne revient pas en arrière. On ne recommence pas. On ne corrige pas, tout le monde le dit.

Alors quoi ? C'est atroce. Il faudrait ne pas avoir de mémoire.

Tommy a volé le collier et Madame Barnes est morte. Non, il ne faut pas dire les choses comme ça. Il faut dire : Tommy a volé le collier. Point. Madame Barnes est morte. Les deux événements sont arrivés le même soir mais les choses ne sont pas toujours liées, parfois elles se côtoient.

Cela est arrivé.

Je veux croire au hasard.

Je ne veux pas douter.

J'ai peur.

C'est légitime d'avoir peur.

Je marche sur le trottoir. Non, pas moi. Mon corps. Mon corps marche. À côté de moi. Je regarde mes pieds. Je parle toute seule. J'ai de mauvaises pensées. Quelque chose en moi doute. Veut crier. Rien ne crie. Ma respiration est bloquée par ce cri qui ne sort pas.

Je dois penser à d'autres choses. M'éloigner. J'énonce tout ce que je dois faire dans la suite de cette journée, une petite liste mentale : je dois aider ma mère à faire les chambres ; je dois aller tout en haut du bois voir l'endroit où l'homme a déposé le renard. Aider ma mère et monter dans le bois. Je décris le sentier. Je décris le trottoir, les maisons que je longe, je pense aux gestes, les chambres à faire, changer les draps, ouvrir les fenêtres. Je laisse le temps à mon cerveau d'intégrer l'effroyable nouvelle. J'ai la gorge nouée. Et si mes cordes se brisent ? Les cordes de ma voix. Une corde qui casse, est-ce qu'elle se ressoude ? Comme le fait un os de bras ? Il arrive qu'un oiseau, aveuglé par le soleil, vienne se cogner contre ma vitre. Le crâne des oiseaux ne se répare pas. Antoine savait combien d'os on a en nous. Il paraît que les médecins ne les connaissent pas tous tellement il y en a. À part les spécialistes. On en a beaucoup et on ne les sent pas. Sauf quand on les casse.

Je ne dois pas penser à la mort de Madame Barnes.

La mort de Madame Barnes est comme l'éléphant rose. La mort, c'est le rose.

— Alors ?

Je sens une main sur mon bras. C'est Camille, elle est là, soudain à côté de moi, sur le trottoir.

— Alors quoi ?

— Tu as pu le remettre ?

Elle ne dit pas "le collier". Elle dit *le*, si j'ai pu *le* remettre.

Je fais oui avec la tête.

Elle me prend le bras, le serre fort.

— Merci.

— Tu sais pour… ?

Elle me lâche.

— Oui, je sais.

Et puis, tout de suite après :

— Mais ça n'a rien à voir.
— Comment tu peux être sûre ?
Elle s'arrête, les bras ballants.
Elle me fixe. Tout d'un coup, plus si sûre.

La Contamia est dans sa cuisine. Elle me laisse passer. Pas un mot, pas un regard. Je trouve Juliette sur son lit, les écouteurs du walkman aux oreilles, la tête baissée, ses cheveux font un rideau. Elle classe des photos dans son book.

Elle sursaute quand je lui touche l'épaule, retire ses écouteurs.

— Ah, c'est toi...

Elle me tend la joue mais je ne l'embrasse pas. Elle sourit, me montre les dernières photos, un portrait d'elle devant une grille, un autre au bord du Bourde, une photo en Bardot, avec ses cuissardes.

Une dernière en mariée. De la belle qualité, sur papier glacé, en couleurs.

— Celle-ci, le photographe vient juste de me l'apporter.

Elle en est fière.

— Il me fallait absolument cette photo. Je vais envoyer le book à Paris.

Elle referme l'album.

Elle me regarde.

— Je sais, tu me fais la tête parce que j'ai défilé avec la robe. Mais c'est ta faute, aussi, tu dis toujours que je dois aller à Paris, que je dois me faire repérer, que mon avenir n'est pas ici. Tu vois, je t'écoute.

— L'un n'empêchait pas l'autre.

— Qu'est-ce que tu veux dire ?

— Tu aurais pu poser pour ta photo, et laisser Camille défiler avec la robe.

— J'y ai pensé, figure-toi, mais ça n'aurait pas rendu pareil... En mariée, sans l'estrade, j'aurais été éteinte. Alors que là ! C'est toi qui en fais toute une histoire. Camille, elle n'y tenait pas plus que ça.

Elle garde le book serré contre elle, avec, à l'intérieur, les photos d'elle. Elle, elle, encore elle !

— On a assuré hier, quand même, des vraies pros, même Broussaille ! Pour le dernier passage, tu as vu, elle a gardé ses lunettes !

Elle parle du défilé. Le fourgon est encore sur la place, les habits dans les arbres, elle espère qu'ils les laisseront un jour ou deux, c'est tellement joli !

— Tout le monde a dit qu'on était superbes !

— Tu sais quand même que Madame Barnes est morte ?

— Bien sûr, je sais, tout le monde ne parle que de ça.

Elle se détourne, glisse le book sous son oreiller. Ses cheveux cachent son regard.

Je ne suis pas si cloche. Elle a quand même deux-trois choses à me dire.

Je la suis des yeux.

— Je sais, pour le collier.

Elle se tend.

— De quoi tu parles ?

— Ne me prends pas pour une conne. Il a fait quoi, là-bas, ton frangin ?

Elle relève le visage.

Je croise ses yeux. Elle ne les baisse pas.

— OK, il a pris le collier mais c'est tout. Elle était encore à la fête quand ça s'est passé. Ça arrive tous les jours que des vieux tombent dans les escaliers, c'est juste pas de chance.

— Le jour où on les cambriole ?

— Arrête de tout dramatiser. Elle est tombée. C'est un accident, Jess, un putain d'accident. Un mauvais concours de circonstances. Et puis prendre un truc dont plus personne ne se sert, ce n'est pas cambrioler.

— Il a pu la pousser.

— Il ne l'a pas poussée.

— Comment tu peux affirmer ça ? Tu es si sûre de lui ? Si je lui demande, il me dira quoi, Tommy ?

Elle bat des paupières.

J'ignore où elle est passée entre le moment où elle a ôté la robe de mariée et celui où je l'ai aperçue longeant la piste de danse. Qu'est-ce qu'elle a fait ? D'où est-ce qu'elle venait ? Il y a eu ce moment aussi où il m'a semblé que Tommy la cherchait.

— Parce que c'est moi, Jessou.
— Quoi, c'est toi ?
— Le collier, c'est moi qui l'ai pris. Pas Tommy.

Une chose pareille ? Je ne la crois pas.

— Tu précises ?
— Quand j'ai vu que Madame Barnes était à la fête, j'ai pensé au collier, je me suis dit que c'était l'occasion rêvée.
— Elle aurait pu l'avoir autour du cou.
— Elle aurait pu, oui, mais elle portait un triple tour en perles, et qui se voyait de loin. Donc il était là-bas. J'ai demandé à Tommy d'y aller. L'étage, la chambre, le tiroir, je lui ai dit exactement où il était. Et de prendre la clé sous la pierre. De bien la remettre en partant. La chorale venait de passer, il restait l'entracte, ça aurait dû lui prendre cinq minutes, dix peut-être, il serait revenu à temps pour lire les passages et personne ne se serait rendu compte de rien. Sauf que...
— Sauf que quoi ?
— Sauf que le collier n'était plus dans la table de nuit. Elle l'avait changé de place. Et au lieu de revenir tout de suite, cet abruti l'a cherché.
— Et il ne l'a pas trouvé ?
— Non. Et moi, je l'avais promis à Camille.
— En échange de la robe ?
— En échange, oui.

Elle s'assoit au bord du lit.

— Et une promesse, c'est une promesse, c'est sacré. Alors j'y suis allée, juste après les photos, le collier était forcément là-bas, je ne l'ai pas cherché longtemps, on cache tous des trucs dans nos fonds d'armoires. Ça n'a pas loupé, il était sous les écharpes.

Elle sourit.

— J'ai laissé la bourse. En fait, je l'avais prise mais quand je suis arrivée à l'escalier, j'ai pensé que c'était plus intelligent de la laisser, le vol aurait moins de chance d'être repéré rapidement, la Barnes pouvait glisser la main juste pour s'assurer qu'elle était là, alors je suis revenue dans la chambre et je l'ai remise sous les foulards. Tu vois, je te dis tout.

Dans ma tête, ça se met en ordre.

Sauf que ce n'est pas Madame Barnes qui a changé le collier de place, c'est moi.

Et les *si* s'enchaînent : si j'avais laissé le collier dans le tiroir, alors Tommy l'aurait trouvé du premier coup, il serait reparti avec, serait revenu à temps pour lire les passages, et Madame Barnes ne serait peut-être pas tombée dans l'escalier. Et si. Alors. Et si je n'avais pas montré le collier à Juliette pour lui faire voir ce que c'est que du *vrai* diamant. Et si Mehdi ne lui avait pas offert une bague en toc.

Mais peut-être que ça n'aurait rien changé.

— Et après, tu as fait quoi ?

— Après ?

— Oui, après ?

— Je suis revenue à la fête. Le bal avait commencé. Camille dansait avec son rugbyman, je l'ai appelée et je lui ai donné le collier. C'était fait, promesse tenue, tout était en ordre, on était quittes. Putain, Jess, ne me regarde pas comme ça ! Camille a besoin d'argent et je lui avais promis ! Une promesse, tu sais ce que c'est. On ne revient pas dessus. Ça l'arrangeait et ça m'arrangeait, moi, et je te le redis, elle s'en fichait de défiler avec la robe, alors arrête de te prendre la tête.

— Sauf que Madame Barnes est morte.

— Je suis désolée.

— Désolée !

Elle soupire.

— Désolée, oui. Je n'y suis pour rien, Jess, et Tommy non plus. Il ne s'est rien passé d'autre là-bas, il faut me croire.

Je suis prise de court. Et si elle me disait la vérité ? S'il n'y avait pas de lien, seulement cette affreuse coïncidence, que ce n'était qu'un mauvais drame de tous les jours, une vieille dame qui tombe. Il faut s'en tenir là.

— Jure-moi que tu n'as rien fait de mal.

— Je te jure, Jess.

— Ni toi, ni ton taré de frère.

— Je te jure.

Elle me sourit. Juliette, c'est du miel. Je traverse ses yeux purs. Elle est mon amie, ma sœur. Je l'ai toujours crue, je lui ai tout pardonné. Une petite voix dans ma tête me faisait douter. Ou bien l'ange sur mon épaule.

Elle me touche la main.

— Je te jure, Jess.

Elle le répète.

— Ni lui ni moi.

Et elle avale sa salive.

Je la connais par cœur. Moi, quand je mens, je rougis. Elle, quand elle ment, elle fait ça, elle déglutit.

Et elle vient de le faire. Elle a déglutit. Je n'ai pas rêvé. Alors elle ment. Avaler sa salive. Alors qu'elle doit le faire mille fois par jour. Mais là, elle ment.

Elle *me* ment. Je fixe sa gorge, ce mouvement particulier qui sonne comme un aveu.

Elle aurait mieux fait de cracher, sur le côté, ouvrir la fenêtre, l'air de rien.

Le mensonge était presque parfait. Je l'admirerais presque de pouvoir jurer avec un aplomb pareil. Avec des yeux aussi transparents.

Je me mets à transpirer de froid. Un vide s'ouvre sous mes pieds. Qu'est-ce qu'ils ont fait ? Elle ? Ou son frangin ?

En flash, je revois le corps de Madame Barnes sous le plaid à carreaux, le pied fragile qui dépasse et le sang sur la marche un peu plus haut, là où le crâne a dû cogner.

En me mentant, Juliette vient de trancher des liens avec ma vie d'avant, des liens puissants, ceux de ma confiance absolue, notre belle amitié, mon insouciance.

Elle doit se douter de quelque chose car ses yeux se voilent.

Il faut que je sorte d'ici. Une fois dehors, j'oublierai ce qu'il y a à oublier.

— Tu t'en vas ?

— Oui…

— Pourquoi déjà ?

— J'ai promis à ma mère de l'aider, et puis je veux voir l'endroit de forêt où…

Je me retourne. Elle détourne la tête, évite de croiser mes yeux. C'est un détail, sur le bombé de ses joues, un frémissement, celui du soulagement, elle croit qu'elle y est, que rien n'a changé, qu'elle retient toujours la vie d'avant. Mais elle se trompe. Avant, elle était une reine pour moi, une merveille qui était aussi mon amie, ma meilleure amie, et j'avais confiance en elle de mes orteils jusqu'au bout de mes cheveux. Avant, je pensais que l'amitié était plus grande que l'amour, parce que l'amitié ne finissait pas, que l'amitié traversait toute la vie sans s'émousser.

Alors je sens une boule qui me roule dans le ventre et je pousse un cri et je lui tombe dessus, parce qu'elle a tout gâché, tout foutu en l'air, tout ce à quoi je tenais. Je m'entends lui crier cela, qu'elle a détruit ma confiance, elle a recouvert mon monde de cendres. Et pourquoi ? Pour une robe ! Je sens que je la frappe en même temps que je l'insulte, ma rage est terrible, parce que plus rien ne sera comme avant, on se souviendra bien sûr mais on ne reviendra pas. Je sais que je la frappe, je lui crie qu'elle était mon amie, depuis toujours, qu'on a toujours tout fait ensemble, les bonnes comme les mauvaises choses, on a connu les mêmes galères, que j'avais plus confiance en elle qu'en moi.

Tu te prends pour qui ? Tu crois quoi ? Je ne lui demande pas ce qu'elle a fait. Je le sens. Je le pressens. Mais je ne veux pas savoir ce qu'elle ne me dit pas.

Je la cogne avec mes mains, avec mes poings, je veux lui faire mal à la hauteur de ce que j'ai mal, je n'ai jamais ressenti une douleur pareille, une telle peur, pour cette histoire dans laquelle elle m'a mêlée, embarquée.

Je pleure en même temps que je la bats, pour cette mauvaise suite qu'elle m'impose. Le silence aussi.

Et c'est comme si je me battais moi.

Elle encaisse mes gifles et ce que je lui dis. Elle ne me rend rien. Elle pourrait. Cogner aussi. Me répondre.

Elle ne se protège pas.

Je me relève quand je suis épuisée, incapable de donner un autre coup, de dire un autre mot.

Je lui tourne le dos. Je recule jusqu'à la porte, quelques pas dans le couloir, et je fonce à nouveau sur elle, des deux mains, de face, je la fais tomber sur le plancher.

Pietro Barnes arrive tard dans la soirée. Sans que j'entende ni la voiture ni la porte.

Je suis seule dans la maison.

— *Lei è la persona con cui ho parlato al telefono ?*

Il est presque minuit. Sa voix est grave et lente. Je me suis abrutie devant la télé. Et puis endormie. Je m'excuse.

C'est un homme grand et solide, avec de belles épaules, le regard droit, comme elle, des lunettes cerclées d'argent. Mal rasé. Une chemise blanche, veste en loden, un long manteau.

Il s'assoit à la table.

Il regarde autour de lui.

Il a l'air perdu.

Il n'enlève pas son manteau, comme s'il allait repartir tout de suite, dans la minute.

Il veut savoir ce qui s'est passé. Je le lui ai déjà dit au téléphone, mais il veut l'entendre encore.

Si je pouvais aussi lui faire un café.

— Le docteur Orbal pense que la prothèse de hanche a cassé alors qu'elle arrivait en haut de l'escalier, la douleur a entraîné la chute.

Je lui parle de la fête et de sa probable fatigue, des gouttes qu'elle devait absolument mettre dans ses yeux à 20 heures précises.

Je reste sur ces faits.

Je prie pour qu'il ne me demande pas plus de détails.

Je lui sers un café très chaud, avec du sucre. Je pousse devant lui un paquet de biscuits entamés.

Il est brisé.
— Vous travailliez pour elle n'est-ce pas ?
— Oui.
— Vous pourriez continuer pour moi ? M'aider, là, pour la suite ?
— Oui, bien sûr.
— Je pensais à elle tous les jours.
— Elle aussi pensait à vous.
Il hoche la tête.
— Elle vous payait comment ?
— Pardon ?
— À la semaine ? À l'heure ?
— À l'heure.
— Combien ?
Je lui dis.
Il sort son portefeuille, tire des billets, en pose plusieurs sur la table.
Il ne boit pas le café. Il se lève, passe dans le salon. Il ouvre l'armoire, fouille dans les vieux alcools. Se sert un whisky.
La télé est allumée. Il regarde l'écran.
— Vous visionniez *Mort à Venise* ?
— Oui…
Il s'assoit sur le divan, fait un retour sur images.
— Elle a eu son accident quelques jours après ce tournage.
— Quel accident ?
— Sa hanche…
Il stoppe les images quand sa mère pénètre dans le restaurant du Grand Hôtel des Bains, en longue robe verte avec chapeau des années trente.
— Il y avait un centre équestre au Lido, ils ont eu envie de faire une promenade, Bogarde savait bien monter, Visconti aussi. Ma mère pas trop mais elle a voulu les suivre, elle était trop fière d'être avec eux. Ils ont chevauché dans les marais et ils sont revenus par la grande plage. Bogarde et Visconti sont partis au grand galop, ma mère a suivi. Il y avait des troncs d'arbres sur la plage, son cheval a buté.
Il est 3 heures du matin.
Il ouvre la fenêtre, boit son verre en regardant la nuit. Les façades sont éclairées par les lampadaires

— Pour les obsèques, elle vous a dit quelque chose ?
— Qu'elle voulait être enterrée.
— Enterrée, mais où ?
— Ici. Mais aussi à Paris, et à Venise.
— Dans les trois endroits ?
— C'est ce qu'elle m'a dit.
Il regarde la rue. Je le regarde lui.
— Ce sera à Venise alors, il dit en se retournant.
Il referme la fenêtre.
— Vous ne trouvez pas qu'il fait froid ici ?
Les radiateurs sont tièdes. Il passe dans le couloir, veut monter la température mais le thermostat tourne dans le vide.

Le meilleur moyen pour comprendre les choses, c'est d'envisager toutes les possibilités, alors le maire et les gendarmes mènent une petite enquête de routine. Ils veulent savoir.

On invente mille suppositions. Une certitude : la porte n'a pas été fracturée. Quelqu'un l'a suivie ? Est-elle rentrée toute seule après le défilé ?

La 4L du gendarme n'arrête pas de circuler. On la voit passer. Face aux questions, on lui dit ce qu'on sait, la dernière fois qu'on l'a vue. A-t-on entendu quelque chose ? Est-ce qu'on sait ? À quelle heure on s'est couchées après la fête ?

Et cette écharpe bleue que je porte, elle est à moi ? Où l'ai-je achetée ? Madame Barnes me l'a donnée. Pourquoi ? Il montre l'étiquette.

— Elle est en soie, c'est une Hermès, ça vaut cher. Tu es sûre qu'elle te l'a donné ?

— Oui, parce qu'il faisait froid.

— Est-ce que tu la lui as demandée ?

— Non.

— Tu lui as peut-être dit qu'elle te faisait envie ?

— Envie, cette écharpe ?!

J'éclate de rire. Une question en entraîne une autre. Il me demande si on pouvait profiter d'elle. Profiter de Madame Barnes ? Non, ça, c'est impossible.

On dit que Moreno y est peut-être pour quelque chose, on les aurait vus tourner autour de la maison, lui et sa bande, le samedi soir, dans la rue. À attendre. Attendre quoi ? Peut-être sont-ils entrés dans la maison ? On les interroge. Le frangin de Juliette aussi. Et aussi les Marocains.

Même le fils Canfre, à qui personne ne demande jamais rien, ils le questionnent. Il relève la tête, il se sent important, il pressent, dans sa naïveté, que cette possibilité d'être encore une fois quelqu'un lui est donnée, que ce sentiment d'exister se présente à nouveau, comme le jour de la photo, la chance qui passe, il sent cela, même s'il n'a rien vu, alors il se tord le cou pour bien regarder les autorités et il leur sourit en montrant ses dents.

Ce qu'il raconte, on n'en sait rien.

— Le malheur n'empêche pas la connerie, c'est mémé qui le dit.

Après, la rumeur se calme parce qu'ils n'y sont pour rien, ni le Canfre, ni Moreno et sa bande, ni les Marocains.

On dit que c'est un accident. Le maire n'insiste pas, ce qu'il entend s'accorde à ce qu'il pense, à ce qu'il veut. Un arrangement qui s'impose et qui convient à tous.

— Diriez-vous qu'elle était heureuse ou triste ?

Il me cueille avec cette question, dès que je passe la porte. La bouteille de whisky est sur la table. Il tient un verre à la main.

Je pose mon sac sur la chaise. J'enlève ma veste.

— Je ne connaissais pas les états d'âme de votre mère.

Il insiste.

Je lui désempile quelques souvenirs qui font équilibre.

— Variable, je finis par dire, parce qu'il veut un mot.

Heureusement, le téléphone sonne, c'est l'hôpital où il travaille, il répond en italien. Il parle vite. Je décode à peine. En même temps qu'il parle, il fouille dans le sac à main de sa mère.

Il raccroche. Me tend un carnet.

— Il faudrait prévenir les gens qu'elle connaissait, les cousins, les amis, ses voisins à Paris, tous ceux qui l'ont connue et qui ne viendront pas aux obsèques mais qu'il faut prévenir. Les noms doivent être dans ce carnet. On va commander des faire-part à la papeterie du centre-ville, ils doivent pouvoir nous imprimer ça... Bien préciser qu'on l'enterre à Venise.

— Vous l'enterrez... de cette manière ?

Il me regarde par-dessus ses lunettes.

— Que voulez-vous dire ?

— Ce serait bien de donner une messe. Votre famille est connue, les gens seraient contents et... c'est ce qui se fait.

Il finit son verre.

— Une messe ? Je ne suis pas très religieux et elle ne l'était pas non plus.

— Peut-être mais elle parlait à ses morts, elle leur demandait des conseils.
— Vous êtes sûre que ce n'était pas à Dieu ?
— Elle n'était pas très certaine de l'existence de Dieu. Un jour, on est allées au cimetière sur la tombe de ses parents, on marchait sur l'allée, elle m'a pris le bras et elle m'a dit que nos morts vivent avec nous, et qu'il faut leur parler, ils ne sont jamais loin, que si on sait les entendre, ils nous aident.

Il allume une cigarette. Il aspire une profonde bouffée qu'il garde un long moment dans ses poumons.

— Bon, après tout, pourquoi pas... Une messe, donc ! Je vous laisse régler les détails avec le curé.
— Et le glas ?
— Quoi, le glas ?
— Comment on fait ?

Il ne comprend pas.

— On dit que dans votre famille, vous le faites sonner plus longtemps que la normale, plus longtemps que pour les autres morts... Par exemple, pour votre père, vos grands-parents, c'était double durée.
— Je ne savais pas.

Il se lève. Prend son verre, marche jusqu'à la fenêtre.

— Faites sonner comme vous voulez, comme vous pensez qu'il faut.
— Comme pour tout le monde ici, alors ?
— Comme pour tout le monde, oui.

Il entrouvre la fenêtre. Celle qui donne sur la rue. Il reste là, près de la vitre.

Je fixe son dos. Il porte un pull qui a l'air très confortable.

Il continue à fumer.

Il finit son verre.

— Autre chose ?
— D'habitude, après l'enterrement, la famille offre des boissons et des brioches, et tout le monde se retrouve.

Il ne répond pas.

J'attends.

— C'est ce qui se fait, je finis par dire.
— Eh bien si c'est ce qui se fait...

Il balance son mégot dans la rue.
Vient poser son verre sur la table.
— Et ça se passe où ?
— Dans la maison du mort.
Il crie.
— Ah non, pas ici ! Ici, c'est hors de question !
Il se laisse tomber dans le canapé, prend son visage entre ses mains. Tout d'un coup, il semble dépassé.
— On peut le faire chez moi si vous voulez.
— C'est où, chez vous ?
— À côté de l'église.
— Eh bien parfait… Vous vous occupez de cela, et d'acheter ce qu'il faut, les brioches, tout ça… Et si vous pouviez me faire un café, bien fort et chaud. Il me faudrait le numéro de Marius, je ne sais plus où je l'ai mis. Ah, il faudrait aussi que…
Je griffonne le numéro sur un papier.
Le téléphone sonne plusieurs fois de suite pendant que je prépare le café. La mairie. Le centre funéraire. Et l'hôpital de Milan.
Il répond. Règle tout. Il appelle la papeterie, mais ils ne font pas les faire-part, par contre ils ont des cartes de visite, avec le liseré noir et les enveloppes assorties. Il répond, un peu cassant : "Va pour les cartes." Il enverra quelqu'un pour les récupérer.
Il est comme elle. Exactement. Fort. Brutal.
Solide, mais pas autant.

La mort de Madame Barnes fait quelques lignes seulement dans le journal, rubrique faits divers.

On parle d'un décès accidentel dû à une chute dans un escalier. "Sans doute prise par un malaise, Madame Barnes, fille de l'illustre", etc.

— Ils auraient pu en dire davantage, dit ma grand-mère tristement.

Elle découpe l'article, le glisse dans le tiroir.

Me taire.

M'en tenir à ce qui est écrit dans le journal.

Elle me montre, en première page, la fête a été un succès, heureusement, et on est en photo. Pas uniquement nous. Mais on y est, toutes les cinq, sur la scène, pour le final.

Nos habits sont encore dans les arbres. Ma mère descend, elle souhaite récupérer les deux mannequins en plastique pour les mettre dans l'entrée, ça ferait moderne, qu'est-ce que j'en pense ?

Pietro doit se rendre à la mairie, il me demande de l'attendre, de répondre au téléphone et de noter tous les appels sur un papier.

— Vous pouvez faire ça pour moi ?

— Je peux.

L'hôpital appelle deux fois, on me parle en italien, avec mes rudiments de lycée je me débrouille un peu.

Un de ses amis téléphone aussi, je note son nom, Marcello. Comme Mastroianni ? Comme lui, oui.

Les pièces sont vides. Madame Barnes n'est plus là. Et pourtant elle est là.

Elle me manque.

Dans la salle de bains, il y a son fard, son parfum, son rouge à lèvres. Je passe ce rouge sur mes lèvres, du rimmel, je chiale sans bruit, les larmes embarquent le rimmel, dessinent des traînées sombres sur mes joues.

Mes larmes noires salissent la faïence, comme le jour où j'ai lavé les cheveux de Juliette.

Dois-je me justifier ? Demander pardon ? Mais à qui ?

Le collier est dans le tiroir de la chambre. Il est aussi en moi.

Les choses se sont enchaînées mais je ne suis pas responsable des gestes de Juliette. J'ai pris sa place auprès de Madame Barnes, d'accord, mais elle me l'avait laissée. Madame Barnes a voulu me garder, elle m'a préférée, qu'est-ce que j'y peux ? L'idée du défilé était de Juliette mais c'est moi qui lui ai insufflé l'énergie, l'élan, ça fait une sacrée différence !

Mon esprit bataille.

Je redescends l'escalier.

Il m'arrive d'envier Juliette, mais ce n'est pas de la jalousie. J'aimerais être belle comme elle, oui, bien sûr, surtout qu'Antoine m'aurait gardée si... Enfin, je suppose... Mais peut-être que ça n'aurait rien changé.

Mais jalouse, non, je ne le suis pas.

Et je ne lui en veux pas.

Elle aussi a pris ma place, le jour de la photo, quand elle m'a arraché le parapluie de la main. Elle a abrité le fils Canfre en restant sous l'orage, dans sa petite robe blanche. Quand on y réfléchit, tout est parti de ce geste, tout le reste, et le cours des choses a changé. Et le mien aussi. Le cours de ma vie.

Et celui du fils Canfre un peu.

Et celui de Madame Barnes surtout.

Tout ça pour dire aussi que Madame Barnes est morte à cause de la photo. Ou de la petite robe. Parce que sans la photo. Cette photo, c'était juste une image. Ç'aurait dû être moi avec le Canfre, si elle ne m'avait pas pris le parapluie des mains. Prendre le parapluie pour aller abriter le plus difforme de la ville, et rester sous la pluie, tout ça pour qu'on la regarde, pour exister !

Juliette voit loin. Elle anticipe. Toujours un coup d'avance, voire plusieurs. Le décor, l'eau, et le photographe en haut des marches, elle a calculé, vu la possibilité de quelque chose qui se présentait.

Le photographe n'a pas pris une photo du fils Canfre dans son fauteuil sous la pluie, mais une photo d'elle abritant le Canfre.

Alors que j'allais le faire, sans doute pas assez vite à son goût, mais j'y allais.

Et après, tout le reste a suivi.

Et si on avait chopé Tommy, avant, à temps, peut-être qu'il aurait compris, et que Madame Barnes serait dans son salon.

Si on ne l'avait pas laissé faire.

Je suis responsable aussi.

J'ai ma part.

J'aurais dû le choper, son frangin, toutes les fois où je l'ai vu avec un truc qui n'était pas à lui. Ça oui, j'aurais dû. Toutes les petites choses. Je peux faire la liste. Toutes les fois. Le pull au sapin, le maquillage, nos talons aiguilles. Ça n'aurait rien changé. Mais j'aurais pu dire. Elle a raison, Juliette, je suis une fausse gentille. C'est comme les colombes, on croit que ce sont des oiseaux doux mais pas du tout, elles se battent, il faut les voir, et avec autant de violence que les grives ou les corbeaux.

Sauf que Madame Barnes est peut-être tombée toute seule ?

— Vous avez du rouge, là…
Je lève la tête. Pietro est revenu. Je ne l'ai pas entendu. Il pose un sac sur la table, avec des choses à manger et une bouteille de vin de Cahors.
J'essaie de retirer le rouge avec mes doigts. Je dois étaler parce qu'il fait comme dans les films romantiques, il passe son pouce sur ma lèvre, retire ce qui a bavé sur le côté.
— Je lui disais que je m'occuperais bien d'elle quand elle serait vieille.
Il frotte encore. Il a des gestes de médecin.
— On n'est pas assez attentif, on laisse les choses se faire et les choses se font, et la vie passe.
Il gratte un peu.
— On croit toujours qu'on a le temps.
Il jette un coup d'œil sur le papier à côté du téléphone.
— L'hôpital a appelé ?
— Oui, deux fois. Et un de vos amis, Marcello.
Il rappelle Marcello.
Je le vois composer le numéro. Il a du rouge sur les doigts.

Quand je rentre, ma grand-mère insiste pour que je dîne avec elle, elle a préparé du gratin, celui que j'aime tant. Mais j'ai déjà mangé. Je lui parle un peu de Pietro.

Je dors mal, un sommeil agité. Je rêve que je suis dans une ville inconnue, je cherche mon hôtel. Je n'ai pas l'adresse. Je me réveille avec les images précises de cette ville inconnue, mais dès que je me mets à penser, à me raconter ce rêve, il s'efface, comme si le fait de le penser le détruisait, le rendait inatteignable au fur et à mesure que je suis sur le point de le retrouver.

Plus je le cherche et plus il m'échappe, comme s'il ne pouvait exister qu'en deçà de ma conscience.

— C'est une affaire dans l'affaire, dit ma grand-mère au matin, quand je lui raconte.

Je suis debout derrière la fenêtre.

Il y a une camionnette sur la place, les employés de mairie décrochent les guirlandes de lumière. Ils décrochent aussi nos habits des arbres.

Je reviens avec des croissants.
Je prépare du café.
Pietro est à l'étage. Il m'appelle.
— C'est quoi, tout ce bazar ? il demande en montrant les valises ouvertes dans la chambre de sa mère.
— Les choses auxquelles votre mère tenait et qu'elle voulait garder.
Il brandit les pantoufles Mickey.
— Mais ça ?
— Des pantoufles.
Il glisse ses mains à l'intérieur.
— Et elle les portait ?
— Oui, ça lui est arrivé.
Il reste muet, comme devant un grand mystère.
— Décidément...
Il replace les pantoufles dans la valise.
— Le curé voudrait vous rencontrer, je dis.
Il hoche la tête.
— Vous avez réglé les choses avec lui ?
— Pas encore. Il faut attendre l'autorisation de la gendarmerie.
— Attendre ? Ils savent que je dois repartir à Milan !
Je fais ce que je peux, du mieux que je peux, mais mon cerveau manque de sommeil, mes yeux sont brûlants.
Il allume une cigarette.
— Ça sent bon ! Vous avez fait du café ? Bonne idée !
On descend.

Je sers deux tasses. On sort boire le café dehors, sur le perron, on s'assoit sur la dernière marche, avec les croissants.

— Il y avait des touffes de coquelicots, avant, dans le jardin. J'en faisais des bouquets parce que ma mère les adorait, un rouge pareil ! Elle disait que c'était sa fleur préférée, jusqu'au jour où elle a appris que ces fleurs qu'elle aimait tant prenaient racine sur les plants des autres fleurs, qu'elles se nourrissaient d'elles, que leur beauté venait de ce phagocytage sans pitié, alors elle a pris un piochon et elle les a tous arrachés.

— Ma meilleure amie ressemble aux coquelicots.

— Elle vous phagocyte ?

— Non, elle me…

— Elle vous ?

Elle me déçoit. Mais je ne peux pas dire ça. Pourquoi je lui parle de Juliette ?

— Elle est très belle, je l'admire.

— Vous l'admirez parce qu'elle est belle ? C'est réducteur, d'autant qu'elle n'a aucun mérite, la beauté c'est génétique. Il aurait suffi de lui couper quelques brins d'ADN pour qu'elle ressemble à Elephant Woman.

— Ses parents ne sont pas beaux.

— La génétique est capable de surprendre. C'est pour ça que j'ai choisi la chirurgie. La chirurgie, c'est simple, carré.

Il écrase sa cigarette.

Engloutit un croissant.

— Quand j'étais étudiant en médecine, on nous a fait faire une expérience sur des caméléons. Pour se protéger, le caméléon prend la couleur du milieu sur lequel il se trouve. On devait vérifier ça par l'expérience, donc on l'a mis sur du bleu, il est devenu bleu, sur du vert il est devenu vert, sur du rouge il est devenu rouge. Je travaillais avec une copine, elle avait une jupe multicolore. On a mis le caméléon sur la jupe, il est devenu fou et il est mort.

Une voiture arrive. C'est Marius. Pietro finit son café, abandonne la tasse sur le mur. Il revient dans le couloir, prend sa veste. Il doit aller au centre funéraire régler des détails administratifs. Faire voyager un corps jusqu'à Venise est extrêmement compliqué. Et une fois à Venise, rien ne s'arrange.

— Vous me trouvez quelque chose à manger pour ce soir. Du vin aussi.

Marius l'attend devant la grille.

Il enfile sa veste. Son manteau par-dessus.

— Du bordeaux, si possible. Et le curé, retournez le voir, essayez de bousculer les choses.

Il descend les marches, les remonte, prend un deuxième croissant dans le sac en papier.

Ça ressemble à un jour ordinaire. L'air est doux. Je ferme les yeux. Le soleil traverse mes paupières, je vois des éclats de couleur.

Je reprends la liste des choses que Pietro m'a demandé de faire : voir le curé pour préciser l'heure de la messe ; appeler l'aéroport et vérifier que le transfert du corps a bien été accepté et sur quel vol ; aller à la papeterie pour acheter des enveloppes et des timbres, et récupérer les bristols.

— La messe se fera sans le corps, c'est ce qu'il me dit.
Il ôte son manteau.
Il est très pâle, les traits tirés, fatigués. Il a réglé ce qui doit se passer maintenant, et ce qui se passera ensuite, il n'y a pas de transport à partir de Lyon, seulement Paris, et de Paris jusqu'à Venise, la procédure à suivre, toutes ces autorisations, ces démarches particulières. On n'imagine pas à quel point c'est compliqué.
Il va jusqu'à la fenêtre.
— Ils vont la mettre dans une boîte en métal soudée.
Suit un long silence, après lequel il me demande de réunir quelques objets.
— Des objets qui lui appartenaient et qui la résument.
Il se retourne.
— Vous voulez une messe, et il n'y aura pas de corps, alors on mettra une chaise à la place du cercueil et on posera des objets dessus.
Je ne réponds rien.
Je laisse passer un peu de temps, comme avec Broussaille quand elle arrive avec ses colères.
Et puis je l'éloigne des images noires qu'il a forcément dans la tête.
— J'ai trouvé un Saint-Georges à l'épicerie. J'ai aussi acheté de la bonne charcuterie et du fromage, avec du pain.
Je pose tout sur la table.
— J'ai demandé à la charcutière de couper les tranches très fines, c'est meilleur quand on peut manger avec les doigts.
Manger avec les doigts, je vois bien qu'il n'est pas habitué.

Je lui sers un verre.
Il boit.
— Votre mère aurait dit qu'il mériterait des Murano.
— De quoi vous parlez ?
— Le vin.
— Elle aurait dit ça ?
— Sûr.
Il hoche la tête.
Je vois qu'il réfléchit. Il se lève.
Il disparaît, et revient avec deux verres épais, à pied, un jaune et un grenat.
Ainsi, ce sont eux, les fameux Murano !
Il les lave.
Les essuie.
Il me fait choisir. Je prends le jaune.
Il lève le sien.
— Regardez… Des petites bulles d'air sont prises dans le verre. La lumière le traverse, on voit que ce n'est pas simplement du verre qu'on a peint, mais que la couleur est bien présente dans la masse. Et chaque verre est signé dans le pied.
Il n'y connaît rien en vin.
Il boit le Saint-Georges comme on boit de l'eau, ou un petit vin de Casino.
Il pioche dans la charcuterie du bout des doigts. Il se détend un peu, regarde autour de lui, comme je faisais les premiers jours, tout ce qui est accumulé, le courrier, les bibelots.
— Cette maison colle au passé, c'est un tombeau.
— Elle voulait la vendre, je dis.
Je lui montre le contrat de l'agent immobilier.
— Elle voulait partir vivre à Venise.
— Venise aussi, c'est le passé.
Il dit qu'à Venise, on projette de construire un barrage qui s'appellera Mose et qui protégera la ville contre les hautes marées. Je lui raconte comment notre place a été inondée par l'orage.
On reprend du vin. Le téléphone sonne. Pietro tend la main. Il répond. C'est l'hôpital. Ça sonne encore juste après, c'est le notaire. Tous ces papiers qu'on lui demande, des justificatifs

de ceci, de cela, Pietro s'agace, il ne sait pas ce qu'il faut faire, il est démuni, il n'a pas l'habitude des choses administratives.

— Vous devriez aller le voir.

— Le notaire ? Certainement pas.

Il coupe une part de fromage.

Reprend son verre.

— Dites-moi plutôt ce que ma mère aurait dit de ce vin.

Il attend, calé au dossier de sa chaise.

— Elle aurait d'abord été furieuse de vous voir le boire avec aussi peu de soin.

Il opine.

— Quoi d'autre ?

Je me racle la gorge. J'imite Madame Barnes.

— "Ce Saint-Georges est un vin tannique, puissant en bouche, un peu austère mais il est encore jeune, il se fera… Sentez-vous ces petites notes fruitées, c'est un goût de baies, de fruits à noyaux ?"

Je retrouve naturellement le ton de la voix, les intonations précieuses de Madame Barnes.

— "Vous êtes comme mon fils, vous ne goûtez pas, vous n'avez la patience de rien."

Je continue, non pour m'en moquer mais pour être encore avec elle.

Je dis :

— "Trop froid, il ne se révèle pas, et trop chaud il s'oxyde."

Je fais rouler le vin dans ma bouche

— "Mais là, ma chère petite, il est juste pAAArfait."

Je la ramène des ombres. De l'autre côté de la table, il me regarde.

Le téléphone sonne à nouveau.

— "Ne répondez pas, ce doit être Pietro, il est bon qu'un fils s'inquiète un peu de sa mère vous ne pensez pas ?"

Je dis ça et je ris.

Et il rit aussi. Les yeux pleins de larmes, mais il rit.

Et il laisse sonner. Ne répond pas.

Il est assis sur une chaise, les deux pieds sur la table. Il parle au téléphone, en italien. Sa voix est douce, ce n'est pas l'hôpital.

Je pose les bristols devant lui et je sors dans le jardin.

Il m'appelle cinq minutes après.

Il dégage un peu d'espace sur la table de la cuisine. Enveloppes, timbres.

Il me demande d'écrire les adresses et les phrases qu'il me dicte, presque toujours la même : Ma mère, Éloïse Barnes, est morte ce dimanche.

— Vous ne préférez pas plutôt qu'on écrive *décédée* ?
— Pourquoi ?
— Ce serait moins violent.
— Je n'ai pas envie que ce soit moins violent. Écrivez : Ma mère est morte. Ma mère, Éloïse Barnes, est morte ce dimanche.

J'écris cette phrase qu'il me dicte pour chaque carte. Sur certains faire-part, il ajoute quelques mots : "Elle parlait souvent de vous", ou bien : "Pensez à elle."

Il signe : "Son fils Pietro."

Il envoie plus de cinquante cartes.

Il me laisse coller les timbres, remplit de whisky deux verres carrés.

Les enveloppes sont toutes fermées. Son regard se pose sur la pile.

— Parlait-elle de moi ?
— Oui.

Il boit une gorgée.

— Que disait-elle ? Je suis sûr qu'elle disait que je n'étais pas le meilleur des fils. Elle a dû vous dire que je l'avais déçue ?
— Elle ne m'a pas dit ça.
— Que je devrais me marier et lui donner des petits-enfants, ça, c'est sûr, elle a dû vous le dire.
— Non, pas ça.
— Et qu'elle aurait préféré que je sois avocat, elle vous l'a dit, ça ?
— Ça, oui.
— Elle aurait éventuellement accepté que je sois médecin, mais en clinique privée. Alors que chirurgien en public...
— Non, ça, non, elle ne me l'a pas dit.

Il regarde son verre, ses mains.

— Et que ça la fasse chier que je sois pédé, ça, non, je suis certain qu'elle ne vous l'a pas dit.

Je me fige un peu. Plaisante-t-il ? Non, il n'a pas l'air. Qu'est-ce que je peux répondre ? De toute façon, ce n'est pas vraiment une question.

Il vide son verre d'un trait. Le remplit à nouveau. Repose la bouteille.

— Alors ?
— Elle ne m'en a pas parlé, je finis par dire. Mais elle était très contente quand vous lui téléphoniez ! Même si elle ne répondait pas tout de suite, même si des fois elle ne vous répondait pas, ça, je vous le jure, elle était contente.

Je bafouille un peu, troublée par le whisky, je n'ai pas l'habitude.

— Et vous, ça se passe comment avec votre mère ?
— Très bien... D'ailleurs votre maman m'a conseillé de m'en aller loin de la mienne, et rapidement.
— Ça ne m'étonne pas d'elle.

Il attrape son paquet de cigarettes, l'ouvre.

— On en est tous là, à vouloir être aimé de sa mère... Ça doit venir des origines, le ventre, le cordon... J'aimerais bien avoir un enfant avec Marcello.
— Oh... Moi, j'ai une amie qui a avorté.

Pourquoi j'ai dit ça !

On se regarde.

Il hoche la tête.

Je bois une rasade de whisky.

C'est une conversation tranquille. Mais quand même. Pourquoi ? Et avec une telle facilité ? Qu'est-ce qu'on va se dire d'autre à présent ? Quelles confidences ? Je pense au collier, à Juliette.

Il allume une cigarette, me passe son paquet.

Il pleut, une pluie fine qui gifle les vitres.

— On a bu, il faut qu'on mange quelque chose…

Il n'y a rien. Des raviolis en boîte. Des lasagnes surgelées.

— Vous ne me feriez pas des crêpes ?

— Des crêpes ?

Il mime le geste, la poêle. Les crêpes qui sautent.

— OK, mais il faudrait faire partir le courrier avant.

J'arrive juste à temps, l'employé des postes récupère les enveloppes, il les tamponne et les jette dans un sac.

Je ne sais pas faire les crêpes. Je passe voir ma grand-mère. Elle m'écrit les étapes de la recette sur un papier. Me donne la farine, les œufs, le lait.

Quand je lui dis que c'est pour le fils Barnes, elle reprend tout et elle fait la pâte elle-même. Elle la verse dans un pot en plastique.

— On va t'appeler Perrette… Perrette et le pot au lait !

Elle ajoute de la confiture, la sienne, la meilleure, celle *qui est maison.*

Il commence à pleuvoir quand je ressors. Je vois Broussaille, elle a fini sa journée, elle est à son vélo, avec son K-way fluo.

Elle aussi me voit alors elle laisse son vélo, traverse la route en évitant les flaques et elle vient vers moi.

— T'as vu, ils les ont décrochées, nos fringues ?

— J'ai vu…

Le vent s'engouffre, lui rabat la capuche en nylon sur les lunettes, elle en resserre le petit cordon, ça lui fait une drôle de tête.

— Paraît que Moreno a giflé Juliette.

— Pourquoi ?

— Elle aurait raconté au gendarme qu'elle l'avait vu tourner autour de chez la Barnes après le défilé, peut-être pas entrer dans le jardin, non, mais en tout cas prendre la rue et aller par là-bas.

Elle ne sait pas si c'est vrai, ni pourquoi Juliette aurait raconté ça.

— Juliette est complètement barrée depuis quelque temps, je dis.

Elle regarde la place, l'estrade.

— Il faudra qu'on récupère nos fringues et qu'on rende la robe de mariée à la cousine.

— Camille n'a qu'à se débrouiller, ou Juliette, c'est leurs affaires, leurs petites magouilles. Quoi, t'es pas d'accord ?

— Si...

Elle me regarde bizarrement. Elle ne sait pas pour le vol du collier. Le collier qui a servi d'échange.

Je n'ai pas envie de parler de ça.

— On dit que tu es souvent là-bas, chez le fils Barnes ?

— Je l'aide...

— Et l'enterrement, c'est quand ?

— Je ne sais pas.

— On dit que ce ne sera qu'une messe ?

— Une messe, oui.

Elle jette un coup d'œil à la pâte dans le pot.

— Tu vas lui faire des crêpes ?

— Oui.

Elle sourit, plisse des yeux.

— Tu es amoureuse ?

Je soupire.

Je pourrais lui dire ce que je sais, qu'il n'est pas comme ceux qu'elle connaît, que c'est un garçon qui aime les garçons, mais je me tais. Je secoue simplement la tête.

— C'est juste un ami...

— Et alors ? Il est pas mal !

Elle regarde sa montre, elle doit y aller, elle a un rencard.

— Je suis en retard ! On se voit plus tard !

Elle part, légère, pressée, s'excuse, deux tours de pédale sous la pluie fine.

— Et si tu sors avec lui, tu me dis, hein ? Que je sois la première à le savoir !

Déjà elle remonte la rue en zigzaguant.

Je suis assise au soleil, sur un banc de pierre, dans le jardin du couvent. Dans quelques heures, ils iront rechercher la Madone et ils la redescendront de la colline. Elle retrouvera sa place dans le fond de l'église.

Demain, on emportera Madame Barnes en voiture, d'ici jusqu'à l'aéroport, puis en avion. Une voiture attendra à l'aéroport et l'emmènera à Mestre. De Mestre, en bateau, jusqu'au cimetière de Venise. Tout est organisé.

La messe se déroulera pendant ce voyage en avion. Le curé n'a encore jamais fait ça, une messe sans corps.

— Tu es bien songeuse…

Juliette est à contre-jour, arrivée sans que je l'entende.

— Je peux ?

Je ne lui réponds pas.

Elle s'assoit à côté de moi.

Elle vient de la bibliothèque, elle a emprunté des bandes dessinées. Elle me les montre. Me dit qu'elle a envoyé son book à une grande agence de Paris. Elle a aussi récupéré nos habits, les gars de la mairie les avaient mis dans des cartons, ils sont maintenant dans sa chambre, il faudrait qu'on vienne les chercher, et ça serait bien aussi qu'on trouve une autre idée pour l'an prochain, une idée absolument géniale, qui nous ferait gagner la coupe, on a le temps, ce serait bien d'y penser, et même si on ne sait pas où on sera l'an prochain.

Cet été, elle a envie d'aller à la mer.

— Si j'y vais, tu viens ?

En août, il y aura la nuit des étoiles filantes.

— Tu te souviens, l'an dernier, on était montées sur ton toit et on en avait vu. Et on avait fait des vœux en pagaille. Un vœu par étoile.

— Toi tu en as vu, moi je n'en ai vu aucune, je regardais toujours là où il ne fallait pas.

— C'est vrai, je me souviens...

Elle rit, insouciante.

— Tous ces vœux ! elle dit.

Je la regarde.

J'ai longtemps cru que ses rêves étaient les miens. Que ce qu'elle voulait, je le voulais aussi. J'avais une confiance absolue en elle. Tout ce qu'elle faisait, disait, je pensais que c'était bien, et qu'elle avait raison.

Je me sens seule.

— Pourquoi tu as raconté ça ? je demande.

— Raconté quoi ?

— Que tu avais vu Moreno tourner devant chez Madame Barnes ?

Effacés à la seconde, le miel du regard et le bombé doux de ses joues. Son sourire se crispe. Elle gratte du talon dans la terre.

— Tu défends Moreno, toi, maintenant ?

— Je ne le défends pas, je veux savoir.

— J'ai juste dit ce que j'avais vu. Et je l'ai vu, il était dans la rue.

— Qu'est-ce qu'il faisait ?

— Je ne sais pas.

Elle se redresse.

— Allez, on ne parle plus de lui. On fait la paix ?

Elle veut prendre ma main. Je ne la laisse pas. Elle pose sa tête sur mon épaule, ses cheveux chatouillent mon visage.

— Tu te souviens quand on a mélangé notre sang ? C'était ici, sur ce banc...

— Je me souviens.

— On s'était juré une amitié parfaite, d'avoir toujours confiance l'une en l'autre, de ne jamais se tromper, jamais se blesser, jamais se trahir. Une promesse au sang et d'être sœurs jusqu'à la mort. Tu te souviens, hein ?

— Je me souviens, oui.
— Et de toujours se protéger, l'une et l'autre, contre le monde entier, et quoi qu'il arrive, tu te souviens de ça aussi ?

Elle pose sa main sur ma cuisse.

Je regarde le gravier entre mes pieds.

Le front haut et le regard droit, elle m'avait dit cela le soir de la fête, et ce furent ses derniers mots.

Les cloches sonnent le glas des morts, la même note lente, lugubre, répétée.

Je mets la robe bleue, celle au col Claudine, je referme les deux rangées de boutons dorés. Je me regarde dans le miroir. La robe me va bien.

J'ai acheté des tulipes, un gros bouquet. Les boissons, les brioches dorées, ma grand-mère a tout organisé pour l'après-messe.

Je sors.

Broussaille est sur le trottoir, devant la boulangerie, elle me fait un signe avec la main.

Broussaille ne met jamais les pieds dans l'église, elle a peur de ce qu'elle ne voit pas, l'invisible, la présence divine, les anges du ciel, elle dit que ça la fait flipper.

Sur une chaise, au milieu de l'allée, j'ai déposé sa canne et son chapeau, et la cassette du film *Mort à Venise*.

C'est tout.

Et ça suffit.

En vérité, on n'est pas nombreux. Une vingtaine de personnes. Les autorités. Quelques vieux sans tristesse, venus par curiosité, parce que les Barnes, c'est un peu leur histoire, celle de leur ville, même si tout cela est loin, que l'usine est en friche et que Madame Barnes ne venait plus très souvent ici.

On est tous installés.

Au premier rang, il y a son fils.

— Sommes-nous quelque chose ? demande le prêtre après les prières d'usage. Quelque chose plutôt que rien ?

Il questionne. La voûte est bleue, avec plein d'étoiles peintes, comme les vraies étoiles du ciel quand je suis sur la terrasse. La Madone a retrouvé sa place sur l'autel, au fond de l'église.

Les deux enfants de chœur sont à genoux devant la chaise sur laquelle sont posées les affaires de Madame Barnes

— Et si nous sommes quelque chose, que sommes-nous ?

Le curé nous regarde tous, au fond des yeux, parce que la question se pose. Il n'attend pas de réponse. C'est une question pour la pensée. Il prend son temps, la faiblesse du nombre rend vulnérable. Il nous tient, alors il nous cloue son sermon dans le crâne. À côté de ça, il faut le reconnaître, ce qu'il demande mérite réflexion.

C'est peut-être le ton.

Ou le décor.

Les deux ensemble.

Sa voix résonne.

— Nous sommes de l'amour... De l'amour qui se transmet de génération en génération, un amour qui crée une chaîne sans fin, nous relie les uns aux autres, au premier homme des origines et aux enfants qui naîtront après nous, à partir de nous, et pour tous les siècles à venir. Ce lien est fondamental.

Il lève les bras. Les manches larges de la soutane glissent jusqu'aux coudes.

— L'âme et le corps sont liés et un jour la mort les sépare, et en les séparant, elle nous sépare, nous les vivants. Et en attendant ce jour, il nous est offert de vivre, il nous est offert d'être heureux, il nous est donné de nous aimer.

Il écarte les bras.

Derrière, il y a le Christ en croix.

Il arrive qu'à force de fixer fort sa main, ou son propre visage, ou des nuages blancs du ciel, et par effet d'optique ou de fatigue oculaire, ce qu'on voit de la chose se transforme et qu'on ne reconnaisse plus rien, même pas son visage.

Je fixe les chaises.

Madame Barnes disait qu'un bateau qui disparaît à l'horizon, on ne le voit plus mais il existe encore, pour d'autres, ailleurs. Qui le disait ? Est-ce elle ? Ou Antoine ? Ni l'un ni l'autre, c'est Juliette ! Juliette a dit cela, elle ne parlait pas d'un bateau mais de la montgolfière, comme quoi si on devait être séparées, ne plus jamais se revoir, ça ne voudrait pas dire qu'elle n'existerait plus, mais qu'elle serait simplement ailleurs, pour d'autres, autrement. Comme Antoine.

Mon cœur a cessé de souffrir pour Antoine, cela m'apparaît comme une vérité. J'ai soudain les yeux pleins de larmes, je m'en rends compte parce que ça déborde sur mes joues, ça coule, c'est froid. Si on me voit pleurer, on va penser que je pleure pour Madame Barnes, mais ce sera une impression fausse.

Impression fausse, c'était une poésie d'école.

Pietro se lève, il s'avance vers l'autel, prend le micro. Il appuie ses deux mains sur le pupitre devant lui.

— Ma mère…

Il recommence.

— Maman, tu comparais la vie à un voyage en train. Un jour, tu m'as dit que vivre, c'est faire un voyage plus ou moins long dans un wagon, le train roule, des gens montent, ils sont nos frères, nos sœurs, nos enfants, nos maris, nos amis, et dans le même temps certains en descendent, ils étaient nos voisins, nos oncles, nos tantes, nos frères, nos sœurs, nos enfants aussi… Un jour, nos parents descendent et ce jour-là, on perd un peu de nous. Heureusement, le voyage continue. Et un jour, c'est à notre tour de descendre.

Sa voix se brise.

Il se reprend.

— … Tu disais qu'il faut s'efforcer de laisser le meilleur souvenir possible de notre passage dans ce train, pour que ceux qui poursuivent le voyage continuent de parler de nous avec bienveillance… Parce que c'est important, ce qu'on va dire de nous après… ceux qui vont continuer le voyage… Quelle image on va laisser ? Tu laisseras l'image d'une grande dame, et je t'aimais.

Le micro, dans sa main, au bout de son bras. Il se tait, incapable de dire davantage. Il croise mes yeux. Il me tend le micro. Je fais non avec la tête. Il insiste. Du regard. Il fait quelques pas vers moi. Que je dise deux mots. Il a dû voir mes larmes. Penser que. Mais mes larmes, ce n'est pas ce qu'il croit. Tout est faux. Il y a plein de tiroirs différents.

J'aspire une bouffée d'air chargé d'encens.

Le front haut. Le regard droit. Toujours. Je lui ai promis.

Alors je me lève du banc. Je m'avance vers lui. Je prends le micro qu'il me tend. Le micro est chaud de sa main.

Je vais au pupitre.

Tout le monde attend. Même le curé. Qu'est-ce que je peux dire ? J'ai le cœur qui bat la chamade. Je fixe mes mains. Le pupitre. J'entends le silence. Quelqu'un tousse. Je me racle un peu la gorge. Je lève les yeux doucement. Je croise ceux de Pietro. Ma grand-mère est trois rangs derrière.

Je dois dire quelque chose mais quoi ? Tout se brouille. J'ai les lèvres sèches. Le cerveau vide.

Dame souris... trotte,
Noire dans le gris du soir,

Ma voix sonne rauque.

Dame souris trotte,
Grise dans le noir.

C'est de la folie de réciter ça. Le curé me regarde bizarrement. Il y a un drôle de silence. Je ne sais pas pourquoi les choses viennent au cerveau parfois ?

Je continue. Je récite. Ce poème. D'une voix lente.

On sonne la cloche,
Dormez les bons prisonniers !
On sonne la cloche !
Faut que vous dormiez.

Impression fausse. Dans l'église sombre et tranquille.
Ma voix emplit l'église.

Pas de mauvais rêve,
Ne pensez qu'à vos amours.

Pas de mauvais rêve :
Les belles toujours !

Pietro me regarde. Ses joues sont un peu rouges. À côté, au milieu de la travée, il y a le prie-Dieu, avec la canne, la cassette du film et le chapeau.

Non, ce n'est pas de la folie, il arrive que le cerveau choisisse pour nous, on appelle ça l'instinct, et il faut faire confiance à ce qui vient. Et aller jusqu'au bout de ce qui est commencé. C'est quand on va au bout que ça prend sens. Alors je continue, la voix bien placée.

Le grand clair de lune !
On ronfle ferme à côté.
Le grand clair de lune
En réalité !

Un nuage passe,
Il fait noir comme en un four,
Un nuage passe.
Tiens le petit jour !

Dame souris trotte,
Rose dans les rayons bleus.
Dame souris trotte :
Debout paresseux !

Le silence, après, est vraiment long. Et tout le monde me regarde. Même le curé, les enfants de chœur, Pietro, ma grand-mère, mademoiselle Chambron qui fait doucement bravo avec ses mains, fière, parce que c'est elle qui m'a appris ce poème, elle nous l'avait fait écrire dans notre cahier avec un dessin sur la page en vis-à-vis. Pendant des années, j'ai récité sans comprendre, touchée par la beauté envoûtante des mots. Et un jour, Antoine m'en avait donné le sens, m'expliquant que Verlaine était en prison quand il avait écrit ce poème, et que c'était ça, la souris et le noir.

Dans une heure, l'avion atterrira à l'aéroport Marco-Polo. Dans deux jours, Madame Barnes sera inhumée au cimetière San Michele de Venise.

Pietro me rejoint. On s'attarde sur le parvis.

— Vous nous avez fait une belle surprise, avec ce poème.

— Merci…

J'ajoute que le poète était emprisonné parce qu'il avait voulu tuer son ami Rimbaud.

— Rimbaud n'était pas son ami, il était son amant et il voulait le quitter.

Il ôte ses lunettes, les essuie.

— Ce n'était pas la foule…

— Si elle était morte à Paris, je suis certaine qu'il y aurait eu beaucoup plus de monde. Même à Venise. Mais là…

Il allume une cigarette.

— Le glas, vous avez demandé la même durée que pour les autres ?

— La même… Enfin non, un peu plus, mais à peine, trente secondes supplémentaires. Mais je vous assure, à moins d'avoir chronométré, personne n'a pu s'en rendre compte, et votre mère aurait apprécié cette petite nuance.

Il souffle la fumée loin devant lui. J'en prends plein le visage. Le ciel est blanc.

— Elle va me manquer, je dis.

— À moi aussi.

Ses yeux sont brillants. Ses mâchoires tremblent.

— Vous n'auriez pas des réglisses ? Ceux qu'on déroule…

Je le regarde. Il a l'air assommé.

— Si si, je vais vous trouver ça…

Je traverse la rue. Je n'en trouve pas à l'épicerie mais à la boulangerie, il y en a.

Quand je reviens, il parle avec le maire.

Je glisse le sachet dans sa poche.

Il y a du monde dans la salle. Des gens qui étaient à la messe, et d'autres pas. Ma grand-mère a disposé des brioches, des verres et des boissons. La bande à Moreno entre, ils se servent, vont manger dehors, on ne les empêche pas. Le fils Canfre entre aussi, ma mère descend, elle râle à cause des "putains de traces" que laissent les roues de son fauteuil sur son plancher ciré.

Un enfant de chœur rapporte le chapeau, la canne et la cassette, pose tout sur une chaise.

Ma mère observe Pietro. Elle dit :

— Le chagrin n'est pas encore là, il n'en a que les bords.

Pietro parle avec le maire.

Ma grand-mère s'avance, lui prend le bras.

— Votre maman avait ses habitudes à cette table-là.

Elle lui montre la table. L'entraîne.

— Je suis contente d'avoir parlé avec elle, j'aurais dû davantage, c'était une personne de bon sens.

Je ne sais pas ce qu'elle ajoute, mais je les entends rire.

Autour, tout le monde discute.

L'avion est loin, déjà.

Qu'est-ce qui se passe ? Tommy avance au ralenti, entre deux gendarmes. Il n'en mène pas large.

Il monte dans la voiture.

La Contamia crie. Elle crie que son garçon est bon, qu'il n'a rien à voir avec tout ça, ils ont fouillé sa chambre, il n'a rien fait de mal. Pourquoi on l'emmène ? Il n'est pas ce qu'on dit. Comment aurait-il pu, hein ? Faire du mal à quelqu'un ? Elle le sait, il chaparde, mais chaparder, ce n'est pas un mal !

Elle a soudain mille ans, elle tient debout par miracle.

Comme si elle n'avait pas assez de malheur...

Dans son salon, assis sur un fauteuil, la tête entre les mains, le père de Juliette pleure.

Le bruit se répand ensuite, une rumeur portée par les voix, les bouches, le vent. Il aurait avoué. Qu'il était venu. Qu'il était entré. Il voulait de l'argent. De l'argent pour sa sœur. Pas pour qu'elle parte, non, mais pour qu'elle reste.

Tant qu'il lui donne des choses, elle reste.

Tant que.

Il aurait fouillé, raconte Broussaille.

Il aurait trouvé un collier. Elle répète ce qu'elle a entendu. Il a volé. Il dit que sa sœur ne l'a pas obligé, qu'elle ne lui a rien demandé. C'est lui. Lui seul. C'est ce qu'il jure. Il l'a répété. Comme seule défense. Un collier en or, qui lui a fait envie. C'est lui tout seul. Il ne sait pas où, mais sa sœur allait s'en aller. Il voulait lui donner quelque chose pour la retenir.

Celui-là ? aurait demandé le gendarme en poussant devant lui le collier.

Il a dit oui, qu'il reconnaissait le collier. Il a juré que Madame Barnes n'était pas encore rentrée de la fête. Qu'il ne l'a pas vue. Qu'il ne l'a pas bousculée. Pas fait tomber.

Qu'il a seulement volé.

Mais le gendarme a trouvé ce collier soi-disant volé dans une bourse, au fond du tiroir, dans la table de nuit de la chambre.

Alors ? Il répond quoi à ça ?

Tommy aurait balbutié qu'il n'y comprenait plus rien, il savait ce qu'il avait fait, il l'avait volé, il n'était pas fou quand même ? C'était bien lui, le voleur.

On l'a beaucoup questionné.

Broussaille dit qu'ils l'ont gardé un jour entier. Et ils l'ont relâché, c'est la secrétaire de mairie qui a tout raconté, comme quoi Tommy mentait quand il jurait avoir mis le collier dans sa poche et être retourné à la fête avec.

— Ma patronne dit, pourquoi il s'accuserait de vol si ce n'est pas vrai, hein ? Et comment quelque chose de volé a pu être retrouvé à sa place ?

On l'aperçoit, Tommy, assis sur le trottoir, devant chez lui, un peu sonné.

Sauf que le collier, Juliette l'a donné à Camille, et Camille me l'a rendu, et je l'ai remis à sa place, mais ça, Tommy ne le sait pas, il ne peut même pas l'imaginer.

Pietro plonge ses mains sous l'eau claire du robinet, se rafraîchit longuement le visage. Le chapeau, la canne et la cassette sont sur le divan du salon.

Il veut garder ce que sa mère avait regroupé dans les deux valises, plus quelques souvenirs auxquels il tient et qu'il a rangés dans un carton et qu'il prendra plus tard.

— Et tout le reste ? Les meubles, les objets, on en fait quoi ? je demande.

Il essuie son visage.

— On contactera un vide-maison, ils ont l'habitude. Si quelque chose vous fait envie, prenez-le... Ou à votre grand-mère, vous lui direz, elle n'aura qu'à venir.

— Je ne suis pas certaine qu'il y ait un vide-maison par ici.

— Dans ce cas, on fera mettre une benne dans le jardin. Il faudra que vous vous chargiez de cela quand la maison sera vendue. S'il y a quelque chose qui vous intéresse, que vous auriez envie de garder ?

Il me regarde par-dessus ses lunettes.

— Dites ?

Je pense au tableau de la traite, c'est la seule chose que je voudrais garder. Il est resté par terre, contre le mur. Je lui montre.

— Ce n'est pas un Corot quand même ? Parce que si c'est ça...

— Je ne sais pas... C'est un gars d'ici qui l'a peint, il s'appelait Jean.

Il se marre.

— Corot s'appelait Jean-Baptiste, mais il était plutôt de Paris.

— Je crois que c'était le premier amoureux de votre mère.

Je lui raconte l'histoire. Il m'écoute sans rien dire. Quand j'ai fini, il se lève, ramasse le tableau, le regarde de près.

— Une vache à l'heure de la traite...

Il me le tend.

— Il est à vous. Autre chose ?

— Une robe, celle que je portais pour la messe, j'aimerais beaucoup la garder.

— Vous pouvez. Il y a une voiture au garage.

— Oui.

— Vous savez si elle roule ?

— Elle roule, oui, même bien.

Je lui raconte notre périple.

Il remonte dans le bureau, fouille dans les tiroirs, sort des photos, finit par trouver celle qu'il cherche, un cliché en noir et blanc, lui à dix ans, assis sur le capot.

— On va faire un tour ?

— Elle n'est pas assurée.

— Je sais.

Son avion décolle de Lyon à 22 heures, un direct Venise. Marius va venir le chercher pour l'emmener à l'aéroport.

Il veut prendre une douche avant de partir. Pendant qu'il est sous l'eau, je reste dans le couloir parce qu'il m'énumère les choses que je dois encore faire, couper l'eau et l'électricité, arrêter le téléphone, payer le curé pour sa messe, faire suivre le courrier à Milan, noter l'adresse de Milan et lui envoyer des graines de coquelicots s'il y en a qui poussent. Fermer tous les volets aussi, et laisser un double des clés au responsable de l'agence afin qu'il puisse organiser des visites et vendre la maison.

L'eau coule, ça n'en finit pas.

Je regarde au bas de l'escalier.

Il me demande d'emporter les valises à Venise, les deux valises et le sac, si je pouvais me charger de ça, les apporter directement à l'appartement de la Giudecca, et aussi rester là-bas quelque temps, parce qu'il doit y avoir à faire. Il faudrait ranger un peu. Pas trop.

Il dit ça à la suite de la liste.

Et il arrête l'eau.

Je l'entends qui sort de la douche.
— C'est un bel appartement, bien placé, j'aimerais le garder.
Il se sèche. S'habille.
— La semaine, je suis à Milan. Mais le week-end... Je demanderai à Marius de vous conduire à l'aéroport. Une fois à Marco-Polo, vous prendrez un taxi pour la place de Rome, puis un vaporetto, c'est facile.
Il réapparaît, en polo confortable, élégant, très sport.
— Alors ?
Je le regarde. Ça bourdonne un peu dans ma tête.
— Oui, bien sûr.
Je m'entends lui répondre ça.
— Parfait. Je vous ferai envoyer les billets d'avion, vous me direz pour les dates.
Déjà, il redescend le grand escalier.
Marius klaxonne devant la grille.
Pietro met ses chaussures, les lace, me demande de récupérer une enveloppe qui est dans la poche de sa veste, dans le portefeuille.
Le portefeuille est dans la poche intérieure. Je le sors. Je l'ouvre. Je prends l'enveloppe. Des billets, c'est l'argent qu'il me doit, et aussi à ma grand-mère pour les brioches, etc.
Il y a une photo sous le rabat en plastique. Deux visages, je reconnais Pietro. L'autre c'est un homme, leurs têtes sont l'une contre l'autre, intimement rapprochées, probablement Marcello.
Je referme, je lui tends.
Il enfile sa veste, son manteau, ramasse son sac.
— Je vais vous donner mon numéro de téléphone, ma ligne directe, vous avez de quoi noter ?
Déjà il ouvre la porte, il descend les marches, me dicte son numéro.

Avancer. Y aller. Faire confiance. Mon cerveau a décidé cela avec une rapidité déconcertante.

Venise donc, cette suite inattendue.

Je cherche Juliette, je veux absolument lui raconter que je m'en vais à Venise, mais elle a disparu, personne ne sait où elle est passée.

Pietro est parti.

Je fais ce qu'il m'a dit, je range la maison, et je m'occupe du reste.

Il y a des suites, on ne les envisage pas et la vie vous les présente parce qu'on vous trahit violemment, ou parce qu'on vous aime violemment. Ou alors, parce que c'est la chance. Et soudain, devant, il y a un chemin surgi du hasard, et on doit choisir vite, sans réfléchir, y aller, ou pas, avoir l'instinct.

J'ai reçu mon billet d'avion. Je pars dans quatre jours.

Avec Pietro, tout paraît simple.

Le soir, j'annonce mon départ à mes parents. Ma mère est en train de ranger le linge. Elle m'écoute. Ne dit rien.

Mon père ne semble pas surpris.

Ma grand-mère dit qu'elle a toujours rêvé d'aller à Venise et que c'est bien que je fasse ce voyage.

— Ainsi tu vas le vivre pour moi.

Elle me prend dans ses bras, me serre fort.

Je me sens bien.

Il est un peu après 22 heures, ma grand-mère est fatiguée, elle va se coucher.

Le dernier client est rentré. Je ferme à clé la porte qui donne sur la place. J'éteins les lumières, celle du dehors et celle du couloir.

Je n'ai pas sommeil.

La salle à manger est dans la pénombre. Je m'assois à la table carrée, contre la fenêtre, celle qu'avait choisie Madame Barnes pour ses quelques déjeuners.

Je sors le carnet que m'avait offert Juliette. Sur la première page, j'avais écrit quelques lignes sur la malédiction des furettes.

Dessous, j'avais écrit : "Parler à l'ange sur mon épaule." Et puis : "Faire tout ça avant l'été." Tout ça quoi ?

Je note à la suite les petites choses qu'il me reste à faire et que je ne dois pas oublier.

Il fait nuit.

Soudain, derrière la fenêtre, presque brusquement, il neige. Quelques flocons, comme des effiloches de coton qui tombent du ciel obscur.

Des cristaux de neige se collent à la vitre.

J'écris, à la suite de la liste des choses à faire : "Il neige et c'est sans doute la dernière neige de l'année, 1 degré seulement, alors qu'hier il a fait presque chaud. Demain, il fera beau, la neige ne tiendra pas."

On dirait des lignes prises dans l'agenda de mon père.

Je recommence.

J'écris : "On est le 27 mars et il neige, et Madame Barnes est morte."

Je relis cette phrase. Celle-là, elle est juste, un condensé exact de ce qui se passe.

Je continue. "J'avais un emploi de fleuriste avant, je n'aurais jamais dû le laisser. Surtout que les fleurs se vendaient bien, même les artificielles. Pas besoin de changer l'eau."

C'est un carnet à petits carreaux. Sans marge. Je vais jusqu'au bout de chaque ligne et je reviens.

Je ne me relis pas.

Toutes les lampes sont éteintes. J'écris à la lumière de la neige.

Ma mère redescend, elle reste sur le seuil.

— Tu fais quoi, là ?

Elle ouvre la porte qui donne sur la place et elle aussi regarde la neige.

Et après ? Les jours ? La suite ?

Les deux valises de Madame Barnes sont dans le corridor, avec le sac.

Pietro a téléphoné, il a besoin du livret de famille de sa mère, si je pouvais le lui envoyer.

Je ne travaillerai pas pour lui.

Je ne prendrai pas non plus la suite de l'hôtel. Mais je vais envoyer le livret, aller à Venise, emporter ces deux valises, et faire confiance à la suite.

Broussaille me guettait.

— C'est vrai ce que ta mémé raconte, tu t'en vas ? Tu t'en vas vraiment, maintenant qu'on nous a ouvert un beau théâtre tout neuf ?

— C'est pour quelques semaines seulement.

— Je suis contente pour toi. Depuis le temps ! Et Juliette, tu as des nouvelles ?

— Non.

Elle continue, emmêle tout ce qu'elle entend, les ragots, les on-dit.

— Sa mère ne sait rien. Une mère qui ne sait pas où est sa fille ! Il paraît que Juliette lui a téléphoné pour lui dire de ne pas s'inquiéter. Tommy ne sait rien non plus. Même Mehdi. Moreno dit qu'elle a pris la tangente. Elle aurait pu nous avertir, quand même, on ne disparaît pas comme ça. Qu'est-ce qu'elle a derrière la tête ? Elle pourrait nous téléphoner, qu'on arrête de s'inquiéter, de l'attendre aussi. Peut-être que c'est ce qu'elle veut, qu'on s'inquiète ? Tu as une idée d'où elle a pu aller ?

— Si ça se trouve, elle est dans sa chambre, elle ne veut pas nous parler.

Elle regarde, à l'autre bout de la place, les volets tirés de la chambre de Juliette.

— Non… Elle a toujours dit qu'elle foutrait le camp, qu'elle mettrait de la distance.

— Entre dire et faire…

— Tu y crois vraiment ?

— Elle est capable de tout.

Broussaille réfléchit.

Et elle balance la main tout d'un coup, elle a d'autres priorités, elle s'en fout. Je la regarde. Ses yeux brillent. Elle a quelque chose de changé, je n'arrive pas à déterminer quoi. Est-ce son visage ? Ses joues ? Ses pommettes ?

— On va au café ?

Non, elle ne peut pas.

Alors je la prends contre moi et je la serre fort. Je sens son cœur battre dans sa poitrine, les battements traversent les parois et viennent cogner en moi, dans mon propre cœur.

Je suis triste soudain.

Je m'effondre.

— Pourquoi je suis comme ça, hein, Brousse, pourquoi ?

— Comme ça, comment ?

— Je veux tout avoir. Je veux être ici et ailleurs, partir et rester, je veux que les choses changent et que pourtant rien ne change, je veux grandir aussi, continuer à vivre ici, avec vous, et je veux aussi m'en aller, et je pleure de m'en aller, je veux tout garder, ne rien perdre, ne rien quitter, ne rien jeter et tout jeter pourtant, vivre ma vie, et continuer celle de ma mère et celle de ma grand-mère, et tourner le dos et m'en aller.

Broussaille m'observe, attentive.

— Mais c'est toi, tout ça, Jess.

— Mais comment je m'y retrouve ? Si on range les filles par catégorie, je fais partie desquelles, hein ? De celles qui trahissent, des fidèles, des sentimentales, des émotives, des lâches, des salopes ? Ou des connes ? Je dois faire partie des connes, c'est ça, tu ne crois pas ? J'ai un problème, quand même, un sacré problème !... Je veux tout ! Comment je fais ?

Elle ne répond pas.

Alors je continue.

— J'aurais dû avoir un frère, je dis, ou une sœur, j'aurais pris des torgnoles, ça m'aurait fait du bien et j'aurais mieux compris les choses.

— Moi, j'en ai pris, des torgnoles, dit Broussaille, et certaines m'ont couchée à terre, et je peux te le dire, ça ne m'a pas aidée à les comprendre, les choses.

Je la regarde, désemparée.

— Qui c'est qui te les foutait, les torgnoles ?
— Mon père.

Je ne sais plus comment continuer. Comment faire face. Et c'est elle qui me sauve.

— Tu es faite ainsi, elle finit par lâcher.

Et elle le répète,

— Tu es faite ainsi, et c'est très bien comme ça.

Maintenant, elle doit y aller.

On l'attend.

— Tu m'appelles quand tu reviens, hein ! Parce que, moi, je n'aurai pas bougé.

Je la suis des yeux, dans sa petite veste verte à carreaux, la jupe à mi-cuisse.

Et soudain, je pense à son enfant. À ce qu'elle a fait. Et dont on n'a *jamais* parlé. Il n'a jamais été question de ça. Je n'ai jamais pris le temps. Et je ne veux pas partir sans lui dire que je sais. Je veux partager, porter ce poids de chagrin. Parce que je l'ai laissée absolument toute seule sur ce coup. Je l'appelle, je cours, je la rattrape. Je la regarde. Ses cheveux en boucle, défaits, tellement roux. Je plonge dans ses yeux.

— Je voulais te dire…

Des yeux vert d'eau.

— Je sais.

C'est tout ce qui vient. Et qui résume.

Elle se trouble. Rougit. Ma Brousse, quand elle rougit, c'est un visage en flamme.

— Tu sais ? elle m'interroge doucement, prudemment.
— Oui.
— Et ?
— Et rien.

Elle est sur le trottoir. Elle se balance d'un pied sur l'autre. Le soleil se reflète dans ses lunettes.

— Tu ne m'en veux pas ?
— Pourquoi je t'en voudrais ?
— J'avais tellement peur, elle dit.

Peur ? Je ne comprends pas.

Elle sourit, un vrai sourire, doux, lumineux, libéré, qui embrase son visage tout entier.

— Merci, Jess.

Je reste plantée là, sans comprendre. De quoi elle parle ? Et pourquoi je lui en voudrais ?

Et je la vois, dans mon champ de vision, droit devant, par-dessus l'épaule de Broussaille, garée sur la place, à cinquante mètres, la deux-chevaux bleue de François.

Et lui qui attend, les reins à la portière.

Et d'un coup, tout s'éclaire. Je comprends ! J'écarte les mains. J'ouvre la bouche.

Je regarde Broussaille.

— C'est sérieux, vous deux ?

— Oui, je crois.

Je sens la lavande, les enveloppes qu'il m'envoyait.

— Tu ne m'en veux vraiment pas ?

— Surtout pas.

Je me dis que j'aurais pu être à sa place. Être celle qu'on attend. Qui a rendez-vous. Être celle qu'on aime, qu'on désire. J'ai eu ce choix. Cela m'a été proposé, présenté. Je ne regrette pas, non, c'est bien ainsi, je vais ailleurs, mais je ne peux pas m'empêcher de penser aux autres vies possibles, aux embranchements piégeux, ou fabuleux, aux directions que l'on prend et à celles que l'on ne prend pas.

Broussaille se tourne vers la place, elle veut y aller maintenant.

— Attends…

Je regarde son visage, ses yeux brillants et ses cheveux roux, emmêlés, enflammés. Et je comprends, sa peau, ses pommettes, c'est ici la différence. Ce qui a changé. Elle n'a plus de taches de rousseur.

Plus une seule.

Il y avait toute son enfance dans ses plaques de son, toute sa jeunesse, toutes ses histoires, tous ses mecs passés.

Et plus rien.

Comme si la nouvelle vie les avait effacées.

Comme si l'enfant dont elle n'avait pas voulu avait décollé et emporté les taches lumineuses avec lui, en souvenir chaud de cette mère éphémère.

Je la retiens encore un peu. Je lui prends les mains.

— Brousse ?

— Quoi ?
— Je compte sur toi pour être heureuse, hein ?
— Tu peux.
— Vraiment ?
— Vraiment.
Elle fait deux pas, revient.
— Dis-moi… Pourquoi j'étais comme ça, avant ?
J'écarte les bras, à mon tour impuissante à répondre. Elle garde ses yeux dans les miens. Elle attend.
— Tu es faite ainsi, je dis, et tu ne l'avais pas rencontré.
Elle ferme un instant les yeux, apaisée. Le visage lavé. Et elle se détache de moi, me lâche les mains. Nos doigts se touchent encore.
— Merci.
Elle se détourne.
Déjà, elle regarde François.
Maintenant, c'est vers lui qu'elle marche.
Elle s'élance, elle court, traverse la rue, la place, comme si chaque seconde comptait, qu'il ne fallait plus en perdre une seule, elle le rejoint, sans freiner sa course, il ouvre les bras, elle se jette contre lui, l'enlace, de ses jambes remontées autour de sa taille, sur la place, elle fait ça ! Ses cuisses l'enserrent sans aucune convenance, elle lui enveloppe la tête de ses mains, amoureuse, amoureuse follement, enfin, et lui, il la fait tourner.
Des femmes sur les trottoirs s'arrêtent pour les regarder.
Tu es faite ainsi, je répète pour moi toute seule, et c'est bien.

Pietro téléphone. Il est à Venise.
Il dit :
— Maman a été enterrée hier matin.

J'ai fait au mieux. J'ai récupéré le manège qu'il avait fabriqué quand il était petit et je l'ai mis dans un carton. J'ai mis aussi les verres de Murano, maintenant je les reconnais, et le collier dans sa bourse en velours, je l'ai mis aussi, avec le bibi. Tout ce que doit garder Pietro.
J'ai fermé le carton au scotch.
PIETRO, en grosses lettres.
La canne ne rentrait pas dans le carton, je l'ai donnée à ma grand-mère. Elle a pris six jolies assiettes et le grand fauteuil à oreillettes, il est très confortable, avec un repose-pieds, elle l'a mis devant sa télé.
Ma mère n'a rien voulu.
Un jour, quand la maison sera vendue, Pietro l'a dit, on fera venir un camion vide-maison et ils emporteront ce qu'ils voudront.
Pour le reste, on mettra une benne dans le jardin et on jettera ce dont personne ne veut.

Ce voyage me semble maintenant facile. Peu importe ce que je vais faire là-bas.

Je suis venue dire au revoir à Camille. Je lui dis que je pars. Elle le sait, elle a vu Broussaille.

Fin juin, elle passera son CAP d'esthéticienne, une épreuve théorique et deux pratiques. Elle a acheté des livres, elle me montre tout ce qu'elle doit apprendre. Pour la pratique, une épilation est imposée, grâce à ma mère elle est au point. Elle sera notée aussi sur un soin de visage et une manucure.

— La pose du vernis, c'est le plus difficile, il ne faut pas trembler. Tu me prêtes tes mains ?

Elle nettoie mes mains, retire l'ancien vernis avec du dissolvant qui pue.

On parle de mon départ si soudain, et de Broussaille qui file le parfait amour. Et de Juliette. Elle n'a pas de nouvelles, moi non plus. On n'en dit pas davantage. Ça s'arrête là.

Elle remet du dissolvant sur le coton. Elle frotte.

— Il y a des choses que je regrette, je dis.

Elle jette le coton.

— Des choses comme quoi ?

— Tommy, il nous ramenait tout, les chaussures, le maquillage, ça nous arrangeait, on le laissait faire. On ne lui a jamais demandé comment il faisait. Même les dragées du mariage, tu te souviens ?

Elle place un coussin de manucure sous ma main.

— Les dragées, ça ne porte pas à conséquence.

— Rien ne porte à conséquence, sauf quand on ajoute les choses les unes aux autres. La peinture rose du fourgon, je suis sûre que c'est de la fauche de chantier.

Elle ne répond pas. Elle lime mes ongles, l'un après l'autre, elle leur redonne une forme. Elle garde le visage sur mes mains.

Elle sent bon. Elle est douce.

— Tu as rendu sa robe à ta cousine ? je demande.

— Oui.

— Elle a dit quoi pour les retouches ?

— Rien. Elle a juste râlé parce que ce n'est pas moi qui ai défilé avec.

On parle du défilé, des gens, comme ils étaient contents. On ne parle pas du collier et pourtant il est là, entre nous, dans nos silences.

— L'autre main...

Peut-elle qu'elle marche, Juliette ? Elle avait souvent dit cela, qu'un jour elle s'en irait, qu'elle irait droit. Que pour elle, l'avenir serait tranché, rien d'approximatif, l'ombre noire ou la pleine lumière.

— Détends-toi.

Camille me masse les mains avec un sérum qui sent le citron. Elle ne me regarde pas. Elle masse de ses pouces, dans le creux de ma paume, et ça me remonte dans les yeux, à l'intérieur du crâne.

— Tu penses qu'elle y est pour quelque chose ?

— De quoi tu parles ?

Je me fige.

Elle pose une base transparente sur mes ongles.

— Tu seras là, le 22 juin ?

— Je ne sais pas.

— Y a Balavoine, tu sais, on a nos billets ?

Elle lève les yeux, me regarde.

— J'espère qu'il chantera *SOS d'un Terrien en détresse*. S'il ne la chante pas, on la lui demandera, à la fin, dans les *bis*, on gueulera...

Elle rit.

Je ris aussi.

Pour le vernis, elle me fait choisir entre quatre couleurs, je prends le plus discret, un transparent, et puis non, je change d'avis, j'opte pour le rose vif.

Je sors mon carnet.
Je regarde de l'autre côté de la place, les volets de la chambre de Juliette sont fermés.
J'écris : "La neige a fondu."
En cela je ressemble à mon père. Ça me fait sourire.
Je continue :
"On a tort de dire qu'il y a les riches et les pauvres, d'opposer les gens en fonction de l'argent, des biens qu'ils possèdent. La vraie différence est ailleurs, la frontière fondamentale. En vérité, il y a ceux qui sont de quelque part, liés, reliés à une terre, à un lieu, ceux-là ont un sol, un foyer et quoi qu'ils fassent, où qu'ils aillent, ils ont cette attache et ils reviendront toujours là, si ce n'est pas avec leur corps ils reviendront par la pensée, par leur entité, quand ils seront morts. Les autres sont des errants. Ils ont une maison, un toit, des fois plusieurs maisons, il arrive qu'ils en changent, vendent, achètent, déménagent. Ceux-là n'ont pas de vrai chez-eux On peut penser qu'ils sont plus libres, d'ailleurs ils se disent souvent libres parce que sans attache. On peut penser aussi qu'ils portent leur maison en eux. Que partout, donc, ils sont chez eux.
Mais il suffit de regarder leurs yeux. À ceux-là, il manque quelque chose."

En cela, à qui je ressemble ?

Il y a des choses qui ne doivent jamais arriver. Et elles arrivent cependant.

Je pars. Et ça ne me fait pas peur.

Je marche le long du Bourde et on dirait que le Bourde m'accompagne.

L'air sent la violette, ou c'est moi qui imagine. J'inspire profondément, j'absorbe ces odeurs entêtantes de printemps. Bientôt, les oiseaux vont faire leur nid, il y aura des mouches, des papillons, les fougères pousseront, les gamins viendront tremper leurs pieds dans l'eau glaciale.

Je marche le long du sentier, dans la boucle de la rivière, ce terrain mouillé, je traverse le pont. Je m'éloigne. Les saules en bourgeons sentent le miel. Le sentier se borde de ronces. Sous les arbres, l'air est lourd.

D'ici, on ne voit plus de maisons. On n'entend plus de bruit.

Dans ce creux, les eaux sont plus profondes, elles scintillent. Je m'assois. Je regarde mes mains, mes doigts, mes ongles roses. Je regarde couler l'eau. À quoi tiennent les choses ? À quels hasards ? Quelles rencontres ?

J'ai longtemps cru qu'on pouvait ranger les gens en colonnes, ceux qui savent, ceux qui décident, ceux qui jugent, ceux qui blessent, ceux qui aiment, les gentils et les mauvais, les bons et les autres.

Aujourd'hui, je sais que ce n'est pas si simple, que nous pouvons tous, tour à tour, être celui qui sait, celui qui décide, qui juge, qui blesse, qui aime, être le gentil et le mauvais, être le bon et être aussi l'autre.

Je sais aussi qu'on change. Nous, mais aussi les choses.

Je regarde couler l'eau brune du Bourde.

Elle aura duré longtemps, mon enfance, bien plus longtemps que celle de la plupart des filles qui étaient à l'école avec moi, il me semble que j'en ai étiré son fil jusqu'à ne plus pouvoir.

Je m'apprête à continuer ma marche quand j'entends un vrombissement sourd, c'est une nuée de libellules, elles sont là, revenues, dans cette fin du jour, elles font vibrer l'air, dans cette lumière particulière. Je n'en ai jamais vu autant.

Leur vol est rapide. Elles frôlent les eaux sombres. Elles effleurent la surface de l'eau, volent, virevoltent autour des roseaux.

Elles sont si nombreuses que l'air autour de moi se teinte de bleu.

Je reste parfaitement immobile. Elles s'approchent de la surface, volent au ras de l'eau. Le soleil traverse leurs ailes. Antoine connaissait les libellules. Il savait différencier les mâles des femelles. Un jour que nous étions là à regarder ces étranges insectes, il m'avait dit que pour éviter un accouplement qu'elle ne désire pas, la femelle imite la mort.

Il disait aussi qu'on attache trop d'importance à l'humain, qu'il y a les arbres, la terre et les bêtes.

Il disait : "Les libellules sont des êtres de détachement, ce qu'elles aiment, c'est le présent, découvrir un lieu et le quitter. Elles n'en finissent pas de s'en aller. Leur vie se passe à ça. Mais elles s'attachent fortement aux endroits où elles passent."

Je ne comprenais pas. Si on s'attache, on ne s'en va pas ! Mais bien sûr que si, on s'en va.

Antoine les aimait.

Et j'aimais Antoine.

Je n'attends plus Antoine, je sais qu'il ne reviendra pas. Grâce à lui, j'ai compris des choses, j'ai fait des pas. Maintenant, ça m'intéresse, la vie des autres.

Je suis devenue comme le Bourde, un être fluctuant, ni noir ni blanc, ici et ailleurs, et ça me va.

Une libellule se pose sur mon bras. Je sens ses pattes sur ma peau.

Je la regarde. Je plonge mes yeux dans les globes étranges de cette curieuse rencontre. Est-elle la reine, la déesse de ce peuple immense et frémissant ? Après quelques secondes, je me sens regardée à mon tour.

Je ne suis plus seule.

Je me relève.

Je continue ma marche.

Je grimpe jusqu'en haut du bois, ce plat presque désert, je retrouve l'endroit où l'homme a déposé le renard. Il reste des os et de la peau. Et quelques plumes d'oiseaux.

Et c'est bien.

Alors je m'attarde un peu, debout, en plein vent, les pieds bien campés, avec la terre dessous.

Le soir. L'air, la lumière, les gens. La nuit. Pas de lune. J'attends le matin.

J'entends mon père, ma mère. Les bruits.

7 h 28. Broussaille arrive sur son vélo, en robe à fleurs, ses cuisses sont nues. Elle cale le vélo au mur. Met l'antivol. Jette un coup d'œil à ma fenêtre.

Dans un moment, la pharmacienne lèvera son rideau, le maire montera les marches, le curé ira chercher son pain.

La veille, j'ai préparé mon bagage avec quelques affaires.

Je descends l'escalier.

Mon père boit son café. Ma mère est avec lui. La lumière du néon éclaire leurs mains. Je les regarde. Ils ne voient pas tout de suite que je suis là.

Et puis ils me voient.

Je m'assois.

Ma mère remplit mon bol de café, il me semble qu'elle tremble un peu.

— Comment tu sauras, quand tu vas sortir de l'aéroport, où il faut aller ?

— Il y a des bus, maman.

— Et comment tu sauras celui qu'il faut prendre ? Et où t'arrêter ? Et si tu te perds, hein ? Si tu pars dans l'autre sens ? Et tu vas manger quoi, là-bas ? L'autre jour, à la télé, ils ont dit que le vénitien, ça n'a rien à voir avec l'italien, et qu'on ne peut pas les comprendre.

Elle dit :

— Il y a de l'eau partout, tu feras attention à ne pas tomber dedans. Et à ne pas prendre froid.

Je finis mon café.

Ma mère insiste pour que je mange une tartine.

Mon père glisse un peu d'argent dans ma poche. Ce soir, à la page du jour, il écrira peut-être : "Ce matin, Jess est partie." Peut-être qu'il n'écrira rien, ou alors : "Il a fait un peu froid ce matin, et un peu gris."

Je suis prête.

Je mets mon bol dans l'évier.

Je les regarde. Je les aime démesurément, mais je les quitte. Je me sépare d'eux mais je ne les abandonne pas.

Je descends l'escalier.

Ma grand-mère est dans sa loge.

— Alors c'est bien vrai, tu t'en vas ?

— Pour quelque temps seulement, mémé.

Elle aussi me donne des billets et une boîte en fer qui contient des biscuits.

Madame Barnes disait qu'il faut toujours avoir une valise prête, que tout ce à quoi on tient doit pouvoir tenir dans cette seule valise.

Je marche jusqu'à la maison. Le ciel est gris, l'air encore humide, les trottoirs brillent de la pluie qui est tombée pendant la nuit.

Je coupe l'eau.

Le téléphone sonne, c'est Pietro, il est à Milan, il a repris le travail. Il veut que je laisse les clés de la Jaguar à Marius pour qu'il vienne la faire démarrer de temps en temps.

Je ferme les volets. Le dernier, celui de la salle de bains, j'en tire un battant. J'entends parler dans le square, juste en dessous. Je me penche. Deux vieux sont assis sur le banc, celui que Madame Barnes s'octroyait. La dame a son sac sur ses genoux. Son mari lui parle. Elle l'écoute. Je ne les connais pas. Je ne les ai jamais vus. Ils ont un chien avec eux. Le chien est assis, collé au mollet du vieux.

Je referme le battant droit.

Au bruit, le chien dresse les oreilles, il lève la tête. Je le reconnais, cette tête noire, les longues oreilles, les yeux bons et loyaux, c'est le chien de la Tonia Astré, celui de l'impasse Leduc, ce chien que j'ai caressé et à qui ce geste a fait croire que j'allais m'occuper de lui, le garder, l'aimer.

Je suis heureuse ! Lui que je croyais perdu, et que j'ai tant cherché, il est là, sous la fenêtre, avec ces deux vieux, entre eux, sans laisse, même pas attaché.

Oubliée, la Tonia Astré ! Quand il me voit, il se redresse, secoue la queue. Comme s'il m'avait reconnue. L'air de me dire : Tu vois, il ne faut pas s'inquiéter, je m'en suis sorti, on s'en sort toujours, il faut s'adapter et faire confiance. Je ris. Je ris vraiment. Ça me fait un bien fou de le revoir.

Il se met à sauter, pousse des jappements joyeux. Les deux vieux rient aussi, mais qu'est-ce qui lui prend ? Bien sûr, ils ne comprennent pas. Ils vont lever les yeux, déjà ils tournent la tête. Mais ça doit rester juste entre le chien et moi.

Alors je referme doucement le deuxième battant.

Quand quelque chose se finit, il y a autre chose qui s'ouvre derrière, c'est ce qu'il m'a appris, le chien.

Marius se gare devant la grille. Il faut un peu plus d'une heure de route pour aller à l'aéroport. Il charge les deux valises et le sac dans le coffre.

Je laisse un double des clés derrière la grosse pierre pour le responsable de l'agence chargé de faire visiter la maison.

Je monte, côté passager. La pharmacie, la boulangerie, Broussaille au comptoir, elle sert des clients. Le père de Juliette ouvre son salon de coiffure. Tommy redescend la ruelle de la Muette. La mairie.

Le carrefour. Marius s'arrête au feu. Des piétons traversent. Le clignotant résonne comme un tic-tac d'horloge dans la voiture. Il y a de la lumière dans les bureaux de la Maison sociale. Boucle n'est pas encore arrivée mais on l'attend.

Le feu passe au vert. La voiture redémarre. Je me cale dans le fond du siège. Il se remet à pleuvoir.

Mort à Venise est dans mon sac, je me suis promis de le lire pendant le voyage.

Depuis toujours, j'aime les matins. À Venise, ils sont encore plus beaux qu'ailleurs.

Quatre semaines que j'occupe l'appartement de Madame Barnes, un deuxième étage, sans ascenseur, mais quai Santa Eufemia, sur l'île de la Giudecca. Il y a des livres en pagaille, des canapés recouverts de tissus Fortuny, même les murs en sont recouverts. C'est un peu vieillot, un peu sombre, aussi, et mal chauffé, mais la vue est superbe sur Venise.

Il y a trois chambres, j'utilise la plus petite, celle qui donne sur le canal.

De mon lit, je vois l'eau, les Zattere en face, l'église degli Artigianelli. Je vois la coupole de San Marco.

L'arrêt Palanca est là, presque sous ma fenêtre. Chaque matin, je suis réveillée par le bruit des bateaux, les vaporettos qui cognent contre l'embarcadère, le ronflement des moteurs au moment de la manœuvre. J'aime ce bruit.

Tous les jours, je traverse. Je vais en face. Pas besoin de tickets, j'ai un pass.

Je marche dans la ville. J'apprends des mots, des noms, une histoire. J'ai découvert un campo, dans le sestiere de Dorsoduro, un café-restaurant avec une église blanche que les Vénitiens appellent la chiesa dell'Anzolo Rafael. C'est un quartier de Vénitiens où viennent peu de touristes. J'ai déjà visité beaucoup d'églises, mais celle-ci est ma préférée.

Je commence à avoir mes habitudes. Je déjeune dans ce restaurant, maintenant le patron me connaît, il me garde ma table.

Pietro dit que nos vies semblent parfois un éternel recommencement, comme si nous portions en nous, dans l'enfoui de nos mémoires, certains souvenirs de ce que nous avons vécu et que nous vivons à nouveau et que nous reconnaissons.

Je pense souvent à Madame Barnes. Il m'arrive de lui parler. Je fais cela sans tristesse, comme si elle était l'ange sur mon épaule. Je sais, les morts ne protègent pas les vivants, ils ne les veillent pas, c'est des croyances, tout ça.
Mais quand même.
J'ai lu *Mort à Venise*.
Je suis allée au Lido, j'ai vu l'hôtel du film et la longue plage. J'ai bu un chocolat au Florian.
J'ai pris le bateau et j'ai porté des fleurs à Madame Barnes.

Je téléphone régulièrement à ma mère. On parle un peu. Elle me passe mon père. Tout le monde va bien. Même ma grand-mère. Ça s'organise sans moi.
Je leur ai donné le numéro de téléphone de l'appartement et il arrive aussi qu'eux m'appellent.
Je pense à eux.
Je n'ai pas besoin d'être avec eux. Je *suis* avec eux. Je les porte en moi, dans mon cœur, dans ma mémoire, mes parents, ma grand-mère, mais aussi les lieux. Je n'ai pas besoin de les voir, ils sont vivants au-dedans de moi. Ils sont ma réalité.
Je porte tout en moi.
Même Moreno, je le porte, pour dire.
Pietro vient ici une fois par semaine. Pas toujours le week-end, c'est en fonction de ses tours de garde à l'hôpital.
Il arrive en train, terminus de la gare Santa Lucia. Ensuite, c'est le vaporetto, quelques arrêts, et Palanca.
Il dit que c'est essentiel de comprendre ce qui s'est passé ici. C'est pour ça, il écrit l'histoire de l'île de Poveglia. Des médecins ont trépané les malades, ils ont brûlé des corps qu'ils pensaient contagieux, le directeur s'est mis à voir des fantômes partout, un jour il est monté tout en haut de la tour et il s'est jeté dans le vide.
Quand l'hôpital a fermé, des malades sont restés sur l'île et d'autres sont partis dans Venise.

Il lit absolument tout ce qui a déjà été écrit sur cette île. Et il écrit à son tour. Il raconte sans rien dissimuler, cette île impossible, qui a servi de zone de quarantaine pour pestiférés.

Les hivers y sont glacials, les étés brûlants.

Il est déjà allé sur l'île plusieurs fois. Il veut y retourner.

J'ai fait la connaissance de Marcello. Il est doux, moins tourmenté que Pietro. C'est un homme chaleureux, amical, discret. Je crois qu'il serait capable de tuer si on faisait du mal à Pietro.

Un soir, on a dîné ensemble tous les trois. Marcello suit des cours pour apprendre le vénitien. Quand il parle, on ne comprend rien. L'italien, oui, mais le vénitien, c'est compliqué.

Avec Pietro, ils prennent la chambre du fond, celle qui donne sur la cour. Le matin, Marcello prépare du café et il va chercher des croissants.

J'aime marcher dans Venise, le long quai des Zattere, les cafés, les restaurants, le marché du Rialto. Mon rêve serait d'assister à un spectacle au grand théâtre de la Fenice. Le concert du Nouvel An, ce serait merveilleux ! Avec mes parents, on le regarde chaque année, mais c'est à la télévision.

Alors que là, en vrai !

Pietro se moque de moi, il dit que je suis une snob, comme sa mère. Une snob, moi ?

Quand il arrive, je veille à ce qu'il y ait toujours des barres de céréales et du miel.

Quand il repart, il me laisse tous les feuillets qu'il a écrits. Il raconte en détail les expériences que les médecins ont tentées sur leurs patients. Ça le fascine. Il écrit des pages entières là-dessus.

Mon travail, c'est de m'occuper de l'appartement, de l'aérer, de le chauffer, et de saisir et imprimer toutes les pages écrites par Pietro.

J'ai appris à utiliser le traitement de texte, et Marcello a installé une nouvelle imprimante, elle est de bonne qualité.

J'aime bien ce travail. Ma vie ici.

Dans ses dernières pages, Pietro a écrit sur la pierre d'Istrie et son éclat particulier quand elle est à la lumière. C'est une pierre blanche, très mystérieuse. Comme il décrivait l'église du Redentore, je suis retournée la visiter et je l'ai mieux regardée.

En le lisant, j'apprends des choses.

Des choses qui m'auraient ennuyée avant.

Je prends des habitudes.

Maintenant, j'ai aussi envie d'aller voir l'île de Poveglia.

Pietro a vraiment une écriture en pattes de mouches. Quand je ne parviens pas à le déchiffrer, je lui téléphone. Parfois, c'est Marcello qui répond. L'ordinateur est sur la table de la cuisine, près de la fenêtre, face au canal. Des fois, je me réveille au milieu de la nuit, je me lève et je regarde l'eau.

Le téléphone a sonné, j'ai cru que c'était lui. Pietro.

J'ai décroché. Un remorqueur passait sur le canal, il tirait un bateau en direction du nord.

Ce n'était pas Pietro.

Une voix d'homme, inconnue, qui m'a parlé en français.

— Jessica Belmont ?

— Oui...

— Je suis Frédéric Legal. C'est votre mère qui m'a donné votre téléphone. Je vous appelle de la part de Juliette Aubert, je suis son avocat.

Silence.

De l'autre côté de la vitre, le canal est agité, l'eau cogne contre les quais. Le petit remorqueur longe la Salute, poursuit vers la Maggiore.

— Vous êtes là ?

— Oui.

Alors il continue.

— Juliette est à la prison Saint-Jean, à Lyon. Elle voudrait vous voir. Elle dit que vous êtes sa sœur. Sa sœur de cœur. Avez-vous de quoi noter ?

J'arrive avant l'ouverture. Il y a du monde devant la prison, des femmes avec des sacs. Personne ne parle. J'attends, avec elles. Quand les portes s'ouvrent, elles entrent. Je me mêle à leur mouvement. Une gardienne me fouille.

Où dois-je aller ?

On me montre une porte. Derrière, un couloir long. D'autres portes. Un banc.

C'est une première visite, je dois encore attendre.

Et puis on m'appelle. C'est mon tour. Je ne bouge pas. Une gardienne s'avance. Je fais non avec la tête.

— Ça fait deux heures que vous êtes là.

Ce jour-là, je fais seulement cela, j'attends mon tour, et quand mon tour arrive, je le laisse passer.

OUVRAGE RÉALISÉ
PAR L'ATELIER GRAPHIQUE ACTES SUD
REPRODUIT ET ACHEVÉ D'IMPRIMER
EN AVRIL 2021
PAR NORMANDIE ROTO IMPRESSION S.A.S.
À LONRAI
POUR LE COMPTE DES ÉDITIONS
ACTES SUD
LE MÉJAN
PLACE NINA-BERBEROVA
13200 ARLES

DÉPÔT LÉGAL
1ʳᵉ ÉDITION : MAI 2021

N° impr.: 2101575

(Imprimé en France)